L'enfant d'Emma

ABBIE TAYLOR

L'enfant d'Emma

Traduit de l'anglais par
Marieke Merand-Surtel

ÉDITIONS
FRANCE
LOISIRS

Titre original : *Emma's Baby*
publié par Transworld, Londres

Une édition du Club France Loisirs,
avec l'autorisation des Éditions Belfond.

Éditions France Loisirs,
123, boulevard de Grenelle, Paris
www.franceloisirs.com

ISBN : version reliée : 978-2-298-01965-0
        version brochée : 978-2-298-01966-7

Ce roman est dédié à Tom et Olive Glynn.

1

Dimanche 17 septembre
Premier jour

En haut de l'escalier, des adolescents étaient affalés contre les murs, les jambes étendues, occupant quasiment tout le passage. Ils portaient des doudounes noires, et une même expression sur le visage : vide, dure, désœuvrée. Emma entendit leurs voix résonner sur le carrelage depuis l'angle du couloir. Dès qu'ils la virent, leur discussion cessa.

— Excusez-moi, dit Emma d'un ton poli.

Très lentement, ils retirèrent leurs pieds. Elle avait juste assez de place pour passer. Elle dut traverser tout le groupe, sentant leurs yeux posés sur elle. Ils l'observèrent en silence descendre péniblement les marches avec la poussette, Ritchie et tous ses sacs.

Elle fut contente lorsqu'elle atteignit le pied de l'escalier et tourna au coin. Une lumière crue baignait le quai désert du métro. Emma regarda derrière elle. Les garçons ne l'avaient pas suivie.

— Ça va, Ritchie ?

Soulagée, elle s'accroupit à côté de la poussette. D'habitude, elle n'était pas nerveuse, mais là, avec le bébé, elle se surprit à espérer que le train arrive vite.

Ritchie, un enfant solide et potelé de treize mois, avait commencé à pleurnicher, gonflant son petit bedon et frottant ses yeux de ses poings.

Emma secoua doucement la poussette.

— T'es fatigué, hein ? On sera bientôt à la maison.

Elle aussi était fatiguée. Ç'avait été une longue journée ; toute une expédition à travers Londres jusqu'aux quartiers de l'East End. Elle avait eu un besoin urgent de s'évader de l'appartement, et une nouvelle promenade vers Hammersmith Broadway ou North End Road était au-dessus de ses forces. Ils avaient bien profité de la journée ; ils avaient déambulé autour des étals de Spitafield Market, acheté quelques pantalons et maillots pour Ritchie, puis s'étaient rendus dans un petit bistrot bondé pour s'offrir un café, des scones et un bol de Banana Surprise. Ensuite, ils avaient pris un bus pour Mile End, et fait une balade au bord de Regent's Canal, observant les cygnes et les bateaux, avec leurs pots de fleurs peints. Mais l'air s'était rafraîchi, c'était le signe qu'il fallait rentrer. Le crépuscule recouvrait le canal d'une couche d'écume verte, un Caddie rouillé émergeait à la surface de l'eau. Il avait fallu marcher un bon moment avant de trouver une station de métro, et les sacs de courses pesaient de plus en plus lourd, cognant contre les jambes d'Emma à chaque pas. Le soulagement l'avait envahie lorsqu'elle avait enfin repéré, un peu plus loin sur le trottoir, le cercle familier rouge et bleu du métro londonien.

— Mah.

Ritchie se pencha hors de la poussette pour lui coller sa sucette à l'orange sous le nez. Du liquide poisseux coulait sur sa manche.

— Oh, pour l'amour du ciel ! Pourquoi tu l'as réclamée, alors ?

Emma sentait poindre une migraine. Elle lui prit la sucette puis essuya sans ménagement son visage et ses mains. Elle chercha une poubelle. Aucune nulle part, évidemment. Il était huit heures moins le quart, dimanche soir. Visiblement, tout le monde était rentré chez soi après avoir passé la journée dehors. Il n'y avait pas âme qui vive. Elle n'avait qu'à balancer la sucette sur les rails. Pourtant, elle finit par l'envelopper dans un mouchoir en papier et la fourrer dans son sac. Sur le mur du quai opposé, une pub pour de l'eau minérale montrait un paysage campagnard. Des arbres, de l'eau, la paix.

Ritchie se remit à geindre en tirant sur les sangles de la poussette.

— Bon, viens.

Quel mal y avait-il à le laisser sortir ?

Comme elle s'agenouillait pour détacher les sangles, un léger grincement résonna dans les profondeurs du tunnel. Le métro.

Emma avait toujours trouvé quelque chose de sinistre au bruit d'un train qui s'approchait dans un tunnel. L'entendre sans le voir ; juste le crissement des rails précédant la chose monstrueuse qui allait surgir de l'obscurité. D'un geste rapide, elle souleva Ritchie et le déposa sur le quai. Lui aussi avait entendu, et se retournait pour regarder, le duvet blond sur sa tête soulevé par une brise. Sans lâcher son harnais, Emma se pencha pour plier la poussette de sa main libre.

11

Le bruit s'intensifia. Ritchie se serra contre sa jambe en agrippant son jean. Malgré sa distraction sur le moment, elle se souviendrait par la suite de l'air qu'il avait. Sa petite bouille ronde aux yeux écarquillés qui fixaient, bouche bée, le tunnel, et attendaient l'arrivée du monstre.

— Là, articula-t-il, aux anges, tandis que la lumière des phares emplissait le tunnel.

Il lâcha le jean d'Emma pour pointer du doigt. Les wagons crasseux, rouge, blanc et bleu, grondèrent dans la station. Des grincements stridents résonnèrent sur le carrelage ; le train ralentit, puis s'arrêta. Le vrombissement de la machine mourut brusquement, comme si on avait coupé un ventilateur.

Silence.

Une seconde plus tard, la porte s'ouvrait en faisant un grand *pschitt*.

— Allez, grimpe, ordonna Emma.

Ritchie ne se le fit pas dire deux fois. Emma le guida vers un wagon vide, son harnais toujours bien en main, qu'elle leva un peu pour l'aider à monter. Il se hissa à quatre pattes, le haut de sa couche dépassant du pantalon. Puis il se redressa dans l'encadrement de la porte, content de lui, avant de se retourner vers elle.

— Mah, dit-il en l'invitant à bord d'un geste de sa main grassouillette.

Ce fut l'image qu'elle revit de lui le plus souvent, au cours des semaines suivantes. Debout dans l'encadrement, avec son petit sourire plein de quenottes, sa frange coupée de travers, sa veste polaire bleue avec l'éléphant jovial sur le devant. Il n'avait rien de particulier, rien qu'elle n'ait déjà vu mille fois auparavant. Aucun murmure dans sa tête ne l'avertit de l'arracher du wagon et de ne plus le lâcher. Il lui faisait encore signe alors qu'elle chargeait la poussette près de lui et se tournait pour ramasser les sacs. En baissant la main, Emma crut sentir quelque chose : une légère secousse latérale sur le harnais qu'elle agrippait. Un mouvement infime, mais en y repensant par la suite, ç'avait dû lui sembler bizarre parce qu'elle se souvenait d'avoir intérieurement froncé les sourcils. Avant même qu'elle puisse se redresser et regarder, elle sut que quelque chose clochait.

Pschitt.

Elle fit volte-face. L'espace d'un instant, elle ne comprit pas ce qu'elle voyait. Les pensées zigzaguaient dans sa tête. *Qu'est-ce qui manque à cette image ?* Elle tenait toujours le harnais de Ritchie, mais la porte du wagon était refermée.

Refermée sous son nez, et Ritchie se trouvait de l'autre côté.

— Bordel de merde !

Lâchant les sacs, Emma bondit sur la porte et essaya d'introduire les doigts entre les bords. À travers la vitre, elle vit le sommet du crâne de Ritchie.

— Attends, lui cria-t-elle. J'arrive.

Bon Dieu, comment s'ouvrait cette porte ? Durant une seconde, tout resta flou. Puis elle trouva le bouton d'ouverture et le pressa. Rien ne se passa. Elle l'enfonça de nouveau, plus violemment, cette fois. Toujours rien. Elle se mit à cogner des poings sur la porte, tout en jetant des regards éperdus sur le quai.

— Au secours ! Mon bébé est coincé !

Sa voix s'éleva faiblement puis mourut. Le quai était désert. Juste de sombres blocs de béton, des bancs métalliques le long des murs, les tunnels silencieux à chaque extrémité.

— Merde.

13

Le cœur d'Emma battait à tout rompre. Elle sentait son esprit très vif, en alerte. De nouveau, elle regarda autour d'elle, et cette fois repéra un boîtier rouge sur le mur, avec une face vitrée. L'alarme incendie. Elle s'élança instinctivement dans sa direction. Puis elle retint son geste. Pour atteindre l'alarme, il faudrait lâcher le harnais de Ritchie. Elle hésita, incapable de s'obliger à rompre, même une seule seconde, le contact avec son fils.

— Au secours, hurla-t-elle encore, plus fort, cette fois-ci. S'il vous plaît, quelqu'un ?

Quelqu'un allait forcément entendre. Il s'agissait d'un endroit public, nom d'un chien. Elle était en plein cœur de Londres.

Puis quelque chose la frappa. Le train n'avait pas bougé. Les portes semblaient s'être refermées depuis une éternité mais le train restait toujours là.

Ils ont vu ce qui se passe, pensa-t-elle.

Elle chancela de soulagement. Bien sûr. Le métro ne pouvait pas repartir tant que le harnais était coincé dans la porte. Le conducteur la voyait s'agiter dans un miroir, ou une caméra, ou peu importe quoi. Dans une minute, on viendrait l'aider. Elle resta là à attendre, ne sachant quoi faire d'autre.

Ça va aller, se dit-elle. Ça va aller.

Elle jeta un nouveau coup d'œil à Ritchie. Puis sursauta. *Qu'est-ce que c'était que ça ? Ce mouvement, au bout du wagon ?*

Il y avait quelqu'un là-dedans. Il y avait quelqu'un avec Ritchie.

Emma redressa brusquement la tête, soudain mal à l'aise. Le wagon était vide, avant, non ? Elle fouilla l'intérieur du regard, mais la rampe l'empêchait de voir. Puis la personne bougea encore, se rapprocha de la fenêtre, et elle constata que c'était une femme.

La femme se penchait précautionneusement en avant dans l'allée centrale, pour scruter par la vitre. Elle paraissait plus âgée qu'Emma, dans la tranche d'âge de sa mère, blonde et soignée. Elle semblait sensée. Concernée.

Elle semblait… normale.

Emma retrouva sa respiration. Elle désigna Ritchie.

— Mon bébé, cria-t-elle en s'efforçant de sourire. Mon bébé est coincé.

La femme pressa une main sur sa bouche, la mine horrifiée. Son expression disait : « Que dois-je faire ? »

Emma pointa sa main libre.

— Ouvrez la porte. Trouvez l'alarme et déclenchez-la.

La femme hocha la tête, recula d'un pas, et se mit à regarder tout autour de la porte.

Bon Dieu. Quelle journée. Éprouvant une sensation de faiblesse, Emma posa le front contre la vitre et baissa les yeux sur Ritchie. Il était assis par terre et lui tournait le dos, il tirait sur la fermeture à glissière de sa polaire. Elle ne voyait que le haut de sa tête. Dans quelle situation stupide ils se retrouvaient ! Être mère était si épuisant. On ne pouvait jamais se détendre, jamais regarder ailleurs, même une seule seconde. La femme blonde et elle en riraient sans doute, une fois que les portes se seraient ouvertes, et qu'Emma serait montée et tiendrait de nouveau Ritchie en toute sécurité sur ses genoux.

« On a frôlé la catastrophe », dirait la femme, trouvant peut-être Emma imprudente mais prenant bien la chose.

15

« Je sais. On aimerait avoir des yeux derrière la tête. »

Et Emma sourirait, puis attirerait Ritchie contre elle avant de se détourner. Avant de se retrouver rien que tous les deux. Comme d'habitude.

Elle sentait déjà Ritchie sur ses genoux. Son poids compact, l'odeur du shampooing à la pomme de ses cheveux. Dans son esprit, tout était rentré dans l'ordre. Cela dura deux secondes, avant qu'elle ne se rende compte que les portes du wagon ne s'étaient toujours pas ouvertes.

Sourcils froncés, elle releva les yeux.

Au même moment, le train lâcha un chuintement sonore.

Emma perdit son sang-froid. Elle tapa frénétiquement sur la vitre.

— Aidez-moi. S'il vous plaît. Le métro va partir.

La femme était revenue à la fenêtre, et articulait quelque chose. Ses lèvres bougeaient en silence :

— Po. Nahè.

— Quoi ?

— *Po. Nahè.*

Avec des gestes vigoureux, la femme désigna Emma, puis un point devant elle, au fond du tunnel.

— Quoi ?

Emma la dévisageait, perplexe. Elle secoua violemment la tête pour expliquer à la femme qu'elle ne comprenait pas.

Un second chuintement retentit.

Puis il y eut une secousse.

Oh, Seigneur.

Le train bougeait.

Emma agrippa le harnais de Ritchie et poussa un hurlement aigu de terreur.

16

— Non ! S'il vous plaît. Arrêtez !

Le train se mit à avancer. Emma commença à le suivre. Elle trottinait sans s'en apercevoir.

— Stop ! Arrêtez ! Arrêtez !

Une seconde après, elle courait. Ce fut aussi rapide que ça. Un instant, le train ne bougeait pas du tout, l'instant suivant, il filait droit vers le tunnel. Emma fonçait de toutes ses forces pour se maintenir à la hauteur du harnais. Le bruit emplissait ses oreilles. Devant elle, les barrières se hérissaient de signaux indiquant « Danger ! » « Stop ! ». Les panneaux se précipitaient vers elle, mais il lui était impossible de s'arrêter. Elle ignorait si sa main se trouvait empêtrée dans le harnais ou si elle le serrait solidement, mais elle savait qu'elle ne lâcherait pas. Les barrières se dressaient devant elle. Mon Dieu. Mon Dieu. Oh, mon Dieu.

Quelque chose tira sur son bras, l'arrêta d'une secousse si brutale qu'elle voltigea sur elle-même. Il y eut une sensation brûlante lorsque le harnais s'arracha de sa main, une méchante torsion de son doigt lorsque la lanière l'accrocha, puis disparut. Elle trébucha, tournoya encore, atterrit durement sur les genoux. Le bruit augmenta tandis que le train emplissait le tunnel, un rugissement caverneux qui refoulait vers elle, un hurlement animal de douleur, de détresse et de rage.

Et puis plus rien.

Silence.

Ritchie, songea Emma à travers un tourbillon d'horreur et de confusion. Elle se trouvait à quatre pattes à l'extrémité du quai, la tête touchant presque l'enchevêtrement de barrières et de panneaux. *Ritchie n'est plus là. Je l'ai perdu. Il a disparu.*

Elle avait envie de vomir. Elle allait s'évanouir. Un engourdissement gagnait en picotant le tour de sa bouche et l'intérieur de ses mains.

Qu'est-ce que la femme avait dit ?

Po. Nahè.

Prochain arrêt.

Emma sauta sur ses pieds, négligeant la douleur dans sa paume et ses genoux. Bizarrement, il y avait un homme par terre derrière elle. Emma ne prit pas le temps de s'interroger à son sujet. Elle courut le long du quai, cherchant d'un regard affolé le panneau indiquant quand arrivait le métro suivant.

Et tout à coup, l'homme fut debout à ses côtés, trottant à reculons pour lui faire face.

— Hé, cria-t-il. À quoi vous pensiez jouer, vous ? Pourquoi vous n'avez pas lâché ?

Emma l'ignora. *Le panneau, où était le panneau ?*

— Vous m'entendez ?

L'homme se plaça délibérément devant elle, l'obligeant à s'arrêter.

— S'il vous plaît, dit Emma en essayant de l'esquiver.

— Vous auriez pu vous tuer.

L'homme, plus grand qu'elle, se penchait et lui bloquait le passage. Son visage formait une masse confuse.

— Sans moi, vous seriez passée sous le train. Tout ça pour un putain de… de quoi ? De sac à main griffé ?

— C'était pas un sac, hurla Emma. C'était mon bébé.

— Quoi ?

— Mon bébé, lui brailla-t-elle au visage. Monbébémonbébémonbébémonbébé.

Sa voix se brisa. Elle plaqua ses mains sur sa bouche. L'homme devint tout pâle.

—Bordel, dit-il.

Emma poussa un long gémissement, le dépassa et repartit en quête du tableau d'affichage. À travers les mouches qui volaient dans son champ de vision, elle vit le panneau. Prochain train : une minute. Sa respiration sifflait dans ses oreilles. Une minute. Une minute.

—Bordel, répéta l'homme, de nouveau à côté d'elle. Je vais appuyer sur l'alarme.

Elle fit volte-face.

—Non ! Ne faites pas ça !

—Quoi ?

Emma s'efforça de parler clairement, afin qu'il comprenne.

—Je dois aller à la station suivante. Il y a une femme dans le wagon. Elle fera descendre Ritchie là-bas.

—Une femme ? Vous êtes sûre ?

Emma sentait la tension lui comprimer les yeux. Elle revit les lèvres de la femme former les mots : Po. Nahè. *Prochain arrêt*. C'était bien ce qu'elle avait voulu dire, non ?

Bruit de ferraille sur la voie. Une brise lui balaya le visage. Elle pivota en direction du tunnel.

—Pourquoi elle n'a pas tiré l'alarme ? demanda l'homme.

Emma se mordit la lèvre. *Allez, métro, arrive. Par pitié. Par pitié. Allez, arrive. Grouille.*

L'homme revint à la charge.

—Écoutez, je crois vraiment que…

Presque avec hargne, Emma se retourna vers lui.

—Non, vous, écoutez-moi. Je sais que vous essayez de m'aider, mais s'il vous plaît, ne tirez *aucune* alarme. Vous arrêteriez la circulation du métro, et moi, je veux juste récupérer Ritchie à la prochaine station, alors, je vous en prie, barrez-vous, et *fichez-moi la paix !*

19

À ce moment-là, le train était arrivé. Emma se précipita à l'intérieur dès l'ouverture des portes. Elle continuait de bouger, remontait d'un pas énergique l'allée centrale jusqu'au fond du wagon, comme si, en faisant cela, elle se rapprochait plus vite de Ritchie.

L'homme cria une dernière fois, en brandissant quelque chose.

—Hé, c'est votre…

Puis les portes se refermèrent.

Dans le train, Emma resta à tanguer près de la fenêtre, le nez presque collé à la vitre. Le tunnel la transforma en miroir. Elle vit son visage livide, comme une tache pâle, allongé et déformé par le verre. D'autres personnes se tenaient dans le wagon mais elle ne les remarqua même pas.

—Allez, allez, murmurait-elle.

Quel calvaire de devoir être plantée là et attendre. Le besoin de récupérer Ritchie lui faisait physiquement mal, elle avait la sensation affolante qu'elle manquerait d'oxygène tant qu'elle ne pourrait pas sentir son odeur. Elle s'imagina à l'arrêt suivant, le saisissant dans ses bras, enfouissant son visage dans le creux velouté de son cou.

La voix de cet homme.

Pourquoi elle n'a pas tiré l'alarme ?

Quelque chose se bloqua dans les poumons d'Emma. Elle tenta d'inspirer, mais aucun air ne pénétra.

Et si Ritchie n'était pas à la station suivante ?

Non. Non. Son esprit refusait d'y penser. Bien sûr qu'il y serait. La femme semblait gentille. Pourquoi elle ne le débarquerait pas du train ? Que pourrait-elle faire d'autre ? C'était le plus logique. Elle avait dit : Prochain arrêt. Elle l'avait dit. Emma retourna à l'évocation de ses retrouvailles avec Ritchie, son petit corps chaud et pataud, son odeur. Ses yeux la picotèrent. Elle était une mère tellement nulle. Aujourd'hui et tous les jours depuis celui de sa naissance. Il méritait mieux qu'elle. Elle mit une main sur sa bouche, pour calmer sa douleur, ravaler ses larmes, sa culpabilité. Elle se rachèterait. Oui. Dans une minute. Moins d'une minute. Combien de temps mettait le métro ? Quand se terminait le tunnel ? Combien de temps encore avant qu'elle ne cesse de voir son propre visage dans la vitre et ne voie le quai et Ritchie à la place ?

Mais s'il n'y était pas ?

Le tunnel disparut. Emma ne vit plus son visage mais un ciel bleu marine, des murs de brique, et des rails qui convergeaient. Puis ils atteignirent la station. Lumières, quais, affiches. *Clonk-clonk*. Le train ralentit ; elle tourna vivement la tête de chaque côté, fouillant le quai des yeux, luttant contre une respiration pesante. Une femme se trouvait sur un siège avec un enfant et... C'était son bébé, c'était Ritchie, c'était la femme en question. Oh mon Dieu, mon Dieu, mon Dieu. Elle allait s'effondrer. Elle parvint à tenir bon jusqu'à l'arrêt du train et l'ouverture des portes, puis se rua dehors et courut comme une flèche vers le banc. Ritchie était assis sur les genoux de la femme, mâchouillant sa manche d'un air plutôt indifférent, et la femme la regardait en souriant. Lorsque Emma les rejoignit, elle se leva et lui tendit Ritchie comme un cadeau. Emma l'attrapa, l'embrassa partout, sur les joues, le front, les oreilles, puis enfouit sa tête duveteuse dans son cou. Elle le serra contre elle jusqu'à les étouffer l'un comme l'autre, et répéta en sanglotant son nom au creux de son petit visage soyeux.

2

—Gniah.

Ritchie geignait, arquant le dos et repoussant de ses poings Emma qui l'écrasait. Son haleine sentait la biscotte et la sucette à l'orange. Les bras d'Emma étaient trop faibles pour le porter. Elle avait besoin de s'asseoir. Son champ de vision s'obscurcissait sur les côtés.

—Ça va ? demanda la femme. Vous voulez que je le prenne ?

Sa voix lui parvenait de très loin.

L'instant d'après, Emma sentit qu'on lui retirait Ritchie des bras. Elle perçut le siège derrière elle avec les genoux, et s'y effondra. Un bruit de vague déferlait dans ses oreilles. Elle ferma les yeux, se pencha en avant.

Une minute plus tard, le déferlement sonore diminua d'intensité. Le quai redevint normal autour d'elle.

Emma se redressa.

—Merci, dit-elle avant de fondre en larmes.

Elle ignora combien de temps elle pleura. Proba-blement guère plus de quelques secondes, mais lorsqu'elle releva les yeux, Ritchie, assis sur les genoux de la femme, la dévisageait, bouche bée. Un filet de bave coulait de sa lèvre inférieure, à quelques centimètres de la manche de la veste visiblement coûteuse de la femme. C'est ce qui incita Emma à se ressaisir. Elle pressa les paumes sous ses yeux.

— Excusez-moi. On n'est que tous les deux, mon petit garçon et moi. C'est parfois si difficile… Pardon. Excusez-moi, répéta-t-elle en secouant la tête. Il ne faut pas faire attention à ce que je dis. Vous devez me prendre pour une mère épouvantable.

— Sottises ! murmura la femme. Vous venez de subir un choc terrible.

Elle avait raison. Emma mourait d'envie de câliner Ritchie, mais ses mains tremblaient, et son visage était maculé de larmes et de morve. Sa lèvre saignait également. Elle avait dû se la mordre. Elle chercha des yeux quelque chose pour s'essuyer. Cette station était bien plus animée que la précédente. Où se trouvaient-ils ? Elle regarda le panneau au-dessus des sièges. Whitechapel. Un autre métro approchait du quai. Deux filles se levèrent à sa rencontre.

— Un mouchoir en papier ? proposa la femme.

Elle maintint Ritchie en équilibre avec un bras et fouilla dans son sac. Elle semblait effectivement être du genre à toujours avoir des mouchoirs propres avec elle. Sensée, organisée, comme une directrice d'école. Visiblement une petite quarantaine, les cheveux blonds coupés en dégradé au ras des oreilles. Pantalon de tweed. Une veste fauve courte, au col et aux poignets bordés de fourrure.

— Tenez.

— Merci.

Emma prit le mouchoir, s'essuya le visage et les yeux. La femme l'observait avec une certaine sympathie. De près, on voyait un enchevêtrement de minuscules veines sur ses joues. Le teint de quelqu'un qui vivait en plein air, malgré les perles d'oreille et la chevelure coiffée. Un visage de cavalière ou de jardinière. Emma avait vu beaucoup de femmes de ce genre durant son enfance à Bath. Elles pullulaient à Noël, déjeunant avec leurs filles dans de coquets salons de thé, entourées de sacs de shopping. Emma avait joué les serveuses pour elles pendant les vacances scolaires.

Elle finit de sécher ses yeux et tendit les bras vers Ritchie.

— Laissez-moi le prendre.

Aussitôt, il secoua la tête, se recula dans le creux du bras de la femme, et fourra son poing dans sa bouche.

Emma se vexa.

— Qu'est-ce qu'il y a ? Pourquoi tu veux pas venir avec moi ?

La femme lâcha un petit rire.

— À mon avis, il a dû avoir peur quand vous l'avez serré si fort, dit-elle.

— Je lui ai peut-être fait mal.

Emma s'inquiétait. Cela ne ressemblait pas à Ritchie d'être si manipulateur. D'habitude, il refusait que quiconque d'autre qu'elle s'occupe de lui.

— C'est à cause du choc, reprit la femme. Et bien sûr, il ne sait pas qu'il a failli disparaître, hein, petit bonhomme ?

Elle secoua doucement Ritchie et se pencha sur le côté pour le regarder. Il leva les yeux vers elle, mâchonnant son poing.

— Tu as causé une grosse frayeur à ta maman, pas vrai, vilain garçon ? poursuivit-elle avant de se retourner vers Emma. Il est adorable, non ? Et tout blond. Alors que vous êtes si brune. Comment s'appelle-t-il ?

— Richard. Ritchie.

— Ritchie. Comme c'est mignon. C'est le nom de son papa ?

Emma détourna les yeux.

— Non.

La femme n'insista pas.

— Vous voulez un autre mouchoir ? demanda-t-elle – elle prononçait *mouchouâr*. Non, donnez-moi le sale. Il n'y a aucune poubelle par ici.

Elle débarrassa Emma du mouchoir usagé et le fourra dans son sac. Puis elle tendit la main.

— Au fait, mon nom est Antonia.

Emma la lui serra.

— Emma. Emma Turner.

— Où vivez-vous, Emma ? Vous habitez loin ?

— Oui, répondit Emma. J'habite Fulham. Hammersmith, à vrai dire.

— Eh bien, ce n'est pas tout près. Et si je faisais une partie du trajet en métro avec vous ? Vous ne devriez pas voyager seule dans cet état.

— Ça va aller. Franchement.

C'était presque vrai. Elle tremblait encore, mais commençait à récupérer. Elle voulait être seule maintenant, se repérer sur le plan et rentrer à l'appartement avec Ritchie. Puis elle se souvint.

— Oh, mon sac. Je l'ai laissé à l'autre arrêt.

— Bonté divine, dit Antonia. Vous vous êtes mise dans un de ces pétrins.

— Je vais me débrouiller.

Emma se leva. Elle trouverait bien une solution. Perdre un sac, quelle importance ? Quelques minutes plus tôt, elle pensait avoir perdu son fils.

—Je vais y retourner avec Ritchie et demander si quelqu'un l'a ramassé, reprit-elle.

—Eh bien, à mon avis, les chances que vous retrouviez ce sac sont infimes, déclara Antonia. Je devrais peut-être attendre de voir si vous avez besoin d'argent pour rentrer ?

—Oh, non, protesta Emma, horrifiée.

Elle n'avait pas voulu donner l'impression de quémander quoi que ce soit.

—J'insiste. Je veux être certaine que vous puissiez rentrer sans encombre. Vous avez vraiment subi un grand choc.

Antonia posa une main sur le bras d'Emma et ajouta :

—Si vous veniez prendre un café ? Je vous invite.

—Je ne peux pas vous demander ça. Vous en avez déjà assez fait.

Emma sentait ses barrières se dresser. Elle savait qu'elle devait avoir une tête affreuse, avec ces traînées de larmes, ses cheveux en bataille. La manche de sa veste s'était déchirée quand elle était tombée sur le quai, et la semelle d'une de ses baskets bâillait à l'avant. Antonia paraissait gentille, mais Emma voulait simplement qu'on la laisse tranquille. Juste se retrouver seule, pleurer encore aussi, si l'envie l'en prenait. Il lui était déjà difficile de parler aux gens ces derniers temps, alors s'adresser à une personne comme Antonia, qui faisait preuve de beaucoup de tact mais devait se demander comment on pouvait être assez stupide pour laisser son bébé dans le wagon d'un métro, était au-dessus de ses forces.

Antonia l'observait avec attention.

— Rien qu'un café, dit-elle. Écoutez, j'ai une idée. J'ai rendu visite à une de mes amies, et je devais retrouver mon mari dans Londres, mais pourquoi je ne l'appellerais pas pour lui demander de venir me chercher ici, plutôt ? Il est en voiture. Laissez-nous vous ramener chez vous.

Emma souhaitait refuser. Elle le souhaitait vraiment, mais elle se sentait épuisée, lasse, subitement bouleversée à l'idée que quelqu'un se montre gentil avec elle. Ses épaules lui pesaient, comme si on avait posé une couverture dessus.

— D'accord, répondit-elle, les yeux piquants. Merci.

Tandis qu'elle se mouchait de nouveau, Antonia se leva avec Ritchie dans les bras.

— Je vais installer ce jeune homme.

— Il ne se laissera pas…, commença Emma.

Mais Antonia asseyait déjà Ritchie dans sa poussette. Il ne protesta pas du tout. Sa tête ballotta, ses paupières s'affaissèrent. Antonia l'attacha à l'aide des sangles. Elle semblait parfaitement savoir ce qu'elle faisait. Puis elle tapota la tête de Ritchie.

— Voilà. Tu as envie de dormir, n'est-ce pas ? Pauvre chou.

Emma s'apprêtait à prendre la poussette, mais Antonia agrippa fermement les poignées. Elle partit d'un pas rapide, dirigeant Ritchie à vive allure vers l'escalier. Emma ne put que les suivre, les mains vides. Ils étaient les seules personnes visibles. Le quai était ouvert aux deux extrémités ; une brise glacée soufflait au-dessus de leurs têtes. Les genoux d'Emma la cuisaient sous son jean. C'était étrange de ne rien avoir à porter, ni Ritchie ni sac. Elle se sentait vulnérable. Dépassée. Elle aurait préféré sortir Ritchie de la poussette, le tenir dans ses bras et le serrer contre elle, mais Antonia avait été si gentille, ce serait grossier de le réveiller. Elle se contenta de le regarder tandis qu'ils avançaient. Mon Dieu, mon Dieu.

Elle aida Antonia à hisser la poussette dans l'escalier. Au portillon, Antonia pivota vers elle et dit :

— Vous avez perdu votre ticket, n'est-ce pas ? Il va falloir signaler que vous n'avez plus votre sac à l'agent de la station. Demandez-lui de vous laisser passer.

Comme Emma hésitait, Antonia lui adressa un sourire d'encouragement.

— Allez-y. Ne vous souciez pas de Ritchie et moi. Nous vous attendrons à l'entrée.

Emma voulait faire vite, alors elle ne souffla mot au sujet de Ritchie coincé dans le métro à l'agent jovial en gilet orange. Elle lui dit juste avoir perdu son sac à l'arrêt précédent, Stepney Green, et demanda si quelqu'un l'avait rapporté. L'agent alla téléphoner dans une salle voisine. Emma jeta un coup d'œil au-delà des portillons, vers l'entrée de la station. Il faisait à présent noir dehors. Et il pleuvait, semblait-il. Les pavés luisaient sous la lumière. Une ou deux personnes s'abritaient à l'intérieur des portes, ou faisaient la queue devant le petit kiosque à journaux et bonbons situé sur le côté. D'autres poussaient les tourniquets : un homme coiffé d'un bonnet de laine, une femme en hijab tenant une petite fille à la main. Puis ils disparurent, et il ne resta que leurs traces de pas sur le sol mouillé. Emma reporta le regard sur l'entrée. Puis fronça les sourcils. Elle fit un demi-pas compulsif vers le tourniquet.

Où était Antonia ?

Elle les repéra alors, tout près du kiosque. Antonia était agenouillée à côté de la poussette, et ajustait la fermeture à glissière de la polaire de Ritchie ; c'était sans doute la raison pour laquelle elle ne l'avait pas vue tout de suite. Emma exhala un souffle tremblant. Voilà bien la preuve de son état de nervosité. Ritchie dormait. Elle le dévora des yeux. Sa tête pendait sur sa poitrine, donnant l'impression qu'il avait trois mentons. Ses cheveux fins tombaient sur son front. L'éléphant sur le devant de sa polaire se soulevait au rythme de sa respiration. Antonia leva la tête à ce moment-là et vit Emma qui les observait. Elle fit un petit signe.

L'agent revint.

—Pas de sac, hélas, annonça-t-il. Il y a un numéro pour les objets perdus, si vous…

—C'est bon, coupa Emma, impatiente de retrouver Ritchie. Je peux passer quand même ? demanda-t-elle en désignant le tourniquet. Mon ticket était dans le sac.

L'agent était de bonne humeur. Il se donna une petite tape sur le front et lui ouvrit le portillon. Quand elle l'eut franchi, Emma s'avança droit sur Ritchie. Elle fit le geste de prendre les poignées de la poussette, mais trouva à la place Antonia qui lui glissait de force un billet de vingt livres dans la main.

—Prenez-le, insista-t-elle alors qu'Emma commençait à protester.

Elle pointa le doigt vers une rue adjacente où une enseigne allumée indiquait *M. Bap's*.

—Il y a un bar ouvert par là, regardez. Nous allons attendre mon mari là-bas. Vous pourrez payer les cafés. Et peut-être acheter aussi quelque chose pour Ritchie. Moi, je ne saurais pas quoi choisir.

—Je... bon, d'accord.

Emma capitula. Antonia n'avait pas tort. Ritchie aurait bientôt faim. Elle lui achèterait quelque chose à manger, mais aussitôt parvenue à la table, elle le réveillerait et le reprendrait sur ses genoux.

M. Bap's tenait plus du fast-food que du café. À l'intérieur, l'air humide de la rue laissait place à une forte odeur de frites et de vinaigre. Des rangées de tables et de bancs en plastique marron occupaient la première moitié de la salle. La plupart des tables avaient besoin d'un bon coup d'éponge. Au fond du restaurant se dressait le comptoir, surmonté de flacons géants de moutarde et de sauce brune. L'unique client, un homme barbu d'un certain âge, vêtu d'un blouson beige zippé jusqu'au cou, fixait le fond de la tasse qu'il tenait à la main, assis à une table poussée contre le mur.

Antonia plissa le nez.

—Un peu miteux, n'est-ce pas ? Mais bon, il fait chaud. Et nous ne resterons pas longtemps.

Elle fit rouler la poussette jusqu'à une table près de la vitre. Ritchie dormait toujours. Emma alla directement passer la commande.

—Deux cafés, s'il vous plaît, dit-elle rapidement à l'homme mal rasé derrière le comptoir. Et un de ces muffins au chocolat. Avec une brique de lait.

—Petits ou grands, les cafés ?

—N'importe. Ça m'est égal.

Emma trépignait, regardant autour d'elle tandis que l'homme farfouillait dans un réfrigérateur en acier. Le mur à côté du comptoir était maculé d'une matière rouge foncé, incrustée dans la peinture. Du Ketchup, espérait Emma. Elle frissonna. Quel endroit sinistre pour travailler un dimanche soir. Près de la vitre, Antonia avait son téléphone portable collé contre l'oreille. Elle parlait à voix basse, sans doute pour ne pas réveiller Ritchie. Elle recouvrait sa bouche de la main.

— Autre chose ? demanda l'homme derrière le comptoir.

Emma ramena les yeux sur le plateau.

— Ah. Non, merci. Ça ira comme ça.

Apparemment, l'homme n'arrivait pas à faire fonctionner la caisse enregistreuse. Le tiroir s'ouvrait de façon intempestive, au mauvais moment. À chaque fois, le type faisait un bruit de bouche désapprobateur et le refermait d'une claque. Emma aurait voulu qu'il se contente de lui rendre la monnaie. Ritchie avait bougé dans son sommeil. Il avait à présent la tête rejetée en arrière, la bouche ouverte, laissant apparaître ses deux quenottes blanches du haut. Antonia téléphonait toujours. Elle tournait le dos à Emma, mais sa tête était de côté, et sa main avait quitté sa bouche. Emma pouvait voir le mouvement de ses lèvres tandis qu'elle parlait.

— *Percheras*, semblait dire Antonia – ou du moins, c'était ce qu'elle lisait sur ses lèvres.

Sans aucune raison, une image très nette surgit dans l'esprit d'Emma. Celle de sa mère, assise devant la télé dans leur maison de Bath. Emma faisait ses devoirs sur un coin de la table. Les rideaux étaient tirés ; les flammes du chauffage au gaz dansaient. Emma voyait sa maman, installée comme d'habitude dans son fauteuil à fleurs rouges et marron, près du

32

feu. Le mug de thé à moitié vide près d'elle sur la table basse. L'expression fixe, assez triste, de son visage tandis qu'elle se concentrait sur son feuilleton.

Emma fronça les sourcils. Combien de fois avait-elle vu sa mère regarder ainsi la télé quand elle était petite ? Qu'est-ce qui l'avait soudain poussée à y repenser ? Elle observa de nouveau Ritchie et secoua la tête.

L'homme réussit enfin à faire fonctionner son tiroir-caisse, et tendit sa monnaie à Emma. Elle emporta les cafés et le muffin. Antonia parlait encore dans son téléphone portable. Emma glissa le plateau sur la table.

— Ç'a pris beaucoup de temps, pardon, commença-t-elle.

Antonia sursauta et fit volte-face. Puis elle dressa un doigt avec un sourire.

— Je dois y aller, dit-elle dans l'appareil. À tout à l'heure.

Elle aida Emma à vider le plateau.

— C'était mon mari, expliqua-t-elle. Il est en route.

Emma s'assit avec reconnaissance puis attira la poussette de Ritchie vers elle.

— Ce jeune homme a son compte, remarqua Antonia en souriant.

Emma ôta l'emballage du gâteau au chocolat.

— Il va bientôt se réveiller, et aura bien mérité son dîner.

— Je n'ai pas l'impression que manger quoi que ce soit l'intéresse beaucoup, vous, si ?

— Ça va venir, riposta Emma, plus brutalement qu'elle ne l'avait voulu.

Antonia ne répondit rien. Elle approcha sa tasse de café et entreprit d'y verser du lait d'un petit pot en inox qui se trouvait sur la table. Emma regretta aussitôt d'avoir parlé sur ce ton. Mais qu'est-ce qui clochait chez elle ? Antonia voulait juste se montrer gentille.

D'une voix plus polie, elle demanda :

— Vous avez des enfants ?

Le pot en inox se redressa. Antonia avait suspendu son geste, et tint le pot un instant en l'air avant de répondre.

— Oui. Un petit garçon.

Elle recommença à verser le lait. Emma était étonnée. Elle aurait pensé que si Antonia avait eu des enfants, ils seraient grands. Au moins adolescents. Antonia avait une allure beaucoup trop soignée pour être la mère d'un jeune enfant. Peut-être avait-elle une nounou. Avant qu'elle ne puisse lui poser la question, Antonia reposa le pot à lait et désigna la poussette de Ritchie du menton.

— Je déduis du fait que vous avez dit n'être que tous les deux que le père de ce petit bougre est absent ?

— Oui, répondit Emma. On s'est séparés avant sa naissance.

— Mais votre famille vous donne un coup de main.

— Je n'ai pas de famille. Mes parents sont morts.

— Je vois, dit Antonia. Seule au monde.

Emma remua son café.

— L'argent doit manquer, j'imagine, reprit Antonia en jetant un coup d'œil sur le pull avachi et le jean délavé d'Emma. Mais comment vous en sortez-vous, alors ?

— On se débrouille.

— Mais ce n'est pas un environnement idéal pour un enfant, si ? Ni argent ni soutien familial. C'est un peu injuste de lui imposer ça, je trouve.

Emma se sentait mal à l'aise. Elle n'avait pas du tout envie de poursuivre cette discussion. Elle se pencha pour défaire les sangles de la poussette. Ritchie se raidit d'un coup et son visage se froissa. Emma savait qu'elle le tirait du sommeil et qu'il serait grognon, mais elle voulait le réveiller pour le récupérer.

— Chut, l'apaisa-t-elle en tirant sur les sangles.

Il les repoussa, resserrant la boucle.

— Il est encore fatigué, observa Antonia. Vous devriez peut-être le laisser.

D'un mouvement brusque, Emma pivota vers la table.

— Ritchie, regarde. Tu veux un peu de gâteau ?

Elle calma le tremblement de ses mains en rompant un morceau du muffin dans son assiette.

Lorsqu'elle se retourna, Antonia avait sorti Ritchie de la poussette et l'installait sur ses genoux.

Emma ne savait quoi dire.

— Vous ne devriez pas le laisser manger des sucreries, remarqua Antonia. Pas vrai, mon bonhomme ?

Ritchie, assis dans son giron, se frottait les yeux. Le cœur d'Emma battait à tout rompre. Elle pensait : *On ne va pas se faire ramener. On va s'en aller tout de suite.*

— Oh, regardez, lança Antonia. Votre lèvre recommence à saigner.

Emma leva une main à sa bouche. Sa lèvre inférieure était humide. Elle la retira et vit que le bout de ses doigts était rouge.

— Oh, mon Dieu, poursuivit Antonia, le visage plissé d'inquiétude. Et j'ai peur de ne plus avoir de mouchoir.

Emma bondit sur ses pieds pour saisir une serviette en papier sur le comptoir. Mais elle n'en vit pas. L'homme qui l'avait servie avait disparu, sans doute par l'encadrement de la porte située à côté du frigo, masqué par un rideau de bandes plastiques multicolores.

— S'il vous plaît ? héla Emma en direction des bandes en plastique. Il y a quelqu'un ?

La voix d'Antonia retentit derrière elle.

— Vous trouverez certainement quelque chose là-bas.

Emma regarda autour d'elle. Antonia indiquait une ouverture entre le comptoir et le mur. Par cette ouverture, un étroit passage menait à une porte peinte en brun sur laquelle une plaque annonçait « Toilettes ».

Sans un mot, Emma s'engagea dans le passage. Elle allait prendre une ou deux serviettes, essuyer le sang, récupérer Ritchie et partir. Au moment où elle atteignait l'extrémité du petit couloir, elle regarda en arrière. Elle pouvait voir jusqu'à l'avant de la boutique, où Ritchie, assis sur les genoux d'Antonia, se frottait encore les yeux. Puis il aperçut Emma et son visage s'éclaira. Il lui adressa un sourire désarmant et tendit les bras.

— Mah, articula-t-il.

Elle faillit revenir le prendre. Bascula un instant le poids de son corps d'un pied sur l'autre. Mais elle avait le visage et les mains tachés de sang, et si les toilettes ressemblaient un tant soit peu au reste du café, elle imaginait trop bien dans quel état elles seraient. Inutile d'amener Ritchie là-dedans si elle pouvait l'éviter. Il y avait quelque chose de drôle chez Antonia – quelque chose dans son attitude hautaine qu'Emma n'aimait pas – mais elle s'était très bien occupée de Ritchie pendant les quelques minutes où ils avaient été séparés, après l'avoir descendu du train. Ritchie ne risquait rien avec elle. Pas pour quelques secondes de plus.

Emma sourit à son fils.

— Je reviens dans une minute, lui assura-t-elle.

Puis elle ouvrit la porte marron et entra.

Dès qu'elle perçut l'odeur qui régnait, elle se félicita de ne pas y avoir amené Ritchie. Les toilettes ne contenaient qu'un minuscule lavabo et ne disposaient pas de fenêtre. Au-dessus du lavabo, un ventilateur d'aération était encrassé par des moutons de poussière grise. L'endroit était absolument épouvantable. Emma serait plus que ravie de sortir Ritchie de là le plus tôt possible, même si cela signifiait qu'il devrait attendre un bon moment avant de pouvoir manger. Elle s'observa dans le miroir. La surface du verre était irrégulière. Son visage semblait plus large que d'ordinaire, mais cela lui suffit pour discerner la partie gonflée de sa lèvre, qui suintait. Du sang maculait sa joue et son menton. Elle avait une mine affreuse.

Sur le réservoir à l'arrière des toilettes se trouvait un rouleau de papier hygiénique de taille industrielle. Emma tendit le bras, évitant de regarder dans la cuvette. Elle déroula quelques feuilles et les déchira. Elles étaient sans doute crasseuses mais tant pis. Elle les mouilla sous le maigre filet du robinet, puis frotta sa joue et son menton. Voilà. Le plus gros était nettoyé. Elle jeta le papier dans une poubelle sous le lavabo et en déchira une nouvelle longueur. Qu'elle pressa contre sa lèvre, la maintenant quelques secondes sur la coupure afin d'arrêter le saignement. Mais quand elle ôta le papier, il resta collé et elle arracha la croûte, ce qui fit saigner de nouveau. Emma lâcha un soupir impatient. Il lui fallut deux feuilles de papier supplémentaires pour que la coupure cesse enfin de saigner. Elle frotta rapidement son menton une dernière fois, se rinça les doigts et décida qu'elle ne pouvait pas faire mieux. Elle ne prit même pas la peine de chercher de quoi se sécher les mains.

Lorsqu'elle sortit des toilettes, elle fut d'abord trop occupée à respirer l'air frais pour saisir ce qu'elle avait devant les yeux. De l'endroit où elle se tenait, son regard portait jusqu'à l'avant du restaurant ; elle avait une bonne vision de la plupart des tables. Elle distinguait la vitre avec son enseigne écaillée rouge et les lettres de *M. Bap's* inversées. Mais à l'intérieur, là où elle s'attendait à voir Ritchie, avec son visage ensommeillé, et Antonia, avec ses cheveux blonds vaporeux, il n'y avait rien. La poussette de Ritchie avait disparu. La table près de la vitre était vide.

Emma ne s'inquiéta pas tout de suite. Ils étaient là, quelque part. Elle ne les voyait pas, tout simplement. Elle regagna la salle et la parcourut des yeux. La surface des tables semblait jaune et poisseuse sous la lumière fluorescente. Le vieil homme barbu était assis à sa place, les yeux clos. Celui du comptoir était toujours invisible.

Indécise, Emma resta au milieu de la salle. Que se passait-il ? Quel élément lui échappait pour comprendre la situation ? Puis elle sut. Ils étaient sortis ! Le mari d'Antonia était arrivé. Ils avaient préparé Ritchie et l'avaient réinstallé dans sa poussette. Tout le monde était dehors, l'attendait dans la rue.

Elle s'approcha de la porte et l'ouvrit brutalement. Elle jeta un œil d'un côté de la rue, puis de l'autre. Des voitures et des bus dans la rue principale. Quelques magasins encore ouverts, leurs lumières miroitant sur le trottoir. De la musique forte s'échappait de l'un d'eux, un rythme oriental inhabituel. Des groupes d'hommes, certains avec des barbes et des casquettes colorées. Nulle trace d'une femme en veste à poignets et col de fourrure qui poussait un enfant.

Quelques mètres plus loin, la rue en croisait une autre. Emma se précipita à l'angle et regarda. Une rambarde le long du trottoir, trois bus alignés. Des immeubles, un pub.

Aucune femme avec une poussette.

Essayant de ne pas paniquer, Emma retourna en hâte au café. C'était ridicule. Ils étaient forcément là ! Antonia avait dû emmener Ritchie à une autre table, dans un coin de la salle qu'Emma n'avait pas remarqué avant. N'empêche qu'elle aurait pu la prévenir. Ça, c'était la goutte d'eau qui faisait déborder le vase. Dès qu'elle retrouverait Ritchie, cette fois, elle le prendrait et s'en irait.

Mais tout en vérifiant rapidement chaque mur du café et autour du comptoir, elle savait ce qu'elle avait compris au premier coup d'œil en y entrant : le café ne consistait qu'en une seule pièce carrée, avec la vitre et la porte sur la rue à l'avant. Il n'y avait ni escalier ni recoin. Aucune table dissimulée qui lui aurait échappé. Aucune arrière-salle.

Emma se rua dans le passage menant aux toilettes. Elle ouvrit la porte à la volée, au cas où il y aurait eu plusieurs cabines. Seul le réduit puant s'ouvrit devant elle.

Les mains tremblantes, elle courut au comptoir.

—Excusez-moi, héla-t-elle d'une voix aiguë. Excusez-moi.

Les rubans colorés bougèrent. L'homme mal rasé passa la tête.

—Vous les avez vus ? demanda Emma.

—Qui ?

Emma regarda par-dessus son épaule, entre les bandes de plastique.

—Mon fils. Ils sont là-dedans ? Ils sont allés dans votre cuisine ?

L'homme la dévisageait, les yeux ronds. Emma souleva le battant du comptoir. Elle se précipita et écarta les bandes. Derrière se trouvait une cuisine, envahie de casseroles et de piles d'assiettes, qui sentait les poubelles. Pas de Ritchie. Ni d'Antonia.

L'homme l'avait suivie.

—Qu'est-ce que vous faites ?

Emma se retourna vers lui. Elle luttait pour rester calme.

—Il y avait une femme. Près de la vitrine, avec mon fils. Elle l'a emmené ? Ils sont allés où ?

—Je ne…

—Elle l'a laissé tout seul ? Elle l'a pris, ou quelqu'un d'autre ? Vous avez forcément vu quelque chose, vous êtes aveugle ou quoi ?

Emma criait maintenant. L'homme recula, visiblement inquiet.

—J'ai vu personne, dit-il. Je sais pas où ils sont allés.

Emma passa devant lui, retourna dans la salle. Le vieil homme contre le mur levait vers elle un regard interrogateur. Un voile bleuté recouvrait ses yeux.

— Et vous, vous les avez vus ? lui demanda Emma d'un ton suppliant.

L'homme se contenta d'agripper sa tasse. Il était plus âgé qu'elle ne l'avait cru, il tremblait et paraissait ailleurs. Elle n'était même pas sûre qu'il ait compris sa question.

— Appelez la police, hurla-t-elle à l'homme au comptoir. On m'a pris mon enfant.

Tous deux l'observaient, bouche bée.

— Appelez la police, leur cria-t-elle encore avant de se ruer dans la rue.

Toujours aucune trace d'eux. Elle ne pouvait même pas courir, puisqu'elle ne savait pas quelle direction prendre. La rue devint floue. La tête lui tournait et elle avait la nausée.

— Ritchie, appela-t-elle. Ritchie.

La peur lui serrait la gorge. Elle regarda de nouveau de tous les côtés, hissée sur la pointe des pieds. Il y avait des gens partout, chaudement vêtus, avec des écharpes et des bonnets, mais personne avec un bébé. Ritchie semblait avoir complètement disparu. Emma avait envie de vomir. Elle tenta de traverser la chaussée pour gagner le terre-plein central, afin d'avoir une meilleure vue de la rue de chaque côté du café, mais de nombreuses rambardes lui bloquaient le passage.

— Ritchie, hurla-t-elle.

Puis :

— Au secours ! Aidez-moi. S'il vous plaît. Mon bébé a été kidnappé.

Un homme en blouson et casquette de base-ball s'approchait à grands pas sur le trottoir. Emma essaya de l'arrêter.

— S'il vous plaît. Je vous en prie. J'ai besoin d'aide.

L'homme l'esquiva et poursuivit son chemin.

—Pitié, gémit Emma. S'il vous plaît, quelqu'un…

La terreur lui coupait le souffle. Elle vacillait. Ses jambes lui paraissaient aussi liquides que de l'eau. Elle n'arrivait pas à réfléchir correctement. Qu'est-ce qu'elle devait faire ? Il fallait qu'on l'aide, elle ne pouvait pas, elle était incapable de la moindre pensée efficace.

Une grosse dame entre deux âges, chargée de sacs de courses, ralentit pour la regarder.

—Que se passe-t-il ? demanda-t-elle.

Emma se jeta presque sur elle.

—S'il vous plaît. Oh, je vous en prie. On m'a pris mon bébé.

—Qui a pris votre bébé ?

—Cette femme, qui… Vous les avez vus ? Une femme et un petit garçon ? Vous les avez vus passer en venant par ici ?

—Je ne crois pas…

La femme hésita. Autour d'elle, d'autres personnes s'arrêtaient. Les gens parlaient, surtout dans des langues étrangères, et Emma ne comprenait pas ce qu'ils disaient. Mais une ou deux phrases ressortirent :

—Qui a pris un bébé ?

—La fille mince au manteau déchiré.

—C'est du sang qu'elle a sur le visage ?

Emma n'arrivait pas à y croire. Elle agrippa la femme par le devant de sa chasuble.

—Mon enfant a été *kidnappé*, lui cria-t-elle avant de s'adresser à la foule amassée. Appelez la police. Qu'est-ce que vous avez à rester plantés là ? C'est quoi, votre problème ?

La femme recula, la bouche grande ouverte, semblant dire : « Dans quoi je me suis fourrée ? » Une autre personne interpella Emma d'une voix sévère :

— Hé, ho, pas la peine de faire ça.

Emma lâcha la femme et dévala la rue dans le sens opposé d'où celle-ci était venue, misant sur le fait que si elle avait vu Ritchie en cours de route, elle l'aurait dit. Sa respiration sifflait. L'air qui pénétrait ses poumons à chaque inspiration se réduisait à un mince filet. *Ne t'évanouis pas, bon sang. Mon Dieu, par pitié, faites que je ne m'évanouisse pas maintenant.* Ce n'était pas le moment, elle devait le retrouver avant qu'il ne soit trop loin. Elle essayait de regarder partout à la fois, les fenêtres éclairées, les angles et les rues adjacentes plus sombres, s'efforçant de distinguer la petite tête ébouriffée et la polaire bleue de Ritchie dans les couleurs et la pénombre. Est-ce que le mari d'Antonia était arrivé ? Est-ce qu'ils avaient tous les deux embarqué Ritchie ? Est-ce qu'Antonia avait seulement un mari, en fait ? Ou un enfant ? Ou est-ce qu'elle n'était qu'une cinglée qui… Bon Dieu.

Du calme.

Peut-être que Ritchie n'était pas du tout avec Antonia. Peut-être qu'Antonia s'était lassée, et avait quitté le café en l'abandonnant, et qu'une autre personne, quelqu'un dont Emma n'avait pas la moindre idée, le voyant là tout seul, était entrée pour l'emmener.

La chaussée disparaissait, reparaissait et disparaissait de nouveau par flashes, comme sous l'effet des stroboscopes d'une boîte de nuit. Puis Emma se mit à pousser les gens, les bouscula avec violence pour les écarter de son passage. Elle courait le long du trottoir, presque sans toucher le sol, tournait au hasard dans les rues adjacentes, revenait à toute allure. Elle ne savait pas quelle direction elle prenait, si elle fouillait sans cesse les mêmes endroits ou d'autres, tout se ressemblait, les gens, les rues, les immeubles. L'avait-elle raté ? Était-elle passée devant lui sans le voir ? Tournait-elle en rond, sans progresser du tout, pendant que lui s'éloignait de plus en plus ?

Les flashes surgissaient de plus en plus vite. Elle hurlait son prénom tout autour d'elle, encore, encore, et encore.

—Ritchie. Ritchie. Ritchie.

Enfin elle s'agenouilla sur le sol et poussa des cris perçants, sans qu'aucune parole ne sorte, juste des sons. Des klaxons retentirent. Et à travers les éclairs lumineux, des voix :

—Regardez-la. Elle n'est pas bien.

—C'est la drogue ?

La tête d'Emma était pleine de bruit. Il y avait trop de couleurs et de mouvements partout. Elle était dépassée ; tout arrivait trop vite. Impossible de réfléchir. Trop de choses à penser. Trop urgentes. Trop importantes. Elle tomba sur les mains. La chaussée fondit vers son visage.

—Ça va ? demanda une femme.

—Qu'on appelle une ambulance, intervint une autre.

Ils tournoyèrent, devinrent flous, puis disparurent.

3

La lumière était bleue et tamisée. Douce sur ses yeux. Derrière le rideau à motifs, une symphonie assourdie de voix et de pas ; à l'intérieur, un petit carré de silence, dans lequel elle se trouvait. Elle était dans un lit, les genoux douloureux et raides. Elle avait fait un rêve affreux, Ritchie mourait. Non, elle l'avait laissé dans un train. Elle n'arrivait pas à se souvenir. Mais tout allait bien maintenant. Elle était réveillée. C'était fini.

À l'extrémité du lit, une fille en blouse bleue inscrivait quelque chose dans un dossier. Emma regardait autour d'elle d'un œil ensommeillé. Elle se sentait bizarrement somnolente, confortable et en sécurité ; une impression de bien-être qu'elle n'avait pas éprouvée depuis très, très longtemps. La fille tourna une page, vérifia quelque chose, rabattit la page et écrivit de nouveau. Elle avait une façon délicate de bouger les doigts. Apaisante. Hypnotique. Enfant, une nuit qu'elle dormait dans la maison de sa grand-mère, Emma s'était réveillée et avait vu sa maman assise devant sa table de toilette sous la fenêtre, en train de parcourir de vieilles lettres. La lampe, très inclinée, diffusait une flaque jaune au-dessus du papier. Emma était restée étendue là un long moment, dans son abri douillet, à écouter le froissement des feuilles et à observer les doigts de sa mère tourner les pages.

Après un moment, elle murmura à la fille en bleu :

— Où suis-je ?

La fille releva la tête d'un mouvement vif.

— Oh, vous êtes réveillée.

Elle posa le dossier et se précipita vers Emma.

— Vous êtes à l'hôpital, Emma. Aux urgences du Royal London. Vous vous rappelez avoir été emmenée par une ambulance ?

Une ambulance ? Emma fronça les sourcils. Quelque chose la frappa alors, et elle se redressa dans le lit. Elle parcourut des yeux le box bleu et calme.

— Où est Ritchie ? demanda-t-elle. Où est mon petit garçon ?

— Excusez-moi un instant.

L'infirmière souleva un pan du rideau et fit signe à quelqu'un. Une ombre se dessina derrière les rideaux, puis les écarta. Un homme au crâne rasé pénétra dans le box. Il portait une chemise blanche à manches courtes et un épais gilet noir. Une radio dépassait de son épaulette gauche.

Un policier. Le cœur d'Emma se serra.

— Ritchie. Qu'est-ce qui est arrivé à Ritchie ?

Le policier ne répondit rien. Emma se mit à sangloter comme une folle.

— Ritchie. Ritchie, où es-tu ?

Alors ce n'était pas un rêve. Ritchie avait disparu. Mais que lui arrivait-il ? Pourquoi ne se souvenait-elle pas de ce qu'il s'était passé ?

— Retrouvez-le, supplia-t-elle à l'attention du policier. Je vous en prie. Vous devez le retrouver.

— On essaie, lui assura le policier. Le problème, c'est qu'il y a une certaine confusion sur ce qu'il s'est passé exactement. Vous avez été inconsciente pendant les deux dernières heures. Je pense qu'on vous a donné une sorte de... sédatif ? ajouta-t-il en jetant un coup d'œil à l'infirmière.

Un peu sur la défensive, celle-ci expliqua :

— Elle hurlait quand l'ambulance l'a amenée ici. Elle s'agrippait aux murs, essayait de retourner dans la rue. Un danger pour elle-même. Nous ne savions pas.

On aurait dit qu'ils parlaient de quelqu'un d'autre. Emma se rappelait vaguement avoir crié des choses à une foule de gens, mais cela semblait irréel. Elle se sentait tellement entre deux eaux, comme dans un rêve, qu'elle avait du mal à croire s'être comportée comme le disait l'infirmière. Mais ce n'était pas le moment de se poser la question. Elle s'efforça de se réveiller, de débarrasser son esprit des épaisseurs cotonneuses qui l'enveloppaient.

Le policier sortit un carnet, puis humecta son index.

— Ça vous aiderait que je répète ce que vous avez raconté sur place aux auxiliaires médicaux ? dit-il. Si je clarifie les éléments que nous avons réussi à obtenir jusqu'ici ?

— Je vous en prie, répliqua Emma. Faites, s'il vous plaît.

Le policier feuilleta le calepin jusqu'à la bonne page.

— Votre nom est Emma Turner, énonça-t-il, et vous avez vingt-cinq ans ?

— Oui.

—Et Richard – Ritchie – votre enfant, un an ?

—Oui. Depuis le mois dernier.

—Bien. Donc… vous avez rencontré cette femme… Antonia ?

—Oui.

—Et vous parliez avec elle dans ce café, puis vous êtes allée aux toilettes et en sortant, l'enfant et elle avaient disparu.

—Oui. C'est ça.

L'enveloppe ouatée se dissipait. Elle était de nouveau dans le café, et Ritchie lui tendait les bras en souriant, et disait « Mah ». C'était si réel qu'elle faillit pousser un cri, lever la main pour le toucher.

—Maintenant, si je pouvais éclaircir certains points, reprit le policier en tapotant son calepin. Parce que c'est là que tout devient un peu confus.

Il s'éclaircit la gorge et regarda fixement Emma.

—À qui est l'enfant que cette femme a pris ?

Emma lui jeta un regard ébahi.

—À moi.

—Vous en êtes sûre ? Vous êtes sûre que l'enfant n'est pas le sien ?

—Évidemment que j'en suis sûre.

Déroutée, Emma chercha des yeux l'aide de l'infirmière. Pourquoi disait-il cela ?

—Il y avait des témoins, poursuivit-elle. Demandez-leur.

—Nous l'avons déjà fait, madame Turner. Et c'est là que leur version diffère de la vôtre. L'impression générale des témoins auxquels nous avons parlé au *Mr*… euh… *Bap's*, semble avoir été que cette dame et l'enfant sont venus ensemble dans le café, et que *vous* vous êtes approchée d'eux.

Emma s'assit péniblement dans le lit.

—Non. C'est faux. On s'était déjà rencontrées. Dans la station de métro.

—Oui, c'est juste. Vous aviez déjà abordé cette dame et son enfant à la station Whitechapel. Un membre du personnel en a témoigné, un agent au portillon.

—Quoi ?

—Vous êtes allée voir l'agent pour lui dire que vous aviez perdu votre sac. Quand vous lui avez parlé, vous étiez seule, sans enfant ni poussette.

—Non !

—Ensuite vous l'avez quitté et vous vous êtes approchée d'une femme qui se trouvait avec son enfant à l'entrée de la station. Vous paraissiez lui demander de l'argent, et elle vous a donné… s'il vous plaît, madame Turner, je ne fais que récapituler ce qui a été dit. Elle vous a donné de l'argent, puis vous a laissée et est entrée dans le café. Quelques minutes plus tard, on vous a vue la suivre et l'aborder de nouveau. À ce moment-là, il y a eu une sorte de dispute. Vous êtes allée aux toilettes, et la dame est partie avec son enfant.

Il releva les yeux.

—C'est bien ce qui s'est passé ?

—Non ! s'écria Emma. Ce n'est pas ce qu'il s'est passé. Ritchie est *mon* enfant.

—Très bien, madame Turner. Essayez de rester calme. Je suis ici pour entendre votre version.

La respiration d'Emma était rauque et précipitée. Elle n'arrivait pas à la contrôler. Comme si elle faisait une crise d'asthme. Sa bouche était emplie de salive. Elle ne pouvait pas avaler. Sa salive coulait sur l'oreiller. L'infirmière posa un bol devant elle.

—Respirez lentement, conseilla-t-elle en lui frottant l'épaule.

Emma cracha dans le bol, qui sentait la bile et le plastique. Elle s'obligea à respirer correctement. Tout lui revenait maintenant, la ouate entourant son esprit se déchirait en grandes trouées irrégulières.

—Écoutez, dit-elle, souhaitant désespérément expliquer avant que tout disparaisse de nouveau. *Voilà* ce qui s'est passé.

L'histoire sortit en vrac. Elle commença avec Ritchie se hissant tant bien que mal dans le train avant la fermeture des portes, sa petite bouille ronde rayonnante de triomphe. Lorsqu'elle arriva au moment où elle s'écroulait dans la rue, entourée de tous ces visages, et les klaxons qui beuglaient à ses oreilles, elle pleurait. Le policier hochait la tête, notant tout par écrit. À la fin de son récit, il resta silencieux, tapotant son calepin de la pointe de son stylo.

—C'est mon enfant. C'est le mien.

La voix d'Emma tremblait.

—Pourtant, selon votre version, répliqua le policier, vous vous êtes rendue aux toilettes en le laissant à une femme bizarre que vous n'aviez jamais vue auparavant.

L'infirmière pressa la main d'Emma.

Le policier poursuivit :

—Vous dites que l'enfant s'est retrouvé coincé dans le train à la fermeture des portes. Est-ce qu'une autre personne a vu cet événement se produire ?

—Non.

Puis Emma se souvint.

—Si. Un homme. Il m'a tirée en arrière du tunnel.

—Il vous a dit son nom ?

—Non.

Le policier garda le silence.

—Pourquoi est-ce que je vous mentirais sur une chose pareille ?

—Je ne dis pas que vous mentez, madame Turner. Mais pourquoi ne l'avez-vous signalé à personne ? Pourquoi ne pas avoir déclenché l'alarme pour appeler à l'aide ? Ou mentionné l'incident à l'agent à qui vous avez parlé ? D'après lui, vous lui avez uniquement fait part d'un sac perdu.

—J'ai un enfant, s'écria Emma. Pourquoi serais-je ici en train de vous dire qu'il a été kidnappé au lieu de m'en occuper ?

À présent, elle était à genoux sur le lit, le visage braqué vers le policier. Il ne réagit pas. Il tenait tranquillement son calepin et fixait un point entre les deux yeux d'Emma.

—Existe-t-il un moyen de vérifier que vous avez un enfant ? demanda-t-il.

—Qu'est-ce que vous voulez dire ?

—Vous vivez avec quelqu'un ? Qui d'autre connaît Ritchie ?

—Je vis seule.

—Il y a bien quelqu'un qui vous connaît tous les deux. De la famille ? Des amis ?

Emma fouillait frénétiquement son esprit.

—Une visiteuse médicale, ou un médecin généraliste ?

—Ma généraliste, s'exclama Emma. Le Dr Stanford. Elle connaît Ritchie.

—On va la contacter tout de suite. Vous avez une adresse ?

—Walker Square. Le centre médical. Mais pour Ritchie ? Qu'est-ce que vous faites pour lui ?

—Dès qu'on aura parlé au Dr Stanford, on sera en mesure d'agir. On fera aussi vite que possible.

—Mais…

Le policier s'approchait déjà des rideaux.

—Je reviens le plus tôt possible, madame Turner. Dès que j'aurai reçu la confirmation des renseignements que vous m'avez donnés.

Il écarta les rideaux et quitta le box.

—Cherchez-le, lui cria Emma. Trouvez mon enfant. Vous devez me croire.

Elle s'abattit contre les oreillers, pleurant presque de frustration. L'enveloppe de coton était revenue. Elle la repoussa de toutes ses forces. Elle devait rester éveillée. Elle devait les obliger à rechercher Ritchie. Oh, mon Dieu, depuis combien de temps avait-il disparu ? Chaque minute l'éloignait davantage d'elle. Elle se redressa, le cœur affolé. Où était-il ? Où ? Qu'est-ce que cette femme lui voulait ? Et si Emma ne le revoyait jamais ? Cette pensée lui donnait envie de vomir. C'était un cauchemar. Ce n'était pas réel. Dans une minute, elle allait se réveiller et se retrouverait dans son appartement, avec Ritchie dans son petit lit à barreaux près du sien. Sauf qu'une trop grande part d'elle savait qu'il n'en serait rien. Elle éprouvait un énorme sentiment d'échec. Elle avait manqué à ses devoirs envers Ritchie. Elle avait toujours su que ça arriverait, et voilà, maintenant, ça y était.

Un homme en chemise rose se tenait à côté du lit et lui parlait. Sa bouche s'ouvrait et se fermait. Emma le regarda d'un air égaré. La voix de l'homme émergea dans son esprit.

52

—Vous m'écoutez, Emma ? disait-il.

—Je vous ai tout raconté, gémit-elle. Tout ce que je sais. Pourquoi n'êtes-vous pas en train de le chercher ?

—Encore un peu de patience, Emma. Juste quelques questions supplémentaires. Ritchie est-il votre seul enfant ?

—Oui. Oui, c'est le seul.

—Comment se fait-il que vous soyez si isolés ? Pas de famille, personne à appeler. Vous êtes une jeune fille séduisante. Où est le père de Ritchie ?

—Nous n'avons aucun contact.

—Et votre famille ? Vos parents ?

—Ils sont morts.

L'homme l'inscrivit sur son carnet.

—Je suis désolé. Vous étiez proche d'eux ?

—Non… Si… Ma maman…

Ses yeux s'emplirent de larmes. Elle les essuya d'une main brutale.

—Avez-vous un passé psychiatrique ?

—Pardon ?

—Une dépression, par exemple. Vous suivez un traitement médical ?

Elle le dévisagea.

—Pourquoi vous me demandez ça ? Vous êtes psychiatre ?

—Je suis le Dr Canning, du service psych…

—Vous me croyez malade ? C'est ça ? Vous pensez que j'ai tout inventé ?

—Bien sûr que non.

—Tant mieux.

Bon Dieu, elle en avait marre de tout ça. Elle repoussa les draps entortillés autour de ses jambes, et entreprit de descendre du brancard.

— Je m'en vais, déclara-t-elle.

L'homme en chemise rose se rassit, les mains en l'air.

— Emma. S'il vous plaît. Vous êtes complètement bouleversée. Réfléchissez un peu. Comment allez-vous rentrer ?

— Où sont mes chaussures ?

— Si vous quittez l'hôpital contre l'avis médical, vous devrez signer une…

— Pas de problème. Tout ce que vous voudrez. Mon fils a été enlevé et personne ne bouge le petit doigt. Je vais devoir le chercher moi-même.

Elle marmonnait en se penchant pour récupérer ses baskets. Connards de médecins. Connards de flics. Tous des connards. Elle se sentait bizarre. La tête lui tournait. Elle ne sentait plus ses pieds. La seule chose qu'elle savait, c'est qu'elle devait fiche le camp d'ici et retrouver Ritchie. Dans cette ville, on ne pouvait compter que sur soi-même.

Les rideaux s'écartèrent de nouveau. C'était le policier au crâne rasé.

— Nous avons parlé au Dr Stanford, annonça-t-il.

Emma leva les yeux vers lui, cramponnée aux montants du brancard. Une violente lumière blanche l'auréolait par-derrière. Elle ne distinguait pas son visage.

Le policier poursuivit :

— Le Dr Stanford confirme que vous avez un fils, qu'elle connaît très bien et a souvent vu. Sur cette base, nous allons lancer une enquête complète sur la disparition de votre enfant.

4

Son premier souvenir de Ritchie. Ça, on n'oubliait pas ce genre de chose. Il était cramoisi, enveloppé dans une couverture tricotée au crochet, couché comme un mollusque en travers de son lit. Emma avait l'impression que c'était le bébé d'une autre que la sage-femme venait de poser là, une minute plus tôt.

— Vous ne l'allaitez pas ? demanda l'énergique sage-femme en uniforme bleu marine, occupée à enrouler le brassard d'un tensiomètre à côté du lit.

— Non.

— Ah ? Vous savez que c'est mieux pour son système immunitaire ?

Emma releva le menton.

— Ma mère ne m'a pas allaitée. Et je m'en suis très bien sortie.

La douleur infernale de l'accouchement était passée, mais elle avait l'impression d'avoir le corps déchiré et meurtri, du nombril jusqu'aux genoux. Elle se sentait faible, lourde, écrasée entre les oreillers. Du sang tombait goutte à goutte d'une poche à transfusion fixée au-dessus de son poignet. Le bébé miaula, puis se mit à brailler en mâchouillant ses poings fermés. Il gisait sur le lit, sale, affamé et sans défense. Le poids de sa responsabilité la submergea.

La sage-femme fit la moue.

— Dans ce cas, vous feriez mieux de lui donner un biberon. Il ne faudrait pas que son taux de glycémie chute.

— L'assistante sociale passera avant mon départ ? demanda Emma d'un ton plus timide, maintenant qu'elle avait gagné sa petite bataille. L'allocation de maternité…

— Oh, elle passera. Ne vous en faites pas.

La sage-femme balança avec fracas son matériel dans la corbeille du tensiomètre, puis quitta la chambre en poussant l'appareil cliquetant devant elle.

Peau de vache, songea Emma.

Livrée à elle-même, elle s'empara du bébé qui piaillait, le tenant un peu éloigné d'elle pour ne pas lui faire mal. Elle saisit le biberon sur la table de nuit, puis regarda tour à tour l'objet et le nourrisson. Et maintenant ? Elle posait juste le biberon contre ses lèvres ? Saurait-il quoi en faire ?

Tandis qu'elle s'interrogeait, la tétine effleura par hasard la bouche du bébé. Aussitôt, il leva le visage et l'engloutit. Il tétait si fort qu'Emma, inquiète, retint le biberon, de peur que la chose ne disparaisse au fond de sa gorge. Néanmoins, après quelques instants, elle se détendit. Le biberon ne disparaîtrait nulle part ; le bébé avait l'air de savoir ce qu'il faisait. Elle n'avait qu'à équilibrer le biberon avec la main et le laisser s'en débrouiller.

Tandis qu'il buvait, elle l'examina avec attention, surprise de sa vivacité. Elle croyait savoir que les nourrissons ne voyaient rien les premiers jours, mais pourtant il la fixait, ses yeux en forme de poire grands ouverts, d'un regard ferme. Il avait une drôle de bouille, large et molle, comme un ballon de football miniature. Son cou plissé dépassait du col du Babygro. La chambre était silencieuse, on n'entendait que le *chuic-chuic* régulier sur la tétine et le murmure d'une discussion provenant de la radio en sourdine. Le visage grave du bébé exprimait la compréhension.

« Je te demande pardon, semblait-il dire. J'ai besoin de boire ce truc, mais je vais le faire aussi vite que possible pour te laisser te remettre. » Un lent clin d'œil. « Je suis de ton côté, tu sais. »

L'angoisse qui labourait les entrailles d'Emma commença à s'atténuer un tout petit peu.

Le DJ annonça à la radio : « Et maintenant, une chanson de Keane. »

Les premières mesures de « Somewhere Only We Know » emplirent la pièce. La gorge d'Emma se serra. Elle laissa retomber sa tête sur l'oreiller. Elle se trouvait dans le Hampshire avec Oliver, et la chanson était passée dans la voiture durant le trajet. Ils marchaient le long de la rivière. « Attend de voir cet endroit, disait-il. On dirait une forêt enchantée. Peu de gens le connaissent. »

Ils se glissaient sous de vieux ponts de pierre, l'un après l'autre, débouchant dans une lumière verte, vaporeuse. De lourdes branches tachetaient la surface de l'eau. Ils marchaient pendant quelques kilomètres sans rien croiser d'autre que des moucherons. Oliver repoussait ses cheveux blond cendré sur son front. Au milieu du silence, sa bouche descendait sur la sienne.

Les bras d'Emma fatiguaient. Elle les détendit, et le bébé se nicha contre son corps. Elle baissa la tête, la gorge toujours douloureusement nouée, et la chevelure duveteuse du nourrisson frôla ses lèvres.

Elle ne pouvait pas l'appeler Oliver. Pas après ce qui s'était passé. Mais elle pouvait l'appeler… quels étaient les noms des musiciens de Keane ? L'un d'eux se nommait Richard, non ? Elle avait toujours aimé ce prénom.

— Tu aimerais t'appeler Richard ? demanda-t-elle à l'enfant.

Il ne répondit pas. Ses paupières commençaient à tomber ; sa bouche était molle autour de la tétine du biberon.

— Bon, d'accord. On va faire ça.

Un souci de moins. Un rayon de soleil traversait la fenêtre en oblique et tombait sur le lit. Emma se sentait fatiguée, paisible, prête à s'endormir, elle aussi.

Lundi 18 septembre
Deuxième jour

— Les premières vingt-quatre heures sont cruciales, expliqua Lindsay, l'officier de liaison avec les familles. Il nous faut rassembler un maximum d'informations le plus vite possible. Certaines de nos questions pourront vous sembler indiscrètes ou personnelles, mais elles font partie de la procédure, alors, s'il vous plaît, essayez de ne pas vous en offusquer.

Cela faisait neuf heures que Ritchie avait été enlevé. Lindsay était si grande, éclatante et efficace. À côté d'elle, Emma se sentait toute petite, maigre et froide.

Elle était la plupart du temps engourdie, mais de temps à autre, une nappe de panique se déployait dans sa tête, lui opacifiant l'esprit. Où était Ritchie ? Qu'est-ce qu'on lui faisait ? À peu près toutes les heures, elle était prise de tremblements, et l'ensemble de ses muscles, surtout ceux de la nuque, se tendaient et vibraient jusqu'à la douleur.

— Vous croyez qu'il est vivant ? murmura-t-elle.

— J'en suis certaine, répondit Lindsay en lui mettant un bras autour des épaules. Un adorable petit garçon comme lui ? Personne ne voudrait lui faire de mal. Je suis sûre qu'il est bien traité.

Lindsay devait avoir un an ou deux de plus qu'Emma, mais paraissait pourtant plus jeune. Elle avait une peau pulpeuse et lisse. Ses cheveux, aussi longs et bruns que ceux d'Emma, étaient épais et brillants. Elle avait un visage enjoué, sans marque de souci ; un visage qui, même au repos, portait un demi-sourire. On aurait davantage dit une jeune fille qu'une femme.

Elle s'était présentée à l'hôpital après que la police avait enfin accepté de rechercher Ritchie.

— Je serai votre agent de liaison pendant les recherches, avait-elle expliqué à Emma. Considérez-moi comme le lien entre vous et la police. Chaque fois que vous éprouverez le besoin de parler à quelqu'un, appelez-moi. De mon côté, je vous téléphonerai et vous rendrai visite régulièrement jusqu'à ce qu'on retrouve Ritchie, vous serez ainsi toujours au courant de ce qu'il se passe.

Ce fut Lindsay, avec deux autres policiers, qui raccompagna Emma à son appartement à Hammersmith. Les clefs et le passe magnétique d'Emma se trouvaient toujours dans son sac, quelque part dans l'East End, mais la police avait réussi à obtenir du syndic un jeu de dépannage d'urgence. Emma, debout tout hébétée dans le hall éclairé de l'immeuble, glissa le nouveau badge dans le boîtier de sécurité à côté des portes. La plupart des fenêtres de la tour étaient sombres. Le nouveau passe fonctionna. Les lourds battants métalliques s'ouvrirent avec leur sourd double clic.

Dans son appartement au cinquième étage, l'odeur de toast froid et de céréales pour bébé l'assaillit dès qu'elle ouvrit la porte. La vaisselle du petit déjeuner était encore empilée dans l'évier de la cuisine. Il y avait le bol en plastique de Ritchie avec l'image de Bob le bricoleur au fond, en partie cachée par des grumeaux de porridge desséché. Ses jouets traînaient là où il les avait laissés. Le camion rouge sur lequel il apprenait à se déplacer, et qu'il pointait avec imprudence droit sur le mobilier. Son train qui braillait « Tout le monde à bord » quand on pressait la cheminée de la locomotive. Une biscotte gisant dans une pluie de miettes sous la table, les bords festonnés de traces de dents minuscules. Son doudou, une grenouille nommée Gribbit. À la vue de chaque objet, la poitrine d'Emma s'alourdissait, jusqu'à ce que la douleur atteigne la limite du supportable.

Les policiers, après avoir demandé à Emma la permission de jeter un œil, se mirent à explorer l'appartement. Ils fouillèrent partout : l'étroite chambre peinte en jaune, avec le lit à barreaux de Ritchie et celui, à une place, d'Emma. La salle de bains et sa baignoire vert olive aux robinets recouverts du tuyau de douche en caoutchouc, ainsi que la baignoire en plastique jaune de Ritchie sous le lavabo. Son gobelet à bec antifuite, renversé derrière la baignoire. Elle l'avait cherché pendant une semaine.

Les policiers retournèrent le contenu des placards et du panier de linge sale. Ils se mirent à quatre pattes pour examiner les sols : le lino tacheté de la cuisine, la moquette verte de la chambre et du salon.

— Qu'est-ce qu'ils cherchent ? ne cessait de demander Emma. Ritchie n'a pas été kidnappé ici. Pourquoi ils ne font pas ça dans le café ?

— C'est la routine, dit Lindsay d'un ton apaisant.

Ils ramassèrent des mèches de cheveux de Ritchie dans son lit, et emportèrent sa brosse à dents. Ils prirent sa couverture et quelques-uns de ses vêtements.

— Pour l'odeur, expliqua Lindsay. Et l'ADN. Ça nous aidera dans nos recherches.

— Avez-vous des habits semblables à ceux qu'il portait à ce moment-là ? demanda un des policiers.

Emma fut en mesure de fournir une réplique exacte du pantalon de Ritchie : ils étaient vendus par lots de deux chez Primark. L'homme étiqueta le pantalon et l'emporta. Emma décrivit la polaire que Ritchie portait la veille.

— Vous auriez une photo de lui portant ce vêtement ?

En les cherchant, elle fut choquée par le peu de photos qu'elle avait prises de lui. Il ne lui était jamais venu à l'esprit qu'elle aurait dû en prendre plus. Sur la dernière, Ritchie était tout seul, à califourchon sur son camion, avec le mur jaune et vide en arrière-plan, souriant d'un air timide à l'objectif. Le sourire langoureux, aux yeux mi-clos, d'Oliver. Elle avait été prise le jour de son anniversaire. En août. Il portait un short en jean et un T-shirt bleu avec « Surfer Dude » imprimé sur le devant.

L'homme dut tirer la photo d'entre ses doigts.

— Vous en avez un double ? demanda-t-il.

— Non.

— Désolé. On doit l'emporter. Inscrivez vos nom et adresse derrière. On tâchera de vous la rendre.

Il parlait avec gentillesse. Il semblait lui-même être un père, hirsute et les vêtements froissés, comme si des gamins lui avaient grimpé dessus.

— Qu'est-ce que je peux faire, moi ? demanda Emma à Lindsay. J'ai l'impression que je devrais faire quelque chose. Le rechercher. Pas être juste assise ici.

— Il faut que vous restiez près du téléphone, répondit Lindsay. Si quelqu'un essayait d'appeler. Vous savez, pour une rançon ou autre.

— Une rançon.

Elle devait blaguer.

— On ne sait jamais, ajouta Lindsay.

— Mais ils ignorent où j'habite. Ils n'ont pas mon numéro.

— On ne sait jamais, répéta Lindsay.

Elle fit du thé très chaud, bien sucré, et essaya de persuader Emma d'en boire.

Emma garda un moment le thé dans la bouche, puis le recracha dans l'évier.

— Je ne peux pas. Ça ne passera pas.

— Vous devez avaler quelque chose, Emma. Quelque chose de sucré. Vous êtes pâle comme un linge. Vous n'aiderez pas Ritchie en tombant malade.

Mais elle tremblait trop fort, et sa gorge refusait de laisser passer le liquide.

—Y a-t-il quelqu'un que l'on pourrait appeler ? demanda Lindsay. Une personne qui resterait avec vous cette nuit ? Que pensez-vous de Soutien aux victimes, par exemple ? C'est un organisme bénévole qui aide les gens dans votre situation. On peut leur passer un coup de fil ; ils enverront quelqu'un qui vous tiendra compagnie le temps que tout cela se termine.

Emma secoua la tête.

—Je n'ai besoin de personne. La seule chose dont j'ai besoin en ce moment, c'est que vous trouviez Ritchie.

Un homme costaud, brun et moustachu, surgit devant elle. Il lui tendit la main et se présenta :

—Inspecteur Ian Hill. Je suis l'officier chargé de l'enquête.

L'inspecteur Hill ressemblait exactement à l'image qu'Emma s'était toujours faite des enquêteurs de police : grand, très large d'épaules, vêtu d'un pardessus beige fermé par une ceinture. Elle se cramponna à sa main, la serra fort entre les siennes, comme pour l'empêcher de s'en aller.

—Promettez-moi, l'implora-t-elle. Promettez-moi de le retrouver. Promettez-moi de le ramener.

—Nous ferons de notre mieux, madame Turner.

Il tira par petites saccades sur sa main.

—En attendant, enchaîna l'inspecteur Hill, j'ai d'autres questions à vous poser.

Tout était si banal. Si ordinaire. Ils auraient aussi bien pu discuter d'un vol de bicyclette. Ce sang-froid général désorientait Emma, aussi resta-t-elle assise et répondit-elle calmement et raisonnablement à toutes les questions de l'inspecteur Hill.

— Maintenant, pouvez-vous nous en dire plus sur le moment où vous vous êtes aperçue de la disparition de votre fils ?

Et là, la réalité de la situation la frappa de nouveau. Elle pensa : « C'est moi. C'est à *moi* que ça arrive. Mon fils a disparu ! » Sa gorge se bloqua. Ses poumons enflèrent, comme si sa poitrine était trop étroite pour les contenir. Ce n'était pas vrai. Elle ne pouvait pas rester, comme ça, à ne rien faire. Elle lutta pour ne pas se lever et se ruer hors de la pièce. Il fallut interrompre l'interrogatoire pendant que Lindsay tentait de la calmer.

L'inspecteur Hill voulait tout savoir sur Ritchie. Il demanda à Emma la permission de consulter son dossier médical chez la généraliste.

— Vous êtes certaine de ne jamais avoir vu cette femme dans le métro auparavant ? poursuivit-il. Avez-vous reçu des appels bizarres dernièrement ? Une personne étrange a-t-elle abordé Ritchie ou vous dans la rue ? Vous a suivie lorsque vous étiez ici ou là ?

Emma s'était suffisamment ressaisie pour répondre à tout ça de manière assez catégorique. Personne ne l'avait suivie. Personne n'avait téléphoné. Elle n'avait jamais vu Antonia avant.

— Le père de Ritchie a-t-il le moindre contact avec vous ? demanda l'inspecteur.

— Non.

— C'est son choix ou le vôtre ?

— Le sien.

— Il aurait pu essayer de l'enlever, à votre avis ?

Emma secoua la tête. Si seulement elle pouvait penser qu'il s'agissait Oliver. Elle saurait au moins que

Ritchie allait bien.

— Non. Je sais qu'il ne le ferait pas. C'est pas le genre.

Hill lui lança un regard qui disait : « C'est moi qui juge du genre des gens, merci. » Pour une raison ou pour une autre, on aurait dit qu'il n'aimait pas beaucoup Emma. Il nota quelque chose sur son carnet et déclara :

— Nous devrons lui parler de toute façon.

Avant, Emma aurait eu honte qu'Oliver apprenne qu'elle avait été assez incompétente pour perdre son enfant. Leur enfant. Désormais, elle s'en moquait. En moins de vingt-quatre heures, toutes les pensées d'Oliver s'étaient effacées de son esprit, aussi totalement que s'il n'avait jamais existé. Elle donna à l'inspecteur Hill le numéro de sa sœur à Birmingham. Oliver n'était pas proche de sa famille, mais Sasha saurait vraisemblablement où il se trouvait.

Les questions continuaient.

— Vous avez un petit ami ? Quelqu'un que vous voyez depuis un moment ?

— Je n'ai été avec personne depuis Oliver.

— Qui d'autre connaissez-vous à Londres ?

Emma réfléchit.

— Mon ancienne colocataire, Joanne. Mais on n'est plus si intimes.

— Et vos voisins ?

— Aucun que je connaisse vraiment.

Derrière Lindsay, deux des policiers échangèrent un regard. Emma les surprit, et s'exclama avec colère :

— Pourquoi persistez-vous à m'interroger sur les gens que je connais ? Je vous l'ai dit, ceux qui ont pris

Ritchie sont des inconnus. Je ne les ai jamais rencontrés avant.

Lindsay lui toucha le bras.

— Je suis navrée, Emma. Je sais que ces questions sont pénibles. Mais pour le moment, on ne peut rien exclure.

Emma s'écarta violemment.

— Qu'est-ce que vous faites pour retrouver Ritchie ? Je veux dire, à part me poser des questions. Qu'est-ce que vous faites pour le retrouver, au juste ?

Lindsay répondit d'un ton patient.

— Pas mal de choses, Emma. On a déjà interrogé certains témoins sur place – la station de métro, la rue du *M. Bap's* – et on fera de notre mieux pour en trouver encore le plus possible et leur parler. La table que vous occupiez au café n'a pas été débarrassée après votre départ, donc on a emporté les tasses dans lesquelles Antonia et vous avez bu. Antonia a pu laisser des traces d'ADN sur la sienne. On va aussi vérifier si un dispositif de vidéo-surveillance fonctionne dans la rue à l'extérieur du café. Si c'est le cas, on pourrait avoir des images de ceux qui ont enlevé Ritchie, et de la direction qu'ils ont prise. La station de métro, en tout cas, aura des caméras. Alors on a déposé une requête urgente pour étudier les bandes. Et on a transmis la description de Ritchie à tous les journaux. Vous avez vu l'édition du soir.

Oui. Un court paragraphe en page cinq : « Enlèvement présumé d'un bébé de… » Mais pourquoi ne pas l'avoir passé en première page ? Et à la télé ? Tout ça semblait si passif. Tellement… Dans les films, ils en faisaient tout de même davantage pour chercher les enfants disparus, non ? Emma pataugea pour trouver une autre question à poser.

— Et pourquoi pas des chiens ? Des hélicoptères ?

Lindsay répéta avec le même ton posé qu'elle utilisait depuis le début :

— Nous faisons tout ce qu'il convient de faire.

Emma voulut discuter, mais sa respiration s'emballait de nouveau, comme à l'hôpital. Elle posa les mains sur sa bouche. Les policiers échangèrent de nouveaux regards.

— Mon fils existe, affirma-elle, et sa voix ressembla à un sanglot.

— Je le sais, dit Lindsay avec gentillesse. Je le sais.

Il fallait qu'elle s'échappe. Tous ces gens dans son appartement, qui posaient des questions sur Ritchie et qui ne le connaissaient pas. C'était juste une nouvelle affaire pour eux. Elle avait l'impression d'être un poisson rouge, de nager frénétiquement en rond dans un bocal, prise au piège et se cognant aux parois, tandis que ces personnes calmes et qualifiées l'observaient de l'extérieur et prenaient des notes.

Le seul endroit privé restait sa chambre. Elle prit Gribbit la grenouille dans le lit à barreaux de Ritchie et rampa sur le sien en le serrant dans ses bras. Elle s'enroula avec lui dans la couette et s'étendit, épuisée, mais pourtant incapable de ralentir le cours de ses pensées.

Qu'est-ce qu'ils font à mon enfant ? Ça, c'était l'une des pires interrogations, mauvaise, horrible, logée comme un rouleau de fil de fer barbelé au creux de son ventre. Lindsay affirmait être certaine qu'il était bien traité, mais elle était bien obligée de dire ça, non ? La vérité, c'est que personne ne savait ce qu'il se passait pour lui. Elle imagina Ritchie drogué, la respiration bruyante et encombrée, les yeux révulsés, attendant quelque part dans une fourgonnette ou une remise que… que quoi ? Ou tremblant dans un coin, en train de mettre à la bouche ce qu'il trouvait par terre et pleurant parce que personne n'avait changé sa couche, et qu'il était sale et que ses fesses étaient irritées. Elle se le représenta avec des larmes coulant sur ses joues, lâchant des petits hoquets de détresse, se demandant ce qu'il avait bien pu faire pour qu'elle l'abandonne ainsi. Afin d'atténuer l'horreur de cette vision, elle se concentra pour essayer de lui envoyer un câlin. Elle canalisa toute son attention sur lui ; le lit s'évanouit, et il ne resta que Ritchie, assis tout seul dans un lit-cage dans une pièce obscure. Il levait les yeux, perplexe, les joues toujours baignées de larmes. Emma éprouvait une joie et une tendresse farouches. Ses bras entouraient son petit corps grassouillet, et il poussait un cri de bonheur avant de se blottir contre elle. Elle l'apaisait, défaillant de reconnaissance ; le sentait trembler en s'accrochant à elle, impatient de retourner à la maison. La sensation fut assez puissante pour la réveiller, la ramenant brutalement dans son lit. Ce n'était pas Ritchie qu'elle serrait, c'était Gribbit, ses immenses yeux cousus noyés de tristesse. Emma pleura de chagrin. Elle n'était pas avec Ritchie, elle était ici, et lui, Dieu savait où, complètement seul. Il la réclamait. Qu'est-ce qu'on lui faisait ? Qu'est-ce que lui faisait un quelconque pervers sadique et tordu, debout au-dessus de lui ?

Emma se tordait d'angoisse. C'était insupportable. Pourquoi ? Pourquoi avait-elle emmené son fils prendre un café avec Antonia ? Une parfaite inconnue ! Elle s'était montrée si naïve, si avide de parler à quelqu'un.

Pourquoi était-elle allée aux toilettes en laissant son petit garçon – son bébé – en compagnie d'une femme qu'elle n'avait jamais vue auparavant ? Comment avait-elle pu laisser Ritchie monter seul dans le métro ? Pourquoi ne l'avait-elle pas surveillé correctement ? Elle le revoyait sans cesse, debout à l'intérieur du wagon. Elle se repassait la scène, encore et encore ; cette étrange traction sur le harnais, la sensation que quelque chose ne collait pas. Mais son sac était hors de portée, alors elle avait pris cette fraction de seconde pour le ramasser à tâtons avant de se retourner.

Cet instant, elle ne le retrouverait jamais. Il était survenu puis reparti, et, au moment crucial, elle avait accordé plus d'importance à un sac contenant des maillots de corps et des T-shirts qu'à son fils.

Si elle dormit un peu, elle ne s'en rappela pas. Les heures s'éternisaient tandis qu'elle gisait dans le silence lugubre, avec ce rouleau de fil de fer barbelé toujours vrillé au fond du ventre. À six heures du matin, elle sut qu'il aurait été grotesque de tenter une nouvelle fois de s'endormir, et elle se leva. Le téléphone n'avait pas sonné une seule fois. Elle vérifia la tonalité. Lindsay avait laissé un mot au feutre noir, épais, collé sur le combiné : « Revoici mon numéro, par sécurité. Je passerai demain. Ou plus tôt s'il y a du nouveau. »

Emma portait toujours son jean et le pull de la veille. Elle quitta la chambre, essayant de ne pas regarder le lit à barreaux sous la fenêtre. Elle se prépara une tasse de thé et s'assit sans la boire à la table ronde du salon. Les rideaux du balcon étaient ouverts. À travers la baie vitrée, elle voyait la tour opaque d'en face, son contour à peine adouci par un halo gris dans le ciel.

Le chauffage n'était pas encore allumé dans l'immeuble et le froid renforçait l'impression de solitude et de vide de l'appartement.

Une nuit entière. Il avait disparu depuis une nuit entière. Elle avait cru savoir ce que souffrir signifiait, mais comprenait à présent à quel point elle s'était trompée. Elle n'avait jamais rien connu de comparable. Les longues jambes pelucheuses de Gribbit lui frôlaient les mollets, pile à l'endroit qu'atteindraient les pieds d'un bambin. Elle le caressait sans cesse, sentant ses doigts se soulever sur les bosses de son ventre, là où son rembourrage s'usait.

Elle ignorait depuis combien de temps elle était assise là lorsque l'interphone bourdonna, crachant son timbre discordant dans le silence de l'appartement. Emma sursauta. Lindsay avait dit qu'elle passerait aujourd'hui, mais sûrement pas si tôt, quand même ? Pourquoi viendrait-elle à cette heure-ci, sinon pour lui apporter des nouvelles ? Bon Dieu ! Elle bondit sur ses pieds, envoyant valdinguer Gribbit, et se précipita vers l'interphone.

Mais ce n'était que le Dr Stanford, sa généraliste. Emma pressa le bouton pour déclencher l'ouverture de la porte. Quand le Dr Stanford sortit de l'ascenseur quelques minutes plus tard, elle était accompagnée d'une femme assez jeune, frisée et vêtue d'un haut vert.

—Emma, comment ça va ?

Elle entra d'un pas hésitant dans le minuscule salon. C'était une grande femme, mince comme un lévrier, à la chevelure gris cendré tirée en chignon. Elle portait sa tenue habituelle, un impeccable tailleur-jupe gris sur une blouse en soie à col noué.

— C'est vraiment affreux. Vous ne devez plus savoir à quel saint vous vouer. Vous connaissez Alison Regis, n'est-ce pas ? enchaîna-t-elle en désignant la femme en vert. La puéricultrice de la PMI.

— Non, répondit Emma d'un ton apathique.

Elle avait rencontré plusieurs puéricultrices après la naissance de Ritchie, mais pas celle-ci.

— J'étais en congé maternité, expliqua Alison Regis. C'est mon premier jour de reprise.

— J'ai moi-même été absente, dit le Dr Stanford. Toute la semaine dernière. Pour une conférence à San Diego.

Le visage d'Alison s'anima.

— San Diego ? C'est là que j'ai passé ma lune de miel.

Il y eut un silence. Puis le Dr Stanford s'éclaircit la gorge et s'adressa à Emma :

— La police est venue au cabinet. Ils ont demandé à voir le dossier médical de Ritchie. J'espère que cela ne vous dérange pas ? J'ai vu le formulaire que vous avez signé, leur accordant la permission.

— Pas de problème.

— Ils m'ont demandé de venir vérifier comment vous alliez, poursuivit le Dr Stanford. Bien sûr, je l'aurais fait de toute façon. Après la dernière fois où nous nous sommes vues, souvenez-vous, j'avais laissé un message urgent à Alison pour qu'elle vous rende visite. Malheureusement, je ne me suis pas rendu compte sur le moment qu'elle était encore en congé maternité.

Pour une raison ou une autre, le Dr Stanford parais-sait très nerveuse. Ses doigts osseux tremblaient tandis qu'elle rajustait une mèche de cheveux. D'habitude, elle était très calme, efficace, distante. Elle avait reçu Emma et Ritchie à chaque maladie du bébé, fait toutes les vaccinations de Ritchie, et prescrit à deux reprises des antibiotiques pour une otite. Emma s'était inquiétée que l'infection ne disparaisse pas correctement, mais le Dr Stanford la rassurait toujours avec brusquerie. Le créneau de dix minutes ne laissait guère de temps pour bavarder. La dernière fois qu'Emma s'était rendue au cabinet remontait à la semaine passée, et le Dr Stanford s'était montrée fidèle à elle-même.

— Vous semblez à bout, Emma, reprit-elle. Vous avez réussi à dormir un peu ?

Les yeux d'Emma brûlaient de fatigue et du sel des larmes qui coulaient en permanence. Sa mâchoire lui faisait mal. On lui avait donné des comprimés de Valium à l'hôpital ; elle en avait pris un, sans aucun effet. Elle ne souhaitait rien tant que dormir, échapper à la pensée implacable et affolante de Ritchie, de l'horreur de ce qui pouvait lui arriver, à l'impuissance et la panique corrosive de ne savoir quoi faire. Mais Lindsay avait dit de rester près du téléphone. Emma voyait mal comment Antonia aurait obtenu son numéro, mais s'il existait la moindre chance qu'elle appelle, elle ne voulait pas être trop droguée pour répondre.

— Vous devriez vraiment essayer de dormir, conseilla le Dr Stanford.

— Je le ferai, répliqua Emma. Mais pour le moment, j'ai besoin d'être éveillée.

Et puis, peu après cinq heures ce soir-là, le téléphone sonna.

Lindsay et l'inspecteur Hill se trouvaient dans l'appartement. Lindsay était là depuis le matin. Elle avait préparé d'innombrables tasses de thé, avait fait un saut au *Sainsbury's* pour acheter des soupes qu'Emma n'arrivait pas à avaler. L'inspecteur était arrivé plus tard dans l'après-midi – afin de prendre la déposition d'Emma.

Lindsay expliqua à Emma comment procéder :

— Vous allez nous répéter ce que vous nous avez déjà raconté, comme ça vous vient. Et nous dire tout ce qui vous serait revenu entre-temps. Ne vous inquiétez pas si vous êtes confuse ou si les choses viennent dans le désordre. On enregistrera tous vos propos, pour pouvoir reconstituer ensuite la déposition complète d'après la bande. À un moment, on vous demandera de la relire, et, si vous êtes satisfaite, de la signer.

Emma parla dans le micro et répéta l'essentiel de ce qu'elle avait dit la veille. Elle ne se souvenait d'aucun élément nouveau. La déposition terminée, Lindsay alla dans la cuisine faire chauffer une bouilloire. Emma se rendit à la salle de bains. Elle débouclait son jean lorsque le bourdonnement s'éleva dans le salon. Elle se figea. Dans le miroir au-dessus du lavabo, un épouvantail au visage livide, sous une lumière crue, la fixait bouche bée avec des yeux enfoncés et noirs. Emma écouta, respirant à peine, très silencieuse.

La sonnerie fut coupée. Elle entendit la voix de Lindsay. Celle-ci marqua une pause, parla de nouveau.

Puis – doux Jésus ! – elle entendit des pas précipités et un tambourinement contre la porte de la salle de bains.

— Emma. Vite, vite.

Le ton de Lindsay exprimait l'urgence.

Emma lâcha sa ceinture et trébucha vers la porte.

— C'est un homme, souffla Lindsay. Il refuse de donner son nom. Vous attendez un coup de fil ?

Emma secoua la tête. Elle ne voyait pas… À moins que ce soit Oliver, qui appelait pour dire qu'il était au courant ? Elle s'empara du téléphone. Toute sensation avait disparu de ses doigts ; elle dut utiliser son autre main pour l'empêcher de glisser.

— Allô ?

Une voix d'homme dit :

— Vous êtes bien Emma Turner ?

Ce n'était pas Oliver.

Emma se raidit. À côté d'elle, Lindsay ouvrait si grand les yeux qu'elle voyait le blanc autour de ses pupilles.

— Oui, répondit Emma.

— Ah, bonsoir. Je m'appelle Rafe Townsend.

Elle n'avait jamais entendu ce nom.

— Oui ?

— On s'est rencontrés hier. À la station de métro, vous vous rappelez ?

Les jambes d'Emma la lâchèrent. Lindsay lui agrippa le bras. Emma se cramponna à une table pour ne pas tomber.

— Allô ? disait la voix. Allô ? Vous êtes toujours là ?

— Oui, répondit Emma, glacée. Je suis là.

— Vous avez laissé votre sac quand vous êtes montée dans le train, poursuivit l'homme. Votre numéro de téléphone était dedans. J'espère que vous ne m'en voulez pas d'avoir appelé, mais je voulais vérifier que vous aviez bien récupéré votre bébé.

5

Emma resta sans voix. Il lui fallut plusieurs secondes pour comprendre de quoi l'homme parlait. Un flot de sentiments l'assaillit. Soulagement que l'homme au bout du fil ne soit pas le kidnappeur. *Déception* qu'il ne le soit pas. C'était trop. Beaucoup trop. Elle recula, laissant tomber l'appareil par terre.

Lindsay et l'inspecteur Hill se précipitèrent vers elle. Qui était cet homme ? Où l'avait-elle rencontré ? Dans quelle mesure avait-il vu ce qui s'était passé ?

Emma tremblait toujours.

— Il a essayé de m'aider à la station de métro. Il m'a tirée en arrière pour m'empêcher de tomber sous le train.

L'inspecteur ramassa le téléphone sur la moquette.

— Allô, dit-il de sa grosse voix.

Visiblement, l'homme à l'autre bout du fil était encore là, car l'inspecteur Hill, après avoir écouté un moment, parla de nouveau. Emma était trop agitée pour entendre grand-chose de la conversation, hormis des « Oui » et « Je vois » occasionnels.

Lorsque l'inspecteur raccrocha, il expliqua à Lindsay :

— M. Townsend prévoyait de vous apporter le sac ce soir. Je lui ai dit qu'on préférait qu'il le dépose au commissariat.

Lindsay opina. Mais le cerveau d'Emma recommençait à fonctionner. Qu'est-ce que ce Rafe avait vu, au juste ? Avait-il vu Antonia ? Avait-il remarqué quoi que ce soit qui permette de l'identifier ?

— J'aimerais lui parler. Je veux le rencontrer.

— Ce serait peut-être mieux de nous laisser nous en occuper, conseilla Lindsay. On peut prendre sa déclaration au commissariat.

Emma insista.

— Je veux entendre ce qu'il a à dire. Il était là. Il a vu Ritchie. Demandez-lui. Il a vu ce qu'il s'est passé, il vous le racontera.

Lindsay hésita. Elle regarda l'inspecteur Hill, qui haussa les épaules.

— Ça m'est égal, dit-il. Je peux recueillir sa déclaration ici.

Lindsay se retourna vers Emma.

— Vous êtes sûre ? Vous êtes sûre d'être en état de recevoir cette personne chez vous ?

— Oui. Je veux le voir. Je veux entendre ce qu'il a à dire.

Lindsay rappela M. Townsend. Il fut convenu qu'il passerait à l'appartement vingt minutes plus tard.

En attendant l'arrivée de Rafe Townsend, Emma repoussa la baie vitrée coulissante du balcon et sortit prendre un peu l'air. Elle marcha de long en large, refaisant sans cesse les trois pas qui la menaient d'une extrémité du balcon à l'autre. Les balcons de la tour en face étaient encombrés de toutes sortes de choses : linge qui séchait, poussettes, fanions accrochés à des ficelles. Des fenêtres, par centaines, criblaient l'immeuble, certaines opacifiées par de l'alu ou du papier, comme des rangées de bouches édentées.

Imagine, se répétait Emma. Imagine que ce Rafe Townsend ait vu Antonia. L'ait reconnue, même.

« Oh, oui, dirait-il à la police. Nous sommes des voyageurs réguliers, cette femme et moi. Je la croise presque tous les jours. Elle descend chaque soir à Tower Hill. »

Une autre pensée tournait aussi en boucle dans son esprit. *Maintenant, ils seront obligés de me croire.* Pour une raison quelconque, elle ne pouvait se débarrasser du sentiment que les policiers se méfiaient d'elle. Comme s'ils ne croyaient pas à sa version des faits. Ils disaient essayer d'obtenir les vidéos de surveillance. « Quelqu'un d'autre a vu ce qui s'est passé ? » lui demandait tout le temps l'inspecteur Hill. « Quelqu'un d'autre vous a au moins vue avec Ritchie ? » Ça la rendait folle. Eh bien, maintenant elle avait un témoin. Ils ne lui poseraient plus toutes ces questions qui ne rimaient à rien, et se mettraient à chercher Ritchie convenablement.

L'interphone bourdonna. Des voix s'élevèrent de l'intérieur de l'appartement.

— … gentil à vous d'être passé…

— … terrible. Je n'arrive pas à croire…

L'inspecteur Hill, debout au milieu du salon, parlait à un homme brun, en T-shirt rouge. Rafe Townsend, supposa Emma. Elle l'étudia avec attention, essayant de deviner quel genre de témoin il pourrait faire. S'il était un bon observateur. Sa première pensée fut qu'il semblait drôlement jeune. Elle avait eu l'impression d'un homme beaucoup plus âgé. Ce type avait à peu près le même âge qu'elle. Il était mince et bronzé.

Moins grand que l'inspecteur Hill, mais tout de même d'une taille respectable. Il portait un sac à dos en toile, aux coins troués, et son jean comme son T-shirt étaient délavés. Des auréoles de transpiration s'étalaient sous les manches de son T-shirt.

—Votre tête me dit quelque chose, remarqua Lindsay d'un ton intrigué. Vous n'étiez pas dans la police ?

—Quelque temps, seulement, répondit Rafe Townsend. J'ai fini Hendon[1], mais j'ai démissionné après mon année de stage.

L'inspecteur Hill haussa un sourcil.

—Ah ? Et pourquoi ?

—Pour raisons personnelles, répliqua-t-il sobrement.

Il avait un accent londonien, pas un accent snob.

Il y eut un froid. Puis l'inspecteur demanda :

—Et vous faites quoi, maintenant ?

—Je travaille pour une entreprise paysagiste. Je bêche. Je plante des clôtures. Ce genre de trucs.

Grouillez-vous, songeait Emma. Demandez-lui ce qu'il a vu.

L'inspecteur Hill restait là à caresser sa moustache, passant le pouce sur les poils de gauche à droite puis dans l'autre sens. Il dévisageait Rafe avec autant d'attention qu'Emma.

—Vous êtes au courant de ce qu'il s'est passé ? demanda-t-il après un moment.

Pour la première fois, Rafe lança un coup d'œil à Emma.

---

1 Hendon Police College : Principale école de police en Angleterre.

—Oui. Je suis désolé.

—Ça ne vous ennuie pas qu'on vous pose quelques questions sur ce que vous avez vu ?

—Non, je serais ravi de pouvoir être utile.

Lindsay regarda Emma. Avant l'arrivée de Rafe, elle lui avait demandé d'attendre dans une autre pièce pendant qu'il ferait sa déclaration.

—En général, les témoins font leurs dépositions en privé, avait-elle expliqué. Mais vous aurez l'occasion de lui parler après, si vous le désirez.

Emma retourna sur le balcon. Elle ferma la porte vitrée coulissante, et les voix dans le salon s'estompèrent en un murmure incompréhensible. Elle appuya les coudes sur la rambarde et resta là un moment, laissant la brise engourdir son visage. Le parking en contrebas formait une masse confuse dans la pénombre du crépuscule. Elle ne remarqua que le murmure dans l'appartement s'était interrompu que lorsqu'elle entendit la baie vitrée du balcon s'ouvrir de nouveau derrière elle.

—M. Townsend aimerait vous parler, annonça Lindsay.

Emma tourna la tête. La porte coulissa davantage. Puis il y eut un raclement de pas, et Rafe et son sac à dos se retrouvèrent à côté d'elle.

—Je vous ai rapporté votre sac, dit-il.

Il avait le regard très vif. De près, il était plus mat que bronzé, comme s'il avait du sang espagnol ou italien.

Emma se tourna vers lui.

—Qu'est-ce que vous leur avez dit ?

—Eh bien, ils ont d'abord voulu savoir ce que je faisais à la station Stepney Green. J'ai expliqué que j'avais travaillé à Epping Forest, et que mon patron m'avait déposé au métro. Quand je suis arrivé sur le quai, je vous ai vue courir derrière le train, et j'ai cru que vous alliez vous tuer, alors j'ai cavalé dans le tunnel pour empêcher ça.

—Vous l'avez vue ? Vous avez vu Antonia ?

—La femme dans le wagon ? Non. Désolé.

Les épaules d'Emma s'affaissèrent. Mais qu'est-ce qu'elle avait espéré ? Même s'il avait vu Antonia, il n'aurait pas pu la décrire mieux qu'elle ne l'avait fait.

Pour se réconforter, elle poursuivit :

—Bon, mais au moins, vous avez vu Ritchie. À la façon dont ils en parlent, certains policiers ont l'air de penser que je l'ai inventé.

Les pieds de Rafe raclèrent un peu le sol cimenté du balcon.

—Vous savez, dit-il, en fait, je n'ai pas vu votre fils.

Emma le dévisagea, les yeux ronds.

—Mais c'est obligé. Vous étiez là.

—Ouais, enfin, comme j'ai raconté aux policiers, je vous ai vue tenir une espèce de lanière qui dépassait de la porte du wagon. Et c'est seulement après, quand vous me l'avez dit, que j'ai su que votre bébé était à l'autre bout.

—Mais vous…

Tout ça pour un putain de sac à main griffé. Bien sûr. Emma se souvenait, maintenant. Il avait pris Ritchie pour un sac à main. Ce type était aveugle. Il ne pouvait rien pour elle. Elle lui tourna le dos. Elle avait l'impression d'avoir quelque chose de coincé dans la gorge, comme si elle allait s'étrangler. Elle n'avait aucune envie d'en entendre davantage.

—Je suis désolé, assura sombrement Rafe. Je regrette vraiment.

Emma était incapable de répondre.

—Vous tenez le coup ?

Qu'est-ce qu'il croyait, nom de Dieu ?

Rafe donna un coup de poing dans son sac à dos.

—Je me sens le plus gros minable du monde. Je n'aurais jamais dû vous laisser. J'aurais dû déclencher l'alarme.

—Pourquoi ça ? marmonna Emma. Je vous ai dit de pas le faire.

—Mais je n'aurais pas dû vous écouter. Vous n'étiez pas en état de savoir ce que vous faisiez.

Emma gratouilla un morceau de rouille sur la rambarde. À côté d'elle, Rafe se dandinait d'un pied sur l'autre d'un air malheureux. Encore un de ces types agités qui ont toujours besoin de bouger, de faire quelque chose. Elle ne fit rien pour lui faciliter les choses.

—Bon, déclara-t-il enfin. Je vais y aller, alors. Vous laisser tranquille.

Il disparut de son champ de vision. Soudain, sur une impulsion, Emma fit volte-face.

—Attendez.

—Oui ?

Rafe se retourna. À la lumière du ciel, ses yeux avaient une couleur particulière, marron si clair qu'ils en devenaient presque dorés.

Il avait tenté de l'aider, elle ne pouvait le nier. Ça n'avait peut-être pas marché, mais au moins, il avait essayé. C'était largement plus que n'importe qui parmi les autres personnes présentes à ce moment-là.

—Vous avez été dans la police, lança-t-elle. Vous le sauriez s'ils me cachaient quelque chose ? S'ils avaient une raison de ne pas rechercher mon fils comme il le faudrait ?

—Qu'est-ce qui vous fait penser ça ?

—Quelque chose cloche.

Maintenant qu'elle le disait, Emma en était encore plus certaine.

—Je ne comprends pas pourquoi, reprit-elle, mais ils n'ont pas l'air de me croire. Les journaux ne sont pas concernés non plus. Ritchie ne faisait pas les gros titres ce matin, alors que c'est un petit garçon qui a été kidnappé, et qu'il *devrait* faire les gros titres. Ce serait normal, non ? On dirait qu'ils pensent que j'ai tout inventé. Pourquoi je ferais ça, hein ? Putain, si Ritchie n'a pas été kidnappé, alors où est-ce qu'ils s'imaginent que…

Sa voix s'était élevée à mesure, et se brisait maintenant. Elle ne put terminer sa phrase.

—Je suis sûr que, pour une chose pareille, un enfant disparu, avança Rafe, ils feront tout ce qu'ils peuvent.

—Alors pourquoi ils ne l'ont pas trouvé ? hurla Emma. Pourquoi ils passent leur temps *ici*, assis dans l'appartement, au lieu d'aller le chercher ailleurs ?

Rafe semblait bouleversé.

—Parfois, il suffit d'un début de piste. Je suppose que vous avez déjà tout passé en revue une centaine de fois ? Rien ne vous a échappé, même un tout petit détail, qui aiderait à identifier la personne qui l'a enlevé ?

—Vous ne croyez pas que j'en aurais parlé, si ça avait été le cas ? répondit Emma. Je n'arrête pas d'y réfléchir. Encore et encore. Tout le temps. Je ne pense qu'à ça.

—Je sais. Je sais.

Emma se détourna. C'était sans espoir. Vraiment sans espoir. Il ne lui était d'aucune utilité.

—Je devrais peut-être prendre un détective privé, murmura-t-elle, plus pour elle-même que pour lui.

—Je préfère ne rien dire, répliqua Rafe, mal à l'aise.

Puis il demanda :

—Qu'est-ce qu'il y a ? Quelque chose ne va pas ?

Emma, cramponnée à la rambarde, regardait par-dessus le balcon. Le quadrillage des rues, les voitures, les rangées de poubelles à roulettes cinq étages plus bas.

—Ça va ? insista Rafe.

—Quelque chose me…, commença-t-elle.

Mais *quoi* ? Elle retourna en arrière, essayant de se remémorer les dernières secondes. Ils étaient en train de parler de la police et puis… quoi ? Qu'est-ce qui avait fait surgir Antonia dans son esprit, de manière aussi fugitive, aussi soudaine ? Elle s'efforça de faire réapparaître l'image, mais celle-ci s'enfuyait, se réduisant à un petit point, comme un rat ne montrant que le bout de sa queue.

Elle secoua la tête, à nouveau frustrée.

—Non. Non, c'est parti.

—Ça reviendra, lui assura Rafe. Quand vous serez prête, si c'est important, ça reviendra.

Après ça, ils n'eurent plus grand-chose à se dire. Rafe une fois parti, la douleur empira dans la mâchoire d'Emma, s'étendit à son crâne tout entier. Lindsay

83

fit un commentaire sur sa pâleur et ses yeux tirés, puis la persuada d'avaler deux antalgiques. Emma alla s'allonger sur son lit, tout habillée, par-dessus la couette. Elle serrait Gribbit, se creusant encore la tête pour trouver ce qui l'avait fait penser à Antonia. Quelque chose avait déclenché ce rappel fugace, mais quoi ? Il y avait autre chose, aussi. Cette vision de sa mère, de nouveau, assise devant la télévision dans la maison de Bath. Pourquoi revoyait-elle cette image sans arrêt ? Une odeur de lait caillé montait de la peluche de Gribbit. Réfléchis, Emma. Réfléchis ! Elle avait la sensation que son esprit avait enregistré une chose cruciale, puis, sous la secousse du choc, avait éjecté le souvenir. Mais malgré tous ses efforts, il refusait de revenir.

On frappa à la porte de sa chambre. Puis la tête brune de Lindsay passa par l'entrebâillement.

— Emma ? Vous vous sentez mieux ? L'inspecteur Hill voudrait vous dire un mot avant de partir.

Quelque chose dans son ton incita Emma à se redresser.

— Qu'est-ce qui ne va pas ? Il est arrivé quelque chose, c'est ça ?

Lindsay fuyait son regard.

— Non, non. Il n'est rien arrivé du tout. Il a juste deux ou trois questions à vous poser. Si vous vouliez bien venir un instant dans le salon.

Emma dégagea maladroitement ses jambes de la couette. Quoi encore ? Elle réussit à sortir du lit et suivit Lindsay, qui lui ouvrit ensuite la porte du salon.

— Allons nous asseoir, s'il vous plaît.

Elle accompagna Emma jusqu'au canapé et lui appuya doucement sur l'épaule pour la faire asseoir. Puis elle s'installa à ses côtés. L'inspecteur Hill se tassa entre les bras du fauteuil qui se trouvait en face du canapé. Il semblait tellement énorme là-dedans. Ritchie, que les hommes fascinaient, l'aurait regardé avec un respect mêlé d'admiration. Ce géant, qui aurait pu caser deux fois le petit Ritchie dans une de ses poches sans que personne ne remarque sa présence.

Lindsay effleura la main d'Emma.

— Ne le prenez pas de façon personnelle. Tôt ou tard, nous le demandons à chaque famille dans votre situation.

— Demander quoi ?

L'inspecteur Hill s'éclaircit la gorge puis lança :

— J'avais l'intention d'en discuter plus tôt avec vous, avant que M. Townsend ne nous interrompe. J'ai eu une longue conversation avec votre généraliste ce matin. Pendant que nous examinions le dossier médical de Ritchie.

— Ma généraliste ?

Emma était déconcertée. Que venait faire le Dr Stanford là-dedans ?

L'inspecteur se pencha en avant, ses immenses mains jointes devant lui.

— Madame Turner. Pardonnez-moi, mais je dois vous poser la question. Serait-il envisageable que vous ayez fait quelque chose à votre fils ?

Emma le dévisagea. Ses joues devinrent brûlantes.

— Je ne comprends pas, répliqua-t-elle. Ritchie a été kidnappé. Vous le savez bien. Pourquoi me demandez-vous ça ?

— Le Dr Stanford nous a révélé deux ou trois éléments, répondit l'inspecteur. Elle était d'abord réticente, mais puisque vous nous avez permis de consulter le dossier, elle a estimé ne pas avoir le choix.

Elle pense que vous ne dites peut-être pas toute la vérité sur cette histoire. En fait, ajouta-t-il après une pause, sur la base d'une visite que vous lui avez rendue récemment, elle pense que vous avez pu faire du mal à Ritchie.

Du m-m-mal. Le *m* ne passait pas, lui bloquait la gorge. Vous avez pu faire du mal à Ritchie.

— Emma ?

L'inspecteur Hill la regardait avec des yeux glacés. Ils saillaient vers elle, bleu électrique.

— Emma, vous vous rappelez votre dernière consultation chez le Dr Stanford, il y a onze jours ?

— Ma dernière…

Des milliers de bulles minuscules explosèrent dans le ventre d'Emma. En un instant, elle se retrouva dans le cabinet médical. Les affreuses toux provenant de la salle d'attente. Le crépitement de la pluie sur la fenêtre. La puanteur de chaussettes et d'antiseptique.

L'expression du Dr Stanford. Assise toute raide derrière son bureau, complètement choquée.

Emma se plia en deux jusqu'à ce que ses coudes touchent ses genoux. Elle enfouit son visage dans ses mains.

— Vous vous souvenez ? demandait l'inspecteur Hill. Vous vous souvenez de ce que vous avez dit au Dr Stanford ce jour-là ?

D'une voix très basse, Emma répondit :

— Oui. Oui, je m'en souviens.

Au moins, elle savait maintenant. La raison pour laquelle ils ne la prenaient pas au sérieux. Du balcon lui parvint un cri semblable à celui d'une mouette.

Ritchie. Oh, Ritchie. Qu'est-ce que j'ai fait ?

Lindsay tirait sur sa manche, essayait de lui prendre

la main. Sa figure formait une masse indistincte et lisse, exprimant une préoccupation toute profession-nelle. Mais ses pensées assaillirent Emma aussi claire-ment que si elle les avait formulées à voix haute :

« Et nous qui éprouvions une telle compassion pour vous ! Quelle sorte de mère êtes-vous donc ? »

Emma garda les mains sur son visage. Impossible de regarder Lindsay. Elle se détourna.

6

Ritchie avait le sourire d'Oliver, et, chaque fois qu'Emma le voyait, son cœur faisait un bond. Ritchie était un enfant grave ; il fallait généralement le cajoler pour obtenir le sourire en question, qui se dessinait souvent autour d'un poing, d'un jouet ou d'une biscotte fourrés dans sa bouche, mais était bien là. Un jour, une femme serait terrassée par ce sourire, et Emma ne savait si elle devait la plaindre ou l'envier.

C'est ce sourire qui l'avait arrêtée dans son élan, un soir qu'elle traversait le *Blue Grape*, à Clapham, avec trois boissons dans les mains. Le propriétaire du sourire ne regardait même pas dans sa direction à ce moment-là, mais elle en resta un instant le souffle coupé.

—C'est qui, le mec qui parle avec Barry ? chuchota Emma, de retour à la table, en faisant glisser vers Joanne et Claire leurs vodka-cranberry.

Joanne pivota sur son tabouret pour voir de qui il s'agissait.

—Ah, lui. Oliver Metcalfe. Il bosse dans la boîte de Barry.

— Il a une petite amie, si c'est ce que tu veux savoir, ajouta Claire Burns. Je l'ai vu avec une Asiatique dont les cheveux lui descendaient jusqu'aux fesses.

— Oh.

Emma était déçue. Les meilleurs étaient toujours pris.

Pourtant, elle ne put s'empêcher de jeter des coups d'œil à Oliver Metcalfe à mesure que la soirée avançait. Mais qu'est-ce qu'il avait de si particulier ? Cela faisait des siècles qu'un type ne l'avait pas attirée comme ça. Par-dessus les épaules de Claire et Joanne, elle le regardait rire et bavarder avec ses copains. Il était grand, une demi-tête de plus que la plupart des gens autour de lui, debout sous la fenêtre, les cheveux éclairés par la lumière du réverbère au-dehors. Des cheveux blond foncé, assez longs pour que la frange balaie ses yeux. Il faisait partie de la bande en tenue de travail, mais alors que les autres avaient des chemises et des cravates sous leurs vestes de costume, il portait un T-shirt jaune avec un dessin de Homer Simpson sur le devant. Et une paire de baskets extrêmement fatiguées aux pieds. Cet accoutrement aurait paru ridicule sur un homme normal – Barry, le petit ami de Joanne, par exemple, dont la bedaine rose poussait les boutons de sa chemise – mais Oliver pouvait se le permettre. Emma devinait qu'il savait parfaitement ce qu'il faisait avec les vêtements. Ils tombaient tout simplement bien sur lui.

Deux cocktails vodka-pamplemousse plus tard, Emma avait pris sa décision. Elle posa brutalement son verre sur la table et sourit à Claire et Joanne.

— Eh bien, je ne vois aucune Asiatique dans le coin ce soir, lança-t-elle. Et si j'allais dire bonjour ?

— T'es gonflée ! s'exclama Joanne tandis qu'elle se levait de la table. Dis donc, ça fait pas des semaines que ce type à ton travail, Brian, te supplie d'accepter une invitation à dîner ? Tu ne dragues jamais les mecs.

— Eh bien il serait peut-être temps que je m'y mette, marmonna Emma.

Elle vérifia son reflet dans le miroir derrière le bar. Sa nouvelle petite robe verte tombait à merveille. Le décolleté était parfait : ni trop haut ni trop bas. Ses cheveux étaient lavés de frais et brillants. Son mascara, toujours en place. D'accord, personne ne risquait de la prendre pour la petite sœur de Kate Moss, mais elle n'était pas un boudin non plus. Elle était très bien.

Barry parut stupéfait qu'Emma le salue avec autant d'enthousiasme que s'ils étaient les meilleurs amis du monde. D'habitude, ils n'avaient pas grand-chose à se dire. Il lui grogna une réponse, et elle se tourna en souriant vers Oliver.

— Salut. Je m'appelle Emma.

— Oliver, répliqua-t-il poliment en lui serrant la main.

Elle resta un peu baba de découvrir que, de près, il était encore plus beau qu'elle ne le pensait. En fait, il n'y avait pas à tortiller, il était très, très séduisant. Il attendait, les sourcils courtoisement haussés, se demandant visiblement ce qu'elle voulait. L'assurance d'Emma chancela un tantinet, mais elle tint bon.

— On a des connaissances communes, expliqua-t-elle. Je vis avec Joanne, la petite amie de Barry.

— Ah, vraiment ? Comment vous vous êtes connues ?

Oliver avait une voix charmante, grave, et une élocution très soignée.

— On a fait les mêmes études à Bristol. Commerce et marketing. Et on a passé un an à Sydney après la fac.

— Intéressant. Bristol est un chouette endroit.

— Ouais, c'est vrai.

Un silence.

— Qu'est-ce que tu lis ? reprit Emma, remarquant un livre qui dépassait de la poche de sa veste, avec une sorte de blatte dessinée sur la couverture.

— Kafka, répondit Oliver. *La Métamorphose*.

— J'en ai entendu parler. Ça raconte quoi ?

— Un type qui se réveille un matin et découvre qu'il s'est transformé en énorme insecte.

— Ah. De la SF.

Typiquement masculin, songea-t-elle.

Oliver éclata alors de rire, comme si elle avait dit quelque chose de drôle. Puis il posa son verre sur le comptoir.

— Je dois y aller. J'ai rendez-vous dans le centre. Mais c'était sympa de te rencontrer. Je suis sûr qu'on aura l'occasion de se recroiser.

— Super, répliqua Emma d'un ton contraint. J'en suis sûre aussi.

Quelques minutes plus tard, elle rejoignit Joanne et Claire.

— Le courant n'est pas passé, soupira-t-elle, découragée.

— Il ne sort qu'avec des canons, affirma Claire. Non que tu sois moche, ajouta-t-elle rapidement devant le regard que lui jeta Emma. Mais tu comprends ce que je veux dire.

Oui, Emma comprenait. Claire aurait été verte de jalousie si ç'avait collé entre Emma et Oliver, et qu'ils finissent par sortir ensemble. Elle avait toujours été comme ça. À remettre les gens à leur place, au cas où il leur viendrait des idées de grandeur. Emma se demandait souvent pourquoi elles continuaient à traîner avec elle. Mais c'était typique de Londres. C'était une ville si gigantesque, et il était si difficile de connaître de nouvelles personnes que, même si on y était venu justement pour ça, on finissait par traîner toujours avec les mêmes, par sécurité.

Elle haussa les épaules, refusant de se laisser atteindre par la remarque pernicieuse de Claire.

—Bon, je lui ai donné une chance, mais j'ai ma fierté.

De retour à l'appartement qu'elle partageait avec Joanne, deux rues plus loin, Emma trouva un message sur le répondeur.

« Salut, Emma, c'est maman. Ça fait plusieurs jours que je n'ai pas eu de tes nouvelles, alors je voulais juste vérifier que tu allais bien, et j'espère que tu m'appelleras bientôt. »

Emma écrasa la touche « effacer ».

—C'est la troisième fois cette semaine, râla-t-elle. Elle a commencé à faire ça récemment. Me téléphoner à n'importe quelle heure.

—Pourquoi tu ne la rappelles jamais, alors ? cria Joanne depuis la cuisine où elle faisait s'entrechoquer des ustensiles.

—C'est le dimanche que je l'appelle. Elle le sait. Pourquoi téléphone-t-elle ici un vendredi soir ? Elle pense que je n'ai pas de vie, pour m'appeler un vendredi ?

Emma éleva la voix qui devenait rageuse et hystérique. C'était toujours la même chose avec sa mère.

Elle la faisait toujours se sentir pareille à une gamine de neuf ans.

— La mienne aussi est chiante, dit Joanne. C'est parce qu'elles vivent seules qu'elles sont comme ça.

Emma tripotait les boutons du répondeur. Elle n'avait pas voulu sous-entendre que sa mère était chiante. Puis elle s'énerva. Pourquoi se sentir coupable ? Elle ne devait rien à sa mère. Rien du tout.

« Je t'assure que ta maman t'aime, mon chou », affirmait sa grand-mère à la petite Emma de cinq ans chaque fois que sa mère lui criait dessus. Ainsi qu'à celle de huit ans, quand sa mère oubliait d'aller la chercher à l'école. Et à celle de onze, quand Emma passait la plupart de ses soirées et week-ends chez sa mamie parce que sa mère était trop fatiguée pour s'occuper d'elle. « Elle est juste épuisée à cause de son travail. C'est comme ça qu'il y aura de l'argent à la banque pour tes études à l'université. » Mais à la vérité, sa grand-mère ne voyait pas pourquoi l'entrée d'Emma à l'université était toute une histoire. Emma non plus, à l'époque. Mais elle adorait sa grand-mère, et passer autant de temps en sa compagnie leur convenait à l'une comme à l'autre. Qui avait besoin d'une mère froide et distante comme la sienne ?

Elle alla à la cuisine pour expliquer clairement les choses à Joanne.

— Je l'appellerais bien plus souvent, mais une fois, quand j'avais quatre ans, j'ai voulu grimper sur ses genoux et elle m'a repoussée avec une telle force que je suis tombée et me suis écrasé la figure contre la cheminée. Regarde, ajouta-t-elle en écartant ses cheveux et en inclinant la tête pour présenter son menton à Joanne. On voit encore la cicatrice. Quel genre de mère fait ça à son enfant ?

—Laisse tes cheveux tranquilles. Je disais ça comme ça.

Joanne avait déjà vu la cicatrice. Le sujet ne l'intéressait plus, et elle lisait une revue de mode, tout en enroulant sa longue chevelure blonde au sommet de sa tête.

Emma revit Oliver plusieurs fois par la suite, en général le vendredi soir, au milieu d'un groupe composé de Barry et de toute la bande de la City. Le *Grape* aimantait la plupart des moins de trente ans du coin. L'endroit était haut de plafond, avec un plancher foncé et de nombreuses tables. La nourriture était bon marché et savoureuse : steak et pâté à la bière, poulet au curry, saucisses et purée de patates. Pas de billards, ce qui plaisait aux femmes. Les mecs aimaient bien ce pub à cause de son vaste choix de vraies bières. Emma ne réessaya pas d'approcher Oliver, mais en secret, il la fascinait toujours. Sa façon de se comporter avec les gens, de rester là à siroter sa pinte de Spitfire, le regard parfois perdu dans le vague. À quoi ça rimait, tout ça ? À quoi pensait-il quand il fermait à demi ses yeux alanguis pendant qu'autour de lui, les uns criaient par-dessus les autres pour se faire entendre ? Et pourtant, malgré son attitude distante, il se débrouillait toujours pour être au centre du groupe le plus cool. Comment y arrivait-il ? Il ne paraissait faire aucun effort particulier pour attirer les gens ; ils se rassemblaient simplement autour de lui. Les soirs où elle le repérait, elle ressentait un petit pincement d'excitation au creux du ventre. Elle se tenait plus droite, s'animait davantage, s'efforçait d'être toujours en train de rire et de sembler prendre du bon temps. Plutôt facile, étant donné qu'avec Oliver dans ses murs, on aurait dit que le *Grape* devenait d'un coup le cœur même de Londres. L'endroit où tout le monde voulait être.

—Tu sais qu'il est orphelin, lui apprit Joanne un jour. Ses parents ont été tués dans un accident de voiture quand il avait sept ans.

—Non ! C'est horrible.

Emma était sous le choc.

—Il a vécu chez une tante quelque part à la campagne, mais je crois qu'ils ne s'entendaient pas très bien. Elle l'a foutu à la porte aux alentours de ses quinze ans.

—Pauvre Oliver, soupira Emma. Pas étonnant qu'il soit si réservé.

—Ouais, c'est ça, dit Joanne. Il donne l'impression d'être assez impénétrable, hein ? Ça lui plaît.

—Je croyais que c'était un de tes amis ?

—Oliver est OK, tu sais. Selon Barry, il cultive cette image relax de lui-même. Un de nos copains a vécu avec lui, et d'après lui Oliver passait son temps à se regarder dans le miroir, à tourner la tête d'un côté et de l'autre quand il pensait que personne ne le voyait. Il s'oblige à lire tous les bons bouquins, connaît toutes les choses politiquement correctes à dire. Je me demande à quel point cette façade n'est pas du chiqué, en fait.

—Hmm, répliqua Emma.

Le problème avec Joanne, c'était que depuis qu'elle avait rencontré Barry, aucun homme ne lui plaisait. Emma appréciait Barry sans plus. Il était un peu vieux jeu, compte tenu qu'il n'avait que vingt-six ans. Il était né et vivait depuis toujours à Wandsworth, avait déjà une vraie bedaine de buveur de bière, et des points de vue arrêtés sur des sujets comme l'immigration ou les mères célibataires. Mais il menait bien sa carrière, se hissait lentement vers le sommet du monde de l'informatique. Il s'était acheté son propre appartement. Joanne avait toujours voulu se marier jeune.

Il pleuvait un soir de septembre lorsque Emma, les pieds trempés, descendit l'escalier avant d'introduire sa clef dans la serrure de leur appartement en sous-sol. C'était la fin d'une merveilleuse journée de plus au centre d'appels, à se faire insulter par des clients qui n'arrivaient pas à obtenir l'assistance technique. Comme les appels étaient enregistrés, elle ne pouvait pas envoyer les clients se faire voir, ni même admettre avec eux que oui, c'était vrai, PlanetLink était effectivement le pire fournisseur de haut débit de tout le Royaume-Uni, et que le mieux qu'ils puissent faire était de s'abonner ailleurs. Ce qui rendait les choses encore plus insupportables, c'était qu'elle ne pouvait râler auprès de personne pendant ses pauses. La plupart de ses collègues étaient, soit nettement plus jeunes qu'elle, et ne travaillaient là que durant quelques semaines, pour financer leur année sabbatique avant l'université, soit beaucoup plus âgées, épuisées et aigries par la vie, s'éreintant à grappiller de l'argent pour sauver la maison que leur ex avait hypothéquée sans le leur dire. La seule personne qui eût à peu près son âge était Brian Cobbold, le soupirant d'Emma, qui travaillait au centre depuis maintenant six ans, et portait le même pull à col en V depuis presque aussi longtemps.

Six ans ! Emma se sentit mal. Cela faisait dix mois qu'elle travaillait ici, et elle moisissait déjà. Il fallait vraiment qu'elle se tire de là. Et vite.

Son humeur ne s'améliora pas quand elle franchit la porte et découvrit que l'attendait une lettre d'une chaîne d'hôtels renommée.

« Chère Mademoiselle Turner. Nous vous remercions d'avoir postulé pour le poste d'assistante du directeur marketing auprès du groupe Globe Rendez-vous. Nous avons le regret de vous informer que votre candidature n'a pas été retenue. »

— Londres est tellement compétitif, gémit-elle à l'attention de Joanne. À chaque vrai job pour lequel j'ai postulé, les autres candidats avaient tous des maîtrises et des mentions très bien. Impossible d'entrer nulle part.

— Tu vises trop haut. Tu ferais mieux de prendre le premier truc venu, conseilla Joanne. Gravir les échelons. Ça fait un an maintenant que tu es dans ce centre d'appels à la noix.

— Je n'ai pas envie d'être enchaînée à un boulot qui ne me rendra pas heureuse, objecta Emma. L'avantage du centre d'appels, c'est qu'on peut démissionner facilement si quelque chose d'intéressant se présente.

Elle chiffonna la lettre, la balança dans la poubelle et alla remplir la bouilloire à l'évier. Bien qu'il ne fût pas encore six heures et demie, elle dut allumer la lumière. Le deux-pièces d'Emma et Joanne se trouvait au sous-sol d'une maison mitoyenne de quatre étages, divisée en appartements. Les appartements des étages supérieurs avaient de hauts plafonds et de larges fenêtres avec vue sur le parc de Clapham Common. Le plafond d'Emma et Joanne était si bas qu'elles le touchaient presque en étant assises, et la seule vue sur laquelle donnaient leurs fenêtres à barreaux était les pieds des passants. Il faisait encore plus sombre que d'habitude ce soir-là, à cause de la pluie. La fenêtre de la cuisine ruisselait d'eau de pluie. En levant les yeux à travers les barreaux, Emma apercevait la rue grise, truffée de panneaux *À louer* qui battaient sous les trombes.

— Je pourrais repartir en voyage, dit-elle d'un ton rêveur.

— Où ça ? demanda Joanne.

— J'en sais rien. En Chine ? J'ai toujours voulu y aller.

Le téléphone sonna.

— Allô… Emma ? Je n'ai pas eu ton coup de fil hier soir.

Le coup de fil du dimanche soir à sa mère ! Bordel de merde ! Emma ferma les yeux.

— J'étais sortie, mentit-elle. Euh…, dîner. Je suis rentrée trop tard pour t'appeler.

— Pas grave, répliqua gaiement sa maman. Où es-tu allée ? Dans un endroit sympa ?

— C'était très bien, marmonna Emma.

Il était temps de changer de sujet.

— Je pense partir pour la Chine, annonça-t-elle.

— La Chine ? Pour quoi faire ?

Sa mère paraissait perplexe.

— Pour y travailler quelque temps. Découvrir une culture différente.

— Mais quel genre de travail tu trouverais ? Tu ne parles pas chinois.

— Je pourrais apprendre, non ?

Il y eut un silence.

— Tu crois que c'est une bonne idée ? demanda la mère d'Emma.

— Pourquoi ça ne le serait pas ?

—Eh bien, tu viens tout juste de finir ce boulot de serveuse à Sydney…

Emma serra les dents.

—C'était plus que serveuse. Je faisais aussi toutes les relations publiques.

—Je le sais, ma chérie. Tout ce que je dis, c'est que tu devrais peut-être essayer d'acquérir une expérience correcte ou une qualification plus poussée, avant de repartir. Te construire un réseau de relations. Sinon tu n'auras rien en rentrant.

—Parce que tu connais tant que ça le monde du travail ? rétorqua froidement Emma.

—Oh, Emma, soupira sa mère. Je ne peux rien te dire. Ni te donner le moindre conseil.

Tu aurais dû faire ça il y a longtemps, songea Emma.

—Quand est-ce que tu viens à Bath ? reprit sa mère.

—Bientôt. Le boulot est assez dingue en ce moment.

—Tu n'es pas venue à la maison depuis un bout de temps.

—Je le ferai bientôt, promit Emma. Écoute, je dois y aller, là. Je sors. J'ai rendez-vous à huit heures et il faut encore que je me prépare.

—D'accord, ma chérie. Passe une bonne soirée. On se rappelle.

Elles se dirent au revoir et raccrochèrent. Mais Emma mit un moment à ôter sa main du téléphone.

J'aimerais pouvoir rattraper les dernières minutes, pensa-t-elle, comme souvent après avoir parlé à sa mère.

Un jour, ça s'arrangerait, une bonne fois pour toutes. Tout était bien organisé dans la tête d'Emma. Un jour, elle aurait un boulot correct, un boulot dont sa mère serait fière, elle lui rendrait visite à Bath, et elles s'assié-raient l'une en face de l'autre pour parler. Pour parler vraiment, et chacune dirait tout ce qu'elle avait sur le cœur. Emma raconterait à sa mère à quel point elle souffrait, enfant, de ne jamais être câlinée ou prise dans les bras, jamais emmenée nulle part par sa maman, toujours laissée à sa grand-mère. Sa mère expliquerait pourquoi elle se montrait si froide. Il devait bien y avoir une raison. Elle demanderait pardon à Emma, et comme Emma serait désormais heureuse et aurait si bien réussi, elle accepterait de bonne grâce de passer l'éponge. Sa mère et elle s'embrasseraient, l'amertume d'Emma disparaîtrait et elle se permet-trait d'être aussi proche de sa maman qu'elle l'avait parfois rêvé.

Parce que alors elle ne serait plus autant en colère.

Trois jours plus tard, elle reçut un coup de fil au travail.

— C'est toi, Emma ? demanda une voix de femme âgée.

— Oui ? répondit Emma, perplexe.

La voix, vaguement familière, semblait incongrue dans l'environnement frénétique et bruyant du centre d'appels.

— C'est Mme Cornes. Ta voisine à Bath.

— Oh.

Alors Emma sentit une main glacée lui enserrer lentement la gorge. Pourquoi est-ce que Mme Cornes l'appelait à son travail un mardi après-midi ?

— Emma chérie, reprit la voix tremblante de Mme Cornes. Je suis désolée de te dire ça. C'est ta maman.

101

Hémorragie subarachnoïde, conclut l'autopsie. Mme Cornes s'était inquiétée de ne pas avoir vu la mère d'Emma depuis quelques jours. Elle avait pris le double de la clef et était passée à la maison. Mme Turner gisait dans l'entrée, au pied de l'escalier, ses cheveux noirs étalés autour de sa tête. Cela faisait plus de vingt-quatre heures qu'elle était morte. Dans le train pour Bath, hébétée et pétrifiée, Emma suivit du doigt la petite marque sur son menton.

Il y eut plus de gens à l'enterrement qu'elle ne s'y était attendue. Mme Cornes avait dû mobiliser tous les habitants de Bath. Les voisins, parmi lesquels Emma ne connaissait personne vraiment, avaient tous de gentilles choses à dire sur sa maman. Après, elle passa quelques jours à trier les affaires de sa mère. Mme Cornes lui donna un coup de main. Elles avaient peu de temps ; des nouveaux locataires attendaient déjà de pouvoir emménager. Il s'agissait surtout de vêtements, de vieilles lettres, de quelques bijoux. Rien de plus. Sa mère ne laissait pas grand-chose de sa vie.

Sur la cheminée, Emma trouva une photo encadrée d'elle, de sa maman et de sa grand-mère, remontant à ses treize ans. Emma se souvenait du jour exact. C'était l'anniversaire de sa grand-mère, et un voisin avait pris la photo. Sa mère et sa mamie étaient assises côte à côte sur le canapé. Emma se tenait debout derrière elles, une main sur l'épaule de chacune. Toutes trois souriaient, même sa mère. Sa grand-mère ne montrait aucun signe de la tumeur qui commençait déjà à anéantir son poumon droit. La maman d'Emma semblait jeune et fraîche, elle portait une robe rose, si différente de la blouse grise qu'elle mettait pour son travail d'assistante médicale à la clinique. Ses cheveux étaient relâchés, les mêmes cheveux brun foncé qu'Emma. Elle avait aussi les mêmes yeux bleus.

Ç'avait été une bonne soirée. Elles avaient emmené mamie dîner au restaurant. Et bu une bouteille de vin à trois. Emma saisit la photo et l'étudia. *Alors, dis-moi, maman ? Tu m'as désirée ? Tu m'as aimée ?* Elle ne saurait jamais, à présent. Elle enveloppa la photo dans une feuille de journal et la mit dans son sac.

Mme Cornes la raccompagna à la gare pour reprendre le train de Londres.

— Tu as qui là-bas, Emma ?

Mme Corner était bouleversée. Elle portait le manteau du dimanche bleu marine qu'elle avait à l'enterrement, boutonné jusqu'au cou, et un foulard en soie à motifs sous le col. Dans la lumière matinale crue, son rouge à lèvres rose, appliqué de travers, était trop vif. Elle leva sur Emma un regard inquiet.

— Ta maman se faisait du souci pour toi, tu sais. Tous ces voyages que tu as faits récemment. Sans t'enraciner nulle part. Je déteste l'idée que tu n'aies personne sur qui compter.

— Joanne, la fille avec qui je vis, est une bonne copine, assura Emma à la brave femme. Elle ne me laissera pas tomber.

Elle allait serrer la main de Mme Cornes, mais à la place, sans savoir comment, elle se retrouva en train de l'étreindre. Mme Cornes sentait l'eau de rose et les scones. Elles se serrèrent dans les bras l'une de l'autre durant un moment. Le contrôleur émit un coup de sifflet. Emma lâcha Mme Cornes. Elle recula et franchit le tourniquet.

Elle se trouvait un soir au *Grape* avec Joanne, quand Oliver entra. Elle ne l'avait pas vu et n'avait pas pensé à lui depuis un certain temps. Il était avec des amis, mais les laissa pour venir s'adresser à Emma.

—J'ai appris pour ta maman, dit-il, planté devant elle, le regard baissé vers le sien. C'est un événement dur à vivre. Si tu as besoin d'en parler à quelqu'un, je suis là.

Quoi qu'il ait vu en elle ce soir-là, cela le décida à rester avec elle au lieu de retourner auprès de ses amis. Il passa toute la soirée en sa compagnie. Ils burent une bouteille de vin et discutèrent de la mort, s'interrogeant sur le sens de toute chose. Et si tout cela ne menait à rien, au bout du compte ?

—À quoi sert la beauté ? murmura Emma. Maman adorait la mer. Surtout le soir. Elle adorait les couchers de soleil en Cornouailles.

—La beauté est un mythe, déclara Oliver. La mer et le soleil ne sont pas beaux. Simplement, on est programmé pour penser qu'ils le sont parce qu'ils représentent l'eau et la chaleur. Notre carburant pour vivre.

La morbidité de cette conversation convenait à l'humeur d'Emma. Elle ne remarqua pas que Joanne s'était éclipsée. Ses yeux s'emplirent de larmes devant tant de gâchis ; devant l'insignifiance de la courte vie de sa mère.

Oliver lui prit la main.

—Viens avec moi, ce week-end. Un de mes amis joue dans un groupe. Ils donnent un concert à Brixton.

Le concert avait lieu au premier étage d'un pub, quelque part dans le dédale des petites rues entre

Clapham et Brixton. Emma ne fit pas d'effort vestimentaire particulier pour l'occasion. Elle portait un jean et le sage petit haut noir acheté en solde chez LK Bennett, avec un liseré brillant autour de l'encolure. Au dernier moment, Joanne lui fit mettre des pendants d'oreilles en jais. Mais elle n'était pas vraiment d'humeur à la fête. Sa mère venait de mourir. Ça n'avait rien d'un rendez-vous amoureux. Oliver se comportait en ami.

Un ami très séduisant. Il la retrouva à la sortie du métro Brixton, très grand, habillé d'une chemise bleue, d'un pantalon de velours rouge foncé et de ses baskets fatiguées. Emma comprit qu'elle était fichue. Le pub se trouvait à un angle, c'était un vaste bâtiment de brique avec de larges fenêtres et un grand dais vert. Sous les braseros de la terrasse, des gens bavardaient et riaient, entassés sur des bancs de bois. À l'intérieur, la foule était encore plus dense. Emma monta un escalier étroit à la suite d'Oliver. À l'étage, une très jolie blonde avec un bloc à pince et un tampon fluorescent jeta ses bras autour du cou d'Oliver, puis les guida, Emma et lui, à une table d'où l'on voyait bien la scène. Les tabourets étaient bas et très rapprochés. Chaque fois qu'Oliver se penchait pour lui parler, ses genoux frôlaient ceux d'Emma.

La musique était un mélange de blues et de jazz, parfois enlevée et gaie, parfois lente et triste. La chanteuse, une grande Noire aux longs cheveux nattés et décolorés en blond, était assez bonne pour que, par moments, le public se taise afin de mieux l'écouter.

Oliver parla de sa petite amie.

— Sharmila et moi avons rompu, dit-il à Emma par-dessus une soupe aux fruits de mer et une Guinness. Elle devait déménager à Édimbourg pour son travail.

— Je suis désolée pour toi, répliqua Emma. Elle doit te manquer.

— Un peu. Mais elle fait toujours passer sa carrière en premier. Je ne la blâme pas. S'il y avait eu quelque chose de vrai entre nous, je l'aurais sans doute suivie à Édimbourg, ou elle serait restée ici. Mais aucun de nous deux ne voulait se sacrifier.

Le temps que le concert s'achève, il était plus d'une heure du matin, et le métro ne fonctionnait plus. Oliver raccompagna Emma chez elle, à Clapham, à pied. Comme souvent à Londres, ils passèrent en une minute de rues aux porches jonchés de poubelles et aux boutiques fermées par des rideaux de fer à des artères bien plus chic avec de grandes maisons spacieuses entourées d'arbres. Clapham Common, éclairé en partie par les réverbères, en partie par l'éclat des maisons qui le bordaient, semblait sombre, touffu et romantique. Emma toute seule n'aurait sans doute pas coupé par le parc à cette heure, mais avec Oliver, elle se sentait en sécurité. Jusqu'à cette nuit-là, son coin de Londres ne lui avait jamais paru particulièrement beau.

Surtout quand Oliver s'arrêta sous un marronnier d'Inde pour l'embrasser.

Alors voilà, c'était le bon. Il avait quelque chose de si spécial. Emma était tombée sous le charme. Elle avait bien lu ça dans des livres, mais pensait qu'il s'agissait juste d'un truc d'écrivains. Maintenant, elle savait ce que cela signifiait. Tout était magique en Oliver, à peine humain. Sa peau était lisse et propre. Il ne sentait pas la sueur, même après une longue journée, comme les gens normaux, seulement une odeur de coton chaud, comme s'il n'existait pas vraiment.

Emma apprit tout de l'enfance d'Oliver : l'accident de voiture, la tante qui avait clairement exprimé n'avoir jamais voulu d'enfant. Oliver avait une sœur aînée qui vivait à Birmingham et qu'il voyait rarement. Cela choquait Emma. Comment un frère et une sœur pouvaient-ils perdre ainsi le contact ? Son intérêt pour Oliver lui faisait oublier son propre malheur. Elle avait eu sa grand-mère, au moins, quand elle était petite et que sa mère n'était pas… elle-même. Oliver semblait n'avoir eu personne. Elle imaginait le garçon de sept ans qu'il avait été, solitaire et effrayé, et cette pensée lui brisait presque le cœur.

Oliver avait toujours des tas d'idées de sorties, d'expos et de festivals de musique. Durant les semaines suivantes, il y eut des virées de surf en Cornouailles, un week-end sur la Skye, la rivière verte du Hampshire. Il l'emmena à une fête dans un tunnel de métro dans le quartier des Docklands, où une bombe non explosée de la Seconde Guerre mondiale était encore incrustée dans le mur. Emma était tout excitée. Même s'il lui vint à l'esprit de se demander pourquoi, si tout le monde savait qu'une bombe intacte se trouvait juste sous Londres, les autorités ne l'avaient pas désamorcée.

Oliver pouvait parfois être de mauvaise humeur, mais Emma ne se laissait pas décourager. Il travaillait dur, consacrait souvent des soirées ou des week-ends au travail, transférant de l'argent d'un compte à un autre, d'un bout du monde à un autre. Emma restait chez lui quand il était fatigué et préférait s'écrouler devant la télé. Cette apathie était un aspect de lui que les autres ignoraient.

— Tu es si attentionnée, si sincère, dit-il à Emma lors d'un de ces moments de faiblesse. Sharmila était plus froide, moins généreuse. Je suis un peu comme ça aussi, je crois.

— Non, pas du tout, le rassura Emma.

Puis elle hésita un instant. Était-ce le bon moment pour soulever un point auquel elle pensait depuis un certain temps ?

— Tu sais, lança-t-elle, tu devrais essayer de voir ta sœur plus souvent.

— Sasha ? Pour quoi faire ? On s'est vus à Noël dernier.

— Eh bien, tu pourrais aussi la voir à d'autres occasions. Tu devrais lui téléphoner. Passer un peu de temps avec elle.

Emma fantasmait souvent sur le fait de rencontrer la sœur d'Oliver. Elle imaginait qu'elle ressemblerait un peu à Oliver, avec une personnalité peut-être plus pétillante. Emma et elle s'entendraient tout de suite à merveille. Noël approchait. Elles iraient acheter le cadeau d'Oliver ensemble, et Sasha recevrait tout le monde chez elle pour le réveillon.

Oliver semblait dérouté.

— Eh bien, elle ne m'appelle pas non plus. Et toi, tu vois souvent ta sœur ?

— Je n'en ai pas, objecta Emma.

— Ah. Excuse-moi. Tu me l'avais dit pourtant.

Oliver reporta son regard sur l'écran de télévision.

— J'aurais aimé avoir une sœur, rectifia Emma. En fin de compte, c'est sur sa famille qu'on peut compter le plus.

Oliver bâilla.

—Écoute, Sasha a dix ans de plus que moi. Elle est mariée avec trois mômes. Sympa, mais un peu bourge, tu vois. Elle n'a jamais rien fait de sa vie. Je ne saurais pas quoi lui dire.

—Je pourrais peut-être l'appeler ? suggéra Emma. Ça pourrait être plus facile de cette façon. Tu sais, de femme à femme. On organiserait un dîner.

—C'est bon, Emma, dit Oliver avec une réserve polie. Le problème, c'est que tu ne connais pas ma famille.

Lorsqu'il lui téléphona la fois suivante, il avait des nouvelles à lui annoncer. Il espérait qu'elle ne s'était pas fait des idées, mais il ne voulait pas que ça aille trop loin entre eux. Sharmila revenait à Londres, et ils allaient se donner une nouvelle chance.

Emma aurait dû être sous le choc, sauf qu'elle était déjà trop secouée pour que ce soit pire. Elle venait de se rendre compte que ses règles avaient presque trois semaines de retard.

7

**Vendredi 22 septembre
Sixième jour**

Qu'est-ce qui… ?

Emma se réveilla, les ongles plantés dans un objet sous son visage. Un coussin, dur et rugueux, était profondément enfoncé dans sa joue. Elle était étendue sur le canapé, son corps tressaillant au rythme des battements de son cœur. Elle avait rêvé. Elle avait vaguement conscience d'une image, une sorte de scène qui se dissolvait en petits points voltigeant hors de son esprit.

Qu'est-ce qui l'avait réveillée de façon aussi brutale ?

Elle resta immobile et écouta, mais l'appartement était silencieux. L'unique son qu'on entendait, c'était le ronronnement du frigo dans la cuisine. Emma se dressa sur un coude et parcourut la pièce d'un regard brouillé. Sa bouche était sèche. Combien de temps avait-elle dormi ? Il faisait très clair quand elle avait décidé de s'allonger un moment. Maintenant, il ne restait plus qu'une lueur grise, tout en haut des murs.

Des miettes écrasées constellaient la moquette. Une tasse gisait sous une chaise.

L'appartement était froid et vide. Il n'y avait personne en dehors d'elle. Les policiers avaient emballé leurs affaires et quitté les lieux quelque temps auparavant. Ils ne recherchaient plus Ritchie.

Ils n'avaient pas dit ça aussi ouvertement, bien sûr.

— Ce qu'a rapporté le Dr Stanford n'affectera aucunement l'enquête, avait prétendu Lindsay. Rien ne prouve que vous ayez fait quoi que ce soit de mal.

Mais cela faisait maintenant cinq jours qu'il avait disparu. Cinq jours, et toujours rien ! Pas la moindre piste. La police faisait peut-être mine de chercher, mais si le cœur n'y était pas, Ritchie ne serait jamais retrouvé. Lindsay se montrait condescendante, avec sa sollicitude feinte et son insolent visage enjoué, qui disait qu'Emma et Ritchie lui sortaient de l'esprit à l'instant où elle rentrait chaque soir rejoindre son amoureux. Emma voyait clair dans leur jeu. Ensuite, ils l'arrêteraient pour avoir fait on ne sait quoi à Ritchie. Elle n'avait plus confiance en Lindsay. Elle n'avait plus confiance en personne.

— J'aimerais un peu d'intimité, avait-elle froidement déclaré à Lindsay. Si tout le monde a fini de fouiller mon appartement, je voudrais que vous partiez.

— Emma, je ne pense pas que…

— J'ai dit, je veux que vous partiez. Vous ne pouvez pas rester si je ne le veux pas. J'ai le droit de passer un peu de temps en paix dans mon propre appartement.

Mais lorsque Lindsay s'en alla, le silence enfla, s'insinua de façon oppressante à l'intérieur de ses oreilles. Emma se pelotonna sur le canapé et posa un coussin par-dessus sa tête. Elle demeura étendue là, parcourue de frissons, essayant de réfléchir. Il fallait qu'elle reprenne ses esprits. Elle ne pouvait pas se contenter de rester ici ; elle devait faire quelque chose. Si la police refusait de l'aider, il faudrait qu'elle trouve quelqu'un qui le veuille bien. Mais qui ? Qui se soucie-rait de Ritchie autant qu'elle ?

Personne, voilà la réponse. Absolument personne.

Bien sûr, elle avait reçu des coups de fil, une fois les gens au courant. Les journaux avaient fini par publier la photo de Ritchie sur son camion rouge, même s'ils ne l'avaient jamais fait en première page. Quand les journalistes mentionnaient le kidnapping, ils utilisaient systématiquement le mot « présumé ». Comme dans « enlèvement présumé ». Ou « La mère de l'enfant prétend que… ».

Et il y avait pire. Lindsay avait prévenu Emma de ne pas prendre trop à cœur tout ce qu'elle lisait, mais quand même, quel choc d'ouvrir le journal et de tomber sur les horreurs que des gens écrivaient sur eux, alors qu'ils ne les avaient jamais rencontrés.

« On dit que la mère célibataire s'en sortait difficile-ment… »

« Après une courte aventure avec le père de l'enfant, qu'elle n'a pas vu depuis… »

« Mlle Turner prétend avoir confié son enfant à une parfaite inconnue dans une friterie, pendant qu'elle… »

Emma était incapable d'en lire davantage.

Son ancien directeur du centre d'appels lui téléphona, ainsi qu'une ou deux ex-collègues. Claire Burns en fit autant. Elle vivait maintenant à Brighton. Tous disaient qu'ils compatissaient, et qu'ils espéraient que Ritchie serait bientôt retrouvé. Mais aucun d'eux ne connaissait son fils. Aucun d'eux ne l'avait même jamais rencontré.

Mme Cornes, dans tous ses états, appela de Bath, et lui parut plus vieille et frêle que la dernière fois qu'elle lui avait parlé. Elle ne cessait de répéter « Pauvre Robbie. Pauvre petit Robbie ». Elle offrit de venir à Londres, mais Emma savait qu'il valait mieux qu'elle reste où elle était. Elle réussit à la dissuader en disant que Joanne s'était installée avec elle dans l'appartement.

C'était faux. Joanne avait donné un coup de fil : « Désolée d'apprendre pour Ritchie. Téléphone-moi si tu as besoin de quoi que ce soit. » Elle n'avait pas rappelé. N'était pas passée la voir. Manifestement, aussi ridicule que cela paraisse, elle n'avait pas pardonné à Emma ses commentaires sur Barry, lors de leur dernière discussion.

Karen, la plus ancienne amie d'Emma depuis l'époque de Bath, téléphona également, et elle en fut très touchée. Karen avait fait le voyage en Australie avec Emma et Joanne à la fin de leurs études. Toutes trois avaient partagé une maison déglinguée et ensoleillée au bord de la mer, à Bondi Beach. Karen manquait énormément à Emma. Elle avait été une bonne amie – à la lumière des événements, bien meilleure que Joanne. À l'université, c'était Karen et Emma contre la terre entière, amies proches depuis leurs onze ans, à l'école. Joanne, qui débarquait de Middlesbrough et ne connaissait personne, avait été placée dans la chambre voisine de celle de Karen, dans leur résidence. Emma et Karen l'avaient trouvée là, un soir, pleurant de tout son saoul, disant qu'elle était seule et détestait Bristol, qu'elle allait lâcher les cours et rentrer chez elle. La tendre Karen avait insisté pour qu'elle les accompagne manger une pizza et réfléchir à sa décision. Lorsque Joanne se fut ressaisie, elle se montra toujours prête à rire, à sortir, et elles avaient fini par devenir amies.

Mais si toutes les trois, Karen, Joanne et Emma, avaient passé ensemble une année de soleil et de plaisir à Sydney, elles ne furent que deux à rentrer. Karen avait emménagé à Melbourne avec Conor, son amoureux australien. Elle était définitivement installée là-bas, maintenant. Sauf que Conor et elle ne s'étaient pas fiancés. Karen lâcha accidentellement l'information lors de son coup de fil à Emma, puis fondit en larmes et ne cessa de s'excuser. À la fin, Emma mourait d'impatience de raccrocher.

Le pire coup de fil de tous fut celui d'Oliver. La police l'avait localisé en Malaisie. Apparemment, il vivait là-bas. C'était la première fois qu'ils se parlaient depuis la naissance de Ritchie, à part l'unique e-mail qu'Oliver avait envoyé de Thaïlande lorsque Ritchie avait environ six mois, dans lequel il disait se sentir coupable de la manière dont les choses avaient tourné, et qu'il espérait qu'ils allaient bien. Il terminait par : « Tu ne m'as laissé aucun choix ni mot à dire dans cette histoire. » Il n'avait jamais vu son fils.

— C'est affreux pour toi, remarqua-t-il lors de son appel. Vraiment affreux. Tu dois vivre un enfer.

Son émotion semblait sincère.

— C'est sans doute rien à côté de ce que lui traverse, lui rappela Emma.

— Ne dis pas ça. C'est mon fils aussi.

Emma sanglotait silencieusement dans sa manche.

Combien de fois aurait-elle voulu entendre une telle phrase de la part d'Oliver durant les treize derniers mois.

— La police m'a interrogé, poursuivit Oliver. Ça pouvait se faire par téléphone. Ils estiment peu probable pour le moment que je doive me rendre en Angleterre.

Emma ne répondit rien.

— Ce qui ne veut pas dire que je ne viendrais pas si tu le souhaitais, précisa Oliver avant de marquer une pause. J'ai vu tout ce qu'ils ont écrit dans les journaux. Quand ils se demandaient si tu t'occupais correctement de lui. Mais bien sûr, ça ne veut rien dire. Je me garde bien d'accorder le moindre crédit à ce que ces gens racontent. Si tu veux que je vienne, je le ferai. Il faudra que je m'organise, forcément, mais vu les circonstances...

Emma essuya son nez avec sa manche.

— Tu n'as pas besoin de venir, déclara-t-elle.

— Tu es sûre ? Parce que s'il y a quoi que ce soit...

— Ce n'est pas la peine.

Elle reposa le téléphone. Bizarre – tous ces sentiments qu'elle avait éprouvés à son égard. À une époque, elle aurait fait absolument n'importe quoi pour lui. N'importe quoi. Désormais, elle ne ressentait plus rien. Il lui faisait perdre son temps, occupait sa ligne alors que quelqu'un pouvait être en train d'essayer de la joindre pour lui donner des nouvelles de Ritchie.

Tous ces gens qui avaient appelé. Et pas un qui ait vraiment connu Ritchie, ou se soit soucié de lui, ou ait pu lui être d'une quelconque utilité. Comment était-ce arrivé ? Pourquoi avait-elle négligé Ritchie à ce point ? Comment avait-elle réussi à les fourrer tous deux dans un isolement pareil, sans amour ni amis ?

Emma changea de position, et enfouit la tête dans le canapé.

C'était facile, tellement facile, de lâcher des gens qu'on trouvait autrefois si importants pour soi. Et difficile, tellement difficile de les remplacer.

Elle resta allongée. Il était encore trop tôt pour que le chauffage central soit rallumé pour la nuit. Elle portait un T-shirt et un bas de survêtement. Ses bras s'engourdissaient. Sa polaire s'entortillait autour de ses jambes, mais elle n'avait pas la force de la remonter pour l'enfiler. Le soleil se cacha derrière un nuage. La pièce, de toute façon jamais claire, s'obscurcissait davantage à mesure que le soleil baissait. Lorsqu'il disparut, une ombre funèbre s'abattit sur le canapé.

Emma sut avant de l'entendre qu'elle avait attendu la voix.

— Tu as échoué, disait-elle.

Une voix grave, sèche. Ni mâle ni femelle. Chaque mot était clairement prononcé. Elle provenait de l'angle, quelque part derrière la télévision.

Emma avait déjà entendu cette voix auparavant.

— Tu l'as perdu, reprit la voix. Tu as échoué.

— Je sais, sanglota Emma. Je le sais.

Cela faisait mal, tellement mal ; et elle devait faire quelque chose, mais elle se sentait trop épuisée, trop lourde, comme si quelque chose l'écrasait, l'empêchait de se lever. Un froid dans les mains et les pieds se propageait le long de ses membres. Du givre dans le cœur. Elle ferma les yeux. S'il vous plaît, pensa-t-elle. S'il vous plaît.

Ensuite, durant plusieurs heures bénies, elle ne pensa à rien d'autre.

Et à présent…

Qu'est-ce qui l'avait réveillée ? C'était important, elle en était certaine. Quelque chose à propos de l'appartement ? Non. Quelque chose qu'elle avait rêvé ? Qui avait déclenché un détail obsédant. Quoi ? Ça avait un rapport avec…

Antonia.

Emma repoussa le coussin et se redressa.

Antonia ! Elle se souvenait maintenant. Ce qui avait fugitivement traversé son esprit sur le balcon, le jour où cet homme – Rafe ? – lui avait rapporté son sac. Quelque chose lui avait alors fait penser à Antonia, et là, enfin, ç'avait fait tilt dans sa tête et elle savait de quoi il s'agissait.

Aussi clairement que dans du cristal, elle revit Antonia avec Ritchie dans le café. Revit le mouvement de ses lèvres tandis qu'elle murmurait dans son téléphone portable.

Percheras, avait-elle cru que disait Antonia.

Mais ce n'était pas ça du tout.

Elle avait dit « Bergerac ».

Le cœur d'Emma battait à tout rompre. Voilà. Maintenant, elle savait pourquoi elle avait pensé à Antonia ce jour-là. « Bergerac » était le titre d'une série policière que sa mère regardait quand elle était enfant. Sur le balcon, Emma avait parlé à ce type – Rafe Machinchose – d'engager un détective privé. Et à ce moment précis, Antonia s'était glissée dans son esprit.

Bergerac ! La façon dont Antonia avait prononcé le « g » – comme une Française. Bien qu'Emma n'ait pas saisi tout ce qu'elle disait, elle avait entendu ce « g ». Reconnu cet accent sans même s'en rendre compte. Son subconscient, du moins, l'avait relevé.

Et avait réagi en lui envoyant cette image de sa mère devant la télé, près du feu, remontant à si longtemps.

Emma se leva du canapé. Elle enfila sa polaire et se mit à arpenter la pièce. D'accord. D'accord. Réfléchis. Supposons qu'Antonia ait bien dit « Bergerac ». Qu'est-ce qu'elle avait voulu dire ? Peu de chances qu'elle ait été en train de discuter de cette série policière des années 80 avec son interlocuteur, dans une friterie crasseuse de Whitechapel, un bambin inconnu à ses côtés. Emma se concentra, essayant de se rappeler l'expression d'Antonia. Ce qu'elle disait à ce moment-là était capital. Plus Emma y réfléchissait, plus elle en était certaine. Et elle avait sauté jusqu'au plafond quand Emma était arrivée derrière elle avec le plateau. Elle ne voulait pas qu'Emma entende de quoi elle parlait. Elle complotait quelque chose ? Est-ce que ça prouvait qu'elle avait enlevé Ritchie ? Ou est-ce qu'Emma se rappelait maintenant des choses qui ne s'étaient jamais passées ?

Bzzz. Bzzz.

L'interphone ! Emma faillit buter contre une chaise. En même temps, elle fut prise de vertiges. Elle s'était sans doute levée trop vite du canapé. Sans tenir compte de son étourdissement, elle se hâta de presser le bouton. Qui que ça puisse être, ça devait avoir un rapport avec Ritchie. Mais, tout en pensant cela, elle s'arma contre la déception. Il ne s'agissait probablement que d'une assistante sociale. Lindsay avait prévenu qu'ils lui enverraient quelqu'un. Ou alors Mme Alcarez, l'infirmière philippine qui vivait dans l'appartement voisin. Emma la connaissait à peine, mais elle abordait sans cesse les policiers dans l'ascenseur, pour leur demander s'ils avaient retrouvé Ritchie.

Mais la voix dans l'interphone n'appartenait à aucune de ces personnes.

— Emma Turner ? demanda une voix masculine.

— Oui ?

— Désolé de vous déranger. C'est Rafe Townsend.

Rafe Townsend. Ah, Rafe Townsend ! L'homme avec qui elle avait été sur le balcon. Emma était trop stupéfaite pour répondre. Dire qu'elle pensait à lui deux minutes plus tôt !

— Je vous ai rapporté votre sac, expliquait Rafe. Lundi dernier.

— Je sais qui vous êtes, répliqua enfin Emma.

Sans même s'en rendre compte, elle pressa le bouton d'ouverture de l'interphone. Puis elle se tapota les dents du bout de la langue. Pourquoi faisait-elle une chose pareille ? Pour quelle raison ce Rafe repassait-il la voir ?

Une minute plus tard, elle l'entendit frapper à la porte d'entrée. Elle fut tentée de l'ignorer. Elle avait toujours la tête qui tournait. Puis elle poussa un gros soupir et alla ouvrir. Dans le couloir, elle reconnut le grand brun de la dernière fois. Le même sac à dos défraîchi pendait à son épaule. Il avait le visage rougi, par l'exercice ou le froid, et la transpiration collait ses cheveux en petites mèches.

— J'espère que je ne dérange pas ? demanda-t-il en regardant Emma d'un air inquiet.

— Je peux vous aider ?

Le visage de Rafe devenait flou. Le vertige empirait.

— Je passais à vélo, expliqua Rafe, et je voulais juste…

Il baissa les yeux. Sa voix devint hésitante.

— … juste voir comment vous alliez.

Emma baissa aussi le regard sur elle-même et sentit une odeur de sueur. Elle n'avait pas pris le temps de se doucher ces derniers jours. Son crâne la démangeait et ses cheveux pendaient en mèches grasses devant son visage.

—Les policiers sont partis ? demanda Rafe.

—Ils ne viendront plus.

—Hein ?

Emma s'agrippa à la porte. La lumière se modifia, fit des remous aux formes étranges sur la moquette.

Rafe dit :

—Vous avez besoin de vous asseoir ?

Avec précaution, sans la quitter des yeux, il ouvrit plus grand la porte. Comme elle ne protestait pas, il entra carrément et la referma derrière lui. Il saisit Emma par le bras et la conduisit vers le canapé.

—Asseyez-vous, ordonna-t-il.

La tête embrumée, elle obéit. Les points qui gagnaient peu à peu le centre de son champ de vision commencèrent à reculer.

—Ça va ? demanda Rafe.

Il était accroupi par terre, le regard levé vers elle. Son visage, plissé d'inquiétude, se trouvait tout près du sien, puis s'éloignait. Se rapprochait. S'éloignait.

D'une voix faible, Emma lâcha :

—Je me suis rappelé.

Rafe eut l'air perplexe.

—Quoi ?

—Le truc, tenta-t-elle d'expliquer. Vous étiez là. La chose à laquelle j'essayais de penser. Maintenant je sais ce que c'était.

Elle savait qu'elle n'était pas très claire. Et ne s'attendait pas réellement à ce qu'il comprenne de quoi elle parlait. Mais à sa grande surprise, il sembla saisir sur-le-champ.

— Sur le balcon, compléta-t-il en se relevant pour s'asseoir près d'elle sur le canapé. Je me souviens. C'était quoi ? Qu'a dit la police ?

— Je ne leur en ai pas parlé.

— Ah.

Elle sentit qu'il l'observait.

— Pourquoi ne pas me raconter ? proposa-t-il alors. J'écouterai. Je pourrais peut-être vous aider.

Sa façon de le dire. Comme si cela l'intéressait vraiment. Comme s'il pensait que ça pouvait être important. Emma se retrouva en train de lui décrire avec précision le mot d'Antonia ; comment sa façon de le prononcer lui avait rappelé sa maman en train de regarder la télé. La manière de murmurer d'Antonia, avec la main sur la bouche. Combien elle avait paru troublée en se rendant compte qu'Emma était juste derrière elle.

— Ce n'est peut-être rien du tout, conclut-elle, consciente que tout ça semblait nébuleux, même pour elle. Sauf que…

Sauf que, maintenant qu'elle se repassait la scène, elle ne pouvait s'empêcher d'être convaincue que c'était capital. Sinon, pourquoi Antonia aurait voulu éviter qu'elle entende ?

Rafe fronça un sourcil.

— Bergerac ? Le nom de quelqu'un, vous croyez ? Celui de son mari ?

— Je ne sais pas, répliqua Emma avec découragement. Ça ne veut peut-être rien dire du tout. J'ai pu me tromper.

Les doutes l'envahissaient de nouveau.

Rafe se grattait pensivement le menton.

—S'il s'agit d'un nom, elle parlait peut-être de quelqu'un. La police pourrait peut-être consulter les…

Il s'interrompit.

—Attendez une seconde. Il n'y a pas un endroit en France qui s'appelle Bergerac ?

—Ah oui ?

—Ouais. On le voit dans tous les suppléments voyage des revues. Des tas de gens dans le style d'Antonia y vont en vacances. Et vous avez dit que son accent français était bon.

Rafe se leva du canapé et commença à arpenter la pièce.

—Vous savez quoi, ça pourrait coller. S'ils ont kidnappé un enfant, ce serait logique de le sortir du pays le plus vite possible. S'ils ont des liens en France… Merde. Ça vaudrait le coup de vérifier, conclut-il en cessant ses allées et venues.

—Mais comment ?

—Je n'en sais rien. En étudiant les listes de passagers ? En regardant si quelqu'un a pris un vol pour Bergerac en compagnie d'un enfant. Évidemment ils ont pu y aller en train. Ou en ferry, ajouta-t-il en se mordillant le pouce. Ou encore par la route. Mais il y a un aéroport à Bergerac. Ça vaut le coup de creuser la question.

Durant un court instant, Emma éprouva un sentiment d'espoir délirant, affolant. Ils auraient vraiment mis le doigt sur quelque chose ? Puis elle objecta :

—Mais Ritchie n'a pas de passeport.

—Ils ont pu lui en procurer un faux. Ou utiliser celui d'un autre gosse. Tous les gamins se ressemblent à cet âge, non ? Pardon, se reprit Rafe en se figeant.

C'était une remarque stupide. Où est votre téléphone ? demanda-t-il, parcourant la pièce des yeux. Vous devez en parler à la police.

—Ils ne…

—Si, ils le feront.

Rafe avait repéré le téléphone sur une table près de la fenêtre. Il alla le prendre. Le numéro de Lindsay était toujours collé sur le combiné.

—Appelez-la, ordonna Rafe.

Son enthousiasme se révélait contagieux. Les doigts d'Emma lui paraissaient mous et épais, comme des saucisses. Elle réussit néanmoins à presser les touches pour composer le numéro de Lindsay. Elle tomba directement sur elle.

—Bergerac ? répéta Lindsay. Vous pouvez l'épeler ? Et vous pensez qu'elle aurait pu citer cette ville française. On va faire notre possible, Emma. On va tout de suite se renseigner.

Emma raccrocha. Appuyé contre la table, Rafe l'observait, les bras croisés.

—Ils vont vérifier, lui dit-elle.

—Bien sûr.

—Pour ce que ça vaut, riposta Emma, soudain fatiguée.

L'excitation commençait à se dissiper. C'était ridicule. « Bergerac » pouvait signifier n'importe quoi. Absolument n'importe quoi. Le nom du chien d'Antonia. Un parfum. Quelles chances y avait-il pour que ce nom change quoi que ce soit ? Autant jeter une pièce de monnaie du haut d'une falaise et espérer la récupérer sur la plage. La sensation de tournis était revenue, faisant tanguer les murs et le mobilier. Elle espérait que Rafe s'en irait bientôt.

Mais il ne montrait pas le moindre signe de départ.

— Vous avez mangé aujourd'hui ? demanda-t-il.

Sans attendre de réponse, il s'écarta de la table et se dirigea vers la cuisine.

Emma lui emboîta le pas.

— Excusez-moi. Vous avez l'intention de faire quoi ?

Rafe ouvrit le réfrigérateur. Il en émana une drôle d'odeur. Des yaourts et des pots de nourriture pour bébé s'entassaient sur les étagères du bas. Deux bananes noircies gisaient sur celle du milieu, près d'un paquet de pain tranché moucheté de vert. Sur l'étagère du haut se trouvait une bouteille de lait en plastique. Son contenu était jaune et grumeleux.

— Pas grand-chose là-dedans, hein ? dit Rafe.

Il referma le frigo.

— Vous savez quoi, reprit-il. Je vais aller d'un coup de vélo vous acheter quelques provisions. À mon retour, je vous préparerai quelque chose à manger.

Emma secoua la tête.

— Pas la peine. Je n'ai pas faim.

— Ça ne me dérange pas, s'obstina Rafe. J'aime faire la cuisine. Où sont vos clefs ?

Emma ignora sa demande. Elle resserra sa polaire sur ses épaules et se planta en face de lui.

— Je peux vous poser une question, d'abord ? Qu'est-ce que vous voulez, exactement ?

— M'assurer que vous mangiez quelque chose, répondit Rafe d'un air surpris. On dirait que vous n'avez pas pris un repas décent depuis des jours.

— Et en quoi ça vous regarde ? insista Emma. Ce n'est pas comme si vous me connaissiez. Il y a encore quelques jours, on ne s'était jamais rencontrés.

Pourquoi êtes-vous revenu ici ? Vous espérez coucher avec moi ? demanda-t-elle, les yeux plissés. Tirer un coup ? C'est ça ?

— Excusez…

— Laissez-moi vous dire quelque chose sur le genre de personne que je suis, le coupa Emma. Et après, on verra si vous avez toujours envie de… me faire *la cuisine*.

Les deux derniers mots furent accompagnés d'un ricanement sarcastique. Elle devinait à quelle sauce il comptait la manger. Rafe affichait une mine choquée. Eh bien, tant mieux. Autant qu'il sache qui elle était vraiment. Ça la débarrasserait de lui. Il ficherait le camp aussi vite que les autres.

— Il y a quelques jours, poursuivit-elle, avant que Ritchie soit kidnappé, je suis allée chez ma généraliste et je lui ai dit que je le détestais.

— Vous avez dit quoi ?

— Vous m'avez très bien entendue. J'ai dit à ma généraliste que je détestais Ritchie.

Rafe garda le silence.

— Je lui ai dit que je regrettais qu'il soit né, continua Emma avec colère – il n'allait pas rester sans réagir à ça, si ? Je lui ai dit que j'espérais que Ritchie *meure*.

Mais le verbe « meure » sortit de sa gorge en raclant comme du papier de verre. Malgré sa bravade, elle tressaillit. Elle se retrouva une fois de plus dans le cabinet de consultation. Avec le chuintement du chauffage à gaz. L'odeur de pieds. Ritchie près d'elle dans sa poussette, revêtu de sa polaire à éléphant, et qui pleurait, pleurait, pleurait.

Emma pressa une main sur sa poitrine. Impossible de reprendre son souffle. Il y avait une grosse boule là-dedans, prête à exploser. Ça suffit, songea-t-elle en se ratatinant de l'intérieur. Ça suffit. Ne lui en dis pas plus.

— Mon propre fils, reprit-elle pourtant d'une voix froide, dure, lorsqu'elle put parler de nouveau. Voilà le genre de salope pathétique et cinglée que je suis. Et visiblement, vous vous êtes dit que j'étais tellement dérangée que vous pouviez passer ici me préparer mon dîner, et que je tomberais dans vos bras et couche-rais avec vous sans que personne ne le sache jamais. C'est pour ça que vous êtes là, hein ? Sinon pourquoi vous feriez tout ça pour quelqu'un que vous ne connaissez même pas ?

Elle avait enfin réussi. Rafe était fâché, à présent. Son torse était bombé, ses épaules remontées jusqu'aux oreilles. Il haussa les sourcils, leva les yeux au plafond, les tourna sur le côté, puis inspira un grand coup. Ses lèvres s'arrondirent, prélude à « Oui ». Il était évident qu'il allait cracher : « Oui, pourquoi, espèce de salope pathétique et cinglée ? » avant de fiche le camp.

Mais il ne dit rien de cela. Il relâcha son souffle, et marqua une pause avant de prendre la parole.

— La raison de ma présence ici, murmura-t-il, c'est que je me préoccupe de Ritchie. Ça, et rien d'autre. Je ne connais pas Ritchie, je ne l'ai jamais vu, mais j'étais là le jour où on l'a enlevé. J'aurais pu faire quelque chose. J'aurais *dû* faire quelque chose. J'ai été policier, merde. Je n'aurais jamais dû vous abandonner dans l'état où vous étiez. Je ne pense qu'à ça depuis ces derniers jours, et je ne me pardonne pas d'avoir laissé tout ça se produire.

Sa voix tremblait. Son visage était écarlate, et ses bras, étroitement croisés.

127

—Et à propos de ce que vous avez dit à votre médecin généraliste, ajouta-t-il, j'ignore pourquoi vous l'avez fait, mais je suis sûr que vous étiez terriblement sous pression à ce moment-là. On dit tout le temps des choses qu'on ne pense pas.

Emma était incapable de prononcer la moindre parole.

—Alors si je suis de trop, si vous voulez que je vous laisse tranquille, dites-le simplement et je ne reviendrai plus.

L'étourdissement faisait un retour en force. Emma recula et sentit sa hanche heurter quelque chose. Il y eut un grand fracas lorsque la table percuta le mur. Le téléphone glissa par terre, atterrissant avec un bruit sourd. Emma s'effondra sur les genoux.

—Je pense sans arrêt à lui, gémit-elle, la tête entre les mains. Je n'arrive pas à le sortir de ma tête. J'ai l'impression de devenir folle. Chaque fois, *chaque fois* que je fais quelque chose, m'allonger, boire un verre d'eau ou une tasse de café, je me demande comment je peux faire ça, comment je peux être bien alors que Ritchie est peut-être en train de souffrir au même moment.

—Il ne faut pas se dire ça. Vous ne savez…

—Il est puni à cause de moi, cria Emma. Je me suis mal occupée de lui. Ce n'était pas qu'un accident. Ça ne serait pas arrivé à quelqu'un d'autre. Vous avez entendu la façon dont j'ai parlé de lui au Dr Stanford, ce que j'ai dit… vous l'avez entendu…

Elle enfonça les poings sur ses yeux, refoulant la scène.

Il y eut un mouvement près d'elle. Rafe se pencha de manière à ce que son visage soit tout près du sien.

— Écoutez-moi, dit-il. Vous allez le retrouver. Vous allez le récupérer.

Emma fondit en larmes.

— Arrêtez de répéter ça. Ça n'a aucun sens. Personne ne sait où il est ni ce qui lui arrive. Vous ne savez pas. Vous n'en savez rien.

— Vous avez raconté à la police qu'Antonia semblait s'y connaître en enfants, reprit Rafe. Vous avez dit qu'elle savait le tenir dans ses bras. Le remettre dans son… sa poussette, ou je ne sais quoi. J'ai l'impression qu'elle a pris Ritchie parce qu'elle le voulait pour elle. Pas pour lui faire du mal, mais pour l'élever comme le sien.

— Vous ne pouvez pas dire ça.

— Si, il faut le dire. Vous devez le penser. Tout ira bien pour Ritchie.

Son étrange regard jaunâtre croisa le sien. Très droit, très calme. S'il mentait, il était sacrément doué.

Rafe se releva. Il saisit le bras d'Emma et l'aida à se mettre debout. Puis il lui désigna la salle de bains.

— Je reviens bientôt, promit-il.

Les clefs se trouvaient sur la porte. Il les prit et quitta l'appartement.

Emma se rendit dans la salle de bains. Elle se déshabilla et entra dans la baignoire vert olive. Elle tourna les robinets puis maintint le pommeau de la douche au-dessus de sa tête. Du liquide chaud ruisselait sur son visage, et elle ignorait s'il s'agissait d'eau ou de larmes. Les policiers étaient *obligés* de dire des gentillesses à propos de Ritchie. Ça faisait partie de leur travail. Ils ne voulaient pas qu'elle devienne hystérique, qu'elle rende les choses encore plus difficiles pour tout le monde. Mais rien n'obligeait Rafe à dire quoi que ce soit, si ? Pourquoi s'en donnerait-il la peine, s'il ne le pensait pas vraiment ? Elle souhaitait le croire de toute son âme. Dans toute cette histoire, il était la seule personne à ne pas la traiter comme une sorte de criminelle ou une menteuse. Après lui avoir parlé du Dr Stanford, elle s'était attendue à ce qu'il recule, ou, du moins, à ce qu'il s'adresse à elle avec plus de froideur ou de prudence, mais à l'instant, quand il l'avait regardée, ses yeux ne reflétaient que compréhension et compassion. La bouche d'Emma se plissa. Encore des larmes ! Elle dirigea le jet de la douche sur son visage et attendit qu'elles disparaissent. Pleurer ne lui servirait à rien. La seule chose qui l'aiderait était la certitude que Ritchie allait bien.

Une fois ses larmes taries, elle ferma le robinet de la douche. Elle sortit de la baignoire, se sécha, enfila un jean propre et un haut. Et lorsqu'elle eut fait tout cela, elle se surprit à se sentir un petit peu mieux.

Et même à avoir faim.

Rafe était de retour quand elle sortit de la salle de bains. Des bruits d'objets manipulés emplissaient l'appartement. Elle le trouva dans la cuisine, en train de couper des tranches de pain. Des sacs en plastique *Sainsbury's* jonchaient le plan de travail.

—Des provisions pour quelques jours, expliqua Rafe d'un air gêné en suivant son regard. J'espère que vous aimez les pâtes ?

—Oui.

—À la bonne heure.

Rafe reposa le couteau et se servit d'un torchon pour retirer une casserole fumante de la plaque de cuisson. Une bouffée de basilic et de tomate monta aux narines d'Emma. À sa grande stupéfaction, son estomac répondit en gargouillant.

Ils mangèrent autour de la table près de la baie vitrée donnant sur le balcon. L'immeuble d'en face rougeoyait dans les derniers rayons de soleil. Les fenêtres recouvertes d'aluminium brillaient, transformant les dents manquantes en implants d'or étincelant. Emma s'alimentait avec prudence, par petites bouchées. Son estomac lui semblait rabougri et resserré. Elle ne savait pas s'il supporterait la nourriture.

— C'est à Ritchie ? demanda Rafe, la bouche pleine, en désignant le camion rouge.

Le jouet était poussé derrière le canapé. Emma voulait éviter de le voir.

— Oui, répondit-elle d'un ton bref.

Il hocha la tête.

— C'est un bon modèle. J'avais presque le même, gamin. Vous verrez, il s'en rappellera quand il sera grand. On n'oublie jamais son premier camion.

Emma reposa sa fourchette. La façon dont Rafe parlait de Ritchie. Comme s'il était vraiment certain qu'il reviendrait bientôt. Comme si Ritchie était juste parti en vacances quelque part.

— Il a l'air si drôle quand il le conduit, dit-elle d'une voix tremblante. Concentré, très appliqué, comme s'il était occupé à une mission vitale. Il me jette ce regard grave, comme pour dire qu'il viendra avec moi dans une minute mais qu'il doit finir ce boulot d'abord.

Elle baissa de nouveau la tête sur ses pâtes, essayant de chasser la boule qui lui obstruait la gorge. Rafe ne posa pas d'autres questions. Il la laissa manger en paix. La nourriture était simple et appétissante, facile à avaler. Sans même s'en apercevoir, Emma parvint à ingérer une bonne moitié du contenu de son assiette. Elle commençait à se sentir bien moins embrouillée, l'esprit plus clair.

Il y avait une chose qu'elle voulait demander à Rafe depuis un moment.

— Vous avez dit avoir quitté la police. Pourquoi avez-vous fait ça ?

Rafe hocha la tête en faisant la moue.

— Ce n'est pas une histoire intéressante, répondit-il. J'ai une grande gueule. Ça m'a valu des ennuis.

— Mais ça m'intéresse, insista Emma.

Cela ne la regardait pas, ce qu'il avait fait. Si on l'avait fichu à la porte ou pas. C'était juste que, si elle lui confiait des choses sur Ritchie, alors il valait peut-être mieux qu'elle sache.

Rafe haussa les épaules.

— D'accord. Ce n'est pas un secret, après tout – il hocha de nouveau la tête. À cause de ces mecs, du genre de personnes qu'ils sont. Je ne cherche pas à vous monter contre eux, mais je vais vous dire, on voit de drôles de choses. J'ai démissionné quand ils ont réprimé cette manifestation pour les droits des animaux devant un élevage de poulets des Midlands. Pauvres types.

Il reprit sa fourchette et tritura un spaghetti.

— Ces crétins les entassaient par dix dans des cageots, en leur cassant les ailes et les pattes, pour les faire entrer de force. Les manifestants voulaient faire fermer l'endroit. Ils ont levé une sacrée foule, fait plein de bruit pour attirer l'attention. Les agents de police sont sortis, tout un tas de m'as-tu-vu. Ils se sont montrés si odieux qu'ils ont poussé un manifestant à balancer un coup de poing dans le visage de l'un d'eux. Et ensuite, bien sûr, les flics du coin ont fini par arrêter tous ceux sur qui ils ont pu mettre la main.

Il parlait plus fort. Il parut s'en rendre compte et reposa sa fourchette.

—Bref, continua-t-il, après, j'ai entendu tous les commentaires au commissariat. Ils traitaient les manifestants de criminels, de racailles, de tarés. Pour avoir essayé d'aider quelques pauvres poulets. Eh bien, ça me posait un problème, mais on m'a dit que je n'étais personne et que je devais soit la fermer soit me casser.

—Alors vous êtes parti, conclut Emma.

—Non, riposta-t-il, facétieux. Je suis resté et on m'a promu chef tortionnaire de poulets.

Emma réussit à sourire légèrement.

—Et maintenant, vous êtes jardinier.

—Oui, bon, j'aime bien jardiner, vous savez, mais c'est temporaire. J'essaie de rassembler un peu d'argent. J'aurai bientôt fini ce boulot, et après je vais voyager quelques mois en Amérique du Sud. En fait, ajouta-t-il après s'être éclairci la voix, mon vol est déjà réservé. Je pars dans quinze jours.

Emma fut décontenancée.

—Oh. Eh bien, bonne chance. J'espère que vous allez bien vous amuser.

Rafe baissa les yeux sur son reste de pâtes et de sauce tomate.

—Oui. Oui, j'ai hâte d'y être.

Une minute plus tard, il se leva, et commença à rassembler les assiettes.

—Je nous fais un peu de café ?

Les implants dorés s'éteignaient sur l'immeuble d'en face. Les balcons s'obscurcirent, puis s'enflammèrent en un patchwork de lumières, dans toutes les nuances du jaune et de l'orange. Assise à la table, Emma s'apaisait en observant le rituel du café qui passait. Ça faisait du bien, cette présence d'une autre personne qui bricolait, fourrageait dans les couverts, versait du lait. Rafe était une compagnie agréable. Surtout parce qu'il ne semblait pas attendre qu'Emma dise quoi que ce soit. Il continuait simplement de parler, mais sans se mettre en avant, et pas de lui-même. Il parlait de choses en général. Le ridicule des gens dans la queue au *Sainsbury's*. La façon dont les pistes cyclables londoniennes aboutissaient à des routes à trois voies avant de disparaître. Il y avait un drôle de mélange en lui. Un moment pensif et sérieux, reculé dans l'ombre. Le suivant, excité par une chose ou une autre, penché en avant et soudain complètement à l'aise, se servant de ses mains et de son menton pour souligner ses propos, cognant du poing sur la table et lâchait des « Putain » ou des « Ça me tue ». Comme s'il avait passé son enfance à traîner avec des voyous des rues. Il avait un visage sombre et expressif, des gestes gracieux. Elle l'imaginait bien dans un groupe, à jouer de la batterie. Ou scander du rap.

À dix heures du soir, il se leva et dit :

— Je ferais mieux d'y aller. J'habite à Stockwell et je suis à vélo.

— Ça fait loin d'ici, remarqua Emma, consternée. Excusez-moi. Je ne voulais pas vous retenir si longtemps.

— Oh, j'ai l'habitude. J'effectue des travaux de jardinage dans tout Londres. Trente kilomètres à vélo,

134

parfois. C'est plus rapide que le bus, aux heures de pointe.

Emma croyait sans peine que la distance ne l'effrayait pas. Il avait une allure sportive, saine, athlétique. Il enfila son sweat-shirt et ramassa son sac à dos. Puis il tapota ses poches jusqu'à ce qu'il entende un cliquetis de clefs.

Il désigna l'entrée.

—Bon. J'y vais.

Mais il resta là, cognant le sac contre ses genoux.

—Si ça ne vous ennuie pas, je peux rester en contact ? demanda-t-il. J'aimerais savoir ce qui va se passer pour cette histoire de Bergerac.

—Ça ne m'ennuie pas, lui dit Emma.

Elle lui tint la porte ouverte. Comme il franchissait le seuil, elle lâcha soudain :

—Je suis contente que vous soyez venu.

—Moi aussi.

—Non, je veux dire...

Elle voulait dire quoi ? Rafe avait passé la soirée avec elle, non parce qu'il était payé pour ça, ni parce qu'il attendait quelque chose en retour, mais parce qu'il voulait l'aider. Parce qu'il se souciait de ce qui était arrivé à Ritchie. Et il était la seule personne au monde à s'en préoccuper en dehors d'elle. Emma cligna des yeux dans la lumière aveuglante du couloir.

—Je veux dire que je suis réellement contente.

—Moi aussi, répéta Rafe avec un sourire. Prenez soin de vous, Emma. Accrochez-vous. Ne vous laissez pas abattre.

Elle pleura de nouveau un peu après son départ, debout dans l'entrée, le visage entre les mains. Puis elle alla se moucher dans la salle de bains. Elle se sentait lasse, très fatiguée. Une bonne fatigue cette fois, comme si elle allait effectivement dormir, et non la fatigue vaine, âcre, de ces derniers jours. Elle se rendit dans la cuisine pour laver la vaisselle, essayant de repousser encore le moment de se coucher.

Elle était en train de sécher une casserole quand le téléphone sonna.

C'était Lindsay. Elle semblait tout excitée.

—Bonsoir, Emma. Je peux vous parler une minute ?

Le torchon voltigea vers le sol. L'affaire de Bergerac ! Mon Dieu, ils avaient vraiment trouvé quelque chose.

—Je vous écoute, réussit à articuler Emma.

Lindsay déclara :

—Il y a bien quelque chose. Ça peut ne mener à rien, mais je vous informe quand même. Lundi après-midi, le lendemain du jour où Ritchie a été kidnappé, un couple a pris l'avion de Londres pour Bergerac avec un petit garçon de seize mois.

Le cœur d'Emma se retourna dans sa poitrine. Elle chercha le canapé à tâtons et s'y assit.

—Ritchie ? murmura-t-elle.

—On ne sait pas encore, répondit Lindsay. Il se trouve que, par hasard, peu de temps avant que vous appeliez tout à l'heure, nous avons reçu un coup de fil d'une employée à l'enregistrement de l'aéroport de Stansted. Elle a vu l'article sur Ritchie dans les journaux, et s'est rappelé avoir enregistré cette famille lundi. Un détail un peu bizarre l'avait frappée. Les parents avaient réservé leurs places d'avance, mais ils sont arrivés au

136

dernier moment avec cet enfant sans billet, qu'ils voulaient emmener avec eux. Comme l'enfant avait un passeport, il a pu prendre l'avion.

— Comment s'appelait la femme, l'interrompit Emma. Antonia ?

— Non. Non, pas Antonia.

Emma tordait le cordon du téléphone.

Lindsay poursuivit :

— Je ne veux pas vous donner trop d'espoirs, Emma. Le passeport de l'enfant était au même nom que celui du couple. Il y a de grandes chances qu'il s'agisse d'une famille tout ce qu'il y a de plus normale. Mais on va quand même vérifier.

Elle hésita un instant.

— Je voulais vous tenir au courant. Pour que vous sachiez qu'on suit toutes les pistes. Qu'on fait tout ce qu'on peut. Dès que j'ai des nouvelles, je vous appelle.

Emma était couchée dans son lit, tout à fait immobile. Elle couvait l'espoir dans sa tête, aussi fragile qu'une coquille d'œuf. Il lui faudrait des heures pour s'endormir.

Elle passa le temps à imaginer un nouveau moyen d'envoyer un message à Ritchie. Après un moment, elle rêva qu'elle se trouvait près d'un portail. C'était un portail en bois, avec d'étroits interstices entre les barreaux. De l'autre côté, il y avait un petit monticule, en partie herbeux, en partie recouvert de gravier poussiéreux. Au sommet du monticule, un arbre rachitique. Et sous l'arbre, Ritchie était assis tout seul en train de jouer avec quelque chose dans l'herbe.

Emma l'observait à travers le portail.

—Je suis là, lui chuchotait-elle. Je suis là.

Ritchie ne releva pas la tête. Mais son sourire indiquait à Emma qu'il l'avait entendue. Toute la nuit, elle resta près du portail, et elle observa son fils aussi longtemps qu'elle le put.

8

Les premiers mois, Emma se rendait à peine compte qu'elle était enceinte. Elle ne souffrait pas de nausées matinales. Elle entrait parfaitement dans tous ses vêtements. Elle commençait à se dire qu'elle s'était trompée. Après tout, elle n'avait toujours pas vu de médecin, ni fait de test de grossesse. Depuis quand était-elle gynéco ?

Un soir, elle regardait par hasard un documentaire à la télé sur le conflit au Darfour. La caméra balayait des rangées de tentes en loques, des femmes en pleurs, des rues ensanglantées. Puis elle zooma sur un minuscule gosse tout seul dans son coin, squelettique et affamé. La vision du visage émacié, hagard, de cet enfant transperça soudain Emma d'un chagrin dont la violence la secoua et la décontenança. Cette nuit-là, allongée dans son lit, son corps lui parut étrange, comme si elle tombait, ou s'envolait, ne trouvait rien à quoi se raccrocher. Deux jours après, elle ne supporta brusquement plus le shampooing et l'après-shampooing à la goyave qu'elle utilisait chaque matin depuis des mois. Là, elle sut avec certitude que son corps, même si ça ne se voyait pas, était désormais différent. Elle ne pouvait se mentir plus longtemps.

Joanne semblait ne s'être rendu compte de rien, et Emma ne la mit pas au courant. Elle ne pouvait parler de cette grossesse à personne car elle n'avait pas encore décidé ce qu'elle allait faire à ce sujet. Oliver monopolisait son esprit, et elle n'était en mesure de prendre aucune décision tant qu'elle n'en aurait pas discuté avec lui. Et elle ne pouvait discuter de quoi que ce soit avec lui avant de savoir s'il reviendrait vers elle.

— Je dois bien à Sharmila de nous donner une chance, avait expliqué Oliver au téléphone.

— Mais tu me le dois aussi, répliqua Emma, luttant pour éviter les larmes dans sa voix – ce n'était pas le moment de devenir hystérique. On peut au moins se voir, quand même ?

— Ce n'est pas que je ne le veuille pas, Emma, honnêtement. Mais ça fait trois ans que je connais Sharmila. Elle a besoin qu'on soit juste tous les deux, pendant quelque temps.

Lorsqu'il cessa de prendre ses appels, elle lui écrivit une lettre lui disant à quel point elle l'aimait, et la déposa elle-même dans sa boîte à lettres. Une part d'elle était horrifiée de son propre comportement. Jamais elle n'avait agi aussi nullement avec un homme auparavant. Mais impossible de s'en empêcher. Que chuchotait Oliver à Sharmila quand ils étaient ensemble ? Quelle expression avait-il quand il la regardait ? Tendre ? Protectrice ? Ou bien était-ce *elle* qui l'aimait le plus ? Emma ne savait pas quelle option était la pire. Qu'Oliver soit ainsi désiré par une autre le lui rendait encore plus précieux et inaccessible. Elle mourait d'envie de le toucher, de repousser ses cheveux. De le voir regarder sa bouche avec cette expression attentive qui la faisait fondre de l'intérieur. Elle passait tellement de temps à se le représenter, à rêver d'être avec lui, que les jours s'écoulaient sans qu'elle pense un seul instant à la grossesse.

Et puis, d'un seul coup, Emma revint à la raison et comprit ce qu'elle devait faire. Une chose était sûre : ça ne durerait pas entre Sharmila et Oliver. Oliver n'avait-il pas dit combien Emma était attentionnée et généreuse ? Et Sharmila, froide et égocentrique, obnubilée par sa carrière ? D'après l'expérience d'Emma, une fois qu'un homme quittait une femme, c'était terminé. La flamme se ranimait rarement. Même si Sharmila avait réussi à le récupérer temporairement, Oliver se rendrait vite compte à quel point les choses avaient été bien plus spéciales entre Emma et lui. En attendant, elle devait rester en retrait, lui laisser un peu d'espace. Oliver n'était pas quelqu'un sur qui on faisait pression. Ce n'était certainement pas le moment de lui parler de bébé.

Alors elle cessa de téléphoner, cessa d'essayer de le contacter. Quand il serait prêt, il reviendrait.

N'empêche que c'était dur. Ces jours-ci, elle avait l'impression de passer beaucoup de temps toute seule. Joanne était toujours fourrée avec Barry. Quand ils ne sortaient pas, ils restaient collés l'un contre l'autre sur le canapé devant la télé, Barry massait les pieds de Joanne à travers ses bas tout en regardant le football. De temps en temps il murmurait quelque chose dans l'oreille de Joanne qui la faisait glapir et glousser en roulant des yeux vers Emma, comme pour dire : « Les mecs, hein ? Qu'est-ce qu'on peut y faire ? »

Parfois, poussée par le désespoir et un profond ennui, Emma sortait et prenait le bus 56, dont l'itinéraire longeait la rue d'Oliver. Elle s'asseyait à l'étage supérieur, et sentait son cœur s'emballer quand le bus approchait de son appartement. Elle détournait la tête au moment de passer devant, les yeux juste glissés sur le côté pour regarder, au cas où Oliver serait chez lui et l'apercevrait. Le simple fait de voir l'endroit où il vivait la faisait planer, comme un fumeur qui tire sur une cigarette. Selon que les lumières étaient allumées ou non, elle essayait de deviner ce qu'il pouvait bien faire. Il allait parfois au gymnase après le travail. Au moins, s'il n'était pas là, se réconfortait-elle, c'est qu'il ne se trouvait pas seul avec Sharmila. Les lampes allumées, c'était pire. Les lampes allumées signifiaient qu'ils passaient une soirée tranquille à la maison.

— Ils ne se sont pas *officiellement* remis ensemble, annonça Joanne le lendemain d'une soirée passée dehors avec Barry. Oliver ne sait pas vraiment si c'est le bon moment pour lui d'avoir quelqu'un dans sa vie. J'ai l'impression que notre chère Sharmila n'est pas facile à envoyer sur les roses. Je crois qu'Oliver se sent sous pression. Il a demandé de tes nouvelles, Em. À mon avis, il t'aime toujours bien. Je te conseille de la jouer cool.

Alors Emma attendit, mais comme les semaines défilaient et qu'il ne l'appelait pas, elle prit de plus en plus souvent le bus 56.

Un soir d'avril, elle remarqua en passant devant l'appartement que les fenêtres étaient sombres, et les rideaux ouverts. Il était plus de neuf heures.

Emma réfléchit. On était jeudi, donc pas le jour de gymnase habituel d'Oliver. Le jeudi soir, il retrouvait parfois ses collègues de travail sur le Strand pour boire des verres. S'il n'était pas encore rentré chez lui, c'est là qu'il avait dû se rendre. Il ne serait pas de retour avant des heures. Sur une brusque impulsion, elle pressa le bouton d'arrêt près de son siège. Le bus stoppa le long du trottoir au carrefour suivant.

— Bonsoir, madame, lui lança le chauffeur tandis qu'elle descendait.

— Bonsoir, répliqua Emma, surprise.

Un chauffeur de bus aimable ! C'était comme si elle avait été acceptée par la communauté d'Oliver. Son chauffeur de bus l'appréciait. Bon présage.

D'humeur nettement plus joyeuse, elle rebroussa chemin vers Charmian Avenue. Elle risquait peu de tomber sur Oliver, s'il était dans le centre, à des kilomètres de là, mais autant faire attention quand même. Le croiser sur Lavender Hill ou l'artère principale serait une chose ; elle pouvait prétendre qu'elle rendait visite à quelqu'un ou qu'elle se promenait. Elle ne vivait pas si loin pour que sa présence dans les parages paraisse étrange. Mais s'il la surprenait dans sa propre rue ! Emma retint son souffle en atteignant le tournant de l'avenue, et l'examina d'un regard prudent.

Personne. La rue était vide. Rien que des arbres, des voitures garées pare-chocs contre pare-chocs, de chaque côté.

Elle marcha le long du trottoir. Charmian Avenue était une jolie rue. Comme tout ce qui était associé à Oliver. Spéciale. Différente. Plus opulente que les rues alentour. Il y avait plus d'arbres, avec des feuilles plus nombreuses et plus épaisses. Les maisons étaient mieux entretenues, et semblaient plus chic. La rue commençait par un alignement de logements mitoyens, mais à mi-parcours, près du coin d'Oliver, les maisons devenaient plus grandes et à moitié séparées. Emma se trouvait à présent en face de chez Oliver. L'habitation était en brique grise, l'encadrement de la porte et des fenêtres peint en blanc. Un arbre gigantesque masquait presque un large bow-window à trois faces et toit indépendant. C'était la fenêtre d'Oliver. Son appartement se trouvait au rez-de-chaussée.

Alors voilà. Emma arpenta l'avenue, passant et repassant devant l'appartement, comme pour absorber un peu de son caractère exceptionnel et l'emporter avec elle. La rue était humide à cause de la pluie tombée un plus tôt, et très calme. On n'entendait que le son des pas d'Emma, butant parfois contre un caillou. Quelques fenêtres étaient éclairées ici et là. Dans une pièce, une femme entourée de gens tenait un bébé dans ses bras. En la regardant, Emma se sentit triste, tout à coup. Qu'est-ce qu'elle fichait là, à marcher de long en large dans une rue qui n'était pas la sienne, en regardant les fenêtres d'inconnus ? Ça ne lui ressemblait pas. Ce n'était pas le comportement d'une personne normale. Elle éprouvait une drôle d'impression de solitude, d'être en dehors, d'espionner la vie des gens comme une désaxée. C'était bien ce qu'elle faisait, comprit-elle avec horreur. Elle traquait Oliver. Et si quelqu'un la repérait, en train de rôder ainsi ? On penserait qu'elle avait de mauvaises intentions. On risquait même d'appeler la police. Cela l'arrêta. Elle en avait assez de tout ça. À présent, elle allait repartir et prendre le bus. Elle ne reviendrait plus ici.

Et c'en serait resté là, si une dernière pensée ne lui était venue. Et si elle jetait juste un coup d'œil rapide par la fenêtre à l'arrière de chez Oliver, juste pour voir à quoi ressemblait le salon, maintenant ? S'il y avait changé quelque chose depuis les quatre mois qu'elle ne l'avait pas vu. Si *Sharmila* y avait changé quelque chose. Elle était arrivée jusqu'ici ; l'occasion ne se présenterait sans doute plus. Elle devait savoir.

Aucune lumière dans l'appartement au-dessus de celui d'Oliver. Le couple qui l'habitait était visiblement sorti. Personne ne verrait Emma dans le jardin. Rien qu'un coup d'œil en vitesse, et elle s'en irait. Vérifiant que la rue était déserte, Emma se glissa dans le passage latéral qui menait derrière la maison. Le jardin était petit, pavé, avec des plantes dans de gros pots de pierre. Emma et Oliver y avaient siroté des Pimms un soir, en écoutant Rufus Wainwright s'échapper des haut-parleurs du salon.

Emma s'approcha de la fenêtre et mit les mains en coupe de chaque côté de son visage. Elle regarda à l'intérieur. D'après ce qu'elle voyait, le salon paraissait toujours pareil. Énorme bloc télé dans le coin, tapis tissé sur le plancher foncé, étagères peintes en blanc, où s'entassaient en désordre des livres et les sculptures en métal tordu qu'affectionnait Oliver.

Elle scrutait une étagère, essayant de distinguer les visages sur une photo, lorsque, à sa grande horreur, la lumière inonda soudain la pièce. Affolée, Emma recula brusquement la tête. Avant de se jeter sur le côté, hors de vue, elle aperçut furtivement une silhouette – homme ? femme ? – qui s'avançait vers la fenêtre.

Toute tremblante, Emma se tenait à l'angle de la maison. Pourquoi n'avait-elle pas fait plus attention ? Elle n'avait pas entendu la porte d'entrée s'ouvrir. Dieu merci, il faisait sombre. La personne qui était dans la pièce n'avait pas pu la voir. Du moins, elle l'espérait. Elle retint son souffle, guettant des pas, des voix, des cris provenant de l'avant de la maison. Rien. On ne l'avait pas vue. Elle attendrait quelques minutes, puis regagnerait la rue sur la pointe des pieds et s'en irait. Seigneur. Elle écarta en soufflant une mèche de son front. Jamais elle ne referait une chose pareille. Jamais !

Elle compta entre ses dents : mille, deux mille, trois mille. À vingt-cinq mille, elle estima être hors de danger. Elle commença à se faufiler dans l'allée latérale, regardant bien où elle posait les pieds. La dernière chose dont elle avait besoin était de marcher sur un chat ou de se cogner dans une poubelle. Et puis, alors qu'elle arrivait presque au bout, une haute forme noire masqua la lumière de la rue.

—Hé, cria une voix. Vous ! Qu'est-ce que vous fichez à regarder par ma fenêtre ?

Oliver ! Emma faillit mourir de peur. Que faire ? Tourner le dos, repartir en courant, essayer d'escalader le mur de derrière ? Elle s'apprêta à pivoter sur ses talons, mais des pas crissèrent sur le gravier et on l'attrapa par le bras.

—Mais qu'est-ce que…, commença Oliver.

Puis il poussa une exclamation, et lâcha le bras d'Emma comme si elle avait la lèpre. Il bondit en arrière et lança d'une voix stupéfaite :

—Emma ?

Bon Dieu, il n'avait pas changé du tout. Les cheveux un peu plus courts, peut-être. Il portait une chemise blanche, au col ouvert. Une veste sombre pendait sur son bras. Il la dévisageait avec ahurissement. Emma le fixait aussi, littéralement frappée de mutisme. Incapable de trouver la moindre chose à dire.

Une silhouette mince apparut à l'entrée de l'allée.

— Ol ? héla une voix cristalline de femme. Ça va ?

Oliver tourna vivement la tête.

— Ouais. Merci, Sharm. Donne-moi juste une minute.

Il regarda Emma de nouveau.

— Qu'est-ce que tu fiches là ? demanda-t-il.

Emma ouvrit enfin la bouche.

— Il faut que je te parle.

Oliver parut perplexe.

— Pas de problème. Ici ?

Puis, avant qu'elle puisse répondre, il secoua la tête :

— Non, ça caille dehors. Allons à l'intérieur.

D'un geste du bras, il invita Emma à marcher devant lui. Sharmila prit la tête du trio jusqu'au porche de la maison, ses talons hauts claquant sur les pavés. Elle portait une tenue noire, scintillante et courte. Sa lourde chevelure était entortillée au sommet de sa tête.

Le hall d'entrée d'Oliver sentait exactement pareil. L'after-shave, ou la lessive, ou un produit quelconque qu'il utilisait pour lustrer le sol. Le cœur d'Emma se serra à cette odeur familière. Oliver referma la porte. La lumière des réverbères traversait le verre coloré, baignant le hall d'une fantomatique lueur verte et rouge.

Avant qu'aucun ne dise quoi que ce soit, Sharmila murmura :

— Je vais vous laisser entre vous.

Avec à peine un regard pour Emma, elle pressa légèrement le bras d'Oliver, puis passa devant eux pour se glisser dans le salon, dont elle referma la porte blanche.

Emma se retrouva encore plus mal à l'aise qu'avant. Bon, elle préférait en effet que Sharmila ne traîne pas dans le coin. Mais elle avait espéré que ce soit Oliver qui lui dise de partir. Les manières irréprochables de cette fille – ou bien son manque absolu de curiosité – lui donnaient l'impression d'être maladroite, grossière, incroyablement indiscrète.

— Allons dans la cuisine, décida Oliver.

Il alluma la lumière. Des objets féminins brillaient partout. Un gilet doré enveloppait le dossier d'une chaise. Un sac à main miroitait sur la table. De nouvelles photos recouvraient la porte du frigo – essentiellement d'une fille brune à grandes dents éclatantes et grandes boucles d'oreilles étincelantes, qui riait devant l'objectif. De nouvelles plantes s'alignaient sur le rebord de la fenêtre, recouvert d'une cascade de feuilles foncées. Oliver n'avait jamais possédé de plantes vertes. Il disait qu'il oublierait de les arroser.

— Je peux t'offrir quelque chose ? demanda-t-il. Un verre ?

— Non merci, répondit Emma.

Le voir ainsi en pleine lumière… lui rappela dix, vingt fois de suite, à quel point elle l'aimait et l'aimerait toujours. Tout en lui la faisait souffrir. Ses yeux sensuels, au regard somnolent. Ses cheveux lumineux. Son odeur.

— Je suis enceinte, lâcha-t-elle.

Et elle retint son souffle.

Bien sûr – elle n'était pas stupide –, elle ne s'attendait pas à ce que, à cette nouvelle, Oliver se mette à caracoler d'allégresse dans la cuisine. Il serait secoué, qui ne le serait pas ? En colère, même. Comment le blâmer ? Dans ses propres fantasmes de retrouvailles, ils n'étaient que tous les deux, Oliver et elle, minces et libres, étendus ensemble sur les draps blancs du lit d'Oliver. Ni bébé ni ventre gonflé en vue.

Alors elle était préparée à l'exclamation, au pas en arrière, à la mâchoire relâchée. Jusque-là, rien de surprenant. Mais ensuite il y eut un coup d'œil furtif en direction du salon, où se trouvait Sharmila. Ça, Emma ne s'y attendait pas, et son cœur se serra. Puis survint une troisième chose, si rapide et subtile, que si elle n'avait pas observé Oliver avec autant d'attention à cet instant précis, elle lui aurait sans doute échappé.

Une petite, légère moue.

Du dégoût.

Il mit moins d'une seconde pour se reprendre. Et essaya de plaisanter :

— Je ne vais pas poser la question prévisible de comment c'est arrivé.

Emma chancelait encore sous le choc. Elle se sentait toute flasque et haletait comme un poisson hors de l'eau. Ce n'aurait pas été pire s'il l'avait frappée. Elle vit son reflet dans la fenêtre, en survêtement et baskets, le cheveu terne et la taille épaissie. Voilà la femme qui venait d'être surprise en train d'espionner le soir dans leur jardin. D'espionner l'homme qui l'avait larguée pour une autre. Emma se compara à l'impassible fille mince qui s'était glissée avec une telle discrétion dans la pièce voisine, et eut envie de se faufiler dans une fissure du sol. Tu le savais, se dit-elle. Tu savais qu'il réagirait comme ça. Va-t'en. Va-t'en tout de suite. Ne reste pas ici une seconde de plus.

—Ne t'en fais pas, déclara-t-elle. Tu n'as pas besoin de t'impliquer. Je voulais juste que tu le saches.

Oliver écarta à deux mains ses cheveux de son visage.

—Ça m'embête beaucoup, Emma. Pfff… Je dois te demander si tu as besoin d'argent ?

—Je n'ai besoin de rien, répliqua Emma.

—Je peux te déposer quelque part ?

—Non. Merci.

Emma continua d'avancer vers la porte principale. Une musique douce s'échappait du salon. La porte était soigneusement close. Ah, cette Sharmila était décidément parfaite. Et si clairement *pas* du genre à écouter les conversations d'autrui.

Oliver suivit, la raccompagnant jusqu'au portillon extérieur.

—Qu'est-ce que tu comptes faire ? demanda-t-il Pour la grossesse ?

Il chuchotait presque. Le froid rendait tout plus sonore.

—Je n'ai pas encore décidé.

Y penser stoppa net Emma. Elle resta un instant là, dans l'allée, les bras serrés autour d'elle. Puis, très posément, elle regarda Oliver et dit :

—Le mieux est sans doute de m'en débarrasser.

Voilà qui le secouerait. Ça l'obligerait à la contacter. Si un bébé ne l'emballait pas, personne ne pouvait décider un avortement, clac, comme ça. Peu importe ce qu'il pensait, Oliver dirait forcément : « Attends. Laisse-moi y réfléchir. Ne prends aucune décision précipitée. Je t'appellerai et on en discutera. »

Avorter. Eh bien, ce serait définitif, pour le coup. Oliver n'aurait jamais, jamais plus aucune raison de la contacter.

— Tu as raison, marmonna-t-il sans la regarder. C'est probablement la meilleure solution.

Emma n'éprouva rien. Rien que de la torpeur. Alors voilà. Ça y était. C'était fini. Vraiment fini. Elle tourna les talons.

— Je suis désolé, je t'assure, Emma. C'est juste que Sharmila et moi… Ça paraît une façon moche de terminer les choses. On a eu de bons moments ensemble.

Oliver semblait ébranlé.

— Oui, dit Emma. C'est vrai.

Elle ouvrit le portillon. Le bas grinça en frottant contre un pavé.

Oliver reprit :

— Et ça ira pour le… tu sais, euh…

— Parfaitement bien, le rassura-t-elle. Bon. Au revoir.

Et elle le laissa planté là, blafard sous la lumière du réverbère, puis s'éloigna sur le trottoir.

Comment elle rentra chez elle, elle n'en eut pas la moindre idée. Il y avait sans doute eu un bus, et elle était sans doute montée dedans. Impossible de s'en souvenir.

Une fois dans son lit, elle attendit que la douleur frappe.

— Fini, se répétait-elle. Terminé.

Marrant, le premier choc passé, elle s'étonna que la douleur ne soit pas plus vive. Elle tâta son esprit pour estimer les dégâts, comme un athlète inspecte attentivement chacun de ses membres après une chute. Mais tout restait engourdi. La douleur viendrait plus tard, elle devait finir la course. Elle avait une décision à prendre. Elle était enceinte de quatre mois et demi.

— Alors ? chuchota-t-elle au creux du côté frais de l'oreiller. Qu'est-ce que je fais ?

Mais personne ne répondit.

Le plus évident était de faire comme elle avait annoncé à Oliver, et s'en débarrasser. Comment pourrait-elle s'occuper d'un bébé, voyons ? Elle n'avait pas d'argent. Personne pour l'aider. L'idée même était grotesque. Mais les jours passaient, et chaque fois qu'elle saisissait le téléphone pour prendre rendez-vous avec un médecin, elle finissait par le reposer.

Il ne s'agissait pas de n'importe quel enfant. C'était celui d'Oliver. Tout ce qui lui restait de lui. Et le problème, c'était qu'elle aimait toujours Oliver. On n'oubliait pas les gens comme ça, d'un coup, juste parce qu'ils vous le demandaient.

Il y avait autre chose. Ce bébé était le petit-enfant de sa mère. La seule part qui lui restait d'elle, aussi.

Emma devint très facilement irritable. Elle ne pouvait même pas parler à Joanne car Barry traînait toujours dans le coin, accroché à elle comme une bernique. Un soir qu'Emma rentrait du travail, le dos en compote après un trajet dans un métro bondé, elle tomba sur Barry, affalé tout seul sur le canapé, la braguette ouverte. Un carton à pizza et deux canettes de bière gisaient sur le sol. La télé était branchée sur le foot, assez fort pour faire vibrer les fenêtres.

— Où est Joanne ? demanda Emma.

— Elle bosse tard.

Les yeux de Barry étaient rivés sur le poste. D'après le tableau des scores en bas de l'écran, Arsenal jouait contre Wigan.

— Comment tu es entré ?

— Hein ?

Concentré sur le match, Barry fronça les sourcils. Puis il lança un pied en l'air et brandit le poing vers le téléviseur.

— Allez, rugit-il. Dépasse-le. Il y a la place pour un autobus dans ce foutu couloir.

Emma éleva la voix.

— J'ai dit « Comment tu es entré ? »

La dureté de son ton obligea Barry à sortir de sa transe footballistique. Il la regarda comme s'il se rendait compte seulement maintenant qu'il y avait une autre personne dans la pièce.

— J'ai une clef, répondit-il.

Une clef ! Il avait une clef ! Pour qui il se prenait, merde ?

— Tu ne peux pas regarder le foot chez toi, pour changer ? siffla Emma. Tu es ici tous les soirs, putain ! C'est trop demander que je puisse rentrer dans mon propre appart après le boulot et avoir un peu la paix ?

Barry parut outré par son explosion de colère. Sans ajouter un mot, il se leva et passa devant elle pour quitter la pièce. Emma entendit le plancher du couloir grincer sous ses pas tandis qu'il gagnait la chambre de Joanne. La porte claqua.

Plus tard, lorsque Joanne rentra, elle évita le salon et se rendit directement dans sa chambre. Des voix filtrèrent par le mur. Emma crut entendre citer son nom. Elle ne revit ni l'un ni l'autre de la soirée.

Puis, sans même s'en rendre compte, Emma se trouva déjà enceinte de cinq mois. Le bouton de son jean ne fermait plus. Elle avait l'impression de passer sa vie aux toilettes. Un jour, attendant que la bouilloire siffle, elle sentit un coup pointu juste sous ses côtes. Elle recula d'un pas, surprise et alarmée. Puis ça recommença. La sensation d'une bourrade vigoureuse.

Comme un pied.

Un pied qui la cognait.

Emma posa son mug. Elle glissa la main à l'endroit où elle avait senti le coup. Ça recommença. Un martèlement résolu sous ses doigts.

Pouvait-elle encore avorter, maintenant ? Il devait bien y avoir une loi sur le délai autorisé pour avorter.

Au cours de la soirée, Emma devint très calme. Alors d'accord. Très bien. Elle allait donc avoir un enfant. Étrangement, la décision lui éclaircit l'esprit. Il restait quatre mois. Ça faisait soudain très peu de temps pour s'organiser. L'argent. Son travail. Elle n'avait pas la moindre idée de comment régler ces questions. Mais il s'agissait de problèmes pratiques, des problèmes pour lesquels il existait des solutions, et si quelqu'un avait le sens pratique, c'était bien Emma.

Sa première démarche, le lendemain, fut de prendre rendez-vous avec la généraliste de Clapham. Elle pourrait peut-être commencer par lui poser certaines questions.

Elle était tendue comme une corde de violon en se rendant à la consultation. La dernière fois qu'elle avait vu un médecin remontait à des années, à Bath. Les médecins et les hôpitaux la rendaient nerveuse. Elle espérait que la généraliste ne lui passerait pas un savon pour ne pas être venue plus tôt. Dans la salle d'attente, elle tomba sur un article intitulé « L'enfer de mes 45 heures d'accouchement ». D'après l'article, la femme en question avait vingt-neuf ans. Sur la photo qui l'accompagnait, avec sa chemise de nuit d'hôpital éclaboussée de sang et son sourire au regard fixe, elle en paraissait au moins cinquante. Bouche bée, Emma étudia la photo. Elle aussi devrait accoucher. Avait-elle perdu la tête d'attendre un bébé ? Peut-être n'était-il pas trop tard pour changer d'avis. Elle tourna une nouvelle page. « Comment garder son homme ». Une femme plus âgée regarda le ventre d'Emma et son visage s'épanouit. Emma réussit à lui rendre un sourire crispé.

— Emma Turner, appela la réceptionniste.

Une infirmière la fit entrer dans le cabinet de consultation. Le Dr Rigby était mince et rousse, et avait l'air d'une étudiante. Elle se tenait derrière son bureau, en train d'écrire quelque chose. Elle fit signe à Emma de s'asseoir. Le cabinet sentait le citron. Une ribambelle de Teletubbies s'alignait sur une étagère au-dessus de la balance.

Le Dr Rigby termina de rédiger sa note et se tourna vers Emma. Établir le motif de sa venue leur prit peu de temps.

— Vous êtes enceinte ! s'exclama le Dr Rigby.

Elle lui adressa un sourire chaleureux avant d'ajouter :

— Toutes mes félicitations.

Elle ne fit aucune remarque sur le fait qu'Emma aurait dû venir plus tôt. Elle lui demanda de s'allonger sur une table recouverte d'un drap en papier, puis contourna le bureau pour venir l'examiner. Ses petits pendants d'oreilles en argent se balancèrent tandis qu'elle palpait avec délicatesse le ventre d'Emma. Puis elle plaça un objet noir en forme de klaxon sous son nombril.

— J'entends les battements du cœur de votre bébé, dit-elle.

Les yeux d'Emma s'emplirent de larmes.

De retour à son bureau, le Dr Rigby demanda :

—Et le père ?

—Il ne s'impliquera pas, répondit brièvement Emma.

—Ah, fit le Dr Rigby d'un air compatissant. Et qu'est-ce que vous avez prévu pour après la naissance ?

—Eh bien, je vais manifestement devoir arrêter de travailler un moment. J'ai quelques économies mais… J'allais justement vous demander…

—Vous aurez droit au congé maternité, pour commencer. Et à l'allocation enfant. Ça vous permettra de respirer un peu. Je vais vous mettre en contact avec une assistante sociale, poursuivit le Dr Rigby en rédigeant une note. Il pourrait y avoir d'autres aides auxquelles vous avez droit. Vous aurez un endroit où vivre ?

Emma n'avait toujours pas mis Joanne au courant pour le bébé. Une colocataire enceinte. Et un nourrisson braillard. Elle se mordit la lèvre. Ça faisait beaucoup. Où pourrait-elle aller, sinon ? Il faudrait bien qu'elle reste dans l'appartement, au moins jusqu'après la naissance du bébé.

Mais Joanne l'aiderait, elle le savait. Elles avaient traversé une tonne de choses ensemble. Mecs, examens, vacances… les trucs habituels, mais dans leur cas, ça comptait peut-être un peu plus. Joanne, comme Emma, n'avait jamais paru très proche de sa famille. Elle restait secrète sur les détails, mais il semblait que son père avait eu un problème avec l'alcool. C'était son amitié avec elle et Karen, Emma le savait, qui lui avait permis de tenir pendant la fac. En Australie, quand Karen avait annoncé qu'elle ne rentrait pas, Joanne, rendue très émotive par quelques « Bacardi Breezers », avait agrippé la main d'Emma et lui avait fait promettre que, quoi qu'il arrive, toutes les deux, au moins, s'occuperaient toujours l'une de l'autre.

— Oui, répondit Emma au Dr Rigby. Je partage un appartement avec une amie.

— C'est déjà ça, conclut le médecin avec un sourire.

En descendant dans le matin ensoleillé les marches du cabinet médical, Emma se sentit plus gaie qu'elle ne l'avait été depuis qu'elle avait découvert sa grossesse. Elle posa les mains sur son ventre. Le Dr Rigby était vraiment sympa. Emma était contente qu'elle devienne le médecin traitant de son bébé. Savoir qu'elle recevrait de l'argent et ne mourrait pas de faim soulageait le plus gros de son angoisse. Elle sentait la ceinture de son pantalon s'enfoncer dans son ventre. Depuis une semaine, elle le fermait avec une épingle à nourrice. Ce week-end, elle irait faire des courses et s'achèterait des vêtements convenables.

Et ce soir, Barry ou pas Barry, elle annoncerait la nouvelle à Joanne.

Lorsqu'elle rentra ce soir-là, Barry et Joanne étaient assis côte à côte sur le canapé, environnés d'emballages de plats à emporter provenant de « L'Étoile de l'Est ».

Joanne l'accueillit en lançant :

— Salut, Em. Ça fait un moment qu'on n'a pas bavardé ensemble.

— C'est vrai, répondit Emma prenant un ton enjoué. Je t'ai à peine vue.

Barry baissa le nez et se concentra sur son poulet biryiani.

— Qu'est-ce que tu deviens ? demanda Joanne. J'avais l'intention de rattraper le temps perdu. Il faut qu'on se fasse une soirée entre filles, bientôt.

Elle semblait d'excellente humeur.

—Un peu de vin ? proposa-t-elle en brandissant la bouteille.

—Non, merci.

—Ça ne te ressemble pas de refuser un coup à boire, remarqua Joanne.

—Eh bien. Justement, je voulais avoir une discussion avec toi…

—Écoute, Em, coupa Joanne. J'ai un truc à te dire. Tu sais que notre bail arrive à terme ?

—Oui ?

—Alors, tu as réfléchi à ce que tu vas faire ? Parce que le coloc de Barry s'en va, et il va avoir besoin que quelqu'un l'aide pour le crédit.

Les genoux d'Emma se mirent à trembler. Joanne se déplaça sur le canapé et saisit la main de Barry.

—Bon, poursuivit-elle, radieuse. Autant qu'on te le dise. Barry et moi allons emménager ensemble.

Emma s'effondra sur l'accoudoir. Elle avait les mains moites.

—J'ai réfléchi à rien du tout. Je supposais qu'on renouvellerait le bail. Il ne reste qu'un mois avant l'échéance, Joanne.

—Ouais, ben désolée, répliqua Joanne. Mais tu peux trouver une autre personne pour habiter avec toi, non ?

Peu probable. Emma tenta d'ignorer les palpitations sous ses côtes.

—L'appartement de Barry a combien de chambres ? demanda-t-elle.

Barry releva brusquement la tête de son biryiani. Joanne lui jeta un regard rapide. L'air de dire : « Je m'en charge. »

—Eh bien, répondit-elle. Trois, je crois, mais l'appartement est assez petit – et le problème, c'est qu'on ne sait pas encore comment on va faire avec les pièces, hein, Bar ? Il nous faudra un bureau, de toute façon, et un endroit pour ranger nos affaires. Franchement, je ferais d'autres projets à ta place, Emma.

Barry, pressentant visiblement que les choses allaient se gâter, retira sa main de celle de Joanne et marmonna quelque chose à propos du besoin de se rendre aux toilettes. C'était l'occasion pour Emma. Dès que Barry eut quitté la pièce, elle déclara à Joanne :

—Je suis enceinte.

L'effet sur Joanne fut spectaculaire. Un morceau de bhuna tomba de sa fourchette. Sa bouche s'ouvrit ; sa tête tourna d'un côté et de l'autre, comme celle d'une poupée.

—D'Oliver, ajouta Emma, pour lui épargner la question.

—Eh bien… C'est… C'est… C'est super.

On aurait dit que Joanne avait avalé une crevette de travers.

—Ouais.

—C'est pour quand ? réussit à articuler Joanne.

—Août. J'en suis à cinq mois.

—Ah.

—Donc en fait, reprit Emma. Pour moi, c'est pas le moment idéal pour chercher une nouvelle colocataire. J'ai juste besoin d'un endroit jusqu'à la naissance du bébé. Je pourrai chercher quelque chose de convenable après. Je serai physiquement plus en état d'emballer, de déplacer et de soulever des cartons. Je serai partie avant même que tu voies une couche.

Elle entendait son ton suppliant. Joanne le remarqua aussi et s'agita sur le canapé. Elle repoussa son carton de bhuna.

—Écoute, Emma, dit-elle. Je suis désolée que ça te rende les choses difficiles. Mais Barry et moi en avons discuté, et on ne peut pas changer nos projets comme ça.

Emma baissa les yeux sur son ventre. D'ici, elle ne voyait pas ses pieds.

—D'accord, répliqua-t-elle. D'accord.

—Tu aurais dû en parler avant. Cinq mois, Emma.

—Je sais.

—Ça devient très sérieux entre Barry et moi, gémit Joanne. En plus, toi et lui, vous ne vous êtes jamais entendus, pas vrai ? Tu as complètement pété les plombs l'autre soir, à ce qu'il m'a dit, pour un truc vraiment insignifiant, il n'a même pas compris ce qu'il avait fait. Tu aimes avoir ton espace, Emma, je le sais. Je vois mal comment ça pourrait marcher si tu t'installes avec nous. Et si je ne déménage pas chez lui maintenant, il prendra un autre coloc, et il pourra se passer des années avant qu'on en reparle. C'est ma seule chance, Emma. Tu ne peux pas savoir comme il me plaît. J'attends ça depuis tellement longtemps.

—C'est bon, répéta Emma. Honnêtement. Je comprends.

Il y eut un silence. Puis Joanne se leva du canapé. Elle s'approcha pour serrer Emma dans ses bras.

—Tu es une supercopine, Em, déclara-t-elle en reniflant. Et c'est génial pour le bébé, vraiment. Il va être trop mignon. Et puis tu sais, le fait que je déménage, ça va rien changer entre nous. Si tu as besoin d'un coup de main pour le bébé, baby-sitting, tout ça, n'hésite vraiment pas.

Emma sourit. Mais il y avait un gouffre glacé à l'intérieur d'elle. Elle se laissa étreindre, mais son esprit était parti complètement ailleurs. Elle fixait le mur par-dessus l'épaule de Joanne.

Qu'est-ce qu'elle allait bien pouvoir faire, maintenant ?

9

Samedi 23 septembre
Septième jour

Dans le jour déclinant, Lindsay attendait sur les marches du commissariat de Fulham Palace Road, vêtue de son impeccable manteau noir.

Emma accéléra le pas. Le temps d'arriver au poste de police, elle était hors d'haleine.

— Je suis en retard ? demanda-t-elle avec angoisse.

— Pas du tout, dit Lindsay. Je viens juste d'arriver.

Elle portait en bandoulière un fin sac à main vert foncé. La main déjà posée sur la porte, elle s'arrêta un instant pour incliner la tête et adresser à Emma un petit sourire préoccupé.

— Vous êtes sûre d'être prête ?

Emma opina. Mais le sang bourdonnait à ses oreilles.

Le policier à la réception annonça leur arrivée par interphone. Emma suivit Lindsay dans un étroit couloir sombre. Leurs chaussures résonnaient lourdement sur le sol. Le couloir déboucha sur un autre, puis encore un autre, et Emma finit par perdre tout sens de l'orientation. Puis elles tournèrent de nouveau à droite, franchirent une porte et pénétrèrent dans une pièce avec une grande table ronde au milieu.

— Bonsoir, madame Turner, dit l'inspecteur Hill en se levant de derrière la table.

Il portait son pardessus beige et tenait un journal enroulé à la main. Le *Metro*.

— Bonsoir, répliqua Emma d'un ton méfiant.

Dès que l'inspecteur Hill la regardait, ce qu'il semblait éviter de faire le plus souvent possible, elle avait l'impression qu'il la méprisait. Comme si elle lui faisait perdre son temps. Une fois, elle l'avait surpris lançant un coup d'œil à un autre policier, sourcils haussés et lèvres pincées, l'air de dire : « Tu arrives à croire ce qu'elle nous dit ? »

L'inspecteur pointa son *Metro* vers une femme occupée à taper sur le clavier d'un ordinateur dans un angle de la salle.

— Je pense qu'on vous a tout expliqué, dit-il. Notre spécialiste informatique, l'agent Gorman, que voici, a une séquence de circuit de télévision interne, prise à l'aéroport de Stansted le lendemain du kidnapping de Ritchie. On voit le couple avec enfant qui s'est enregistré sur le vol pour Bergerac. On va vous montrer le film dans un instant, et vous nous direz si l'enfant est votre fils. Compris ?

— Oui.

L'inspecteur lui avança une chaise en plastique gris devant l'ordinateur. Emma s'assit. Dans son dos, elle entendit des raclements et des traînements de pieds, signalant que d'autres personnes arrivaient dans la pièce. Elle ne se retourna pas pour voir qui étaient ces gens. La seule chose qui mobilisait son esprit était l'écran de l'ordinateur.

L'agent Gorman avait des cheveux courts et grisonnants, et un visage aimable.

— C'est bon, ma jolie ? demanda-t-elle. Alors, quand je démarrerai le film, la première chose que vous verrez, ce sera des portes. Après une seconde ou deux, vous verrez trois personnes les franchir. D'abord un homme, puis une femme portant un enfant. Pour l'instant, on va flouter les visages de l'homme et de la femme. On veut que vous vous concentriez uniquement sur l'enfant. Dites-moi quand vous serez prête à commencer.

— Je suis prête, déclara Emma.

Sa jambe gauche ne cessait de tressauter. Elle pressa la main sur son genou pour l'arrêter.

— Éteignez les lumières, s'il vous plaît, cria la femme.

L'aveuglante lumière fluorescente disparut. Il ne restait à présent que la lueur provenant de l'écran, qui auréolait d'un halo bleuté les têtes devant : le chignon lisse et brun de Lindsay, la moustache de l'inspecteur Hill.

Emma avait la poitrine en effervescence.

Et si c'était Ritchie ?

Non. N'y pense même pas. Ne laisse pas tes espoirs s'envoler trop haut pour sombrer encore plus bas qu'ils ne le sont déjà.

Oui, mais si c'était lui quand même ?

Emma serra les dents. Elle avait passé la nuit à ça, son esprit balançant d'un côté, puis de l'autre. Des pas résonnèrent le long du couloir à l'extérieur de la salle. « Hé », héla une voix masculine. « Tu vas au Tesco… ? »

Les pas s'éloignèrent. Sur l'écran, une image apparut. Un hall blanc, avec une double porte à une extrémité. Verre et acier.

— Maintenant, regardez bien, recommanda l'agent Gorman.

Derrière le verre se dessina une forme. Puis les portes glissèrent et un homme les franchit d'un pas vif. Il était grand, vêtu d'un jean et d'une chemise bleu marine à manches courtes. Une masse ovale brouillait son visage, le brisant en minuscules carrés roses et jaunes. L'homme tirait une valise à roulettes et marchait très vite. En un clin d'œil, il avait dépassé la caméra à grandes enjambées et était sorti de l'écran.

— Attendez...

Emma se redressa sur sa chaise. Le film avançait trop rapidement. Si tout le reste passait à la même vitesse, elle serait incapable de repérer quoi que ce soit d'utile. Mais à côté d'elle, Lindsay fixait toujours l'écran. L'inspecteur Hill, l'agent Gorman... tout le monde était concentré sur le film. Personne en dehors d'elle ne semblait avoir du mal à le suivre.

— Voilà la femme et l'enfant, annonça l'agent Gorman.

Prise de panique, Emma ramena vivement le regard sur l'écran. Sa vision se troubla. Maintenant elle ne voyait plus rien du tout. Elle se frotta vigoureusement les yeux. Lorsqu'elle regarda de nouveau, une femme, le visage également brouillé, franchissait les portes à son tour, quelque chose d'encombrant dans les bras.

Un enfant.

Emma s'appliqua, faisant appel à chaque muscle de son visage pour tenter de discerner l'enfant. Mais il était impossible d'en avoir un aperçu correct. La femme tournait le dos à la caméra. On ne distinguait de l'enfant qu'une touffe de cheveux – plus foncés que ceux de Ritchie, non ? – et un petit pied qui dépassait.

— Lève les yeux, avait envie de crier Emma. Ritchie, si c'est toi, lève les yeux.

Mais ce fut la femme qui le fit à la place. Malgré son visage masqué, elle parut regarder droit dans la caméra.

L'image se figea.

— Ça va ? demanda Lindsay.

Emma scrutait l'écran. Même en tenant compte de ses traits floutés, cette femme n'avait absolument rien en commun avec Antonia. Ses cheveux étaient noirs et attachés au lieu de tomber sous les oreilles. Elle portait un pantalon baggy et une sorte de haut à capuche. Très décontractée. Très différente de la cavalière chic et bien mise de la station de métro.

— Je ne pense pas que ce soit elle, dit Emma en se rongeant l'ongle du pouce. Je ne crois pas que ce soit la femme qui était au M. Bap's.

— Prenez votre temps, conseilla Lindsay. On n'a pas encore vu l'enfant.

Mais Emma avait perdu courage. Regarde les choses en face. Il ne s'agissait pas d'eux. Ce n'était pas Ritchie. Elle aurait dû le savoir. Les policiers pourraient chercher Ritchie d'une autre manière, plutôt que d'être tous assis ici. Emma avait envie de hurler de rage. Envie de quitter la pièce en courant. C'était une perte de temps pour tout le monde.

Elle ouvrait la bouche pour le signaler à Lindsay, lorsque le film redémarra. Le visage de la femme était brouillé par de petits carrés. Une seconde plus tard, elle se tourna entièrement vers la caméra, et toutes les pensées d'Emma s'envolèrent. Pour la première fois, on voyait clairement l'enfant dans ses bras. Un petit bloc compact et solide, un éclat de cheveux. La tête d'Emma se redressa brutalement, elle eut l'impression d'être soulevée de la chaise. Son corps le sut avant elle. Elle était debout, pointant l'écran.

—C'est lui, s'écria-t-elle. C'est Ritchie.

Des « oh » et des « ah » fusèrent.

—Quoi ?

—Elle a dit que… ?

Les exclamations s'évanouirent. Emma s'élevait dans la pièce, flottant tel un fantôme. Oh, Ritchie, mon bébé d'amour, tu es vivant. Tu es vivant ! Elle avait envie de toucher l'écran, de le tenir dans ses bras, de prendre sa tête entre ses mains. C'était réel. Et irréel en même temps. Comme un verre d'eau fraîche dans le désert qu'on ne pourrait sentir couler dans sa gorge. Sa propre respiration emplissait ses oreilles. Tout le reste, les gens, la salle, tout s'était évaporé. Il ne restait qu'elle, respirant comme Dark Vador, le regard fixé sur son fils le long d'un tunnel silencieux. Les voilà qui s'approchaient, la femme brune au pull à capuche, avec Ritchie dans les bras. Ritchie lui aussi était brun maintenant. Ça faisait un drôle d'effet. Il portait un haut vert qu'Emma n'avait jamais vu, un pantalon marron. Et des bottes marron qui lui faisaient des pieds gigantesques. Ses bras pendaient sur les côtés. La seule chose qu'elle ne voyait pas était son visage, retourné au creux de l'épaule de la femme. Il était écroulé contre elle, visiblement endormi.

—Emma. Emma ?

La voix de l'inspecteur Hill résonnait dans le tunnel. Les oreilles d'Emma se débouchèrent. Elle le dévisagea, hébétée.

—Vous êtes sûre que c'est lui ? demanda l'inspecteur… Vous ne pouvez voir que le haut de sa tête. Et cet enfant a les cheveux bruns, pas bl…

—Sa frange, bredouilla Emma.

Elle avait coupé elle-même la frange de Ritchie, la veille de son enlèvement. Il n'arrêtait pas de bouger, et le côté droit avait fini plus court de deux bons centimètres que le gauche. C'était là, à présent, en haut de sa tête. Côté droit plus court que le gauche. Exactement pareil.

—Ils lui ont teint les cheveux, poursuivit-elle. Mais je sais que c'est lui. Je sais comment est tout le reste de lui. Ils l'ont emmené en France, n'est-ce pas ? Vous faites quoi, maintenant ? Comment on le récupère ?

L'inspecteur Hill se gratta la nuque. Il s'adressa à l'agent Gorman :

—On voit son visage correctement quelque part ?

—Non, répondit-elle. C'est comme ça sur toutes les images. Il a tout le temps la tête dans son épaule.

—Elle essaie de le cacher, expliqua Emma, prise entre la joie et l'exaspération – c'était tellement évident. Un enfant de cet âge ne resterait jamais si longtemps endormi dans un endroit aussi bruyant qu'un aéroport. En tout cas, pas Ritchie. Il se demanderait ce qui se passe. Il voudrait descendre, fureter partout.

—Alors ce n'est peut-être pas Ritchie ? suggéra l'inspecteur.

—Elle l'a drogué, dit gravement Emma. C'est lui, je le sais.

L'inspecteur Hill s'apprêtait à répliquer, mais l'agent Gorman le devança.

— Elle a raison. Ma petite-fille est pareille. Il faudrait la droguer pour qu'elle se tienne tranquille dans un aéroport.

Cascade de petits rires derrière eux.

— Bon, d'accord, concéda l'inspecteur. On va se renseigner sur eux. On s'y met tout de suite.

— Qu'est-ce que vous…, recommença Emma, mais l'inspecteur Hill avait déjà quitté la pièce.

La lumière fluorescente revint. Emma cligna des yeux. Elle voyait moins bien l'écran, désormais. Ça faisait cinq jours que cette vidéo avait été filmée. On était samedi. Il y avait cinq jours, pendant qu'elle pleurait dans leur appartement et répondait à des millions de questions sur Oliver, Ritchie se trouvait dans un aéroport, vêtu d'un drôle de haut vert et endormi contre l'épaule de cette femme. Pendant qu'Emma était couchée, agrippée à Gribbit, Ritchie montait à bord d'un avion et volait quasiment au-dessus de sa tête.

Autour d'elle, des gens en pull bleu marine avec des badges s'étiraient sur leurs chaises en plastique gris. Certains gloussaient encore du commentaire de la femme sur sa petite-fille.

Dépêchez-vous, voulait leur crier Emma. Le temps passe. Retournez bosser et trouvez-le.

Cinq jours. Ritchie pouvait être n'importe où à présent. Sa joie de l'avoir vu était de nouveau remplacée par la peur. Elle ne sentait plus ses jambes. Elle dut s'asseoir.

Devant la porte du commissariat, elle avait encore

du mal à y croire. Est-ce que c'était vraiment Ritchie qu'elle avait vu là-dedans ? Difficile de rester calme. Elle remonta la fermeture à glissière de sa polaire contre le froid de la rue, puis la rabaissa, s'appuyant sur un pied puis sur l'autre sur les marches. Le besoin urgent de faire quelque chose, n'importe quoi, l'écrasait. Il était plus de huit heures, mais la circulation était toujours aussi dense. Les gens rentraient de leurs courses du samedi. Les phares éclairaient les arbres du parc et le cimetière de l'autre côté de la rue.

— Bravo, répéta Lindsay. Quelle formidable avancée.

— Vous me croyez, n'est-ce pas ? s'angoissa Emma. Vous allez suivre cette piste ?

— Bien sûr que oui. C'est merveilleux.

— Ça ne veut pas dire qu'il aille bien en ce moment même.

Emma était toujours aussi inquiète.

— Mais il y a de grandes chances que si, rétorqua Lindsay. Cette séquence a été filmée presque vingt-quatre heures après sa disparition. Et il avait l'air en forme, non ? Sa situation semble maintenant bien plus encourageante, vraiment.

La colère s'empara soudain d'Emma.

— Pas grâce à vous, en tout cas. Qu'est-ce que vous attendiez, tous ? Pourquoi a-t-il fallu si longtemps pour qu'on arrive à quelque chose ? Je suis sa mère. Vous auriez dû me croire dès le début.

Lindsay se troubla. Son visage lisse d'esthéticienne brillait dans la lumière des phares.

— Nous vous avons *toujours* crue, Emma. C'est juste que… après ce que nous a dit le Dr Stanford… nous devions envisager toutes les… J'admets que disposer de plus de preuves nous aurait aidés. Mais les caméras de la station Stepney Green ont été vandalisées. Il y a eu des problèmes là-bas récemment, avec des bandes de gamins qui fichent la pagaille. Ils ont recouvert de peinture les objectifs de deux caméras. Quelqu'un devait venir les remettre en état. Et la rue du M. *Bap's* n'a aucun circuit de surveillance.

— C'est marrant, commenta Emma avec amertume, parce que j'ai entendu dire qu'à Londres, un passant est filmé en moyenne trois cents fois par jour.

— Eh bien, il ne s'agit pas toujours de caméras de la police. Mais vous avez raison. J'ai entendu ça aussi. Sauf que, malheureusement, il n'y en avait pas dans le seul endroit où nous en avions besoin.

Elle se tourna pour faire face à Emma, coinça son sac vert sous son bras et la prit par les épaules.

— Écoutez, reprit-elle. À présent, on est tous sur la même longueur d'onde, d'accord ? Ce qui s'est produit ce soir est formidable.

Emma recommença à se mordiller les ongles.

— La police va faire quoi, maintenant ?

C'était au moins la troisième fois qu'elle posait la question, mais Lindsay ne parut pas s'en formaliser.

— Nous allons transmettre les coordonnées des passeports à Interpol, répondit-elle. Ainsi qu'une copie des photos qui figurent dessus, si elles sont assez récentes. La police française se mettra à leur recherche là-bas.

— Mais s'ils ont utilisé de faux passeports ?

— On les retrouvera quand même. L'aéroport d'arrivée aura aussi des caméras. On pourra voir qui les a accueillis, comment ils ont quitté l'aéroport. De là, on saura où ils sont allés. Nous savons désormais

qui rechercher, souligna Lindsay. C'était la partie difficile de l'enquête. Une fois sur une piste, pas moyen
de nous la faire lâcher.

— Ils vont chercher jusqu'à quelle heure ? demanda
Emma.

— Qui ?

— Les policiers. Ils travaillent jusqu'à quelle heure ?

— Toute la nuit s'il le faut, Emma, répondit Lindsay
avec patience. Vous le savez bien.

Oui, Emma le savait. Mais elle avait quand même
besoin de se l'entendre dire.

— On le retrouvera, répéta Lindsay, avant de
secouer légèrement Emma par les épaules. Tout ira
bien.

Emma savait que Lindsay tentait de faire en sorte
qu'elle la regarde, mais elle n'arrivait pas à s'y résoudre.
Non qu'elle ne le veuille pas, mais ses yeux paraissaient bouger d'eux-mêmes, à toute vitesse, embrassant la rue, l'escalier, les gens qui passaient avec leurs
sacs et leurs manteaux. Elle semblait incapable de se
focaliser sur un seul point. Lindsay l'attira pour la
serrer dans ses bras. Elle se laissa faire. Lindsay lui
tapota le dos tandis qu'Emma restait plantée, gênée
de cette étreinte inattendue.

— Vous irez chercher avec eux ? demanda-t-elle à
Lindsay. Je me sentirais mieux s'il y avait quelqu'un
que je connais.

— Et si je venais vous tenir compagnie un moment ?
suggéra Lindsay. Ça va être dur d'attendre chez vous
toute seule.

— Ça ira très bien. Je n'ai pas envie de rentrer tout
de suite. J'aimerais marcher un peu. Faire des achats
pour Ritchie. De la nourriture, des affaires.

—Il peut se passer un certain temps avant que vous ne le revoyiez, prévint Lindsay.

Emma se raidit.

—S'il est en France, j'entends, lui rappela Lindsay. En plus, il pourrait avoir besoin d'être vu par un médecin. Vous savez, pour un examen complet. Mais je vais vous dire ce qui serait utile, ajouta-t-elle. Que vous mettiez pour lui deux trois bricoles dans un sac, vous voyez ? Quelques-uns de ses jouets préférés, et un change de vêtements. Quand on le trouvera, on devra peut-être utiliser tout ce qu'il a sur le dos pour la suite de l'enquête.

Emma hocha la tête.

—Appelez-moi à la seconde où vous aurez des nouvelles, supplia-t-elle.

—Promis.

Elles se dirent au revoir. Emma descendit les marches du commissariat. *Examen complet*. Qu'est-ce Lindsay entendait par là ? Elle avait dit qu'il était désormais peu probable qu'on fasse du mal à Ritchie.

Elle poursuivit son chemin, la main au fond de la poche, serrant son téléphone portable. Elle devait continuer de bouger, de faire quelque chose, même si en fait, la chose seule qu'il y avait à faire était de se cramponner au téléphone et d'attendre qu'il sonne. Elle marchait vite, remarquant à peine où elle allait. Elle prit à gauche dans Fulham Road, et continua. Plus elle avançait, plus la rue s'animait. Des gens de son âge envahissaient les trottoirs, noctambules en route vers leur destination. Lumières, bruits et odeurs s'échappaient des pubs et des restaurants. Certains avaient leurs fenêtres ouvertes sur la rue. Des rangées de postérieurs en dépassaient, tournés vers le crépuscule. Les gens se bousculaient autour d'elle. Elle traversa la chaussée pour gagner l'autre côté de la rue, plus tranquille, afin de pouvoir marcher sans être dérangée.

Des scènes s'enchaînaient dans sa tête. Un instant, elle imagina les retrouvailles. Ritchie l'appelait de sa petite voix claire « Mah. Mah », les bras en l'air, et elle l'attrapait, l'attirait contre elle. Puis elle se souvint qu'on ne l'avait pas encore retrouvé. Comment les policiers allaient-ils le récupérer ? Devraient-ils casser la porte de la maison où il se trouvait ? Y aurait-il des armes ? Les kidnappeurs essaieraient-ils de le tuer ?

Son téléphone vibra au creux de sa main. Emma sursauta, et, rendue maladroite par la terreur, le sortit de sa poche.

— Allô ? Allô ?

— Emma ? dit une voix familière. Ici Rafe Townsend.

— Rafe.

Emma pila. Elle ne l'aurait jamais cru, mais c'était exactement la personne qu'elle avait besoin d'entendre en ce moment même.

— Rafe. L'histoire de Bergerac. J'ai vu la vidéo de l'aéroport. C'est lui. C'est Ritchie.

— Quoi ?

Le téléphone grésillait. Un groupe de gens, les hommes en veste et polo, les filles en manteau ajusté de couleur pastel, arrivaient tous ensemble devant un restaurant italien. Emma se boucha une oreille d'un doigt. Elle cria dans l'appareil :

— C'était Ritchie à l'aéroport. Ils vont remonter sa piste en France.

— Putain, c'est fantastique ! s'exclama Rafe.

— Oui. Oui, c'est génial.

Tout d'un coup, elle souriait.

Le maître d'hôtel du restaurant avait ouvert la porte. Le groupe s'engouffra dans la chaleur. Une odeur d'ail parvint aux narines d'Emma. Elle aperçut des lampes rouges et jaunes le long des murs.

—Comment il était ? demanda Rafe. Il avait l'air d'aller bien ?

—On aurait dit qu'il avait été drogué, répondit Emma en essayant de ne pas trop y penser. Et elle lui a teint les cheveux. Et elle l'a habillé avec d'autres vêtements.

Bizarrement, même si Ritchie avait été drogué et qu'on lui ait coloré les cheveux, c'étaient les vêtements qui la dérangeaient le plus. Elle ne cessait de revenir dessus. Pendant tout ce temps, elle s'était représenté Ritchie dans sa polaire avec l'éléphant.

—Mais les habits paraissaient chauds, admit-elle. Et propres. Il semblait bien dedans.

—J'arrive pas à y croire, répétait Rafe. Je n'y arrive pas.

—J'ai pensé qu'il pouvait être mort, murmura Emma. Je l'ai vraiment pensé. Une partie de moi le pensait. Je ne croyais pas que ce serait lui pour de vrai.

—Mais ça l'était, dit doucement Rafe.

Les clients étaient à présent tous entrés. La rue était redevenue calme. La porte du restaurant se referma.

—On voyait mal son visage, poursuivit Emma. Sur la vidéo. L'inspecteur Hill n'arrêtait pas de dire : « Vous êtes sûre que c'est lui, vous ne voyez pas son visage. »

—Mais vous en étiez certaine.

—Oui. J'ai hâte de le voir, maintenant.

La joie l'emplissait. De nouveau, elle imagina Ritchie, essayant de courir vers elle avec sa drôle de petite démarche dandinante. Son sourire rayonnant en la voyant. Ou est-ce qu'il pleurerait ? Serait-il traumatisé au point d'être incapable de sourire ? Devrait-il aller à l'hôpital ? Une fois de plus, sa gorge se noua. Bon sang. Quand est-ce que tout ça se terminerait ?

Rafe paraissait avoir les mêmes pensées qu'elle.

— Tout ira bien, assura-t-il. Restez positive, Emma. Vous le retrouverez bientôt.

Elle serra le téléphone, laissant les mots ralentir les battements affolés de son cœur. Les entendre lui faisait tellement de bien. L'avoir, lui.

— Je ferais mieux de raccrocher, dit-elle enfin. Ils cherchent peut-être à me joindre.

— Appelez-moi n'importe quand, dit Rafe. Dès que vous aurez envie de parler. Vous savez où me trouver.

Bien que Lindsay l'ait prévenue qu'elle ne le verrait pas avant un moment, Emma s'arrêta faire des courses pour Ritchie au *Sainsbury's*. Des biscottes. Du lait. Des yaourts aux fraises. Les bâtonnets de fromage de Cheddar doux qu'il aimait bien emporter en balade. Choisir ces articles familiers la calma. Ainsi que les couleurs enfantines et vives sur les pots du rayon réfrigéré. Le piétinement rassurant au milieu des autres mères dans la queue à la caisse. Toute cette routine rendait le retour de Ritchie plus réel.

Lindsay avait dit que cela risquait de prendre un peu de temps, mais en fait, les choses bougèrent très vite au cours de la soirée. Elle téléphona plusieurs fois, de plus en plus excitée à chaque appel. Ils avaient désormais une adresse en France. Interpol participait.

Une équipe se rendait immédiatement à l'adresse en question. Lindsay rappellerait dès que la police anglaise aurait des nouvelles.

Emma raccrocha, le cœur battant à tout rompre. C'était bien vrai. Elle allait vraiment le revoir. Elle passa l'heure suivante à nettoyer l'appartement de fond en comble. Après avoir allumé toutes les lumières, elle ne releva plus la tête, récurant la cuisine, aspirant la moquette, nettoyant la baignoire et le lavabo. Elle refit le lit de Ritchie avec des draps frais qui sentaient la lavande, lissa sa couverture polaire ornée du Barney vert et violet. Elle installa Gribbit par-dessus, et disposa autour de lui les cinq peluches de Ritchie en cercle.

Ensuite, brusquement épuisée, elle s'effondra au bord de son matelas, la main toujours posée sur la tête douce et mâchonnée de Gribbit. Elle se laissa aller en avant, posa le front contre les barreaux du lit.

— Tu as entendu, Gribbit ? chuchota-t-elle. Il revient à la maison.

Il était plus de minuit lorsque l'interphone retentit enfin. Emma vola pour répondre. Dans le couloir se tenait Lindsay, vêtue de manière plus décontractée que d'habitude, en jean et chemise rose. Elle était hors d'haleine, les joues rouges et brillantes. Ses cheveux se dressaient en mèches hirsutes autour de son visage. Visiblement, elle avait des nouvelles.

— Vous les avez retrouvés ? réussit à demander Emma.

— Oui.

Oh, merci, mon Dieu. Tout le corps d'Emma se détendit. Merci, mon Dieu. Ses muscles s'étaient complètement relâchés, comme si on avait desserré tous les boulons avec une clef anglaise. Enfin. Enfin c'était fini.

—Alors où est-il ? Quand est-ce que je pourrai le voir ?

Lindsay entra dans l'appartement, referma la porte derrière elle.

—Pourquoi vous ne répondez pas ?

Emma était étonnée. Puis une pensée lui vint soudain à l'esprit, et une aiguille glacée transperça sa gorge.

—Il est blessé ?

—Non, ce n'est pas ça, répliqua rapidement Lindsay.

—C'est quoi, alors ?

—Si on allait s'asseoir ? suggéra Lindsay.

—S'asseoir ? S'asseoir ? Oui, bien sûr.

Emma courut presque jusqu'au canapé, et s'affala dedans. Lindsay prit place à son côté, le regard grave.

—Emma, ce n'est pas lui.

Emma la dévisagea sans comprendre.

—Ce n'est pas… ? Excusez-moi, je ne vous suis pas.

—Le petit garçon que vous avez vu à l'aéroport. Ce n'est pas Ritchie.

—Mais…

—Interpol s'est renseigné. Il s'agit d'une famille anglaise qui vit en France depuis plusieurs années. Ils ont séjourné quelque temps à l'étranger et passaient par Londres pour rentrer en France. Je sais que l'enfant ressemblait à Ritchie, mais on le distinguait mal.

Emma n'arrivait pas à y croire. Elle était assommée. Au bord de la nausée.

—Je…, ne cessait-elle de répéter d'une petite voix étranglée qui ne semblait pas la sienne. Je…

—Je suis désolée, Emma, tellement désolée, disait Lindsay.

Elle en avait pourtant été si sûre. La frange. Si, c'était lui.

— C'est lui. C'est Ritchie. Je le sais.

— Emma, je l'espérais aussi, je vous le jure. Mais le fait est que les passeports correspondent, et pas seulement ça, la famille est bien connue dans son voisinage en France. Le bébé est allé à l'hôpital local. Tout le monde le connaît. Les parents du mari habitent le même village. Les voisins. Le médecin anglophone de la famille. Tout concorde.

— Non. Non. Vous ne comprenez pas. Je me fous de ce vous avez vérifié. C'est lui. C'est Ritchie.

— On a fait fausse route, Emma. Mais écoutez-moi... Écoutez-moi, Emma. Il reste plein d'autres possibilités. Plusieurs personnes ont téléphoné après avoir lu les articles sur lui dans les journaux. On l'aurait aperçu à Cardiff, à Brighton, en Irlande. Nous suivons toutes ces...

— S'il vous plaît, coupa Emma. S'il vous plaît. C'était lui à l'aéroport. Vous devez me croire.

— Quand on veut quelque chose de toutes ses forces, on arrive à s'en convaincre soi-même. Je suis désolée, mais on doit abandonner cette piste.

Lindsay semblait bouleversée.

— Où est-il ? demanda Emma. Je veux le voir. Je veux le voir moi-même.

— Nous ne pouvons pas vous le dire.

— Alors sortez.

— Emma...

— *Dehors !*

Emma sanglotait, se balançant d'avant en arrière, berçant l'espace vide entre ses bras.

10

Lindsay refusa de quitter l'appartement. Elle passa les vingt minutes suivantes à essayer de persuader Emma de la laisser appeler quelqu'un.

— Vous ne devriez pas rester ici toute seule, insista-t-elle. Vous avez besoin d'une présence.

Et Emma ne cessait de répéter d'une voix morne et éteinte :

— Ça va aller. Partez, c'est tout.

Lindsay protesta, puis poussa un soupir. Elle sortit téléphoner dans le vestibule. Bien qu'elle ait fermé la porte derrière elle, Emma entendait ce qu'elle disait.

— Elle veut que je… Je sais, je sais. Ça m'ennuie pour elle, mais je suis censée… Bon, mais ça passera en heures supplémentaires ?

Après quelques minutes, elle revint dans la pièce.

— Je ne peux pas vous laisser, dit-elle d'un ton catégorique. Vous ne devez vraiment pas rester seule. Je peux appeler une assistante sociale ? Quelqu'un de Soutien aux victimes ?

— Je ne veux voir personne.

— Emma. Écoutez-moi. Vous n'êtes pas raisonnable.

Le ton de Lindsay devenait désespéré.

Du bout des doigts, Emma massa doucement le
tour de ses yeux. Lorsqu'elle les pressa vers l'intérieur,
elle crut s'évanouir.

— Je vais appeler Rafe, lâcha-t-elle enfin.

— Rafe ?

— L'homme qui a trouvé mon sac.

Lindsay parut déconcertée.

— Mais, Emma, vous le connaissez à peine. Il est
une heure du matin.

— Eh bien, c'est lui que je veux voir.

Elle ne comptait pas lui téléphoner, évidemment ;
elle disait ça pour que Lindsay s'en aille, mais celle-ci
composa elle-même le numéro de Rafe. Et après ce
qui lui parut très peu de temps, l'interphone bourdonna
de nouveau, et c'était lui.

Lindsay alla lui ouvrir. Une fois de plus, des chucho-
tements pressants provinrent du couloir. Puis Rafe
parla sur un ton normal.

— D'accord, dit-il d'une voix qui semblait très forte
après tous ces murmures. Je vais rester avec elle.

— Ça ne vous ennuie pas ?

Le soulagement de Lindsay n'aurait pu être plus
évident.

Emma demeura où elle était, prostrée sur une chaise
près de la fenêtre. Elle entendit la porte d'entrée se
refermer sur Lindsay. Dès que Rafe pénétra dans la
pièce, elle lança :

— Désolée qu'elle vous ait appelé. Vous n'avez pas
besoin de rester. Vous pouvez rentrer chez vous.

— Mais je n'en ai pas envie, rétorqua-t-il. Je suis content d'être là. Je suis content qu'elle m'ait téléphoné.

Il portait un blouson imperméable bleu clair, zippé par-dessus son jean. Ses yeux étaient tout petits, ses cheveux repoussés en arrière et en bataille, comme s'il sortait du lit.

Emma n'avait pas la force de discuter. Elle plongea la tête entre ses bras sur la table.

— Je ne supporte plus tout ça, gémit-elle dans ses manches. Je n'en peux plus. Plus du tout.

— Je m'en doute, dit sombrement Rafe.

— Qu'est-ce que je peux faire ? Qu'est-ce que je peux faire ?

— Vous n'avez rien à vous reprocher. J'ai déjà visionné ce genre d'enregistrement. C'est parfois difficile de distinguer correctement les visages.

Emma l'interrompit d'un geste, les mains levées, les doigts étendus, de chaque côté de sa tête.

— Je-n'ai-absolument-aucun-doute, martela-t-elle avec force. Aucun. Je sais que c'était Ritchie.

— Mais…

— Écoutez-moi, le coupa-t-elle encore en se tournant vers lui. J'y ai bien réfléchi. J'ai compris. Ce couple ment. Et les membres de leur famille, ces gens en France, les soutiennent forcément.

— Mais la police a aussi interrogé les voisins. Et leur médecin…

— Je n'en ai rien à foutre des voisins et des médecins. Il doit y avoir un moyen de le prouver. On a peu de temps. Maintenant que la police s'est renseignée sur eux, ils vont déménager et on les perdra.

— Vous avez peut-être raison, mais…

— Je sais que j'ai raison, siffla Emma. Vous pensez que je ne connais pas mon propre enfant ?

Rafe resta silencieux.

— Dans quel pays sommes-nous ? Je rêve ! poursuivit Emma, claquant les mains sur la table. Je regarde une bande sur laquelle on kidnappe mon fils – *je les vois enlever mon enfant sous mon nez* – et tout le monde me dit que c'est dans ma tête. Que c'est l'enfant de quelqu'un d'autre. Vous avez été dans la police. Vous devez connaître un moyen. Vous disiez que vous culpabilisiez vis-à-vis de Ritchie. Eh bien, c'est l'occasion de faire quelque chose. Oh, et puis laissez tomber. Vous ne me croyez pas.

Elle se détourna, figée dans sa déception. À travers le brouillard de colère, d'autoapitoiement et de douleur lui parvint la voix de Rafe :

— Si, je vous crois.

Cela mit un instant à l'atteindre.

— C'est vrai ?

Il haussa les épaules.

— Bien sûr. Vous l'avez dit vous-même. Vous connaissez votre propre enfant. Si vous affirmez que c'est lui, alors ça doit être vrai.

Ça faisait bizarre. Franchement bizarre, après tout ce temps, d'avoir ce genre de conversation avec quelqu'un qui semblait effectivement la croire. Quelqu'un qui ne pensait pas qu'elle délirait. Emma avait commencé à se demander si elle ne devenait pas folle, et si elle était la seule à ne pas s'en apercevoir.

Mais quel intérêt ? Que Rafe la croie ne lui servirait à rien. Amère, elle s'abattit de nouveau entre ses bras. Et marmonna :

—De toute façon, qu'est-ce que vous pouvez y faire ?

Elle n'attendait aucune réponse. Mais comme Rafe ne disait toujours rien, au bout d'un moment elle releva la tête, intriguée. Rafe plissait légèrement les yeux, le regard perdu sur la gauche, pensif.

—Quoi ? demanda Emma. Qu'est-ce qu'il y a ?

—J'ai un copain flic, répondit Rafe.

—Et alors ?

—Alors, c'est peut-être le moment de faire appel à votre détective privé. Si je parlais à mon ami et qu'il puisse nous donner l'adresse où se trouve Ritchie…

Emma pensa avoir mal entendu.

—Pardon ? Qu'est-ce que vous dites ?

—Ces gens ont forcément une adresse enregistrée quelque part ; dans un ordinateur, peu importe. C'est une question de…

Emma n'en croyait toujours pas ses oreilles.

—Une seconde. Vous êtes en train de dire que vous pourriez m'apprendre où est Ritchie ? Vous êtes en train de dire que je pourrais le *voir* ?

Rafe parut soudain alarmé.

—Attendez, je n'ai pas dit ça. Je ne vous promets rien. Mon ami peut très bien refuser de nous aider. Et si on obtient l'adresse, vous devrez faire très attention. Il faudra vous y prendre correctement.

—Comment ça ?

—Si vous envisagez d'essayer de l'enlever, vous vous ferez arrêter.

—Vous croyez que ça me retiendrait ?

La voix d'Emma était montée dans les aigus. Debout à présent, elle se cramponnait au dossier de sa chaise.

Rafe se leva aussitôt. Il prit un ton très ferme.

185

—Écoutez-moi, Emma. Pour commencer, le simple fait d'obtenir l'adresse serait illégal. Mon copain me doit un ou deux services, mais je ne garantis pas qu'il fasse une chose pareille. Et imaginez que vous trouviez Ritchie – je ne dis pas que ce sera le cas –, imaginez simplement. Et que vous alliez le voir, et que ces gens vous aperçoivent. Ils prendraient Ritchie et ficheraient le camp. Vous risquez de le perdre pour toujours.

Emma n'avait pas pensé à ça. Elle resta un instant silencieuse. Puis déclara d'une voix plus calme :

—Je ne tenterai pas de l'enlever.

—Vous ferez quoi, alors ?

—Je... Je...

Qu'est-ce qu'elle ferait ? Peu importe pour le moment. Elle devait convaincre Rafe de lui obtenir l'adresse. Elle se préoccuperait du reste plus tard.

—Je veux juste le voir, reprit-elle. Uniquement pour prouver que c'est lui. Ils seront obligés de me croire si je vois son visage. Je ne le toucherai pas. Je le jure.

Rafe semblait hésiter encore.

—S'il vous plaît, supplia Emma d'une voix qui se brisa. Il faut que je le fasse. Vous ne savez pas à quel point j'ai besoin de le voir.

Sa détresse commençait à le gagner, elle le voyait. Il prenait de grandes inspirations. Se grattait la tête. Emma gardait les yeux rivés aux siens. Elle avait l'impression de ne pas avoir fait ça depuis un sacré bout de temps. Regarder quelqu'un en face sans céder.

En fin de compte, ce fut Rafe qui détourna le regard le premier.

—Je vais avoir besoin de votre numéro de dossier, dit-il.

—Mon quoi ?

— Le numéro d'enregistrement dans le fichier des crimes. La police a dû vous le communiquer. Ça leur permet de vous retrouver dans l'ordinateur quand vous les appelez.

Cela évoquait vaguement quelque chose à Emma. Elle alla fouiller parmi les papiers près du téléphone. Dans le haut de la pile se trouvait le Post-it laissé par Lindsay avec ses coordonnées. Emma ne l'avait jamais remarqué auparavant, mais le numéro de dossier y figurait aussi clairement inscrit.

— Je vais retourner chez moi, déclara Rafe en recopiant la référence sur un autre papier. Et passer quelques coups de fil. Je vous téléphone dès que je sais quelque chose.

Il l'appela au lever du soleil. Emma n'avait pas bougé de sa place à la table. Le ciel était rose. Les rues en bas, silencieuses. Les ados bourrés avaient fracassé leurs dernières bouteilles de bière et étaient rentrés se coucher. La circulation matinale n'avait pas encore congestionné le quartier.

Ce n'est qu'en se levant pour décrocher et en ressentant de petites décharges dans les doigts, qu'elle se rendit compte à quel point elle avait froid.

— Allô ?

Il ne devait pas avoir appris grand-chose. Il était trop tôt. Il allait peut-être simplement lui dire que son ami avait accepté de l'aider.

Aussi fut-elle estomaquée lorsque Rafe annonça :

— J'ai une adresse.

Une adresse !

Emma tâtonna pour trouver sa chaise et s'assit.

— Où ça ?

Elle entendit un bruissement de papiers.

—D'après ce que je lis, répondit Rafe, les gens de l'aéroport sont mariés. David et Philippa Hunt. Le nom de l'enfant est... euh... X... Exça...

Il l'épela.

—Xavier, dit Emma en tortillant le bouton de son col.

—*Gzah-vi-ay*, répéta Rafe. D'accord. Gzah-vi-ay Hunt. Âgé de quinze mois.

Xavier Hunt. Xavier Hunt. Emma se représenta la frange de Ritchie ; son pull et son pantalon neufs. Sa façon de dormir, pelotonné contre la femme à l'aéroport.

—Je continue ? demanda Rafe.

—S'il vous plaît.

—Ils habitent un endroit appelé Saint-Bourdain. J'ai une carte à l'écran, ça se trouve à une quarantaine de kilomètres de Bergerac. C'est un tout petit village. Les étrangers ne doivent pas passer inaperçus, donc il nous faudra être discrets.

—Nous ?

—Emma, je vais être franc. Mon ami a vraiment hésité avant de me donner l'info. Le moindre problème risque de lui coûter sa place. Il n'a accepté de me refiler l'adresse qu'à la condition que je vous accompagne. Au cas où vous seriez timbrée ou autre chose de ce genre.

—Ah.

—Je sais que vous ne l'êtes pas, ajouta Rafe. Mais je lui ai promis que je le ferai.

—Je veux partir tout de suite, déclara Emma d'un ton catégorique. Je croyais que vous aviez du travail ?

— Je finissais à la fin de la semaine, de toute façon. Je peux prendre les derniers jours. Ça ne pose pas de problème.

Il pensait encore qu'elle allait essayer d'enlever Ritchie. Bon, elle se soucierait de ça plus tard. Elle se débarrasserait de Rafe, s'il le fallait.

— Comment va-t-on là-bas ? demanda-t-elle.

— On peut prendre l'avion jusqu'à Bergerac, ou l'un des autres aéroports voisins. Bordeaux, je crois. Le plus rapide, peu importe lequel. Vous voulez que je réserve nos billets ?

— Je m'en occupe.

Emma avait déjà ouvert l'annuaire et le compulsait un peu au hasard. Elle ne savait pas où chercher. Alors elle commença par la lettre C, pour compagnies aériennes.

Lundi 25 septembre
Neuvième jour

Passeport. OK. Dans son sac. Les références du vol étaient inscrites sur un bout de papier, rangé par précaution dans sa poche arrière. Les seuls vêtements qu'elle emportait étaient ceux qu'elle avait sur le dos. Jean, T-shirt ordinaire, polaire bleu marine. Elle avait fourré quelques bricoles dans son sac à dos : brosse à dents, déodorant, un change de sous-vêtements. Et dans une poche à part, soigneusement fermée, se trouvait Gribbit, ses longues jambes délicatement repliées par-dessus ses épaules.

Voilà. Elle avait tout.

Au moment où Emma fermait la porte de l'appartement, le téléphone sonna dans le salon.

189

Merde ! Elle tâtonna dans son sac pour en ressortir la clef. Pourvu que ce ne soit pas Rafe, disant qu'il serait en retard. Il était déjà sept heures passées. Ils étaient censés se retrouver au métro Liverpool Street à huit heures.

Elle rentra à l'intérieur de son appartement et se rua vers l'appareil.

— Allô ?

— Emma ? Je ne vous réveille pas ?

C'était Lindsay.

— Non. J'étais levée.

— Je m'en doutais. Je vous appelle juste pour vous prévenir que je passerai un peu plus tard dans la matinée, si ça vous va ? J'ai deux ou trois choses à discuter avec vous.

— J'allais partir, l'interrompit Emma.

— Où ça ?

Lindsay semblait étonnée.

— J'ai mon portable avec moi, ajouta Emma.

Elle brûlait de raccrocher, mais ne pouvait le faire trop vite, sous peine d'éveiller les soupçons de Lindsay.

— Je vois, dit Lindsay. Bon, c'était juste pour vous annoncer qu'on a peut-être une autre piste. On a reçu un coup de fil d'une femme à Manchester. Selon elle, une femme et un enfant correspondant aux descriptions d'Antonia et de Ritchie ont logé dans son *bed and breakfast* il y a deux nuits de ça. On envoie tout de suite quelqu'un là-bas.

— Bonne idée, répliqua Emma. Tenez-moi au courant.

Elle mit fin à la communication et attrapa son sac à dos sur la table. Un coup d'œil à sa montre. Sept heures et quart. Elle dévala les escaliers à toute allure, sans prendre le temps d'attendre l'ascenseur.

Hammersmith était aussi gris et froid que d'habitude tandis qu'Emma longeait en hâte l'hôpital de Charing Cross puis descendait la rampe du passage souterrain de Hammersmith Broadway. Et ressortit de l'autre côté, vers l'ancienne station à l'angle, qui, avec son panneau bleu démodé et son horloge victorienne, paraissait totalement désuète et déplacée au milieu de tous ces bus et ces voitures. Emma attendit que le feu passe au rouge en tambourinant nerveusement sur le poteau. Le temps d'atteindre la station de métro, elle était en nage. Un train arriva juste au moment où elle débouchait sur le quai.

La station de Liverpool Street était blanche, haute de plafond et bondée. Des gens en costume et mallette la traversaient à grands pas. Chaque couloir semblait encombré de troupeaux de touristes adolescents en grosse doudoune et aux sourcils broussailleux, chargés de gigantesques sacs à dos et baragouinant un langage incompréhensible. Emma, qui cherchait Rafe des yeux, ressentit un choc cuisant sur sa cheville. Elle se retourna et vit un homme aux joues flasques la dépasser en poussant sa valise à roulettes avec un claquement de langue agacé.

Elle repéra Rafe à côté d'un grand tableau surmonté d'un « i », vêtu de son blouson imperméable bleu, en train de lire les informations affichées sur le panneau. Elle le vit rejeter la tête en arrière et prendre une longue gorgée d'eau d'une bouteille. Il tenait son sac à dos noir, plus gonflé que d'habitude, par la bretelle. Quand il a eu fini de boire, il porta le dos de sa main à sa bouche pour l'essuyer et accrocha le regard d'Emma. Il leva la bouteille vers elle et lui sourit. Emma pressa les lèvres en retour. Elle ne savait pas bien quoi dire.

Ça faisait bizarre de le retrouver ainsi, hors de l'appartement.

— Le train pour l'aéroport part dans cinq minutes, lui annonça Rafe quand elle le rejoignit. Allons-y.

Ils zigzaguèrent à travers la foule en esquivant les gens, Emma suivant le blouson bleu clair de Rafe. Les haut-parleurs crachaient des avis sur un débit mécanique : « Le prochain train au départ du quai numéro trois sera… »

Le sifflet retentit pile au moment où ils montèrent dans le wagon.

— Timing parfait, déclara Rafe avec un sourire, en laissant tomber son sac entre ses pieds.

Emma tenta de lui retourner son sourire.

— Un bon présage, peut-être ?

Le train était plein. Ils durent rester debout. Une femme d'une trentaine d'années apparut à la porte, et hissa un petit garçon dans le wagon. Elle tint la main de l'enfant mais resta sur le quai pour poursuivre une conversation avec une personne de l'autre côté du portillon. Le bambin avait environ deux ans, des cheveux frisés et les joues très rouges. Il paraissait tout excité de se trouver dans un train. Ses yeux lui sortaient presque de la tête tandis qu'il pivotait de droite à gauche, ancré à la main de la femme, essayant de regarder partout à la fois. Puis il se figea, ayant repéré quelque chose d'intéressant plus loin dans le wagon bondé ; Emma ne voyait pas de quoi il s'agissait. La femme bavardait toujours sur le quai. L'enfant serra ses petites dents et tira sur la main. Une seconde plus tard, il s'était libéré. Il fonça dans le wagon, disparaissant dans une forêt de jambes. Emma jeta un coup d'œil rapide à la femme. Elle semblait n'avoir rien remarqué.

— Absolument ! disait-elle d'une voix forte à son amie. Bon, dès que j'ai Barbara au téléphone, on s'organise…

Bip-bip-bip. Les portes du wagon émirent leur signal d'avertissement. Le cœur d'Emma s'emballa. Elle fit un pas en avant. À la dernière seconde, juste avant la fermeture des portes, la femme se retourna, remonta son cabas en paille sur son épaule, et monta dans le wagon.

— James, appela-t-elle. James.

Le petit garçon réapparut, sa bouille joufflue jaillissant de derrière une valise métallique à roulettes.

— Ah, te voilà, mon chéri, reprit la femme. Maman ne t'a pas dit de rester tout près d'elle ?

Emma s'appuya contre la rambarde. La femme et l'enfant se dirigèrent ensemble vers le fond du wagon.

Le train démarra avec une grosse secousse, faisant trébucher les passagers debout, qui s'écrasèrent mutuellement les orteils. Cette cohue tombait à pic ; cela évitait à Emma de devoir parler à Rafe pendant le trajet. Elle avait besoin de réfléchir en paix. Comme le quai défilait, elle se rendit compte qu'elle retenait sa respiration. Et si Lindsay, prise de soupçons, avait décidé de la faire suivre pour voir où elle allait ? Et si la police avait mis son téléphone sur écoute ? Et si le train s'arrêtait, si l'inspecteur Hill montait à bord, et lui disait que pour une raison quelconque, elle n'avait pas le droit de quitter le pays ?

Mais le train ne s'arrêta pas. Il poursuivit sa route vers la banlieue nord de Londres dans un bruit de ferraille. Une bousculade dans la foule poussa à ce moment-là Rafe vers elle. Ses jointures blanchirent lorsqu'il agrippa la barre près de sa tête. Les veines ressortirent sur le dos de sa main tandis qu'il se stabilisait.

Pendant qu'elle traversait le hall de l'aéroport, Emma ne cessait de penser : *Ritchie est venu ici.* Son tout petit garçon avait vu un endroit qu'elle ne connaissait pas. Elle observait tout, tâchant de voir chaque chose avec ses yeux à lui. Était-ce cette porte qu'ils avaient franchie et qu'on voyait sur la vidéo ? S'étaient-ils fait enregistrer à ce comptoir ? S'était-il seulement réveillé au cours de ce voyage ? Qu'avait-il pensé de l'avion, du bruit des moteurs ? Avait-il été en colère ? Excité ? Effrayé ?

Elle fut soulagée lorsque l'avion décolla enfin sans signe d'intervention policière. On l'avait placée près du hublot. Sa voisine de siège s'était activée pendant la démonstration de sécurité, gonflant un boudin qu'elle se mit autour du cou et s'enveloppant jusqu'au menton dans une étole en pashmina. Sa tête reposait à présent en biais sur le boudin, un peu secouée au gré des turbulences, les yeux clos. Elle semblait déjà dormir. Rafe était assis plusieurs rangées derrière.

Pour une raison ou une autre, Emma se surprit à se rappeler de vacances en Grèce, cinq ans plus tôt. Elles étaient parties à quatre. Elle-même, Karen, Joanne et Claire Burns. Elles logeaient dans un appartement sublime, avec des corbeilles de fleurs roses à l'extérieur des fenêtres. Emma avait eu un flirt de vacances avec un étudiant ingénieur de Vancouver assez passionné, qui s'appelait Vernon. Un jour, ils étaient allés faire de la plongée, et deux pêcheurs les avaient ramenés en bateau. Ils s'étaient sacrément amusés. Emma appuya son front contre la vitre, et regarda le soleil rayonner sur les nuages.

On est si petits. Si petits, et tout le monde s'en fout.

Qu'est-ce qu'elle allait faire, une fois Ritchie retrouvé ? Elle n'arrivait pas à penser au-delà du simple fait de le voir, de s'assurer qu'il s'agissait bien de lui. Est-ce qu'il serait encore dans cet endroit, Saint-Bourdain ? Et si les kidnappeurs s'étaient installés ailleurs ? Que la police soit venue poser des questions dans le coin avait dû leur flanquer la frousse. Et s'ils avaient vendu Ritchie, ou…

Non ! Non. Il ne fallait pas penser ce genre de choses. Rafe affirmait qu'Antonia voulait Ritchie pour elle. Elle s'était prise d'affection pour lui et désirait l'élever comme le sien.

Et Ritchie l'avait bien aimée aussi.

Et même beaucoup, à vrai dire.

Il avait refusé qu'Emma le prenne dans ses bras.

Vous ne devriez pas lui donner de sucreries.

Emma serra fort les paupières. Comment osait-elle ! Comment cette femme osait-elle dicter à Emma quoi faire avec son enfant ! Mais est-ce que ça ne donnait pas l'impression qu'Antonia comptait vraiment prendre soin de lui ? Ne pas lui faire de mal ? C'était bizarre, alors. Pensait-elle vraiment agir de la sorte en toute impunité ? Prendre l'enfant d'une autre et prétendre que c'était le sien ?

Il y avait plus de soleil à Bergerac qu'en Angleterre. L'aéroport, un bâtiment en tôle ondulée grise, ressemblait à un vaste abri de jardin. Emma descendit la passerelle de l'avion en respirant un air chaud et inhabituel. Les arbres, le ciel, la terre, avaient des couleurs différentes, comme si elle regardait à travers des verres teintés jaune-vert. À l'intérieur du hangar, les passagers s'agglutinèrent autour du tapis à bagages. Tout le monde paraissait porter la même tenue : sandales, short ou treillis, et pull noué autour de la taille. Des voix, anglaises pour la plupart, s'élevaient autour d'eux.

—Jeremy, tu as emporté les tennis de George ?

—Maman, dis à Emily d'arrêter de mettre des choses dans mon sac.

Emma et Rafe n'avaient enregistré aucun bagage, et purent donc contourner la cohue. Ils avancèrent vers le contrôle des passeports, où un homme coiffé d'une casquette leur fit signe de passer d'un geste nonchalant.

—Vous croyez qu'il existe un bus pour Saint-Bourdain ? demanda Emma en parcourant le minuscule hall des yeux.

—J'en doute, répliqua Rafe. On ferait mieux de louer une voiture.

—Permis de conduire, madame, réclama l'homme au comptoir de location, pourvu de la même moustache que l'inspecteur Hill.

Emma se troubla.

—Je n'ai pas pensé…

Rafe extirpa une plaquette plastifiée.

—C'est bon, j'ai apporté le mien.

Emma fouilla dans ses poches à la recherche d'euros. Ça valait autant que des livres, ou moins ? Elle espéra en avoir emporté assez pour louer une voiture. En fait, elle n'avait pas réfléchi au moyen de se rendre dans le village où se trouvait Ritchie.

—Je me charge de la voiture, dit Rafe. Vous avez payé les billets d'avion.

—Je ne peux pas vous laisser…

—Gardez votre argent. Je vous en prie. Vous ne savez pas combien il vous faudra dépenser d'argent là-bas.

Lorsque les papiers furent remplis, l'homme expliqua :

—Le parking est sur votre gauche après la sortie.

Le parking était calme et poussiéreux. Dans le ciel blanc, le soleil miroitait sur des rangées de chromes. Une Peugeot gris métallisé occupait l'emplacement B5. À l'intérieur, l'odeur de produit nettoyant et de caoutchouc chaud assaillit violemment les narines d'Emma. Rafe déplia la carte très succincte que le type au comptoir de location leur avait donnée. Bergerac était la plus petite ville indiquée dessus. Aucun moyen de savoir dans quelle direction se trouvait Saint-Bourdain.

—J'aurais dû apporter une carte correcte.

Emma se maudissait. Décidément, elle n'avait pensé à rien !

—On en achètera une, ne vous en faites pas, la rassura Rafe en jetant un regard attentif par la vitre. Regardez, « centre ville », par là. Cinq kilomètres.

À la sortie du parking, la Peugeot crissa et bondit en avant, projetant Emma contre sa ceinture.

—Pardon, dit Rafe, tirant d'un coup sec sur le levier de vitesse. Ce foutu machin n'arrête pas de se coincer.

La ville avait une apparence fonctionnelle. Alignements d'immeubles cubiques et clairs, aux stores baissés, ayant parfois besoin d'une couche de peinture. Difficile de dire si les magasins qu'ils voyaient étaient ouverts ou fermés, car il semblait n'y avoir aucun client à l'intérieur. En bordure d'un square, un auvent de toile dépassait d'un café, abritant une collection de

197

tables et de chaises en plastique rouge disposées sur le trottoir. Les tables étaient toutes inoccupées. On n'était pas à Paris, c'était clair.

Ils se garèrent à proximité du square et trouvèrent une librairie de l'autre côté de la rue. Une cloche tinta lorsqu'ils poussèrent la porte. Derrière la caisse, un homme assez âgé releva les yeux d'un journal.

Emma se lança dans un français hésitant.

— Avez-vous un…

Elle balaya des yeux les étagères de livres et de magazines.

— *Map ?* tenta-t-elle.

Mais le regard de l'homme resta inexpressif. Elle tendit de nouveau le cou, scrutant le haut des étagères. Essentiellement des bandes dessinées pour enfants. *Astérix. Les Schtroumpfs.* Un garçon chauve affublé d'un petit chien blanc. Puis un souvenir surgit dans son esprit. Cours de français, année de quatrième, dans la classe en préfabriqué bleu de son collège à Brislington. Les bureaux en bois, l'odeur de fromage et d'oignon. Kevin Brimley devant elle, debout pour lire à voix haute sa rédaction sur ses vacances au Havre.

— *Plan !* jeta-t-elle d'un ton triomphant. *Avez-vous un plan ?*

— *Oui. Plan. De France*, ajouta Rafe avec fierté.

Le commerçant désigna un présentoir en contrebas du comptoir.

— Là-bas, monsieur.

De retour dans la voiture, entre deux gorgées d'eau, ils étudièrent la carte dépliée.

— C'est là, dit Rafe en pointant un minuscule cercle vert. Saint-Bourdain. On continue vers le sud et on tombe quasiment dessus.

198

Ils trouvèrent assez facilement la bonne route, une deux-voies avec peu de circulation. Les rares véhicules qu'ils croisèrent étaient ordinaires et pratiques. Une étincelante Mercedes ou Jaguar londonienne aurait semblé vulgaire et déplacée par ici.

— Vous roulez du mauvais côté de la route, avertit Emma, cramponnée au tableau de bord, alors qu'ils sortaient d'un rond-point. Ah non, pardon. Vous avez raison.

Rafe lui adressa un sourire en biais.

— Le passager côté fossé. Ça marche à tous les coups.

Ils roulèrent en silence dans le soleil de fin de journée. Peu à peu, le décor changea. Les panneaux d'affichage, les garages et leurs rangées de voitures cédèrent la place à des champs parsemés de fleurs jaunes et blanches. Au-delà des champs, d'épais massifs d'arbres brumeux tournaient au bleu foncé dans le lointain.

Rafe lorgna dans le rétroviseur.

— Vous savez, il va falloir qu'on mette au point une sorte de plan de bataille.

Emma feignit ne pas avoir entendu. Elle observait attentivement à travers la vitre tout ce qui défilait devant eux. Des panneaux illustrés de grappes de raisin signalaient d'étroits chemins transversaux avec de l'herbe au centre. « Château Mireille », « Château de Montagne », indiquaient-ils.

— Vous avez réfléchi à ce que vous allez faire ? reprit Rafe.

— Non.

Encore des champs. Des rangs de plantes attachées avec du fil de fer à des piquets de bois.

Rafe abandonna. Il passa une vitesse.

— Bon, d'accord. On aura bien une idée en arrivant là-bas.

Conduis, songeait Emma. Contente-toi de conduire.

À chaque village, son pouls s'accélérait. Plus ils s'enfonçaient dans la campagne, plus ils s'approchaient de Saint-Bourdain, plus les villages devenaient beaux. Les maisons étaient bâties en pierre blonde, comme dans les Cotswolds. Derrière s'étendaient des vergers où s'alignaient des arbustes à feuilles foncées, plus hauts qu'un homme au milieu desquels il serait facile de courir sans être vu. Elle vit des fermes avec des poules dans les basses-cours, des murs recouverts de crépi, des rangées de légumes. Est-ce que Ritchie était dans une maison de ce genre ? Dans un jardin comme ça ?

J'arrive, Ritchie. Je serai bientôt là. Elle lui adressa sa promesse par-delà les champs.

Et elle reçut en retour sa présence, aussi fortement que s'il se trouvait à côté d'elle dans la voiture. Elle savait qu'elle avait raison. Quelque part au milieu de ces maisons jaunes, ces arbres brumeux, son petit garçon attendait qu'elle vienne le chercher et le ramène à la maison.

Ritchie était ici. Elle en était certaine.

Il était ici.

11

Ramener Ritchie à la maison avait fait l'effet d'une douche froide.

Il avait l'air si adorable dans le taxi, habillé de son petit Babygro tout neuf à rayures bleues et d'un bonnet de laine qui lui faisait la tête comme un œuf. Il fixait des yeux écarquillés sur la vitre, comme s'il avait repéré un truc incroyable derrière, mais malheureusement sa tête ne cessait de ballotter d'un côté. Emma le secouait doucement pour l'aider à la redresser afin qu'il puisse voir.

— C'est un sacré malabar, hein ? s'extasia le chauffeur du taxi.

Emma sourit avec fierté.

Mais lorsqu'ils furent arrivés devant l'immeuble, et que le chauffeur l'eut aidée à porter tout son bazar jusqu'à l'ascenseur, puis qu'ils eurent atteint le cinquième étage et refermé la porte de l'appartement derrière eux – une fois tout cela fait, ils se retrouvèrent juste tous les deux, assis là en train de se regarder mutuellement. Après le brouhaha du service maternité à l'hôpital, l'appartement semblait très vide et silencieux. Pas d'autres bébés vagissants, pas de mères en robe de chambre qui les saluaient en souriant à leur passage. Pas d'infirmières déboulant dans la chambre pour roucouler devant Ritchie et dire quel bon dormeur il faisait. Personne pour les accueillir, personne pour prendre Ritchie dans les bras et clamer : « Regardez-moi ça. N'est-ce pas le plus beau bébé du monde ? »

Au moins avaient-ils un appartement, à ce moment-là.

— Comment je vais pouvoir assumer un loyer toute seule ? avait demandé Emma avec embarras à l'assistante sociale, deux semaines avant l'expiration du bail de l'appartement de Clapham.

Après quelques calculs, elle s'était rendu compte avec horreur, que lorsqu'elle cesserait de travailler, elle n'aurait même pas les moyens de payer la part du montant qu'elle partageait avec Joanne.

— Vous allez bénéficier de certaines allocations, lui assura l'assistante sociale. Même s'il vous faudra contribuer au loyer et payer une part de vos impôts locaux.

Emma s'y était attendue. N'empêche que cela l'inquiétait de devoir piocher si vite dans ses réserves. Elle avait espéré pouvoir les garder en cas de besoin. Ce qui était le cas, à vrai dire.

— À votre avis, ça prendra combien de temps pour trouver quelque chose ?

L'assistante sociale prit un air soucieux.

— On espère vous caser avant la naissance du bébé. J'avoue cependant qu'en ce moment, il est assez difficile de trouver des logements vacants. On ne peut rien vous garantir.

— Mais je ferai quoi en attendant ? demanda Emma.

On ne s'installait pas dans un appartement juste pour quelques semaines ; il fallait signer un bail. Déposer une caution. Pourquoi avait-elle attendu si longtemps pour s'occuper de tout ça ?

— Si vous êtes coincée, on vous trouvera un *bed and breakfast*, répondit l'assistante sociale. Ce serait temporaire. On vous a mise sur notre liste d'attente prioritaire. Puisque vous êtes sans domicile et en situation précaire.

En situation précaire. Debout, ses sacs à ses pieds, dans la chambre crasseuse du *bed and breakfast* près d'une laverie de Balham, Emma ressentit les premières piques d'une panique réelle ; les gens en situation précaire étaient des personnages de cinéma. Ils dormaient sous les ponts et hurlaient des insanités aux sièges vides du métro. Une écœurante tache brune au milieu du matelas l'emplit de nausée. Elle posa les mains sur son ventre. Pas question d'habiter ici avec son bébé.

À son grand soulagement, dix jours avant la naissance de Ritchie, on proposa à Emma un appartement dans une résidence de logements sociaux entre Hammersmith et Fulham. C'était à des kilomètres de chez Joanne et Barry, ainsi que de sa nouvelle généraliste, le Dr Rigby. Elle allait devoir changer de médecin. Mais elle n'était pas en position de discuter.

À ce stade, c'est à peine si elle pouvait encore marcher. Dandiner, plutôt, le poids de son ventre la faisant balancer d'un pied sur l'autre. L'assistante sociale, une femme bavarde avec des cheveux gris coupés au carré, l'accompagna lors de la visite de l'appartement. Il se trouvait dans un grand immeuble marron, face à une tour identique de l'autre côté d'un parking en béton. Les murs étaient barbouillés de graffitis sinueux rouge et orange. Au-dessus d'une rangée de poubelles à roulettes, un panneau disait : « À tous les locataires : veuillez mettre les ordures DANS la poubelle, pas À CÔTÉ. »

L'assistante sociale sortit une carte magnétique de son sac, et la passa sur la bande qui jouxtait les portes en acier et verre renforcé. À l'intérieur du hall carrelé et mal éclairé, un yucca noircissait dans un pot en plastique près de l'ascenseur.

Un seul ascenseur, nota Emma malgré elle. Pour un immeuble de onze étages.

— Ne vous inquiétez pas, dit l'assistante sociale en jetant un coup d'œil sur son gros ventre. La gestion de l'immeuble est plutôt correcte. Si quoi que ce soit tombe en panne, c'est en général réparé dans les deux jours.

La visite de l'appartement prit peu de temps. Le vestibule aux murs jaunes était si étriqué qu'en raison du tour de taille d'Emma, l'assistante sociale et elle devaient s'y tenir à tour de rôle. Il comportait trois portes. La première donnait sur la salle de bains, qui n'avait pas de fenêtre, uniquement un ventilateur. Mais elle était équipée d'une baignoire.

— Un plus quand on a un bébé, remarqua l'assistante sociale en souriant.

La chambre contenait un lit à une place avec un matelas rayé propre, une armoire encastrée aux portes blanches, et, devant la fenêtre, un bureau avec deux tiroirs. Il faudrait l'enlever pour y caser le lit du bébé. Le salon était très sombre, bien qu'il fût trois heures de l'après-midi et que les rideaux des portes-fenêtres menant sur le balcon fussent ouverts. Il était meublé d'un canapé recouvert de velours côtelé marron, et d'une table ronde en verre flanquée de deux chaises métalliques. Par un encadrement de porte vide, on passait directement dans une minuscule cuisine dépourvue de fenêtre. Pas assez d'espace pour une table là-dedans ; juste un four, un frigo et un évier en inox, ainsi que trois placards couleur moutarde à hauteur des yeux. Du ruban adhésif maintenait le lino moucheté blanc et gris en place.

Le balcon, en revanche, était sympa. Il s'agissait d'un simple rectangle de ciment, d'à peine la longueur d'une personne allongée. Mais elle pourrait y mettre des plantes, le rendre agréable en été. La moquette de l'appartement était élimée mais propre. Aucune tache brune visible nulle part. Voilà ce qui soulagea Emma. Bien sûr, ce n'était pas le Ritz, mais c'était cent mille fois mieux que le *bed and breakfast*. Elle ne savait pas ce qu'elle aurait fait si l'appartement avait été aussi moche, voire pire, que cet horrible endroit.

— Je le prends, déclara-t-elle à l'assistante sociale.

— Vous n'avez pas vraiment le choix, hein, ma jolie ? répliqua gentiment celle-ci.

Emma emménagea le lendemain. Même avec toutes ses affaires, cela ne prit qu'un voyage en taxi. Aussi propres que paraissaient les lieux, elle se rendit au *Sainsbury's* au bout de la rue et acheta de quoi remplir un placard entier de produits ménagers pour le récurer de fond en comble. Durant les jours suivants, elle dépensa une partie de l'argent laissé par sa mère pour acheter des affaires au futur bébé. Un landau convertible en poussette, un lit à barreaux, des couvertures, des biberons, un stérilisateur. Des tasses, des assiettes, des couverts. Des couches. Une grenouille en peluche verte au regard chaleureux dénichée sur un étal d'Hammersmith Broadway.

Ce week-end-là, étendue sur son lit, elle écoutait le martèlement d'une musique provenant d'un étage supérieur. Quelqu'un donnait une fête. Eh bien, qu'ils en profitent. On était samedi soir. Des cris montèrent de la rue, suivis d'un fracas de verre brisé. Les mains d'Emma vinrent se poser sur son ventre. Mais elle ne risquait rien ici. Elle était au cinquième étage ; personne n'allait grimper jusqu'à son appartement. On lui avait remis une carte magnétique pour les lourdes portes du rez-de-chaussée, et une clef normale, individuelle, pour la serrure de sa porte d'entrée.

Ils seraient bien ici. Le bébé et elle. Ils se débrouilleraient.

En tout cas un certain temps.

Puis, huit jours plus tard, arriva Ritchie, et les semaines suivantes furent plutôt confuses. Tout le temps et toute l'énergie d'Emma étaient consacrés au bébé. Il y avait tant à faire. Elle devait le nourrir – plus ou moins continuellement, semblait-il. Avec des pauses, durant lesquelles elle devait l'asseoir et lui tapoter le dos jusqu'à ce qu'il fasse son rot, comme le lui avait montré la puéricultrice de la PMI. Elle devait lui changer ses couches. Stériliser ses biberons. Laver ses vêtements. D'une minute à l'autre, il y avait toujours quelque chose à faire.

Elle s'étonna cependant de prendre le coup de main aussi vite. N'ayant jamais connu personne avec un bébé, elle s'était inquiétée de ne pas savoir s'occuper de lui. En fait, les nuits sans sommeil étaient moins pénibles à supporter qu'elle ne l'avait craint. Bien sûr, c'était fatigant de sortir chaque fois du lit pour lui donner son biberon, mais après quelques semaines, il dormit d'une traite jusqu'au matin, et ils avaient établi une routine pour la journée. Réveil à six heures et demie. Biberon. Retour au dodo jusqu'à neuf heures pour l'un comme pour l'autre. Deux siestes supplémentaires durant l'après-midi. Au lit entre huit et huit heures et demie. Ritchie était un bébé placide ; il ne pleurait que lorsqu'il avait faim ou s'il était mouillé. Il était loin d'être pénible, Emma le savait d'après ses lectures. Elle avait lu que certains nourrissons hurlaient nuit et jour, sans que rien ne les apaise jamais. Mais ce n'était pas le cas de Ritchie. Elle avait de la chance. Et comme elle avait aussi lu qu'on était censé dormir en même temps que le bébé au cours de la journée, elle le faisait. Elle ne manquait pas de sommeil ; le ménage était fait. Franchement, tout se déroulait sans difficulté majeure.

Sauf que tout était un éternel recommencement.

Encore et encore et encore.

Ce ne fut qu'une fois le pire des nuits derrière elle qu'Emma prit réellement conscience de sa solitude, de combien il était compliqué de sortir de l'appartement avec un si petit bébé, et du peu de monde qu'elle voyait.

Elle fut ravie que Joanne passe un soir en rentrant du travail. Ritchie avait alors dans les six semaines.

— Em, s'exclama Joanne en l'enlaçant sitôt la porte ouverte.

Elle avait une allure folle. Elle portait de très hauts talons et un tailleur-pantalon bleu clair. Ses cheveux étaient coupés au niveau des épaules, avec une nouvelle frange longue qu'elle balayait sur le côté.

—Désolée d'avoir mis tant de temps à venir. On refaisait la déco de l'appartement. Barry et moi avons vécu au milieu des cartons. Et j'ai eu une promo au boulot. Ç'a été dingue.

Elle ne cessait de repousser sa frange tout en examinant les lieux, le canapé de velours, les paquets de couches et de lingettes dans le coin, les serviettes et les pyjamas qui séchaient sur le dossier des deux chaises d'Emma.

—Ton appart est super, dit-elle d'un ton très enjoué.

Emma exultait de la voir.

—Assieds-toi. Je vais nous faire du café.

Joanne inspecta le canapé d'un coup d'œil rapide avant de s'installer à l'extrême bord.

—Qu'est-ce qu'il est chou, gazouilla-t-elle devant Ritchie, endormi dans son landau.

Mais elle n'alla pas jusqu'à le prendre dans ses bras.

—Les bébés ne m'aiment pas, gloussa-t-elle en tournant ses genoux dans la direction opposée. J'aurais peur de le lâcher.

—Oh, allez, insista Emma. C'est craquant de le tenir, je t'assure. Et il est plus costaud qu'il n'en a l'air. Il ne va pas se casser.

Tout en parlant, elle sortit Ritchie du landau, faisant tomber les couvertures sur le sol. Elle le déposa sur les genoux de Joanne. Elle était impatiente qu'ils fassent connaissance. Ritchie remua, froissa son visage. Puis, alors que Joanne baissait les mains pour le saisir, il devint écarlate et se lança dans un vagissement rageur et suraigu. Joanne leva aussitôt les mains en l'air.

—Je t'ai bien dit que les bébés ne m'aiment pas, répéta-t-elle en essayant de repousser du genou Ritchie vers Emma.

— Laisse-lui une minute. Il a des coliques. Ça passe dès qu'il est calmé.

Emma se rendait compte à quel point elle désirait voir quelqu'un d'autre qu'elle tenir Ritchie dans ses bras. Le cajoler. L'aimer. C'était étrange. Au cours des dernières semaines, ce tout petit bout rose avait réussi à s'immiscer dans son cœur d'une façon qu'elle n'aurait pas imaginée. Si Joanne acceptait de le prendre rien qu'un instant, elle ressentirait la même chose. Mais alors Ritchie ouvrit la bouche et cracha un long jet blanc droit sur le pantalon bleu clair de Joanne.

— Je suis désolée. Vraiment désolée.

Emma ne pouvait s'arrêter de s'excuser. Joanne souleva précipitamment le tissu maculé de sa jambe.

— Pas grave. Mais tu devrais peut-être le reprendre, maintenant.

Emma apaisa Ritchie en le berçant sur ses genoux, pendant que Joanne épongeait le vomi sur son pantalon avec une lingette nettoyante, et lui racontait son nouveau job. Barry et elle étaient en train d'installer une salle de bains neuve et abattaient le mur entre la cuisine et le salon. En ce moment, elle ne savait plus où donner de la tête. Pendant tout ce temps, Ritchie geignait d'une manière inhabituelle et monotone, ce qui obligeait Joanne à hausser la voix pour se faire entendre. Emma loupa la moitié de ce qu'elle disait car elle devait sans cesse changer Ritchie de position pour tenter de soulager son petit ventre.

Tout de même, lorsqu'il parut s'être calmé, elle demanda :

— Tu... Tu vois Oliver parfois ?

Joanne fronça les sourcils.

— Oliver ? Maintenant que tu m'en parles, Barry ne l'a pas croisé depuis un moment. Je crois qu'ils ne bossent plus ensemble. Oliver a dû quitter la boîte.

— Ah.

Ritchie se remit à brailler, et Emma dut lui accorder son attention.

— D'habitude, il n'est jamais comme ça, assura-t-elle avec soulagement quand Ritchie eut enfin cessé de pleurer et se fut endormi, à plat ventre dans son giron, le nez et la bouche au creux de sa main, qu'il emplissait de hoquets et de reniflements humides. Je n'aurais pas dû le réveiller. La prochaine fois que tu viendras, il sera tout sourire, tu verras.

— Pourquoi on ne se retrouverait pas un soir pour prendre un verre, plutôt ? suggéra Joanne. À mi-chemin entre chez nous deux. On pourrait bavarder tranquillement, et ça te ferait du bien de faire un break.

Emma la dévisagea, interdite.

— Mais qu'est-ce que je ferais de Ritchie ?

— Ah. Euh, une baby-sitter ?

— Il est un peu jeune, objecta Emma, sceptique. Je ne sais pas si je pourrais en trouver une qui accepte de s'en occuper. Et puis les baby-sitters coûtent une fortune.

Joanne haussa les épaules.

— Bon. Quand il sera assez grand, préviens-moi. On organisera quelque chose.

Emma fut étonnée que Joanne ne fasse aucun commentaire sur la façon dont ses mains avaient tremblé lorsqu'elle avait prononcé le nom d'Oliver. Une demi-heure après le départ de son amie, elle était toujours bouleversée. Elle lâcha deux cuillers et le sucrier en rangeant le plateau du café. Vu la désinvolture avec laquelle Joanne avait répondu à sa question, elle pensait manifestement qu'Emma s'était depuis longtemps remise d'Oliver. Mais, aussi absorbée qu'elle ait été ces derniers mois, pas un jour n'avait passé sans qu'elle pense à lui.

Parce que Ritchie ressemblait tant à Oliver ! Ils avaient les mêmes yeux aux paupières lourdes, la même grande bouche faite pour sourire. Tout était identique. La naissance de Ritchie avait attisé, remué un tas de sentiments. Oliver savait-il seulement que Ritchie était là ? La dernière fois qu'elle lui avait parlé, elle avait dit qu'elle ne poursuivrait pas sa grossesse. Joanne, en tout cas, ne l'avait visiblement pas informé du contraire.

Emma mourait d'envie de partager Ritchie avec quelqu'un. Quelqu'un vers qui elle puisse se tourner et dire : « Oh, regarde, tu as vu ce qu'il vient de faire ? » Elle s'était efforcée à tout prix d'oublier Oliver et d'aller de l'avant, mais avec Ritchie, c'était impossible ; elle l'avait tous les jours sous les yeux. À la fin, le besoin de lui parler devint trop fort.

Il lui fallut un moment pour trouver le courage de l'appeler. Les premières fois qu'elle essaya, elle composa seulement les premiers chiffres de son numéro avant de raccrocher. À la cinquième tentative, elle reposa violemment le téléphone et s'ordonna de se ressaisir.

— Il s'agit du père de ton fils, se dit-elle sévèrement.

Pour calmer son trac, elle arpenta quelques minutes l'appartement. Ferma les rideaux sur le balcon, jeta un coup d'œil à Ritchie dans son landau, effaça d'un coup de torchon une trace sur la table en verre. Elle se rendit dans la salle de bains pour se coiffer. Ses cheveux lui arrivaient désormais bien plus bas que les épaules ; cela faisait un bout de temps qu'elle n'était pas allée chez un coiffeur. Ils étaient un peu fins pour cette longueur. Et tombaient n'importe comment. La plupart du temps, elle les attachait.

Lorsqu'elle se sentit prête, elle retourna s'asseoir à la table et recomposa le numéro. En entier, cette fois. Le cœur battant, elle plaqua le téléphone contre son oreille. Puis entendit une voix féminine : « Votre correspondant n'est pas joignable. »

Au cours des jours suivants, Emma réessaya à plusieurs reprises le numéro d'Oliver, mais elle tombait toujours sur le même message. Maintenant qu'elle s'était mis en tête de l'appeler, c'était frustrant de ne pouvoir le joindre sur-le-champ. Il avait changé de numéro ? Était parti en vacances ?

Pour finir, elle décida de téléphoner à sa sœur. Elle n'avait jamais parlé à Sasha auparavant, mais connaissait son numéro. Elle l'avait recopié sur le panneau d'affichage dans la cuisine d'Oliver, présumant qu'un jour viendrait où elles seraient amies et s'appelleraient tout le temps.

Téléphoner à Sasha signifiait s'armer une nouvelle fois de courage. Pas facile de contacter une parfaite inconnue. Bien que, se rappela Emma, Sasha soit la tante de Ritchie ! Mais une inconnue quand même. Afin de s'assurer une conversation tranquille, elle choisit un soir où Ritchie était en bonne forme. Elle le nourrit avant de le coucher, ajoutant deux mesures supplémentaires à son biberon pour être certaine qu'il dormirait plus longtemps. Il traversait une phase de gros appétit. Le bonus ravit Ritchie ; il téta jusqu'à loucher de plaisir, et son petit ventre devint tout dur et rond. Emma le tapota avec satisfaction. Digérer tout ça prendrait un certain temps. Elle l'installa dans son lit à barreaux, tira la porte en la laissant entre-bâillée de quelques centimètres. Puis elle baissa au minimum le son de la télé, emporta son agenda sur le canapé, et composa le numéro de Sasha.

Brrr-brrr. Quelque part à Birmingham, sur une table dans l'entrée, peut-être, ou dans une cuisine, un téléphone sonnait. Emma s'éclaircit la gorge. Quelle voix aurait Sasha ?

Un déclic. Puis une femme dit :

— Allô ?

— C'est Sasha ? demanda Emma.

— Oui, vous êtes ?

Un timbre énergique, raisonnable. La liaison entre le « vous » et le « êtes » était cassante.

Emma déglutit avant de se présenter.

— Je m'appelle Emma Turner.

Elle attendit, mais ne perçut aucun signe de recon-naissance.

— Oliver, votre frère, vous a peut-être parlé de moi ? reprit-elle.

— Excusez-moi, répondit Sasha. Quel nom, déjà ?

— Emma. Emma Turner. Je... Je sortais avec Oliver. Il y a quelque temps.

— Ah. Bien.

Sasha ne paraissait pas plus intéressée que ça, ni chaleureuse. Le cœur serré, Emma poursuivit laborieu-sement.

— J'ai essayé de le joindre, mais son téléphone semble en dérangement.

— Je vois, répliqua Sasha. Eh bien, il est à l'étranger en ce moment. Il est en Indonésie avec sa petite amie.

Bon. Oliver sortait toujours avec Sharmila et ils voyageaient ensemble. Emma garda un ton léger.

— Vous savez quand ils rentreront ?

— Aucune idée. Vous connaissez Oliver. Il ne tient pas vraiment les gens au courant de ses projets. Mais je crois qu'il a pris un congé à son travail, alors ils risquent d'être absents un bout de temps.

Après une pause, Sasha ajouta :

— Je peux lui transmettre un message ?

Emma s'était demandé si elle dirait à Sasha la raison de son appel. Elle inspira à fond.

— Oui. Vous pouvez. La dernière fois que j'ai parlé à Oliver... la dernière fois que je l'ai vu... j'étais enceinte.

Sasha ne pipa mot.

— Je ne sais pas s'il vous en a parlé, continua Emma. Quoi qu'il en soit, je l'appelais pour lui annoncer que je...

Elle dut prendre le temps d'avaler de nouveau sa salive, puis elle reprit :

— Je l'appelais pour lui dire que... je l'avais eu.

Sasha ne répondait toujours rien.

— J'ai eu le bébé. Et c'est un garçon.

Emma s'assit bien droite. De la chambre lui parvenait le son ténu d'une respiration un peu encombrée.

Comme le silence se prolongeait à l'autre bout du fil, Emma écarta le téléphone de son oreille.

— Allô ? Allô ?

— Je vous entends, répondit Sasha au loin.

Emma replaça le combiné contre son oreille.

—Je vous ai entendue, répéta Sasha. Je suis toujours là.

—Ça doit vous faire un choc, j'imagine.

—Non, enfin, bien sûr. J'étais sur le point de… C'est formidable pour vous. Si c'est que ce que vous souhaitiez, ajouta poliment Sasha.

—Oliver ne vous en avait pas parlé.

Emma tripotait la couverture de son agenda.

—Non, répondit Sasha. Désolée.

La couverture se déchira. Un morceau se retrouva entre les doigts d'Emma.

—Bon. Très bien. Alors vous comprenez maintenant pourquoi je dois lui parler.

—Bien sûr, répliqua Sasha. Et si j'ai de ses nouvelles, je lui dirai que vous avez appelé.

Malgré sa politesse, elle semblait lui indiquer que la conversation était finie. Emma chercha comment la poursuivre, un moyen d'établir de bonnes relations entre elles, mais rien ne lui vint à l'esprit. Sasha ne paraissait pas le moins du monde encline à l'aider. Sa surprise initiale semblait contenir tout l'intérêt qu'elle exprimerait jamais pour son neveu. Elle ne posa aucune question sur le bébé. Ne demanda pas de qui il tenait, s'il était en bonne santé, comment il s'appelait. Rien. Comme elle paraissait distante, songea Emma, un peu ébranlée, en reposant enfin le téléphone après un échange nettement plus court que prévu. Elle ressemblait plus à Oliver qu'à la fille pleine d'entrain qu'elle avait imaginée.

Emma attendit, attendit longtemps qu'Oliver se manifeste, mais il ne se passa rien. Peut-être que Sasha ne l'avait pas mis au courant. S'il savait qu'il avait un fils, il contacterait Emma, tout de même, non ?

Ne serait-ce que par simple curiosité ? Il est vrai qu'il n'avait pas voulu de Ritchie. Impossible d'oublier cette expression de répulsion sur son visage lorsqu'elle lui avait appris sa grossesse dans sa cuisine. Mais Ritchie était là, à présent. Emma rêvait qu'Oliver se précipite dans un bateau ou un avion en apprenant la nouvelle, celle-ci lui ayant enfin fait prendre conscience de ce qui manquait à sa vie. Pourquoi était-elle la seule à éprouver ces sentiments, encore présents après tout ce temps ? Il lui manquait affreusement, surtout la nuit. Ça lui manquait de ne pouvoir toucher sa main ou son pied dans les heures sombres, et de sentir le lien rassurant avec un autre être humain.

N'empêche que c'était étrange. Lorsqu'elle se représentait avec lui, ils n'étaient toujours que tous les deux, marchant ensemble le long de la rivière ensoleillée. Oliver n'avait jamais mis les pieds dans ce triste appartement pour SDF, avec un bébé qui réclamait son biberon en braillant. Il n'avait jamais cherché d'un pas las une chemise propre le matin, se préparant péniblement à aller travailler après une nouvelle nuit blanche, ponctuée de pleurs. Il ne changeait pas des couches qui sentaient les algues pourries. Oliver n'avait pas vu Emma, terrassée par des haut-le-cœur, vomir durant l'accouchement. Il n'avait pas vu son ventre abîmé, sa peau flétrie, distendue. Elle ne pouvait l'imaginer faisant quoi que ce soit de tout cela, et ne le souhaitait pas. Elle voulait le garder dans son souvenir tel qu'elle l'avait connu, et que lui en fasse autant pour elle. La fille qui avait eu un tel potentiel ; la liberté de devenir n'importe qui et de faire n'importe quoi. Quand le monde lui appartenait encore, et qu'elle n'avait encore pris aucune décision irrévocable.

Après y avoir réfléchi un moment, elle ne mit pas le nom d'Oliver sur le certificat de naissance. Elle laissait le soin au centre des allocations familiales de le retrouver. Elle refusait d'être celle qui le forcerait à être un père s'il ne le voulait pas.

— On dirait bien que ça ne va être que toi et moi, mon petit pote, dit-elle à Ritchie, le cœur lourd.

Dans son transat orange, Ritchie l'étudiait d'un air grave, son crâne chauve lui donnant l'apparence d'un vieux professeur qui s'apprêtait à lui faire un compte rendu de conférence. Elle se faisait souvent cette réflexion. Les nourrissons ne pouvaient pas se déplacer tout seuls, alors ils restaient assis là où on les installait, et n'avaient rien d'autre à faire qu'observer. Qu'est-ce que Ritchie pensait d'elle ? Quelle sorte de jugement lui traversait la tête quand il la regardait avec cette intensité ? Elle voulait qu'il ait une bonne opinion d'elle, mais craignait fort qu'il ne la voie telle qu'elle était vraiment.

Une pauvre mère célibataire. Seule au monde.

Une ratée.

Côté argent, c'était un peu juste. Les vêtements de Ritchie semblaient devenir trop petits pour lui d'une semaine sur l'autre, sans parler des tonnes de biberons qu'il consommait et de couches qu'il utilisait chaque jour. Quand Emma avait fini d'acheter ce dont il avait besoin, il restait très peu pour le reste. Même un *caffe latte* au *Starbucks*, une de ses anciennes gâteries préférées, coûtait presque aussi cher qu'un Babygro neuf.

Elle faisait faire de grandes promenades à son fils afin de fuir l'atmosphère confinée de l'appartement. C'était parfois pénible de pousser le lourd landau sur les trottoirs et dans les rues encombrées, mais elle se sentait mieux après cet exercice. Elle sortait quasiment tous les jours, déterminée à explorer son nouveau quartier qu'elle connaissait encore mal. Par bien des côtés, Fulham ressemblait à Clapham. Dans les rues, un mélange d'étudiants, de familles et de jeunes cadres, habillés de chemises colorées et de costumes branchés aux teintes foncées, comme ceux que portaient les collègues d'Oliver à la City.

Sur North End Road, Emma découvrit une rue entière d'échoppes qui vendaient des produits ménagers, des fruits et des légumes à bas prix. Des vêtements, aussi. Les étals sentaient le poisson frais et les pommes. Les vendeurs, qui semblaient tous se connaître, se regroupaient à deux ou trois pour bavarder en gardant un œil sur leur marchandise, habillés d'épaisses vestes, de bonnets de laine et de gants. Certaines femmes portaient des saris. Dans l'un des magasins, Emma dénicha pour Ritchie une combinaison de ski rouge vif, pour seulement 2,99 £. Voilà qui serait parfait pour l'hiver.

Bien que miteux par endroits, le coin donnait une impression de communauté assez chaleureuse. Des groupes de mères se baladaient ensemble et papotaient. Les enfants couraient devant en criant. Quelques familles habitaient le même genre d'immeuble que celui d'Emma. D'autres vivaient dans les rues qu'elle finit par trouver typiques de Fulham, avec leurs alignements de maisons mitoyennes, en brique généralement grise ou marron clair, pourvues de bow-windows et de jolis toits pointus. Les artères les plus charmantes partaient de Fulham Palace Road, près du fleuve, et de la station de métro Fulham Broadway.

Mais les maisons vraiment splendides étaient situées le long de Fulham Road en direction de Chelsea. Là, cachées dans de tranquilles rues adjacentes, se trouvaient quelques-unes des plus magnifiques demeures qu'Emma ait jamais vues, davantage impressionnantes encore que les maisons les plus huppées de Bath. De rutilantes bâtisses en brique rouge, de quatre ou cinq étages, percées d'immenses fenêtres ; ou alors des hôtels particuliers d'un blanc immaculé, avec d'étincelantes balustrades noires et des escaliers menant à des colonnes et des portes miroitantes. Emma écarquillait les yeux devant, se demandant quel genre de personnes habitait là. Elle ne rencontrait jamais grand monde. Les rues de ce quartier étaient si calmes et silencieuses en comparaison du sympathique tohu-bohu de Fulham. Une fois ou deux, elle croisa un enfant accompagné de sa nounou – du moins supposa-t-elle qu'il s'agissait d'une nounou, car l'enfant parlait avec l'accent de Londres et la femme, un accent étranger. Les uniformes scolaires étaient étranges. Certains écoliers arboraient une tenue désuète très années 40 : short rouille et pull marron sans manches et à col V, comme une version chic du Club des Cinq, les héros d'Enid Blyton. D'autres se baladaient en manteau tournoyant et bonnet de laine dont la pointe tombait bas dans le dos : elfes ou lutins issus des histoires du même auteur. Tous très différents des jupes bleu marine et des informes anoraks pratiques et lavables en machine qu'Emma avait portés à l'école.

— Alors, dis-moi, ça te plairait des shorts comme ça ? demanda-t-elle à Ritchie en faisant demi-tour avec la poussette pour reprendre le chemin de la maison.

Ritchie paraissait s'ennuyer. Il se tenait aussi avachi que le permettaient les sangles, les deux chaussures plantées sur le marchepied. On aurait dit le mauvais élève au fond de la classe.

— Qu'est-ce que je raconte ? soupira Emma. Tu les tyranniserais, ces pauvres mômes, je suppose.

Les dents de Ritchie percèrent, lui faisant les joues rouges et brûlantes. Quand il était ronchon, le mouvement de la poussette le calmait mieux que n'importe quoi d'autre. Ces jours-là, Emma fourrait un biberon et une couche de rechange, ainsi qu'une bouteille d'eau pour elle-même, dans le filet sous la poussette et partait pour une marche particulièrement longue le long du fleuve. Elle aimait bien Chiswick Mall et ses maisons grises et maussades qui donnaient sur l'eau, ses rues pavées et ses vieux réverbères, un décor à la Charles Dickens. Mais la plus jolie promenade se faisait sur la rive sud, en prenant à l'ouest vers Barnes. Cet endroit avait stupéfié Emma. Comme un petit coin de campagne au cœur de Londres. On y trouvait des champs, des clôtures, des gens à cheval, qui trottinaient entre les arbres sous les yeux des promeneurs. Le chemin était parfois boueux et rendait le passage de la poussette difficile, mais cela en valait la peine. La balade l'apaisait, allégeait un peu l'inquiétude permanente qui la rongeait. Ritchie se laissait aller en arrière, mâchouillant son anneau de dentition, et observait tout d'un regard hypnotisé avec ses yeux mi-clos. De temps à autre, il plongeait pour essayer d'attraper quelque chose : un cheval qui les dépassait, ou une mouette perchée sur un mur.

Pour rentrer, ils passaient par Hammersmith Bridge, le pont préféré d'Emma parmi tous ceux qui enjambaient la Tamise. Lorsqu'elle s'était installée à Londres, elle croyait que Hammersmith Bridge avait un lien avec le magasin Harrods à cause du vert et du doré identiques à ceux de leurs sacs. Louvoyer dans le lugubre passage souterrain et la circulation mortellement dangereuse autour de Hammersmith Broadway valait le coup, rien que pour apercevoir les tourelles pointues et les réverbères appuyés contre le ciel jaune. Le soir, vu de cet angle, le soleil se couchait presque directement derrière le pont. Sur l'autre rive, Castelnau Village, avec ses boutiques vieillottes, ses restaurants, et les cygnes qui glissaient sur le fleuve, offrait une autre portion d'authentique campagne au milieu de Londres.

Ensuite, ils reprenaient en direction du nord, traversant le pont à la nuit tombante ; les lampes qui s'allumaient dans les vieilles maisons et les pubs le long des quais lui donnaient la nostalgie d'un village de pêcheurs qu'elle n'avait jamais connu.

Parfois, la solitude lui pesait vraiment. Impossible de marcher seule indéfiniment. Elle appela Joanne à deux ou trois reprises, mais son amie semblait toujours avoir une excuse valable pour ne pas l'accompagner. Elle était en pleine campagne marketing de la plus haute importance, ou sur le point de sortir dîner avec des collègues, ou bien Barry lui-même avait travaillé comme un malade et la voulait près de lui.

— Mais je peux venir chez toi, suggéra Emma. Je prendrai le bus avec Ritchie. Tu nous montreras comment tu as aménagé ton nouvel appartement.

—Ce serait super, répondit Joanne. Mais le problème, c'est que Barry est là. Il travaille à la maison en ce moment.

—Et alors ? On ne le dérangera pas.

—Mais j'ai l'impression que Ritchie pleure beaucoup. Et s'il se met à brailler et que ça distraie Barry…

Emma n'en croyait pas ses oreilles.

—Joanne, Barry n'est qu'un foutu technicien informatique, pas un chirurgien en cardiologie. Le monde ne va pas s'écrouler s'il oublie une virgule.

Aussitôt prononcée, elle se rendit compte à quel point sa remarque paraissait dédaigneuse. Mais le peu d'intérêt que lui manifestait Joanne ces temps-ci la blessait, tout comme le fait qu'elle ait si rarement pris la peine de la contacter depuis l'arrivée de Ritchie.

—Excuse-moi, dit-elle. Tu sais bien que je ne voulais…

—Tu n'as jamais beaucoup apprécié Barry, hein ? la coupa Joanne d'une voix glacée. Comme je te disais, Emma, aujourd'hui, ça ne nous arrange pas du tout. Je te rappelle.

Emma s'en voulait d'avoir lancé cette pique à propos de Barry. Elle ne la trouvait pas si grave que ça, mais visiblement, Joanne était vexée et en avait profité pour lui lancer un nouveau refus. La façon dont elle semblait avoir d'un coup rejeté leur amitié était vraiment douloureuse. On entendait souvent parler d'amitiés féminines rompues lorsqu'une des femmes avait un bébé, mais Emma avait toujours pensé que la faute en revenait à la jeune mère, qui perdait alors tout intérêt pour tout ce qui ne concernait pas son enfant. Elle était plus que prête à fournir des efforts avec Joanne, mais celle-ci, avec ses tailleurs hors de prix et sa nouvelle promotion, menait à présent une vie trop remplie et, apparemment, elle ne tenait pas à entendre parler d'Emma. Peut-être sous l'influence de Barry. Bien sûr, ça n'avait jamais collé entre Emma et Barry. Et celui-ci avait sans doute une pire opinion d'Emma maintenant qu'elle se retrouvait mère célibataire, larguée par Oliver. Mais ce n'était pas une raison pour que Joanne prenne entièrement son parti.

Encore que c'était du Joanne tout craché. Elle avait déjà fait ça, laisser tomber toutes ses copines à la seconde où un homme entrait dans sa vie. Une fois, à Bristol, Emma et Karen ne l'avaient pas vue pendant des mois, parce qu'elle s'était mise à sortir avec un étudiant en médecine appelé Andrew. Puis Andrew avait rompu, et Joanne était revenue comme si de rien n'était.

Emma s'était réjouie à l'idée de la revoir et de rattraper un peu le temps perdu. De visiter son appartement, papoter, et même boire un ou deux verres de vin, pourquoi pas. D'après Joanne, l'appartement était génial, grâce au travail de leur architecte d'intérieur. Situé dans l'un de ces immeubles qui bordaient le fleuve, l'appartement de Barry disposait de parois vitrées du sol au plafond. On disait ces immeubles extrêmement prestigieux, mais, pour être honnête, Emma ne leur trouvait aucun attrait. Certes, les résidents avaient une belle vue sur la Tamise, mais les gens dehors voyaient aussi tout ce qui se passait à l'intérieur. Elle était passée devant un soir, quelques mois plus tôt, en se dirigeant vers Wandsworth Bridge, et elle avait aperçu un homme au deuxième étage, les lumières allumées, entièrement nu, qui scrutait son aisselle. Cependant elle aurait adoré écouter tous les ragots de Joanne. Ce que faisaient les uns et les autres en ce moment, où ils se retrouvaient pour boire des verres, qui sortait avec qui. Si quelqu'un avait des nouvelles d'Oliver, savait où il était. Emma était toujours seule. Cela faisait si longtemps qu'elle n'avait pas bavardé vraiment avec une personne de son âge.

Son autre désir était que Ritchie ait un compagnon de jeu. Il grandissait à présent, devenait curieux, avec une bouille chauve aussi ronde que la lune ou un ballon, toujours à fourrer le nez dans tous les coins et à dévisager les gens, surtout les autres bébés et les enfants. Où qu'ils aillent, ils croisaient des femmes avec des poussettes. Il y avait des bébés partout. Avant d'avoir Ritchie, Emma n'avait jamais remarqué à quel point Londres était remplie de bébés. Elle était frappée de voir combien les autres mères paraissaient heureuses. Elles rayonnaient en passant bruyamment, piaillant d'incessantes instructions à leur progéniture : « Regarde cet arbre, mon chéri ! » Emma se demandait si elle devait parler ainsi à Ritchie. Mais elle était incapable de rendre sa voix aussi naturelle et enjouée que les leurs. Dans sa bouche, « Regarde cet arbre » sonnait stupide et creux.

Un après-midi, elle essaya d'emmener Ritchie au Ravenscourt Park. Ils donnèrent des morceaux de biscuit à un écureuil gris qui s'avança jusque devant leurs pieds pour s'en emparer. Ensuite, il resta là, le biscuit entre ses pattes, et le grignota avec ses petites dents de rongeur. Ritchie, suffoquant d'enthousiasme, se renversa presque la tête en bas dans les bras de sa mère pour tenter de l'attraper, jusqu'à ce que l'écureuil finît par lâcher le biscuit, pivoter et filer comme l'éclair vers les arbres. Emma remit Ritchie dans sa poussette puis le conduisit à l'aire de jeux, pour rejoindre les autres mères et leurs enfants. Mais Ritchie était encore trop petit pour les barres et les balançoires vivement colorées. Il gigotait et pleurnichait, cherchant l'écureuil des yeux. Emma savait qu'il était fatigué. Il se frottait les paupières. Elle le laissa dans la poussette et s'assit dans l'air frisquet de mars, balançant l'engin d'avant en arrière pour le calmer. Les autres enfants couraient, grimpaient, criaient. Enfin, à force de le bercer, Ritchie s'endormit, bien au chaud dans sa combinaison rouge.

Sur le chemin du retour, la pluie se mit à tomber. Des trombes glacées s'abattaient sur eux par le côté. Emma se réfugia dans un café. L'endroit était chaud, avec des tables rouges et bancales, et des salades présentées en bac derrière le comptoir vitré. Ritchie, à présent réveillé et en meilleure forme, prit un peu de jus de fruit de son biberon, puis resta tout joyeux dans sa poussette, à suçoter une cuiller. Emma but un thé noir dans un gobelet en polystyrène tout en feuilletant un exemplaire du *London Lite* laissé par un client.

Un petit garçon s'approcha de Ritchie et lui enfonça le doigt dans la poitrine.

—Bonjour, bébé, cria-t-il.

Ritchie ouvrit la bouche. La cuiller qu'il mâchait tomba sur ses genoux. Il fixait l'enfant d'un air fasciné. Le petit garçon enfonça de nouveau son doigt.

—Bonjour, criait-il. Bonjour.

Une femme à la tête recouverte d'un foulard crème et or se précipita d'une table voisine.

— Jamal, gronda-t-elle. Ne fais pas ça. Tu risques de faire mal au bébé.

— Tout va bien, assura Emma devant la bouille radieuse de Ritchie. Il ne le fait pas méchamment.

Ritchie balançait des coups de pieds d'excitation.

La femme enlaça le petit garçon.

— Dis-lui bonjour plus gentiment, ordonna-t-elle.

Jamal regarda Emma et mit un doigt dans sa bouche. Il enfouit son visage entre les genoux de sa mère.

— Ah, alors maintenant, tu fais le timide ?

La femme lui tapota le crâne. Puis sourit à Emma. Elle avait de grands yeux noirs, maquillés à la perfection, avec du mascara et une ombre à paupières brun fumé. Emma essaya de lui rendre son sourire, mais ça faisait bizarre : ses lèvres semblaient s'étirer d'une drôle de façon. Comme si sa bouche avait perdu l'habitude.

— Ils sont tellement pleins d'énergie, ces garçons, reprit la femme. Vous verrez quand votre bonhomme commencera à marcher. Il rendra son papa fou. Exactement comme Jamal.

La femme était si ouverte et sympathique. Emma aurait voulu donner l'impression d'être aussi intéressante, mais son esprit était obnubilé par l'allure qu'elle devait avoir avec sa parka et le pull d'homme qui lui avait paru idéal pour aller au parc par ce temps. La maman de Jamal était tellement chic et féminine dans son jean moulant et sa courte veste rose.

La femme s'adressa à son fils :

— On essaie encore de dire bonjour au bébé ?

Ritchie balança de nouveau son pied et poussa un glapissement excité. Jamal hocha la tête contre les jambes de sa mère. La femme regarda Emma et éclata de rire. Elle semblait attendre qu'elle réponde d'une manière ou d'une autre. Emma chercha de toutes ses forces, mais ne trouva rien à dire. Elle fixait sa tasse de thé.

Quelques minutes plus tard, la femme tourna les yeux vers la porte vitrée du café, et dit à son petit garçon :

— Bon, Jamal. On dirait que la pluie s'est arrêtée. Je crois qu'on va pouvoir y aller.

Ils retournèrent à leur table rassembler leurs affaires.

— Au revoir, lança la femme en passant devant Emma sur le chemin de la sortie.

— Au revoir.

La porte du café se referma. Ritchie les suivit du regard. Il avait cessé de glapir et de donner des coups de pied. La déception élargissait son visage lunaire. L'espace d'un instant, Emma faillit sortir et rappeler Jamal et sa mère. La table où ils se trouvaient un moment plus tôt semblait très vide.

— Si vous connaissez peu de monde dans le coin, pourquoi ne pas voir s'il existe un groupe mamans-bébés que vous pourriez rejoindre ? suggéra la puéricultrice de la PMI. Vous trouverez les coordonnées à la bibliothèque du quartier.

L'idée d'un groupe mamans-bébés n'enthousiasmait pas Emma plus que ça. La manière dont elle avait réagi avec la femme dans le café la perturbait, et elle se voyait mal répéter l'expérience devant toute une bande d'inconnues. Elle devenait sans doute un peu bizarre. Rencontrer des gens ne lui avait jamais posé problème auparavant. Mais Ritchie avait paru tellement aux anges quand il avait cru que ce petit Jamal allait jouer avec lui. Il adorerait se retrouver dans une pièce pleine d'enfants. Pour son bien, elle tenterait le coup.

Alors qu'elle attendait l'ascenseur, elle entendit une voix dans son dos.

— Oh, quel beau bébé.

Emma se retourna. Une femme aux yeux sombres et aux joues roses contemplait Ritchie, les mains jointes. Elle portait un jean et un T-shirt fleuri rose. Emma l'avait vue plusieurs fois entrer et sortir de l'appartement voisin.

— Quel âge a-t-il ? demanda la femme, sans quitter Ritchie des yeux.

— Huit mois.

— Seulement ! Mais déjà si grand. Je le croyais plus vieux. Il fait la même taille que ma fille, mais elle a un an.

— Je ne pense pas connaître votre fille, dit poliment Emma.

La femme secoua la tête.

— Ah non. Ce serait impossible. Elle est dans ma famille, aux Philippines.

— Ah… ? Hum…

Emma ne savait pas quoi dire.

— Je travaille à Londres, expliqua la femme. Je suis infirmière à l'hôpital Chelsea & Westminster. Mais c'est mieux pour ma fille de vivre là-bas. Elle est avec ma mère pendant que mon mari et moi travaillons ici. Ça fait quatre mois que je ne l'ai pas vue, ajouta-t-elle d'un ton nostalgique. Sauf en photo.

— Ça doit être difficile.

Emma était bouleversée. Dire qu'elle s'estimait mal lotie.

— C'est dur, admit la femme. Mais c'est la meilleure solution pour notre famille. Ma mère adore s'en occuper, et grâce à l'argent que nous gagnons, ma fille aura une belle vie plus tard.

Elle s'adressa avec timidité à Ritchie :

— Comment tu t'appelles ?

— Ritchie, répondit Emma.

— Eh bien, Ritchie, je suis Rosina Alcarez. J'habite juste à côté de chez toi. Peut-être que tu me rendras visite, un jour ? Tu me rappelleras ma fille.

Rosina Alcarez leur sourit en quittant l'ascenseur. Emma lui rendit son sourire. Rosina avait l'air gentille, et semblait avoir à peu près son âge. Et quelle tristesse qu'elle ne puisse pas vivre avec sa fille. Peut-être qu'elle lui amènerait Ritchie, oui.

Tout de même, sans bien savoir pourquoi, elle se sentit très déprimée en pilotant la poussette dehors.

Sur le chemin de la bibliothèque, elle se retrouva à attendre le feu rouge avec deux femmes, l'une d'une vingtaine d'années, les cheveux rassemblés en longue natte, l'autre plus âgée, en jupe plissée et veste matelassée. Entre elles, dans un landau, dormait un minuscule bébé tout fripé, enveloppé comme un cadeau d'anniversaire dans une couverture blanche piquetée de petits cœurs roses.

— Laisse-moi Lucy un moment, insistait la femme plus âgée. Profites-en pour faire quelques courses tranquille.

Le visage de la fille s'éclaira.

— Ça ne t'ennuie pas, maman ?

— Bien sûr que non, répliqua la femme en caressant amoureusement la joue du bébé. On va faire un petit tour, toutes les deux. Ça sera formidable.

Emma ne parvenait pas à détacher les yeux du trio. Est-ce que sa propre mère aurait été comme ça, si elle avait vécu ? Puis la fille leva la main pour écarter une mèche, et Emma vit quelque chose briller à son doigt. Une alliance. La fille avait aussi un mari. Quelqu'un qui pensait à elle durant la journée, et qui se dépêchait de rentrer le soir pour la retrouver, ainsi que leur bébé. Il faisait sauter l'enfant sur ses genoux pendant qu'elle lui racontait leur journée. La mère de la jeune femme devait agiter le doigt vers lui en disant : « Prends bien soin de mes deux chéries, tu entends ? » Et il répondait : « Oh, soyez sans crainte, parce que je les aime autant que vous. »

À la bibliothèque, Emma consulta un moment le panneau d'affichage, regardant s'il y avait quelque chose pour Ritchie et elle. Des feuilles de papier, maintenues par des punaises, se soulevaient sous la brise venant de la porte. Clubs de lecture. Voyages culturels à Florence. Une expédition géologique en Écosse. Enfin, en bas du panneau, Emma repéra ce qu'elle cherchait. Une matinée musicale pour mamans et enfants en bas âge. Ici même, à la bibliothèque. Ça paraissait sympa. Puis elle lut plus attentivement. Ah. L'enfant devait avoir plus d'un an pour participer.

Emma soupira. Cela valait probablement mieux. Elle était déjà sceptique sur l'idée de s'asseoir dans un hall plein de courants d'air, pour écouter un tas de femmes jacasser joyeusement de leurs familles et de la promenade géniale qu'ils avaient faite tous ensemble à Kew Gardens le week-end dernier. Peut-être que rencontrer Rosina suffisait pour la journée. Elle en resterait là pour le moment, prendrait un livre et rentrerait à la maison.

Elle écarta la poussette du panneau d'affichage et se dirigea vers les étagères. Elle choisit deux romans, des faciles, qu'elle avait déjà lus, et un livre mou en plastique pour Ritchie, qui aimait bien tourner les pages dans son bain. Elle apportait les livres au comptoir lorsqu'elle aperçut une femme qui parlait à un groupe de gens sous la fenêtre.

La bibliothèque était sombre. On approchait de cette heure du jour juste avant que les lumières ne s'allument. Contre le ciel gris clair au-dehors se découpait la silhouette mince de la femme, dont les cheveux lui tombaient sur les épaules. Elle tournait le dos à Emma, mais celle-ci eut l'étrange sensation qu'elle ressemblait à sa mère. Elle resta là, entre les grands rayonnages bourrés d'encyclopédies, les yeux fixés sur l'allée centrale. La manière dont la femme se tenait. Sa façon de bouger les mains en parlant. L'impression s'intensifia encore : la femme allait se retourner, ce serait la mère d'Emma, et quand elle verrait Emma et Ritchie, elle sourirait de bonheur.

— Qu'est-ce que vous faites là ? dirait-elle. Comme c'est merveilleux de vous voir.

Elle quitterait les gens avec qui elle discutait, et viendrait prendre la main d'Emma.

— Voici ma fille et mon petit-fils, expliquerait-elle, la voix emplie de fierté. Qu'est-ce que tu fais maintenant, Emma ? Pourquoi on n'irait pas déjeuner ensemble quelque part, tous les trois ?

Emma serra les poignées de la poussette. Le gris derrière les fenêtres devenait très éclatant. Puis la femme se retourna, la lumière grise déclina.

La mère d'Emma n'aurait jamais bavardé et souri comme ça au milieu d'un groupe. La mère d'Emma était toujours seule.

Ritchie fit de la température ; il vomit sa nourriture ; ses selles prirent une drôle de couleur. Emma avait sans cesse peur de mal faire, de louper quelque chose, et n'avait personne pour la conseiller.

— Toutes les jeunes mamans s'inquiètent, la rassura le Dr Stanford, sa nouvelle généraliste. Il pousse à merveille. Il prend beaucoup de poids.

En effet. Il prenait du poids. Il voyait. Il entendait. Il commençait à ramper. Mais il y avait aussi toutes les questions qu'Emma ne pouvait pas poser.

Est-ce qu'il est heureux ? Est-ce qu'il sourit assez ? Est-ce qu'on est trop seuls, tous les deux ? Est-ce qu'il devrait voir plus de gens ?

Est-ce que je l'aime assez ?

Parce que parfois, ces derniers temps, une pensée lui traversait l'esprit.

Comment ce serait si Ritchie n'était tout simplement… pas là ?

12

Lundi 25 septembre
Neuvième jour

Le panneau bleu et blanc incliné vers la haie annonçait : « Bienvenue à Saint-Bourdain ».

Rafe rangea la voiture sur le bas-côté. Des graviers crissèrent sous les pneus. Il tourna la clef et le moteur s'éteignit.

— C'est là, dit-il. La première maison après le panneau. Je suis presque sûr que c'est celle-là.

Emma se pencha en avant pour regarder.

Des ombres s'allongeaient sur les champs. De l'autre côté de la route, au bout d'un petit chemin, deux piliers de pierre blonde encadraient un portail en fer. Après les grilles, une allée montait en courbe vers une butte. Au sommet de cette butte, on ne voyait que le toit d'une maison cachée derrière de gros arbres. L'herbe de la pelouse en pente était inégale et à hauteur de cheville ; de mauvaises herbes hérissaient le centre de l'allée.

— Le jardin n'est pas entretenu, remarqua Rafe. On dirait qu'ils ont été longtemps absents.

Même non entretenu, le jardin n'en était pas moins splendide. Il abondait en arbres qui ondulaient dans la brise légère. Du bois coupé était soigneusement empilé contre un mur. Juste derrière le portail, un chat se chauffait au soleil. Des oies couraient en se dandinant sous les feuillages. Emma se força à respirer lentement. Elle devait rester calme.

Elle ouvrit la portière et descendit de voiture. On entendait des craquètements d'insectes dans les champs. Rafe sortit à son tour, et lui fit signe de fermer la portière le plus doucement possible. Il contourna le véhicule pour venir à côté d'elle.

— Qu'est-ce que vous voulez faire ? demanda-t-il à voix basse.

— Je ne sais pas.

— Prenons notre temps. Réfléchissons une minute. On ne sait pas ce qu'ils pourraient…

Puis il fit vivement un pas en arrière.

— Des gens, chuchota-t-il en se baissant avec un geste d'avertissement.

Par réflexe, Emma se baissa aussi, avant de relever la tête pour observer la maison. Plusieurs personnes étaient apparues dans l'allée, et descendaient vers la grille.

Comme Emma avançait d'un pas, Rafe la mit en garde.

— Attention. Reculez un peu.

— On est trop loin. Ils ne vont pas regarder par ici.

Elle les voyait bien, à présent. D'abord un couple d'âge mûr, les cheveux gris et le teint bronzé. Puis un homme plus jeune, ensuite une femme en pantalon

234

et haut blanc cassé. À mi-chemin du portail, tous s'arrêtèrent. Ils entourèrent la femme en blanc.

Il s'agissait bien d'Antonia. Aucun doute. Ses cheveux étaient plus foncés que dans le souvenir d'Emma, mais elle les avait teints pour quitter le pays discrètement. Tout le reste était pareil. Les vêtements beiges, la démarche rapide, le dos bien droit.

Et dans ses bras, le petit garçon aux oreilles décollées, ses cheveux en halo lumineux dans le soleil. Emma se figea d'amour devant la rondeur de son crâne. Antonia inclina la tête pour permettre à la femme plus âgée d'embrasser l'enfant, puis le ramena contre elle, plus près encore qu'avant. Sa tendresse était douloureuse à voir. L'enfant, vêtu d'un T-shirt blanc et d'un short rouge, gardait le pouce dans la bouche et observait les oies sous les arbres.

— C'est lui ? demanda Rafe.

— Oui.

Elle pleurait doucement, les doigts pressés sous son nez, essayant de renifler le moins fort possible.

Ce n'est qu'en sentant Rafe lui toucher le bras qu'elle se rendit compte qu'elle s'était de nouveau avancée.

— Non. Ne vous faites pas voir.

— Alors quoi, murmura-t-elle entre ses dents. Je fais quoi ?

— Attendez.

Rafe avait son téléphone portable à la main. Le regard fixé sur l'écran, il tapait un numéro avec le pouce.

— Allô ? dit-il dans l'appareil. Allô ?

Le couple d'âge mûr repartait en direction du portail. Antonia, néanmoins, remontait vers le haut de la butte.

Dans une minute, Ritchie serait hors de vue. Les arbres mouvants l'entoureraient et il disparaîtrait.

— Ritchie, cria Emma.

La main de Rafe se resserra sur son bras.

— Laissez-moi, protesta-t-elle en essayant de se dégager.

Puis, prise d'une brusque panique, se moquant qu'on l'entende, elle se mit à hurler :

— Ritchie. Ritchie.

La main de Rafe glissait mais il essayait toujours de la tirer en arrière. Jusqu'ici, il était resté calme, mais l'angoisse d'Emma le décontenançait. Son portable tomba par terre. Lâchant un juron, il se pencha pour le ramasser, et Emma se libéra de sa poigne.

— Emma, cria Rafe tandis qu'elle traversait la route.

Il s'apprêtait à la suivre mais quelqu'un répondit à son appel téléphonique et il s'arrêta pour lui parler.

— La police ? dit-il d'un ton désespéré. S'il vous plaît. Aidez-nous.

Le crépuscule avait teinté de bleu tout ce qui était vert et doré lorsque la voiture pénétra dans une cour pavée en retrait de la route. Les bâtiments autour de la cour paraissaient plus anciens et plus sombres que le reste de la ville. De hautes fenêtres brillèrent dans les phares.

Emma s'agita sur la banquette arrière.

— C'est quoi ? Pourquoi on s'arrête ?

— Ça doit être le consulat, répondit Rafe en levant les yeux sur les murs gris. C'est ici que cet Anglais nous a demandé de le retrouver.

Emma ne comprenait rien.

— Mais… je croyais qu'on retournait à la propriété. Je croyais qu'on retournait chercher Ritchie.

Rafe expliqua gentiment :

— On ne peut pas, Emma. Pas tout de suite. Ces gens ont appelé la police en même temps que nous. Vous vous rappelez ? Ils ne voulaient pas qu'on reste là-bas.

Emma se souvenait. Des bribes de souvenir, en tout cas. Ritchie en short rouge, le doigt dans la bouche. Cette partie-là était très claire. Le reste, plutôt confus. Elle se rappelait avoir traversé la route et franchi le portail en courant, remonté l'allée à toute allure en direction de Ritchie. Les gens devant elle couraient aussi. En une seconde, ils avaient disparu derrière les arbres. Emma les avait suivis avec une détermination farouche. Avait contourné les arbres pour arriver devant une grande maison. Les gens qu'elle avait vus dans l'allée s'étaient regroupés devant la porte d'entrée. Emma l'avait atteinte juste au moment où la dernière personne allait pénétrer à l'intérieur. C'était l'homme qui se trouvait près d'Antonia dans l'allée, un brun assez grand, aux cheveux bouclés. Emma avait eu l'impression qu'il bougeait exprès moins vite que les autres, en jetant des coups d'œil derrière lui, comme s'il l'attendait. Elle s'était ruée sur la porte, avait essayé de forcer le passage, mais l'homme l'avait retenue et l'avait empêchée d'entrer.

— Laissez-moi passer, avait-elle hurlé.

Elle l'avait regardé dans les yeux, et avait vu qu'il en faisait autant. Emma avait soutenu son regard.

— S'il vous plaît, avait-elle supplié. Je vous en prie. Vous avez mon petit garçon.

L'homme avait hésité.

— Je suis désolé, avait-il dit, et il avait refermé la porte.

Emma l'avait bourrée de coups de pied, de coups de poing. Puis elle avait repéré une pierre au milieu d'une plate-bande, et l'avait ramassée. Elle l'avait jetée contre une fenêtre. La pierre l'avait fracassée. La fenêtre était hors d'atteinte, mais une idée avait germé dans sa tête. Elle s'était mise à chercher d'autres pierres. Puis il y avait eu des bruits de moteur, de pneus dérapant sur le gravier. Des portières avaient claqué. Des hommes portant des casquettes l'avaient entourée en hurlant en français.

Au début, Emma avait cru que ces hommes étaient de son côté. Il s'agissait sûrement des policiers que Rafe avait appelés ; ils venaient les aider. Mais ils ne paraissaient pas aimables du tout. Ils avaient crié encore, désigné la maison, puis leurs sombres véhicules sous les arbres. Ensuite, elle avait vu leurs armes, d'énormes et lourds pistolets dans des étuis à leurs ceintures, et son ventre s'était noué.

Rafe s'était disputé avec l'un des hommes. Ils se ressemblaient, minces et virulents, dressés face à face, gesticulant et cinglant l'air de leurs bras. Ils s'étaient exprimés dans des langues différentes, mais Rafe avait dû réussir à obtenir gain de cause, car l'autre avait levé les mains en signe de reddition. Il était resté en arrière et avait observé Rafe s'approcher et parler à Emma.

— Ils veulent qu'on aille au poste de police. Ils ne nous arrêteront pas si nous quittons tout de suite les lieux.

Emma n'en avait pas cru ses oreilles.

— Nous arrêter ? Pourquoi ils nous arrêteraient ?

—Les Hunt peuvent nous attaquer pour violation de propriété. Et même pour effraction, puisque vous avez essayé d'entrer de force dans la maison.

—Mais ils ne savent pas ? s'était écriée Emma. Ils ne savent pas pourquoi j'essaie d'y entrer ? Je ne partirai pas sans mon fils.

Elle s'était élancée de nouveau vers la maison, mais le policier au regard féroce lui avait bloqué le passage. Rafe l'avait saisie par la main.

—Vous n'avez pas le choix, pour le moment, avait-il dit d'un ton insistant. Si vous ne quittez pas les lieux volontairement, ils vous emmèneront de force.

Emma avait de nouveau regardé les pistolets. Noirs et graisseux dans leurs étuis. Elle n'en avait encore jamais vu de vrais, mais là, elle en avait été entourée. Des pistolets ! Avec Ritchie à quelques mètres. Ces policiers l'avaient effrayée. Ils n'avaient rien à voir avec les *bobbies* qu'on croisait dans les rues de Londres, des hommes et des femmes polis avec des casquettes à damier et des vestes jaunes. Ceux-là ressemblaient à des soldats, durs et coléreux, comme s'ils vivaient dans des montagnes et chassaient pour se nourrir.

—Mieux vaut ne pas se frotter à ces gens-là, avait repris Rafe. Plus vite on en finira avec eux, plus vite on pourra trouver quelqu'un qui parle anglais. On appellera le consulat britannique. Ils nous aideront à régler ça.

Ensuite, Emma se souvint d'avoir roulé dans une voiture, sur des routes qui tournaient et serpentaient dans le soir tombant. Dans un bâtiment couleur crème, un homme en chemise à carreaux était venu leur dire en anglais de monter avec lui dans une autre voiture – pour repartir chez les Hunt, avait cru comprendre Emma.

Mais voilà qu'ils se retrouvaient au consulat.

Elle descendit du véhicule. Les édifices gris formaient un U menaçant autour d'eux. Rafe se tenait sur les pavés, et parlait avec l'homme en chemise à carreaux. Emma éprouvait un énorme sentiment de malaise.

Qu'est-ce qu'elle fichait là ? Pourquoi avait-elle accepté de s'éloigner de l'endroit où se trouvait Ritchie ?

Elle monta quelques marches à la suite de Rafe, puis franchit une porte voûtée. Leurs talons résonnèrent sur le carrelage d'un vaste vestibule : *plonk-plink-plonk*. Comme des gouttes qui tombaient au fond d'un puits.

—Attendez ici, s'il vous plaît, dit l'homme avant de disparaître.

Le hall était glacial. Une ampoule nue et trop puissante pendait du plafond, creusant de sinistres ombres noires dans les angles. De lourds tableaux pendaient aux murs, représentant des vieillards barbus au regard méprisant. Et là-bas, dans l'alcôve, qu'est-ce que c'était ? Emma s'en approcha. Une statue à taille humaine, une femme drapée de marbre, avec des yeux caves, repliée sur un bébé posé dans son giron. Son visage marmoréen était dans l'ombre, les pommettes, anguleuses au-dessus de joues enfoncées. Le front saillant accentuait son expression de méchanceté. L'enfant fixait la femme avec terreur. Elle avait la main levée, comme pour le frapper.

—Bonsoir !

Emma fit volte-face. Un jeune homme essoufflé aux joues écarlates s'avançait du fond du vestibule. Il salua de la main.

—Brian Hodgkiss. Officier de permanence. Je remplace le consul en dehors des heures d'ouverture, en cas d'urgence. J'ai l'impression que vous avez un petit ennui.

—Oui, dit Emma en s'avançant vers lui. En effet, j'ai un ennui. Je veux récupérer mon fils.

—Je comprends, répliqua Hodgkiss, l'air soucieux. Je suis au courant de votre histoire, et je compatis. Le problème est que la famille affirme qu'il ne s'agit pas de votre enfant.

Emma prit une voix aussi ferme que possible.

—Je regrette, mais c'est le mien.

Hodgkiss toussota.

—Je viens de parler à l'inspecteur Hill, à Londres. Je crois que l'identification de l'enfant…

—L'identification a déjà été faite, coupa Emma. J'ai vu mon fils il y a moins d'une heure.

Hodgkiss leva les mains, puis les abaissa, comme s'il lissait une couette.

—Je ne le conteste pas, dit-il. Je ne le conteste pas du tout. Cependant, selon la police, vous n'auriez pas dû vous rendre là-bas, pour commencer. La famille est en droit de porter plainte pour violation de domicile.

—Qu'est-ce que j'étais censée faire d'autre ? gémit Emma.

Rafe lui effleura le bras.

—Comment régler cette affaire ? demanda-t-il. Le problème ne va pas se résoudre de lui-même.

Hodgkiss se tourna vers lui, visiblement heureux de pouvoir s'adresser à une personne plus rationnelle.

—Vous devez comprendre que nous sommes confrontés aux deux versions de l'histoire. La famille de l'enfant nous a également contactés pour réclamer assistance. Soit dit en passant, ajouta-t-il avec un coup d'œil à Emma, ils compatissent réellement à votre situation. Mme Hunt, surtout, aimerait qu'on vous transmette combien elle partage votre douleur d'avoir été séparée de votre enfant, mais...

Comment pouvait-on être aussi culottée ? songea Emma.

—Elle ment, hurla-t-elle. Elle sait parfaitement pourquoi mon enfant a disparu. C'est elle qui l'a enlevé, cette sale menteuse !

—Excusez-moi, intervint Rafe. Et un test ADN ?

Il y eut un silence.

—Il me semble que ça réglerait le problème une bonne fois pour toutes, compléta Rafe.

Emma était trop énervée pour parler. Un test ADN ! Pourquoi n'y avait-elle pas pensé ? C'était de loin le moyen le plus évident d'en finir. Elle regarda Hodgkiss. Il se passa la main sur le front.

—Ma foi, oui, admit-il. Oui, je suppose que cela résoudrait tout.

—Alors, comment fait-on ça ? demanda Emma.

—N'étant pas avocat, je ne peux être catégorique, répliqua Brian Hodgkiss. Mais j'imagine que la famille doit donner son accord.

—Et s'ils refusent ?

—Dans ce cas, je doute que vous puissiez les y obliger.

—Comment ça, on ne pourra pas les obliger ? fulmina Emma. *Personne* ne pourra les obliger ? Pourquoi les croire, eux, et pas nous ?

—Ce n'est pas moi qui décide, plaida Hodgkiss. Je vous conseille de revenir au consulat demain à la première heure. On vous mettra en contact avec un avocat anglophone. D'ici là, poursuivit-il en sortant une carte de sa poche, si vous avez besoin d'une chambre pour la nuit, voici un ou deux numéros que vous…

Emma explosa.

— Une chambre pour la nuit ? Si vous croyez que je vais tranquillement aller me coucher alors que Ritchie est encore dans cette maison avec ces gens, vous marchez sur la tête.

Brian Hodgkiss l'écouta dans un silence poli. Lorsqu'elle eut terminé, il répliqua en lui tendant la carte :

— À vous de voir, madame Turner. Néanmoins, ajouta-t-il comme elle ne prenait pas le bristol, je dois vous dire que si vous retournez chez les Hunt, vous risquez de vous retrouver accusée d'intrusion illégale ou de harcèlement. Auquel cas le consulat ne pourra rien pour vous.

Sa froideur dérouta Emma.

— Ils vous en ont parlé, hein ? dit-elle.

— Qui ?

— Les policiers en Angleterre. Ils vous ont parlé de ce qu'a répété le Dr Stanford. Voilà pourquoi vous refusez de m'aider.

— Madame Turner, je n'ai pas la moindre idée de ce que vous racontez. Maintenant, même si je préfère éviter de rappeler la police ce soir, je…

Rafe s'avança et tendit la main.

— Je prends la carte.

Hodgkiss la lui donna avec un soulagement visible.

— Contactez l'avocat, d'accord ? dit-il sur un ton confidentiel, sur un ton « d'homme à homme ».

Revenez demain matin. Vers neuf heures, ça serait bien.

— Nous reviendrons, répondit sèchement Rafe.

— Eh bien, bonsoir.

Hodgkiss leur ouvrit la porte. Emma était si abasourdie qu'elle sortit et descendit mécaniquement l'escalier. Elle n'arrivait pas y croire. Ils étaient venus demander de l'aide, et on les avait jetés dehors, comme deux ivrognes d'un pub. C'était une blague, forcément. Brian Hodgkiss n'était quand même pas leur unique contact avec l'ambassade britannique en France, si ? Il y avait sûrement quelqu'un d'autre qu'ils pourraient appeler, quelqu'un qui saisirait mieux la situation.

Elle se tourna vers Rafe.

— Et maintenant ? On fait quoi ?

Il se tenait sur les marches, la carte de Brian Hodgkiss à la main. Elle ne l'avait encore jamais vu aussi indécis.

— Je ne sais pas. On devrait peut-être attendre de parler à cet avocat demain matin.

Il était dingue, ou quoi ? Emma se remit à paniquer.

— *Demain matin ?* Les Hunt auront décampé, demain matin ! Ils vont s'échapper en emmenant Ritchie. Ils sont sans doute en train de partir en ce moment même. Pourquoi l'a-t-on laissé là-bas ? J'étais juste à côté de lui. Il était là. Il était *là*, et je l'ai laissé. Il faut y retourner. Tout de suite.

Rafe tenta d'objecter, mais elle s'élança en avant. Elle allait prendre la voiture et... ah non, impossible, où était la voiture ? Chez les Hunt ! Mon Dieu, qu'est-ce qu'elle allait faire ? Pas un seul véhicule ne passait dans la rue. La ville avait baissé le rideau. Elle ne connaissait même pas un numéro français à appeler de son portable. Taxis. Renseignements téléphoniques. Rien.

Une porte se ferma tout près. Un léger clic, mais qui se répercuta sur les murs. Brian Hodgkiss surgit du côté du bâtiment, et se dirigea vers une voiture garée le long de la rue. Ses pas résonnaient sur les pavés, *clac-clac-clac*. Il les dépassa sans les voir.

Emma le suivit des yeux, avec sa veste qui se balançait à son bras, et sa sacoche brune rebondissant sur son épaule.

Puis elle se mit à courir.

— Attendez !

Pas question de le laisser partir. Aussi inutile qu'il fût, ils n'avaient que lui.

— Attendez !

Hodgkiss se retourna. Son visage était méfiant. La lune luisait sur ses joues, son nez, son front, et sur les pierres. Emma le rejoignit.

— Regardez, j'ai des photos de Ritchie.

Elle fourragea dans son sac à la recherche de l'enveloppe qu'elle avait emportée.

— Vous voyez ? poursuivit-elle en extirpant un des clichés pour le brandir sous le nez de Brian. Dites aux policiers français de comparer l'enfant avec ces photos. Vous le verrez si vous les regardez, c'est mon fils. Ils doivent faire le test ADN. Ils le doivent à tout prix. Vous devez les y obliger.

Hodgkiss tenta de ne pas regarder la photo de Ritchie en pyjama, avec ses cheveux rabattus sur le côté qui lui faisaient une bouille de petit Moghol, mais Emma ne le lâchait pas.

— Je vous répète que je ne peux pas influer sur les décisions de la police. Je n'ai aucun pouvoir légal ici.

— Vous n'avez que ça à dire ? gronda Emma en agitant rageusement la photo vers lui. Quoi qu'on vous dise, vous répondez : « Je ne suis pas avocat. Je ne suis pas avocat. » C'est la seule phrase que vous êtes capable de…

Derrière elle, Rafe s'éclaircit la gorge.

— Monsieur Hodgkiss, vous avez des enfants ? demanda-t-il.

— Pardon ?

— Vous avez des enfants ?

Hodgkiss haussa un sourcil.

— Il se trouve que oui, mais…

— Quel âge ont-ils ?

Hodgkiss hésita avant de répondre.

— Deux et quatre ans.

— Et vous les reconnaîtriez ? continua Rafe. Si des gens les enlevaient, et prétendaient qu'il s'agissait des leurs ? Vous les reconnaîtriez quand même comme vos propres enfants ?

Brian Hodgkiss s'humecta les lèvres. Son front et son nez luisaient de transpiration. Il avait le cheveu rare, implanté très haut. Malgré cette calvitie, il semblait très jeune. Plus collégien que père de deux enfants. Il paraissait moins pompeux que dans le hall majestueux du consulat. Là, dans la nuit, et rien que tous les trois, il avait l'air d'un homme bien. Sérieux. Désireux d'agir honorablement.

— Écoutez, lâcha-t-il. En fait, un membre de notre personnel du consulat se trouve être un excellent ami du médecin de la famille. Un certain Dr Ridgeway.

—Et ce fait place les Hunt au-dessus de tout soupçon ? s'impatienta Rafe.

—Non, bien sûr que non. Évidemment que non. Mais le Dr Ridgeway vit ici depuis vingt ans, il est extrêmement connu et respecté dans la région. Étant lui-même britannique, il s'intéresse de près à toute notre communauté d'expatriés. Et la famille en question a connu certains problèmes…

Il s'interrompit un instant, puis reprit :

—Je ne devrais peut-être pas vous le dire. Mais je ne vois pas le mal. Tout le monde est au courant ici. Apparemment, le petit garçon des Hunt a été très malade quand il était bébé. Une affection génétique, je crois. Les parois nerveuses, ou quelque chose comme ça. Toutes sortes de spécialistes l'ont examiné – les parents ne reculaient devant rien, vous l'imaginez – et le Dr Ridgeway le suivait quand il se trouvait en France. Alors vous voyez comment il en est arrivé à parfaitement bien connaître la famille, ainsi que leur enfant.

—Donc vous êtes en train de nous expliquer que leur gosse est malade ? remarqua Rafe. Parce que moi, je dois dire, je ne suis pas médecin bien sûr, mais il m'a paru en pleine forme.

—Eh bien, reprit Hodgkiss. C'est intéressant, car il s'est passé la chose suivante : la famille a entendu parler d'un nouveau traitement en Inde. Une sorte de cure spirituelle ou autre, je ne connais pas les détails. En tout cas, le Dr Ridgeway avait le sentiment que cela ne servirait à rien, mais ils avaient tout essayé, alors ils ont fini par le convaincre et l'ont emmené là-bas, et… ma foi, ça a marché. L'enfant a été guéri.

— Mais on parle d'un autre enfant, objecta Emma, désespérée. L'enfant que j'ai vu aujourd'hui, celui qui se trouve avec eux dans leur maison en ce moment, c'est mon enfant à moi.

— Madame Turner…

— On perd du temps, cria Emma à Rafe. Retournons là-bas. J'aurais dû le prendre quand j'en avais l'occasion.

Elle se tourna vers la route et gémit :

— Ils vont l'emmener loin d'ici.

Qu'est-ce qu'elle fichait là ? Pourquoi, nom d'un chien, n'avait-elle pas récupéré Ritchie quand elle l'avait retrouvé ?

Un téléphone portable sonna.

— Allô ? dit la voix de Hodgkiss.

Emma continua d'avancer. Quel con de répondre au téléphone à un moment pareil. Puis Hodgkiss s'exclama très fort :

— Comment ?

Quoi encore ? Emma pivota sur ses talons. D'une main impérieuse, Hodgkiss lui fit signe d'attendre.

— C'est incroyable, poursuivit-il dans l'appareil. Oui. Je pense que oui, ils… En fait, nous étions justement en train d'en discuter… oui, oui. Je vous rappelle.

Il referma le téléphone d'un geste sec.

— Eh bien, s'exclama-t-il.

Ses joues brillaient. Son expression s'était transformée. C'était à présent un père Noël jovial et souriant, qui leur réservait une merveilleuse surprise.

Rafe et Emma le dévisageaient.

— C'était Philippa Hunt, expliqua Brian. Comme je l'ai déjà signalé, les Hunt compatissent beaucoup à votre situation. Ils souhaitent vous aider, ne serait-ce qu'en écartant tout soupçon les concernant, pour vous permettre de vous concentrer sur d'autres pistes.

— Ça veut dire quoi, exactement ? demanda Rafe.

Hodgkiss bomba le torse, puis annonça :

— Mme Hunt se porte volontaire pour un test ADN.

La chambre d'hôtes que leur indiqua Brian Hodgkiss se trouvait juste à l'angle, dans une rue adjacente. Aucune lumière ne brillait aux fenêtres, mais Rafe et Emma étaient visiblement attendus. Lorsqu'ils atteignirent la maison, la porte s'ouvrit en grinçant sur une très grosse dame âgée en robe de chambre fleurie boutonnée jusqu'au menton.

— Chut, leur notifia-t-elle en posant un doigt sur ses lèvres.

Elle leur fit signe d'entrer dans un vestibule sombre qui sentait le biscuit, puis referma et verrouilla la porte derrière eux. Sans cesser de leur intimer le silence d'un geste de la main, elle les précéda dans un escalier recouvert d'un tapis à motifs marron. À l'étage, elle ouvrit une porte sur la droite et pressa un interrupteur sur le mur.

Ils clignèrent des yeux devant l'immense lit surélevé qui occupait la majeure partie de la chambre, surmonté d'une courtepointe rose et brillante, comme une langue géante.

— Voilà, déclara la femme d'un ton suffisant.

Emma était trop hébétée pour dire quoi que ce soit.

— Cette chambre, articula Rafe d'un air gêné. C'est pour... nous deux ?

Il désigna successivement Emma et lui-même.

La femme parut outrée. Elle secoua la tête avec un claquement de langue désapprobateur.

—Deux chambres, répliqua-t-elle en français, en levant deux doigts.

Puis elle traversa la pièce et ouvrit une seconde porte. Emma aperçut l'éclat de carrelage, d'une baignoire blanche et d'un lavabo. Derrière la baignoire, une nouvelle porte donnait sur une autre chambre du côté opposé.

—Ah, merci, dit Rafe, en français aussi.

La femme hocha le menton, leur montra des serviettes pliées sur une chaise et s'en alla.

Toujours hébétée, Emma s'effondra sur le bord du lit.

—Quelle est la fiabilité d'un test ADN ? demanda-t-elle.

—Pour autant que je sache, plutôt totale.

—Ça ne peut pas donner un faux résultat ?

—Non, affirma Rafe.

Elle digéra l'information avant de reprendre :

—Comment on procède ? Il faudra planter une aiguille dans Ritchie ?

—Je ne crois pas, non. On utilisera juste un tampon de coton pour prélever de la salive dans sa bouche.

—Qui le fera ?

—Un médecin. Une infirmière. Pareil pour les Hunt. Tous les échantillons seront prélevés en même temps, et envoyés ensemble au labo.

—Aussi simple que ça, murmura Emma.

Elle éprouvait la sensation vacillante d'avoir reculé, juste à temps, avant une chute à la verticale des kilomètres plus bas. C'était vertigineux de saisir à quel point tout ceci – retrouver Ritchie, que ce test ait lieu – aurait pu ne jamais arriver. Elle avait été à deux doigts de ne jamais le récupérer.

— Dieu merci, conclut-elle. Dieu merci, on est venus ici. Jamais ils n'auraient fait ça, sinon.

Rafe ne répondit rien.

— Quoi ? Qu'est-ce qui ne va pas ?

— Pourquoi croyez-vous qu'ils ont accepté de faire le test ? demanda-t-il lentement.

Emma fronça les sourcils. Un tableau pendait au mur devant elle, représentant un cheval et un poulain nez contre nez dans une cour d'écurie.

— Je ne sais pas, répondit-elle. Peut-être qu'ils ont des remords ?

La façon dont l'homme avait dit « Désolé » avant de lui claquer la porte au visage lui revint en mémoire.

— Ou bien ils ne savent pas que le test est vraiment concluant, poursuivit-elle. Je n'en sais rien. Mais s'ils s'y soumettent, et si c'est aussi fiable que vous le dites, alors ça montrera qu'il n'est pas leur fils.

Rafe hocha la tête.

— Non ? insista-t-elle, soudain moins sûre d'elle. Vous pensez que pendant qu'on reste là à attendre, ils vont déguerpir ?

Elle sauta du lit.

— Bon Dieu. On devrait y retourner. On devrait y retourner pour surveiller la maison.

— Brian Hodgkiss les a rappelés, dit Rafe, et la police était toujours chez eux. Brian ne pense pas que les Hunt aillent nulle part cette nuit.

— Et vous le croyez ?

— Pourquoi mentirait-il ?

— Parce qu'il n'est pas de notre côté. Il ne croit pas que Ritchie est mon enfant.

Rafe essaya de la calmer.

—Emma. Il ne sait pas qui croire. Il fait juste son boulot. J'aurais mieux fait de me taire, soupira-t-il en se grattant la tête, furieux contre lui-même. Pourquoi a-t-il encore fallu que j'ouvre ma grande gueule ? Ce que je peux vous dire, c'est que si on retourne là-bas et que les Hunt nous voient, ils risquent de changer d'avis pour le test.

Changer d'avis ! Emma garda un instant le silence. Rafe lui effleura la main.

—Vous avez l'air épuisée. Essayez de dormir un peu. Regardez, ajouta-t-il en désignant la fenêtre. Bientôt l'aube. Le test sera réalisé dans quelques heures. On ne peut rien faire d'autre pour le moment.

Lorsqu'il se fut retiré dans sa chambre, Emma jeta un coup d'œil au lit rose criard. Essayer de dormir un peu ! Autant essayer de traverser l'Atlantique à la nage. À la place, elle déballa Gribbit de son sac à dos. Il était tout chiffonné, les jambes tordues dans différentes positions. Emma le défroissa. Puis demeura là, immobile, en le tenant contre son visage. La souffrance l'assaillit de nouveau. Elle n'avait jamais senti la perte de Ritchie diminuer d'intensité, mais à un moment donné, elle avait dû s'y habituer car elle lui semblait à présent mille fois pire. Son besoin de lui était si aigu, après s'être trouvée assez près pour pouvoir le toucher. Sa petite tête blonde. Il lui manquait tellement. Est-ce qu'elle avait raison d'attendre dans cette chambre pendant que Ritchie était encore là-bas, avec ces gens ? C'était bizarre. Qu'il soit si proche et de ne pas aller le chercher ; ça paraissait aberrant. Si seulement elle connaissait la meilleure façon d'agir. Si seulement une espèce de flèche surgissait, pointée pour lui dire : voilà ce que tu dois faire. Quelle que soit la difficulté, elle n'hésiterait pas une seconde. Est-ce qu'elle devait retourner seule à la maison pour s'assurer qu'ils n'essayaient pas de s'enfuir avec Ritchie ? Fracasser une fenêtre ou une porte, entrer pour le récupérer ?

Très agitée, elle emporta Gribbit vers la fenêtre. Aucune voiture au-dehors. Aucune lumière nulle part, hormis la sienne. Rien que des bâtiments bas, regroupés sous la lune. La scène aurait pu se dérouler n'importe quand, cent, deux cents ans plus tôt. À plusieurs reprises, elle se baissa pour mettre ses chaussures, puis les ôta, après avoir changé d'avis. Si elle y allait, et qu'ils annulaient le test... À la fin, épuisée, elle abandonna. Elle retira une dernière fois ses chaussures, éteignit la lumière et se fourra sous le couvre-lit glissant, sans prendre la peine de replier la couverture de laine en dessous. Elle resta étendue là avec Gribbit, la tête piquée par des petites aiguilles. Puis elle se rassit, et tassa les oreillers derrière sa nuque. Elle entoura ses genoux de ses bras. Ses yeux étaient trop tirés, trop larges et trop secs pour dormir.

Ritchie avait l'air si bien. Si petit, si doux, si beau. Il semblait bien nourri, bien soigné. Même de loin, elle avait noté que les vêtements qu'il portait étaient neufs et de qualité. On voyait qu'il n'était pas maltraité. Il ne souffrait pas. Le voir l'avait libérée d'un poids, le premier soulagement réel qu'elle ait ressenti depuis le début de toute cette histoire.

Du vestibule parvenait le lent tic-tac d'une horloge.

Est-ce qu'elle lui manquait ? Est-ce qu'il pensait à elle ?

On aimait si fort les jeunes enfants, bien plus qu'on ne le croirait possible. Mais pour eux, c'était différent. Ils vivaient au jour le jour. Ils oubliaient les choses, contrairement aux adultes. Et, bien sûr, Ritchie devait être occupé. Avec tous ces gens qui voulaient le prendre dans leurs bras et le chérir.

Et une si belle maison. C'était vraiment un endroit magnifique. Un endroit qui prenait à la gorge. Les oies sous les arbres. Le chat au soleil. Les champs de maïs, aussi hauts que des géants.

Imaginez de grandir là, pour un petit garçon.

La lune s'était effacée. Une lumière pâle filtrait entre les rideaux. Emma retira les oreillers et roula sur le côté. Le barbelé au creux de son ventre avait disparu. Faisant place à un vide écorché, à vif.

13

**Jeudi 26 septembre
Dixième jour**

À la première heure, Emma appela Brian Hodgkiss.

— Ils sont encore là, n'est-ce pas ? demanda-t-elle dès qu'il eut décroché. Ils ne se sont pas enfuis avec Ritchie ?

— Ils sont toujours là, l'apaisa Hodgkiss. Je leur ai parlé il y a quelques minutes.

La main d'Emma se détendit sur le combiné. Elle ne comprenait absolument pas pourquoi les Hunt se montraient aussi coopératifs, mais cette situation lui convenait parfaitement.

— Quand sera réalisé le test ?

— Ce matin, répondit Brian. Mme Hunt emmène l'enfant au cabinet médical à dix heures. M. Hunt refuse de s'y soumettre. Il n'en voit pas la nécessité. Mais cela ne changera rien, car même si, à stricte-ment parler, le test devrait être fait avec les deux parents, dans notre affaire, la mère suffit.

Emma l'interrompit :

— On aura les résultats dans combien de temps ?

— Minimum vingt-quatre heures. Si le labo accepte de le passer en priorité.

— Et vous êtes tout à fait certain qu'ils ne bougeront pas d'ici là ?

D'une voix très patiente, Brian dit :

— C'est extrêmement improbable. Un membre de notre personnel passera régulièrement les voir en attendant les résultats de l'analyse ADN. Les Hunt n'y voient aucun inconvénient.

Emma ne savait quoi dire de plus.

— Puis-je parler à M. Townsend, s'il vous plaît ? reprit Hodgkiss.

Durant son échange téléphonique avec Rafe, la voix de Brian Hodgkiss filtrait par le combiné. Emma entendit tous ses propos. Il mettait Rafe en garde :

— Vous savez, elle n'a pas le droit de les approcher. Certainement pas dans cet état. Si elle les harcèle encore, elle sera arrêtée. Les Hunt ont peur pour l'enfant. Ce sont eux qui ont demandé que nous gardions un œil sur leur maison jusqu'aux résultats du test. Et pour être honnête, je ne les blâme pas.

— Je vois.

— Alors, pour son bien comme pour le leur, tenez-la éloignée jusqu'aux résultats des tests.

— Vous pouvez compter sur moi, promit Rafe.

Quelqu'un avait ramené leur voiture de location à Bergerac, et l'avait garée devant la pension. Rafe suggéra qu'ils aillent faire un tour. Il quitta la route principale et prit les petites départementales, roulant au hasard, juste pour continuer à se déplacer. La matinée était d'une fraîcheur acidulée. Les routes, bien que parfois réduites à une seule voie, étaient désertes. Au sommet de collines, des tourelles de châteaux dépassaient de la cime des arbres, comme dans les livres de contes de fées.

—Il se passe quoi en ce moment, à votre avis ? demanda Emma pour la quinzième fois.

Rafe consulta la pendule du tableau de bord.

—Il est à peine dix heures. Ils sont probablement en train de faire les prélèvements.

Emma aurait bien aimé savoir ce que Ritchie pensait de tout ça. Il détestait les médecins. Le jour où elle l'avait emmené voir le Dr Stanford pour qu'elle examine ses oreilles, il s'était plaqué contre elle comme une pieuvre, extrêmement méfiant, sachant fort bien qu'il se passait quelque chose de louche. La lampe allumée près de son visage avait suffi à le faire hurler. Elle l'imaginait sans peine à présent, refusant qu'on prélève quoi que ce soit sur lui, essayant d'attraper l'objet que le médecin essayait d'introduire dans sa bouche.

—Il adore les trucs acides, dit-elle sans crier gare. Les rondelles de citron, ce genre de choses. Il fronce les sourcils et a le visage tout plissé, mais il en réclame tout le temps.

Rafe lui sourit.

—Ah, les hommes. On n'apprend jamais, hein ?

—Ça, oui, c'est un vrai bonhomme, souligna Emma. Vous verrez quand vous le rencontrerez. Une fois, il s'est coincé le doigt dans la porte, et malgré son ongle qui devenait bleu, il n'a pas pleuré. Il s'est seulement approché en rampant, et l'a levé vers moi avec une grimace pour me le montrer.

Elle était incapable de se taire. Qu'est-ce qu'ils faisaient, maintenant ? Le test était fini ? Est-ce que le médecin était gentil avec Ritchie ?

Après un moment, elle s'essouffla, et ils roulèrent en silence. Ils durent stopper à un carrefour. Devant eux, un tracteur tirant une longue remorque surmontée d'une machine agricole essayait de contourner sans dommage un haut mur de pierre. Le jeune passager dut descendre pour guider le conducteur. Le soleil cognait. La température s'éleva graduellement dans la voiture privée de mouvement. L'air qui entrait par les fenêtres était sec et poussiéreux. Au pied du mur, une ligne noire délimitait avec précision ombre et lumière.

Quelque chose perturbait Emma. Au *M. Bap's*, Antonia avait déclaré avoir un enfant. Un petit garçon. Plus tard, Emma avait supposé qu'elle mentait. Mais à présent, selon les dires de tout le monde, il semblait qu'Antonia en ait effectivement un. Mais alors, où était-il ? D'après la vidéo de surveillance de l'aéroport, le seul enfant que les Hunt aient amené de Londres était Ritchie. S'ils en avaient un à eux, qu'est-ce qu'ils avaient bien pu en faire, nom d'un chien ?

Dans la voiture, la température grimpa encore.

Pourquoi les Hunt se soumettaient-ils à ce test ADN ? Bizarre, sacrément bizarre. Rafe avait fait la remarque la veille au soir que c'était plus que curieux, et il avait raison. Ça n'avait aucun sens, voler un bébé et rester dans les parages, après deux visites de la police. Antonia avait forcément conduit Ritchie faire le test ce matin, sinon le consulat aurait appelé. Mais ça ne voulait pas dire qu'elle avait l'intention d'attendre les résultats.

Emma se tourna vers Rafe.

— Retournons-y. Retournons à la propriété.

— Emma…

— C'est une voie publique. Personne ne peut nous interdire de l'emprunter et d'y stationner.

Rafe soupira.

— Je suis plutôt d'accord avec vous. Mais la police ne le verra pas du même œil.

— Ils vont l'emmener ailleurs, insista Emma. Ils vont attendre le moment propice, et ils vont foutre le camp.

Le T-shirt de Rafe était trempé de sueur.

— Emma, réfléchissez une minute. Ça changerait quoi d'aller là-bas ? Les Hunt vivent dans une ferme entourée de champs, de chemins et de petites routes de campagne. S'ils ont l'intention de s'enfuir en douce, on ne pourra pas les en empêcher.

— À vous entendre, tout ça est une sorte d'exercice d'entraînement, avec des règles qu'on doit suivre. Mais on parle de mon fils. Je me fous d'être trop stupide pour comprendre comment ça se passe normalement. Je n'ai aucune envie de jouer à ce jeu. Je veux juste récupérer mon enfant.

— Je sais ce que vous ressentez, la rembarra Rafe, visiblement tout aussi furieux et contrarié qu'elle. Et j'aimerais pouvoir vous aider, mais je sais comment ces gens-là fonctionnent. Oui, pour eux, toute cette histoire n'est qu'un putain de jeu. Vous *devez* suivre les règles, ou ils ne lèveront pas un doigt pour vous. J'aimerais pouvoir vous dire qu'il suffit de tourner les talons et de fiche le camp, comme je l'ai fait. Mais c'est impossible, pas vrai ? Vous n'avez pas le choix, vous.

Emma recula dans son siège. Elle se couvrit les yeux de ses mains. Chaque pas qu'elle faisait était une tentative de se frayer un chemin à travers une gigantesque toile où elle s'empêtrait inexorablement.

Le tracteur vrombissait toujours. Par la fenêtre, Emma respirait de la vapeur d'essence et de bitume surchauffé. Encore un jour à piétiner. Bon, elle avait tenu jusqu'ici. Elle tiendrait encore. Elle pressa ses globes oculaires. Un jeu, hein ? Très bien. Aussi grotesque fût-il, elle accepterait d'y participer. Elle s'accrocherait. Resterait assise là, à inspirer et expirer, et forcément, à un moment donné, les résultats du test ADN arriveraient et tout ça se terminerait enfin.

Au moins, elle savait que Ritchie allait bien. Elle l'avait constaté de ses propres yeux. En ce moment, c'est-à-dire si les Hunt se trouvaient toujours là où ils étaient censés être, il dormait dans son lit. Depuis une heure. Avait-il gardé le même rythme qu'à la maison ? Antonia remarquerait-elle sa fatigue ? L'obligeait-elle à se lever, ou le laissait-elle se reposer le temps nécessaire ?

Et puis, il n'avait pas Gribbit. Il ne s'endormait jamais sans Gribbit. Est-ce qu'il lui manquait ? Ou avait-il un autre doudou, maintenant ? Un nouveau Gribbit, plus doux, plus beau, plus neuf. Un Gribbit sans taches et qui n'empestait pas.

Emma chassa ces pensées. Cette attente lui pressait la tête comme un étau. Pourtant elle devait faire confiance à Rafe : attendre était la meilleure chose à faire. Sans lui, elle n'aurait pas revu Ritchie du tout.

Dieu merci, ils avançaient de nouveau. Le tracteur avait enfin réussi à contourner le mur. Le jeune garçon remercia Rafe d'un geste avant de remonter dans la cabine. Rafe ne suivit pas l'engin, mais prit à gauche, là où la route était dégagée. Ils arrivaient dans une ville, à présent, et avaient visiblement atteint la côte. Emma apercevait la mer entre des immeubles. Plus loin dans le centre, les trottoirs grouillaient de gens en short et tongs, et d'enfants qui gambadaient devant.

— Il y a une dune de sable très connue dans le coin, dit Rafe. Tout le monde l'escalade, elle est énorme. On ne devrait pas tarder à la voir. On pourrait s'y promener, si vous voulez ? Se dégourdir un peu les jambes ?

Comme par hasard, à travers des arbres apparut ce qui ressemblait à une gigantesque muraille jaune, au moins aussi haute qu'une maison de quatre étages.

— C'est une dune, ça ? demanda Emma, incrédule.

Elle l'étudia plus attentivement. Des taches noires parsemaient ses flancs, comme des fourmis. Des gens, comprit-elle.

Rafe mit le clignotant.

— Venez. Allons y faire un tour. Ça nous changera les idées.

Quitter la voiture fut un soulagement. Elle était assise dans ce four depuis trop longtemps. Ils traversèrent une sorte de bosquet, enjambant de grosses souches et des branches mortes pour atteindre la dune. Emma pencha la tête en arrière pour en voir le sommet. La côte semblait vraiment raide.

— Je ne suis pas sûre de…, commença-t-elle.

Rafe grimpait déjà.

— Allez, venez, la héla-t-il. On aura une vue géniale de là-haut.

Emma le suivit sans enthousiasme. Au bout d'à peine une minute, elle était déjà hors d'haleine. Ses pieds s'enfonçaient dans le sable, son sac retombait devant elle, entravant sa marche. Elle avait l'impression de ne pas avancer du tout.

— Ça va ? cria Rafe, qui s'était arrêté pour l'attendre.

Emma se redressa, repoussa ses cheveux de son visage. Son T-shirt collait à sa poitrine. C'était complètement dingue. Elle escaladait une colline de sable pendant que son fils était retenu prisonnier dans la maison d'une folle. À quoi jouait-elle ?

— Je ne vais pas plus loin, déclara-t-elle. Continuez si ça vous amuse. J'attendrai ici.

Rafe redégringola la dune.

— Enlevez vos chaussures, conseilla-t-il. Regardez comment font ces gens, là-bas.

Il pointa le doigt sur un groupe d'adolescents qui grimpait à quatre pattes, deux cents mètres plus loin.

— Je ne vais pas faire ça, rétorqua Emma avec dédain.

— Pourquoi ?

— Parce que je n'en ai pas envie. C'est stupide.

Rafe tenta de la convaincre.

— Donnez-moi votre sac et vos chaussures. Ça vous libérera les mains.

Maintenant, il l'énervait carrément.

— Je n'ai pas besoin de votre aide. Je suis parfaitement capable de…

— Je sais que vous en êtes capable, la coupa Rafe, soudain irrité lui aussi. Mais vous êtes plus chargée que moi. J'essaie juste de vous aider.

Ils se défièrent du regard. Puis, se surprenant elle-même, Emma se pencha et ôta ses chaussures. Elle les jeta l'une après l'autre dans les mains de Rafe.

— Satisfait ? demanda-t-elle.

Elle jeta son sac par-dessus les chaussures. Se retourna ensuite vers la dune, planta un pied dans le sable, plaça les deux mains de chaque côté et commença à grimper.

Cette fois, sans sac ni chaussures, elle se déplaçait plus vite. À présent, elle progressait. Des gouttes de sueur dégoulinaient de ses aisselles, trempant son T-shirt, et sa langue collait au fond de sa gorge. Plus elle montait, plus ça devenait raide ; mais cela n'avait plus d'importance, car elle se concentrait désormais, les poumons en feu, oubliant tout hormis sa détermination à arriver là-haut.

Puis elle se trouva au sommet, et la mer grise, l'Atlantique tout entier, s'étala devant ses yeux.

— Oh…

Elle était environnée de blancheur. Le vent balayait son visage et ses cheveux. On avait soulevé le couvercle du monde, et tout son contenu s'était écoulé. Il ne restait que le plaisir à l'état pur d'être parvenue jusque-là et de ne plus avoir à grimper. Elle avait l'impression d'avoir les jambes en gélatine. Ça irait. Tout irait bien.

— Bravo, lui cria Rafe.

Il avait atteint la crête avant elle et était assis en tailleur, un peu plus loin sur le sable.

Emma était trop essoufflée pour répondre. Elle plia les genoux, se laissa glisser sur le sol, et s'étendit sur le dos, les bras en croix, regardant le ciel. Le vent lui rafraîchissait le front et la nuque, soulevait l'ourlet de son T-shirt. Elle ferma les yeux, écouta le bruit des vagues et les cris lointains des mouettes, semblables à ceux des bébés. Sa respiration ralentit. L'impression de gélatine s'estompa dans ses jambes.

Un petit moment plus tard, elle se remit sur son séant. Rafe n'était pas resté inactif. Un château de sable se dressait devant lui, à hauteur de genoux, solidifié à l'eau d'Évian. La base carrée du château était décorée de cailloux. Au centre s'élevait une tour aux flancs marqués d'empreintes de doigts. Au sommet de la tour, un bâtonnet de bois provenant d'une crème glacée pointait vers le ciel.

— La forteresse du gouffre de Helm, lui expliqua Rafe. Impénétrable à toutes les forces des Ténèbres.

Une brise se leva. La forteresse de Helm vacilla légèrement, puis s'effondra dans le sable. Rafe marmonna entre ses dents.

— Bon, dit-il à Emma. Comment vous vous sentez, maintenant ?

— Mieux, avoua-t-elle.

Elle entreprit de brosser le sable de son T-shirt.

— Je peux vous demander quelque chose ? reprit Rafe.

— Bien sûr.

— Où est votre famille ?

Emma cessa de s'épousseter. Évidemment. Comment aurait-il su ? Elle prit un instant pour repousser ses cheveux derrière ses oreilles.

En quelques mots abrupts, elle lui raconta la mort de sa mère. Rafe lui jeta un regard navré.

— Désolé. Si peu de temps avant l'arrivée de Ritchie.

— Quant à mon père, compléta Emma, il est parti quand j'avais trois ans. Vivre à Swindon, avec une femme nommée Jackie. Voilà, vous connaissez l'histoire de ma famille.

— Votre père est toujours vivant ?

Emma secoua la tête.

— Il est mort quand j'avais neuf ans. Je ne l'ai jamais vraiment connu, de toute façon.

— Ç'a dû être dur pour votre maman, remarqua Rafe.

— Elle s'est retrouvée avec une tonne de dettes. Elle a cumulé deux emplois pour qu'on s'en sorte. Mais elle s'est accrochée. Quand on n'a pas le choix…

Rafe marqua une pause. Emma entendait presque l'inévitable question suivante : « Et le père de Ritchie ? »

Comme elle n'avait aucune envie de se lancer dans tout ça, pas pour le moment, elle enchaîna :

— Et vous, votre famille ? Vous êtes de Londres ?

— J'ai grandi à Lewisham, répondit Rafe. Ma mère y vit toujours, avec mon beau-père. Mon vrai père a mis les voiles quand j'étais gosse. Du jour au lendemain. Comme le vôtre.

Et comme celui de Ritchie, songea Emma avec un pincement au cœur. Ils avaient donc tous quelque chose qui clochait, pour que leurs pères ne veuillent pas les voir grandir ?

— Vous le voyez toujours ? demanda-t-elle par politesse.

— De temps à autre. Il est parti vivre en Espagne, il y a quelques années. Cinquante-sept ans, et encore à se chercher. Il est guitariste dans un groupe à Malaga, vous le croyez ? Et s'est dégoté une petite amie de vingt-trois ans.

Le sourire de Rafe s'effaça. Il ramassa le bâtonnet de glace et remua le tas de sable devant ses pieds.

— Depuis que j'ai quitté la police, poursuivit-il, j'ai l'impression de devenir comme lui. De dériver un peu. À la recherche de moi-même.

— Je suis sûre que vous auriez fait un bon policier, dit Emma.

Et elle le pensait.

— Bon, oui. J'ai grandi dans une cité assez difficile, et j'en ai fait voir de toutes les couleurs à ma mère, après le départ de mon père. Certains d'entre nous piquaient des voitures, et les flics nous pourchassaient partout entre les lotissements. On a eu du pot de ne tuer personne. Ou nous-mêmes, réflexion faite, encore que ça n'aurait pas été une grande perte. On avait beau courir vite, les policiers nous chopaient la plupart du temps. Au bout d'un moment, ça m'a impressionné. Je me suis dit que ça ne rimait à rien de faire ça, glandouiller et voler des trucs, tandis qu'en étant policier, je pouvais me rendre utile.

— Vous n'avez pas eu de problèmes pour intégrer la police ? s'étonna Emma. Après avoir volé des voitures ?

— Non, enfin, heu… Vers mes quatorze ans, je suis entré dans le commissariat de mon quartier – tout le monde me connaissait là-bas – en leur expliquant que je voulais rejoindre leur équipe, et le type au comptoir a cru mourir de rire en m'entendant dire ça. Mais quand ils ont tous arrêté de rigoler, l'un des flics s'est montré vraiment sympa. Il m'a dit de me tenir en dehors des emmerdes, de retourner à l'école et d'y rester, et que j'aurais autant de chance d'être accepté que n'importe qui. Ma mère était folle de joie.

Il sourit à ce souvenir.

— Vous aimiez ça, pas vrai ? demanda Emma. Être dans la police.

Le visage de Rafe s'éclaira furtivement.

— Oui. Oui, j'aimais ça.

266

Le vent soulevait ses cheveux. Il plissait les yeux sous le soleil, ce qui lui donnait une expression vive, attentive, et soulignait le genre de personne qu'il était : actif, énergique, habitué au grand air. Emma l'imaginait sans peine bondir par-dessus des murs ou des clôtures, sauter d'un pont pour abattre le méchant avec son flingue. Mais pour contrebalancer, il possédait ce qui semblait manquer à tant de policiers : la gentillesse et la compassion dont il avait fait preuve en appelant à l'appartement pour savoir si elle allait bien.

— J'avais du mal à croire qu'on me payait pour ça, continuait Rafe. Je l'aurais fait gratuitement. Quelque temps, en tout cas. Mais après… vous connaissez la suite, conclut-il avec un haussement d'épaules. J'avais la naïve certitude que je pouvais changer les choses.

— Raison de plus pour rester, remarqua Emma. Les gens concernés sont indispensables partout. Si les bonnes personnes se trouvent à l'extérieur, rien ne bougera.

Elle observait un enfant qui roulait à bas de la dune en poussant des cris perçants. Une femme glissait derrière lui, riant aux éclats. L'enfant avait des cheveux fins et blonds. Elle crut voir Rafe l'observer, mais en se tournant vers lui, elle s'aperçut qu'il fixait le versant opposé.

— Allons encourager ce couple, lança-t-il en sautant sur ses pieds. On dirait qu'ils ont besoin d'un coup de main.

Un homme et une femme d'environ soixante-dix ans escaladaient la dune. L'homme, le visage cramoisi et le souffle court, essayait vaillamment de pousser sa compagne bien charpentée. Elle avait abandonné et gisait face contre terre, à quelques mètres du sommet.

—Continuez, leur cria Rafe. Vous y êtes presque.

—C'est ce que je me tue à lui répéter, haleta l'homme.

Il avait un accent américain. La femme releva la tête du sable pour lui décocher un coup d'œil.

—Dis donc, railla-t-elle. Ne fais pas semblant de ne pas être content d'avoir une excuse pour t'arrêter.

Mais elle se remit sur les genoux et recommença à grimper. À présent, plusieurs personnes contemplaient la scène du sommet de la dune. Des adolescentes qui étaient assises en cercle et mangeaient des chips en papotant bondirent et vinrent s'aligner tout du long.

—Allez ! crièrent-elles à leur tour avec un accent français, les mains en porte-voix autour de la bouche. Vous pouvez le faire.

Lorsque le couple atteignit enfin la crête, les filles, tout en longues jambes minces dans des jeans coupés, se mirent à s'exclamer et applaudir en sautant de joie. Emma se surprit à applaudir également.

La femme s'effondra dans le sable, gonflant les joues et s'éventant de la main.

—Oh mon Dieu, souffla-t-elle. Comme c'est gentil à vous. J'ai cru que je n'y arriverais jamais.

—Bien sûr que si, répliqua Rafe.

Emma remarqua que plusieurs des petites Françaises le regardaient en coin. Il avait pris le soleil au cours de la journée. Et était déjà assez bronzé pour passer pour un Français. Il ressemblait à un gamin attardé, à sautiller et faire l'andouille avec le couple d'Américains sur cette dune ; mais il n'en avait pas moins quelque chose de très mature, une résistance, comme s'il pouvait se débrouiller tout seul s'il le fallait.

Comment on appelait ça ? L'école de la rue. Il lui jeta alors un coup d'œil, et elle sourit. Une fraction de seconde, Rafe parut surpris. Puis il lui rendit son sourire, bien en face. L'esprit d'Emma était déjà ailleurs. Elle repensait au petit garçon qui roulait le long de la dune avec des cris d'excitation. Elle serra ses bras autour d'elle. Elle amènerait Ritchie ici. Ils ne s'étaient jamais vraiment, convenablement amusés ensemble. Ce serait comme ça.

Sur le chemin du retour à Bergerac, ils s'arrêtèrent dans un de ces villages dorés pour manger un morceau. À l'intérieur du restaurant, les murs étaient en pierre brute, et des bougies étaient fichées dans des bouteilles de vin sur les tables. Des serveurs en gilet et tablier blancs s'affairaient, armés de seaux à glace et de menus.

Les murs de la bâtisse faisaient plusieurs dizaines de centimètres d'épaisseur. Emma dut ressortir pour obtenir du réseau sur son mobile. Un peu plus loin en aval de la Dordogne, un pont à arches divisait et ridait le cours d'eau. La lune projetait des touches bleues sur les remous. Emma composa le numéro de Brian Hodgkiss et attendit qu'il décroche, à l'ombre de murailles qui avaient dû voir passer une centaine de générations de mères semblables à elle.

— Tout va bien, déclara Hodgkiss en reconnaissant sa voix. On attend les résultats du test. Je viens de parler aux Hunt. Ils sont toujours dans les parages.

Ouf, quel soulagement. Elle n'avait toujours pas la moindre idée du jeu des Hunt, mais quel qu'il soit, Ritchie était sain et sauf. Elle dit :

—Je me demandais s'il y avait un moyen pour que je le voie ce soir ?

—Je ne pense pas que ce sera possible, répliqua Brian d'une voix contrite.

—Même deux minutes, implora Emma. Même en présence des Hunt. Même avec *elle,* je m'en fiche.

—Ce ne sera pas possible, répéta Brian. Pas tant qu'ils le refusent, et je doute fort qu'ils changent d'avis. Je suis navré.

Il paraissait sincère. D'un ton plus gentil, il ajouta :

—Ça ne sera plus très long, maintenant. Les résultats devraient arriver demain.

Il était nettement plus chaleureux qu'avant, comme s'il avait fini par se ranger de son côté.

Emma rapporta leur échange à Rafe.

—Je pourrais l'avoir bientôt avec moi, dit-elle, des sanglots dans la voix.

Rafe restait taciturne. Son exaltation précédente sur la dune semblait être passée. Un serveur surgit à leur table, une rangée d'assiettes le long du bras. Pyramides de jambon, de fromages et de tomates ; quignons de pain blanc tout chauds. Emma goûta à tout, plus affamée qu'elle ne l'avait été depuis des jours, mais Rafe mangea très peu. Fatigué, sans aucun doute, par cette escalade. Sans compter que c'était encore lui qui avait fait toute la conduite ce jour-là. Elle n'était que trop consciente de ce qu'elle lui devait.

Lorsqu'ils rentrèrent, leur pension était close et silencieuse. Devant la porte d'entrée, ils prirent garde à ne pas faire cliqueter les clefs, et à ne pas trébucher sur le tapis du vestibule. Emma suivit Rafe sur la pointe des pieds dans l'escalier, tâchant de se repérer grâce à la lumière sépia qui tombait de la fenêtre.

La chambre de Rafe avait sa propre entrée, un peu plus loin dans le couloir. Il s'arrêta devant la porte d'Emma pour lui dire bonsoir.

—Merci pour cette journée, chuchota-t-elle afin de ne pas réveiller leur hôtesse. Ça m'a beaucoup aidée. Et m'a évité de trop penser.

C'était vrai. Elle se sentait mieux à présent, moins nouée intérieurement, moins désespérée. Les choses allaient s'arranger. Elle le pressentait.

—Moi aussi, j'ai apprécié, assura Rafe. Je suis content que ça vous ait fait du bien.

Ses mains pendaient de chaque côté de son corps. Emma les prit dans les siennes.

—On vous doit beaucoup, Ritchie et moi. Vous m'avez trouvé l'adresse. Rien de tout ça ne serait arrivé sans vous. Pourquoi faites-vous ça ? Vous nous connaissez à peine.

Rafe prit une inspiration, comme pour dire quelque chose, mais il resta muet.

Emma lui sourit.

—Bon, quoi qu'il en soit, je suis contente qu'on vous ait rencontré.

Elle allait l'embrasser pour lui souhaiter une bonne nuit. Mais une bise lui parut soudain insuffisante. Prise d'une impulsion, elle lui lâcha les mains et le serra dans ses bras.

—Merci, murmura-t-elle.

Rafe l'enlaça également, et la serra aussi fort qu'elle le faisait. Sa joue, vigoureuse et un peu râpeuse, se pressa contre la sienne. Il sentait la sueur et la mer, ainsi qu'une odeur teintée de notes de pomme et de gingembre.

—J'ai été heureux de le faire, dit-il.

Ils restèrent un moment enlacés. Rafe fut le premier à relâcher son étreinte. Il baissa les bras et s'écarta.

— On devrait dormir un peu. Demain pourrait être une journée chargée.

— Je l'espère, répliqua Emma avec ferveur.

Mais une fois dans sa chambre, elle comprit qu'elle ne s'endormirait pas tout de suite. En retirant son jean, du sable tomba en pluie sur la moquette. Ses chaussettes collaient. Un bain la calmerait peut-être. Lui apporterait le sommeil.

Elle se rendit dans la salle de bains. Sans faire de bruit, pour ne pas déranger Rafe, elle ôta son T-shirt et l'étala sur le porte-serviettes. Elle dégrafa son soutien-gorge. Dans le miroir au-dessus du lavabo, elle vit les marques sur son ventre, les plis de peau relâchée. Des veines bleues qui n'y étaient pas auparavant marbraient ses jambes. Elle avait un peu pris peur en les remarquant la première fois, mais y était désormais habituée.

Elle était penchée au-dessus de la baignoire, sur le point de tourner les robinets, quand la porte de la chambre de Rafe s'ouvrit et qu'il entra, une brosse à dents à la main. Il leva les yeux, la vit, et bondit en arrière avec une exclamation étouffée.

— Mince, grogna Emma en s'agitant dans tous les sens.

Vite, une serviette, où ? Elle arracha son T-shirt de la barre et le plaqua contre elle.

— Pardon. Pardon, bafouillait Rafe en reculant vers sa chambre. La porte n'était pas fermée. Je vais vous laisser.

Emma s'aperçut de nouveau dans le miroir et eut envie de rentrer sous terre. Quelle honte. Surprise dans toute sa splendeur flasque par un homme qu'elle connaissait à peine. Qu'est-ce qu'elle lui avait dit, déjà, le jour où il était passé à l'appartement et lui avait préparé à dîner ? De quoi elle l'avait accusé ? Ça paraissait tout simplement comique, maintenant. Si elle avait su à ce moment-là quel genre de filles il était habitué à attirer : des Françaises, des adolescentes, aussi minces que des bouleaux. Il avait dû penser : « Dans tes rêves, ma biche », mais avait été assez gentil pour ne pas le dire.

Inutile de compliquer les choses entre eux.

— C'est bon, lui cria-t-elle. Brossez-vous les dents. J'attendrai à côté.

Mais il n'était plus là. Un porte-savon en porce-laine vacilla un instant, puis s'écrasa au sol, se pulvé-risant en menus morceaux sur le carrelage. Il l'avait sans doute heurté en passant.

Ritchie était assis sur les genoux d'Emma. Son corps chaud pesait sur ses jambes, la frange de ses cils suivait la courbe de sa joue. Les bras autour de lui, elle détachait un morceau de muffin.

— Il adore les muffins, expliquait-elle à Antonia, assise en face d'elle. Surtout au chocolat.

— Je ne le savais pas, dit Antonia.

Le visage de Ritchie s'épanouit, et il tendit la main. Il attrapa le muffin puis l'enfourna dans sa bouche. Emma l'embrassa.

— Vous voyez. Je vous l'avais dit. Je vous avais dit que c'était mon fils.

Antonia se rembrunit. Elle souleva une lourde tasse et commença à la taper contre la table.

Bang. Bang. Bang.

Emma, horrifiée, mit les mains sur les oreilles de Ritchie.

—Arrêtez ! Qu'est-ce qui vous prend ? Vous l'effrayez.

Bang. Bang.

—Emma !

Bang.

—Emma ! Réveillez-vous !

Elle était couchée sur un truc rose et glissant. Les rideaux étaient encadrés de lumière.

Quelqu'un cognait à la porte.

—Emma ! – c'était Rafe. On a reçu un coup de fil. Ils veulent nous voir au consulat.

Emma fut à bas du lit dans la seconde. Pourquoi ne l'avaient-ils pas appelée, elle ? Son portable avait-il sonné sans qu'elle l'entende ? Elle s'habilla, bataillant pour remonter son jean. Elle enfila ses tennis à la hâte, sans prendre la peine de mettre de chaussettes, et se rua hors de la chambre.

Ils n'échangèrent pas une parole. Elle courut tout du long, fonçant devant Rafe. Le consulat se trouvait au coin de la rue.

Ils furent accueillis à une entrée latérale et guidés vers un bureau. La pièce était moderne, ordinaire, meublée d'un fauteuil pivotant en cuir, d'une table au plateau étincelant surmontée d'un ordinateur ; très différente du vestibule lourdement orné de l'autre soir. Brian Hodgkiss les attendait devant le bureau.

—Bonjour, dit-il.

—Bonjour, répliqua Emma, hors d'haleine, jetant des coups d'œil autour d'elle, embrassant tout du regard.

À côté de Hodgkiss se trouvait un autre homme, qui aurait pu être son jumeau. Même pantalon beige, même front dégarni, même cravate à rayures sous un pull à col rond identique. Celui-ci tenait une enveloppe brune décachetée et une feuille de papier pliée. Les yeux d'Emma se posèrent sur le papier. Elle sut aussitôt de quoi il s'agissait.

— Les résultats du test ADN sont arrivés, annonça inutilement Hodgkiss.

Emma fit un pas en avant ; en fait, elle allait arracher la feuille de la main de cet homme.

— Je vois que vous êtes pressée, constata-t-il. Aussi ne ferai-je pas traîner les choses plus longtemps.

Il déplia la feuille. La considéra un moment. S'éclaircit la gorge.

— Le rapport est assez détaillé, reprit-il. Je vais donc essayer d'aller au principal…

Ses yeux balayèrent le papier. Sa voix baissa d'un ton.

— … test réalisé en accord avec… hmm… enfant nommé… la prétendue mère… probabilité de… Ah. Voilà.

Il s'éclaircit de nouveau la gorge.

— Bon. Pour résumer, les résultats de ce test indiquent, avec une probabilité de 99,99 %, que la mère de l'enfant en question est…

Il releva une nouvelle fois la tête. Étira ses lèvres en une moue navrée.

— Mme Philippa Hunt.

14

Mercredi 27 septembre
Onzième jour

Une main glacée tordit le ventre d'Emma, lui faisant perdre l'équilibre, au point qu'elle crut tomber. Le sol bascula. La pièce scintilla et tournoya.

— Je ne comprends pas, articula-t-elle, les lèvres raides, comme celles d'un masque en plastique.

Elle se tourna vers Rafe.

— Vous disiez que le test était fiable.

Rafe était pâle comme un linge.

— Je le pensais.

— Il l'est, glissa le jumeau de Hodgkiss.

Emma prit un ton implorant.

— Ce n'est pas son fils. Le test est faux. On doit pouvoir faire quelque chose.

Brian Hodgkiss hochait la tête, la bouche pincée.

— Mais je suis une citoyenne britannique, cria Emma. Vous devez m'aider !

— Désolé, répliqua Brian Hodgkiss, nous ne pouvons rien faire. Rentrez chez vous. Oubliez les

Hunt. Vous aurez peut-être des nouvelles de votre enfant en Angleterre.

Il avait à présent une attitude nettement plus froide et rigide – comme si être impliqué là-dedans lui avait attiré des ennuis, d'une façon ou d'une autre.

— Et si je faisais le test avec *mon* ADN ? C'est peut-être une coïncidence. Il pourrait y avoir plus qu'une seule concordance, non ?

— Je ne pense pas que cela marche ainsi.

— Je ne quitterai pas ce pays sans lui.

— Je dois vous avertir, répliqua Hodgkiss, si vous harcelez de nouveau cette famille, vous serez arrêtée pour de bon, cette fois.

— Alors, arrêtez-moi, hurla Emma. Je ne partirai pas. Je l'enlèverai, s'il le faut.

Hodgkiss échangea un regard avec son collègue.

— Je vous le déconseille, madame Turner. Il se trouve qu'à l'heure qu'il est, ces gens sont allés s'installer chez des amis, pour leur sécurité. Ils ont l'intention de quitter la région bientôt. La maison est en vente.

— Ils déménagent ? s'exclama Emma, affolée. Où ça ?

Hodgkiss ne répondit pas.

— Où ça ? répéta Emma.

Elle tapa des poings sur le bureau. Stylos et trombones sautèrent. Du coin de l'œil, elle vit le collègue de Hodgkiss se glisser hors de la pièce. Un ordinateur avec un énorme écran bombé occupait l'essentiel du meuble. Elle mit ses bras autour, puis commença à le tirer vers le bord du plateau.

— Je vais jeter ça par terre, annonça-t-elle. Je vais vraiment le faire. Je vais casser toutes les fenêtres. Je ne partirai pas d'ici tant que vous ne me l'aurez pas dit.

Hodgkiss se précipita pour remettre l'écran en place.

— Madame Turner, nous allons appeler la police. Je vous préviens. Je vais vous faire arrêter.

Comme Emma traînait de nouveau l'ordinateur, il cria :

— Madame Turner !

La voix calme de Rafe s'éleva en arrière-fond.

— Emma. Emma, écoutez-moi.

— Foutez-moi la paix.

— Ça ne sert à rien, Emma. Venez avec moi. On va en discuter, on trouvera bien quelque chose.

Emma se mit à sangloter.

— Laissez-moi tranquille. J'aurais dû le prendre avec moi quand on était là-bas, mais vous m'en avez empêchée. Sans vous, je l'aurais récupéré.

Rafe tenta de lui saisir la main. Elle lâcha l'écran et fit volte-face en le repoussant de toutes ses forces.

— Dégagez ! hurla-t-elle. Foutez le camp, foutez le camp, foutez le camp !

Elle le bouscula et trébucha, se cogna contre le bureau, réussissant tout juste à ne pas tomber par terre.

Hodgkiss lança :

— Monsieur Townsend, je vais devoir…

— Une minute, le coupa Rafe. S'il vous plaît.

Puis, d'un coup, toute l'énergie d'Emma s'épuisa. S'extirpa d'elle, comme les ultimes gouttes d'eau d'une éponge essorée. Fini, songea-t-elle, et le sentiment de soulagement la surprit. C'était comme si l'éponge se relâchait, sèche et légère. *Fini, maintenant.*

279

À l'intérieur, une crispation se dénoua, la crispation qui disait qu'ils la prenaient pour une folle ou une menteuse, ou bien qu'ils s'en fichaient, parce que, dans ce monde, certains comptaient et d'autres pas. Certains avaient du pouvoir, et d'autres non. C'était comme ça. Comment on obtenait ce pouvoir, elle l'ignorait, c'était un secret qu'elle ne connaîtrait jamais, ce n'était pas pour les gens comme elle. Elle n'était personne. Elle était nulle pour Ritchie. Elle en était sûre, maintenant. Elle s'effondra sur le bureau, s'y appuya, les bras aussi lourds que des sacs de sable.

— C'est bon, murmura-t-elle. C'est bon.

— Vous allez sortir d'ici avec moi ? demanda Rafe.

— Oui.

La porte de la pièce s'ouvrit en trombe. Trois ou quatre hommes massifs entrèrent avec fracas et se ruèrent vers Emma. Rafe les arrêta d'une main levée.

— Elle s'en va, dit-il froidement. Reculez, d'accord ?

Hodgkiss dut faire un signe quelconque. Les types restèrent en arrière.

— C'est bon, Emma ?

Rafe lui tendit la main. Elle dut s'y accrocher pour marcher. Comme ils dépassaient Brian Hodgkiss, celui-ci jeta à Rafe :

— Je pense que c'est votre faute si elle est venue jusqu'ici. Je ne doute pas qu'on vous interroge à ce sujet une fois rentré à Londres. Vous savez, poursuivit-il en élevant la voix dans leur dos, ce n'est pas pour rien que la loi sur le secret des informations existe. Sans elle, ce genre de choses arrive.

— Ouais, ouais, marmonna Rafe.

Leur voiture était garée devant leur pension. Rafe ouvrit la portière côté passager, puis il leva ses paumes vers elle, en un geste apaisant.

—Attendez ici.

Il claqua la portière et se précipita dans la maison. Emma se pencha en avant jusqu'à ce que son front touche le tableau de bord. Le plastique gris et bosselé se brouilla devant ses yeux. Quelques minutes plus tard, Rafe était de retour avec leurs sacs. Elle devina le regard anxieux qu'il jeta à l'intérieur de la voiture, comme s'il craignait qu'elle n'ait disparu, mais elle était toujours là, tassée sur son siège, aussi molle qu'une algue échouée.

Ils sortirent de la ville.

—Qu'est-ce que vous voulez faire ? demanda Rafe. Si vous voulez rester, je resterai avec vous. Même si je ne sais pas trop à quoi ça servirait.

Tournesols. Des champs entiers de tournesols. Qui inclinaient leurs têtes jaunes.

—On devrait peut-être aller à l'aéroport, poursuivit Rafe. Trouver un vol de retour. Soumettre l'affaire au ministère des Affaires étrangères.

Emma lança :

—J'ai dit au Dr Stanford que je voulais qu'il soit mort.

—Je sais. Vous me l'avez raconté.

—Mais ce n'était pas tout. C'était pire que ça. Je ne vous ai pas tout dit.

—Des choses nous échappent parfois…

—Je lui ai dit que j'envisageais de faire du mal à Ritchie, le coupa Emma.

—Mais vous ne le pensiez pas.

—Si, je le pensais. Je le pensais vraiment.

Sa voix tremblait.

—Vous êtes allée demander de l'aide à un médecin, répliqua Rafe d'une voix forte, en tapant du poing sur le volant. C'est ce que font les gens.

—Je ne demandais *pas* de l'aide, objecta Emma.

Elle se mit à pleurer, toute tordue dans son siège.

—J'avais l'intention de le tuer.

Elle s'attendait à ce que Rafe l'interrompe encore. Mais il ne le fit pas. Il ne dit rien. La voiture continua de rouler, à la même vitesse. Un château doré surgit brièvement sur le flanc d'une colline, un gouffre de Helm dans la forêt. Puis ils le dépassèrent, et le château fut derrière eux, aussi massif et indifférent qu'il l'avait été avant leur arrivée et le serait encore bien après leur départ.

—Mah, dit Ritchie le jour où il marcha pour la première fois.

Il traversa le salon en se dandinant, les mains en l'air afin de maintenir son équilibre, tituba jusqu'à Emma et lui mit les bras autour du cou.

Emma le serra et couvrit son petit visage grassouillet de baisers.

—Bravo, mon grand garçon. Tu es l'enfant le plus dégourdi du monde.

Elle embrassa chacune de ses tempes, puis ses yeux, puis ses oreilles, et enfin la plus précieuse partie de lui, l'endroit où la courbe de sa joue rejoignait sa gorge, juste sous l'oreille. Aucun des deux ne pouvait s'arrêter de sourire.

En cas d'urgence, néanmoins, il se remettait à ramper ; ça restait plus rapide. Il allait dans la cuisine et se coiffait du saladier en plastique jaune.

—Houhou ? criait-il. Houhou ?

Il adorait ranger. Il remettait toutes ses briques dans leur boîte, haletant et grognant à force d'ouvrir et refermer le couvercle entre chaque jouet.

— Tu peux laisser la boîte ouverte, lui expliquait Emma.

Parfois, il la faisait rire.

Mais il y avait toutes les fois où il l'épuisait. Il était difficile. Toujours dans ses pattes, à la chercher, à fondre en larmes dès qu'elle quittait la pièce, ne serait-ce qu'une seconde. Si elle allait aux toilettes, il restait derrière la porte en chougnant « Mah. Mah » jusqu'à ce qu'elle sorte. Ces pleurnicheries perpétuelles lui portaient sur les nerfs. Elle se mit à le rembarrer, à lui crier dessus, même, et il finissait par cesser de geindre et la dévisager d'un air ahuri.

La percée des dents de Ritchie s'accompagna d'une série d'otites, l'une après l'autre. Il se réveillait souvent la nuit, en pleurs, et Emma devait se lever pour le prendre avec elle dans le lit, où il passait au moins l'heure suivante, tout agité et reniflant, essayant de se coucher complètement sur elle. Elle retourna consulter le Dr Stanford, qui déclara qu'il s'agissait juste d'un virus et qu'il n'avait pas besoin d'antibiotiques supplémentaires. Emma n'était pas d'accord. Elle était certaine qu'il se passait un truc plus grave. Sinon, pourquoi serait-il si ronchon et collant ? Le Dr Stanford devenait impatiente à son égard.

— Encore vous, Emma ? Qu'y a-t-il, cette fois ?

Ces derniers temps, pour une raison ou une autre, Emma se trouvait beaucoup plus fatiguée qu'elle ne l'avait été au début. Elle cessa de faire de longues promenades avec Ritchie ; elle n'en avait tout simplement plus la force. Elle dormait souvent durant la journée, étendue sur le canapé, pendant que Ritchie marchait tout seul à quatre pattes dans le salon, gloussant pour lui-même de son sale petit rire : « Hi hi hi. » Cette nouvelle fatigue l'inquiétait. Parfois, pendant qu'elle faisait quelque chose, qu'elle mangeait ou poussait le landau de Ritchie, elle s'arrêtait, tout simplement… Incapable de bouger. Comme si un poids, littéralement, pesait sur les épaules. Elle se demandait si c'était un problème musculaire. La naissance de Ritchie l'avait plus secouée qu'elle ne l'avait prévu. Ç'avait été un gros bébé, et elle était menue. Au cours des mois passés, elle avait développé toutes sortes de problèmes jusqu'alors inconnus : infections urinaires, anémie, mal de dos. Elle n'avait jamais été du genre à se préoccuper de sa santé, parce qu'elle n'en avait jamais eu besoin. Mais, nom d'un chien, si elle tombait malade maintenant ! Qu'est-ce qu'elle ferait de Ritchie, hein ?

Emma développa l'obsession de se nourrir correctement. Ritchie et elle recevaient du lait gratuit, et elle faisait des provisions de boîtes de haricots, dont elle avait entendu dire qu'ils étaient bons pour la santé. Les pommes de terre aussi ; il suffisait de les passer au micro-ondes. Un paquet de pain tranché coûtait quarante-six pence et durait la semaine. Le centre médical lui fournissait des vitamines gratuites, et elle prenait soin d'en avaler chaque matin. Malgré cela, elle attrapa un mal de gorge qui empira en quelques jours au point qu'elle pouvait à peine sortir du lit. La douleur finit par passer, mais elle eut le temps de s'angoisser. Si elle devait aller à l'hôpital, que deviendrait Ritchie ?

Sa réflexion allait encore plus loin.

Et si jamais – l'idée la glaça ! –, si jamais elle tombait un jour, dans la salle de bains, par exemple, et se cassait la jambe, et ne pouvait plus se relever ? Qui s'inquiéterait de son absence et viendrait prendre de leurs nouvelles ? Ritchie pourrait mourir de faim dans l'appartement sans que personne n'en sache rien.

28 août. Premier anniversaire de Ritchie. Le soleil pénétrait à flots par la baie vitrée du balcon. Emma vêtit Ritchie d'un short et de son T-shirt bleu « Surfer Dude ». Il arpenta un moment l'appartement de sa démarche empotée, s'affairant de-ci de-là avec divers jouets, avant qu'Emma ne l'installe dans son landau pour sa sieste matinale, pendant qu'elle remettait la cuisine en ordre.

Au bout d'un moment, elle lui jeta un coup d'œil par l'encadrement de la porte. Il dormait près du balcon, et le soleil éclairait le bas de son visage. Emma resta là, le chiffon antibactérien à la main, à l'observer. Un an aujourd'hui ! Qui l'aurait cru ? Il avait la tête rejetée en arrière. De petits ronflements s'échappaient de son nez. Même comme ça, il était si beau. Elle s'approcha de la poussette et caressa sa joue, juste du bout du doigt, afin de ne pas le réveiller.

— Joyeux anniversaire, chuchota-t-elle. Mon magnifique chéri d'amour.

Aujourd'hui plus que jamais, elle ferait un effort pour lui.

— On va aller t'acheter ton cadeau. Quelque chose de vraiment chouette.

Après le déjeuner, ils prirent le bus pour King's Road, un endroit où Emma n'allait normalement jamais faire les boutiques, car tout y était beaucoup trop cher.

Mais Ritchie portait toujours des vêtements bon marché achetés à des étals dans la rue ou chez des discounters. Aujourd'hui, pour une fois, elle lui achèterait un vrai bel habit.

Ils descendirent à Sloane Square et remontèrent le long de King's Road. Emma n'était pas venue là depuis longtemps. Elle ne cessait de regarder autour d'elle avec stupéfaction. Tout paraissait si sublime, coloré et propre. Les gens étaient si bien habillés. Des adolescentes vêtues de hauts en mousseline et de colliers qui leur descendaient jusqu'à la taille les dépassaient en rejetant leurs longs cheveux raides en arrière. Des femmes plus âgées, certaines affichant un air un peu fou, se baladaient avec de gigantesques lunettes de soleil et des lèvres gonflées au collagène, en portant de minuscules chiens dans leurs sacs à main. Un vieil homme en uniforme bardé de médailles longeait bruyamment le trottoir dans un fauteuil roulant. Des gens étaient assis près des fontaines du square Duke of York, en train de boire du café, de lire, de bavarder. Et les boutiques ! Mon Dieu, elle avait oublié les boutiques. Où qu'on posât les yeux : des fringues vintage et de grandes marques absolument fabuleuses ; des chaussures ; des bijoux ; des sacs. Autrefois, elle aurait salivé devant les sacs. Joanne et elle étaient toujours impressionnées de lire que des femmes se battaient pour se faire inscrire sur des listes d'attente afin de pouvoir de se procurer des sacs qui coûtaient des milliers de livres. Ça lui semblait désormais un peu bizarre. Dépenser autant d'argent pour un sac. Indécent, même, si on y réfléchissait.

N'empêche, les boutiques de vêtements d'enfants, il fallait voir ce qu'on y trouvait ! Des splendeurs. Dans une vitrine, une rangée de toutes petites grenouillères en cashmere blanc pendait sur des cintres matelassés. Emma était médusée par leur taille. Ritchie avait-il jamais été en mesure d'entrer dans l'un d'eux ? Aujourd'hui en tout cas, il pourrait à peine y glisser un orteil. Elle regarda les prix et fut de nouveau complètement abasourdie. Qui pouvait bien dépenser autant pour un Babygro ? Un habit que le bébé ne porterait qu'un mois ? Puis elle vit, plié sur un cube de bois géant avec un R peint sur le devant, un haut en polaire bleue absolument adorable. Emma s'arrêta. Ritchie ne serait-il pas craquant dans cette polaire ? De part et d'autre de la fermeture à glissière, il y avait un éléphant de feutre avec de grands yeux timides. L'éléphant se tenait près d'un étang, et s'arrosait d'eau avec sa trompe en souriant. Ritchie l'adorerait ! Mais une polaire serait trop chaude pour cette saison. Ensuite, Emma réfléchit. À ce prix-là, une polaire était un bien meilleur achat que des vêtements d'été. Il n'y avait qu'à voir quel usage Ritchie avait fait de sa combinaison de ski rouge cette année. Si elle prenait la polaire un peu trop grande – disons en dix-huit mois au lieu de douze – elle lui durerait tout l'hiver. Elle la lui mettrait souvent. La dépense supplémentaire valait la peine.

Dans le magasin, elle sortit Ritchie de la poussette pour lui essayer la polaire. Il lui sourit du fond de la capuche, qui tombait sur un de ses yeux.

— Trop mignon, gazouilla la vendeuse filiforme.

Elles disaient toutes ça, pour pousser les clientes à acheter. Mais en l'occurrence, la fille avait raison. Ritchie était vraiment adorable dedans.

—C'est encore un peu grand pour lui, reprit la vendeuse, mais quand il fera froid, ça lui ira bien.

Elle sourit à Emma. Elle portait une longue tunique de soie sur un pantalon en lin, et ses cheveux blonds tombaient jusqu'à la taille. Son badge indiquait son prénom : « Ilona ». Emma détourna les yeux. Elle savait qu'elle devait sourire en retour, mais elle avait l'impression d'une main tirant sur chacune de ses joues. Ça l'agaçait maintenant, quand les gens lui parlaient ; elle devait aller chercher si loin en elle pour leur répondre. Et sa voix lui semblait alors bien plus grave. Elle voyait bien comment on la dévisageait. C'était plus facile de ne pas s'engager dans une conversation, de ne pas leur parler.

Pendant que la fille emballait la polaire dans un vaporeux papier de soie bleu, Emma resta près du comptoir et suivit des yeux Ritchie, qui arpentait la boutique de son pas chancelant en observant les jouets. Il commençait tout juste à marcher, il était encore un peu bancal, et avait tendance à tomber. Il pila devant un camion en plastique rouge, avec des roues noires et un creux au milieu pour s'asseoir. Il agrippa l'arceau fixé à l'arrière et poussa légèrement. Le camion bougea.

—Mah !

Ravi, il se tourna pour vérifier si elle avait vu ce qu'il avait fait faire au camion.

—Il est magnifique, dit Emma. Mais on doit y aller, maintenant.

La vendeuse était en train de nouer un ruban bleu sur le paquet.

Ritchie poussa de nouveau le camion.

— Tu l'aimes bien, pas vrai ? lança la fille. Tu aimes bien notre camion.

— Allez, Ritchie, viens, insista Emma en saisissant son bras.

Ritchie se mit à pleurnicher en essayant de se dégager. Il tendit pathétiquement son autre main vers le camion, et gémit encore.

— Pauvre petit bouchon, compatit la vendeuse depuis le comptoir. Il veut juste jouer.

Emma ne dit rien. Elle tira de nouveau Ritchie par le bras et l'assit dans la poussette. Ensuite, elle arracha le paquet du comptoir, ouvrit la porte du magasin et sortit d'un pas brusque dans la rue. Elle marcha plusieurs minutes à vive allure, furieuse contre la vendeuse et contre Ritchie. C'était la première fois qu'il ne lui obéissait pas.

— C'est quoi, ce comportement ? le gronda-t-elle d'une voix dure.

Il était plongé dans un silence maussade, les joues écarlates, déboussolé. Emma continua d'avancer au même rythme, se moquant de heurter retraités ou mini-chiens avec la poussette. Oh, cette pétasse prétentieuse dans la boutique, avec ses fringues en soie et ses grands cheveux de chochotte.

Elle remonta King's Road, dépassa l'hôtel de ville, le grand magasin Heal's, et le cinéma. Ensuite, lorsqu'elle fut calmée, elle fit demi-tour et refit le chemin inverse jusqu'à la boutique.

— Pas d'emballage, s'il vous plaît, dit-elle d'un ton cassant, lorsque la vendeuse prit une nouvelle brassée de papier soyeux pour envelopper le camion.

De nouveau dehors, Emma attacha un bout de ficelle à la poignée du camion en plastique rouge.

Elle le tira derrière elle durant tout le trajet du retour. Sentir le soleil avait cessé d'être un plaisir ; il n'était qu'un fléau brûlant dans le ciel. Un bus lui souffla des fumées noires dans la figure. Elle était fatiguée, à présent. Et impatiente de s'allonger.

Le temps d'arriver à l'appartement, Ritchie avait complètement oublié le camion. Lorsqu'il le revit à côté de lui dans l'ascenseur, son visage s'éclaira.

— Ah-ha-ha-ha, babilla-t-il en tendant la main dans sa direction. Ah-ha-ha-ha.

Il poussa le camion dans tout l'appartement, chancelant derrière. Emma lui montra comment s'asseoir dessus. Ça le rendait si heureux qu'elle se détesta d'avoir songé à l'en priver. Elle chercha son appareil photo.

— Fais un sourire à maman.

Ritchie s'exécuta. Ils étaient de nouveau amis. Il s'assit sur le camion et lui adressa un sourire ; son grand sourire d'éléphant timide. Emma appuya sur le déclencheur.

Quelques jours plus tard, elle s'éveilla avant l'aube, comme souvent, et fixa avec morosité la longue fissure du plafond. Ritchie et elle allaient-ils vivre pour toujours dans cet appartement ? Elle n'avait eu l'intention de n'y rester qu'un moment, le temps de se tirer d'affaire, mais un an après, ils étaient toujours là. Devait-elle élever Ritchie ici ? Ses souvenirs d'enfance se réduisant à des murs graffités, à cette sinistre vue sans arbres ?

Cela la révoltait de recevoir des allocations, de devoir vivre là où on le lui imposait. Ne pas avoir le choix, ni son mot à dire ni aucun pouvoir. Elle ne reprochait rien aux assistantes sociales ; elles avaient été très efficaces, mais elle savait ce qu'elles devaient penser. Encore une mère célibataire, qui profite du système. Sa propre mère aurait eu honte. Elle n'avait jamais pris un centime à l'État, et sa grand-mère non plus, avant de toucher sa retraite.

Et même si elle trouvait un travail, comment payer la crèche ? Et si elle gagnait assez pour déménager dans un endroit plus agréable, mais tombait malade et ne pouvait plus travailler ? Comment continuer d'assumer le loyer ? Ici au moins, c'était bon marché. Cependant, elle détestait l'idée d'y vivre pour toujours. Cette situation inextricable tournait en boucle dans sa tête.

La pièce s'emplissait de lumière. Ritchie se réveillerait bientôt. La liste des choses qui l'attendaient pour la journée s'amoncela dans son esprit. Elle devait nourrir et habiller Ritchie. Faire la lessive, ce qui signifiait se traîner jusqu'à la buanderie commune au sous-sol avec tout le linge, et le baril de lessive, plus Ritchie. Charger la machine. Revenir une heure plus tard et tout recharger dans le sèche-linge. Récupérer les vêtements et les remonter à l'appartement. Faire déjeuner Ritchie. Aller acheter des couches, du lait, des Weetabix et des bananes. Faire la vaisselle. Nettoyer la cuisine.

Elle resta étendue, des élancements plein la tête.

À sept heures, Ritchie se réveilla et poussa des petits rires, accroché aux barreaux de son lit. Emma soupira, puis se leva pour le prendre dans les bras. Si elle ne le faisait pas, il se mettrait à pleurer dans la minute.

Bon Dieu, elle était particulièrement épuisée aujourd'hui. Pas en forme. Elle se sentait mal fichue. Elle donna à manger à Ritchie, enfournant d'une main les cuillerées de Weetabix détrempés dans sa bouche tout en appuyant le menton sur l'autre et en contemplant les miettes par terre. L'appartement avait besoin d'un coup d'aspirateur. Comme tous les vêtements de Ritchie étaient dans le sac de lessive, elle lui remit le pantalon de la veille avec l'éclaboussure de purée d'épinards sur une jambe. Il refusait de mettre son chandail.

— Graaagh, protestait-il, en pleine forme et avide d'attention.

Emma le coinça entre ses genoux et passa le pull de force sur sa tête.

— Maintenant tu te tais et tu me laisses m'habiller.

Elle n'avait pas le courage de prendre une douche. Il faudrait recoucher Ritchie dans son lit, mais il se relèverait et hurlerait sans discontinuer. De toute façon, qui la regarderait ? Elle allait simplement au *Sainsbury's*. Elle enfila un pull par-dessus son survêtement et attacha ses cheveux. Puis elle glissa ses pieds dans des tongs. Voilà. Elle était très bien.

Ce ne fut pas ce que dit l'ascenseur lorsqu'elle y pénétra. Dans le miroir au fond de la cabine, elle vit des pellicules dans ses cheveux. Et que ses dents étaient jaunes.

Au moment où les portes se refermaient, une voix forte se fit entendre : « Attendez ! »

Les portes glissèrent à nouveau et Rosina Alcarez, leur voisine, se hâta d'entrer, fraîche et pimpante dans sa blouse bleue d'infirmière.

— Merci, merci, lança-t-elle, hors d'haleine. Excusez-moi.

Elle sourit à Ritchie.

— Comment ça va ? Tu n'es jamais venu me voir.

Emma avait eu l'intention de lui rendre visite. Mais Rosina travaillait beaucoup. Elle n'avait pas voulu sonner au mauvais moment et que Rosina se sente obligée de l'inviter à entrer. De toute façon, au fil du temps, ça lui paraissait bien trop compliqué de s'asseoir et essayer de tenir une conversation avec une femme qu'elle ne connaissait même pas.

Rosina regardait Emma d'une drôle de façon. Consciente qu'elle avait les cheveux sales, Emma détourna la tête. Rosina continua à l'observer. Emma aurait voulu qu'elle s'occupe de ses affaires et lui foute la paix.

— Vous allez bien ? demanda Rosina d'une petite voix.

— Très bien, répondit sèchement Emma.

L'ascenseur rebondit en atteignant le rez-de-chaussée. Dès que les portes s'ouvrirent, Emma propulsa la poussette à l'extérieur et sortit aussi vite que possible.

La boule dans sa gorge avait disparu quand elle atteignit la rue.

Au *Sainsbury's*, elle garda les yeux baissés, évitant toute discussion avec l'Indien bavard à la caisse. Sur le chemin du retour, elle s'arrêta à un distributeur automatique pour vérifier le solde de son compte.

Son portefeuille n'était plus dans son sac.

Elle fouilla ses poches, puis la poussette, et tous les sacs de courses.

— Génial, soupira-t-elle en se relevant.

Elle avait dû l'oublier au supermarché. Elle fit faire demi-tour à la poussette et repartit dans l'autre sens.

— J'ai laissé mon portefeuille ici ? demanda-t-elle au caissier.

Il était occupé avec une autre cliente ; une femme en poncho rose qui pivota pour jeter un regard furieux à Emma.

— Votre portefeuille, madame ? répéta le caissier.

Emma était trop inquiète pour être polie.

— Oui. Mon portefeuille. Je m'en suis servie pour payer mes achats. Il y a moins d'un quart d'heure.

— Laissez-moi vérifier.

Le caissier chercha tout autour de son poste de travail. Puis il se pencha pour examiner le sol. Il émergea de nouveau et dit :

— Pas de portefeuille. Désolé.

Merde. Elle avait quarante livres en liquide dedans. La valeur d'une semaine de nourriture pour Ritchie et elle. Peut-être qu'elle l'avait laissé tomber dans la rue. Emma revint sur ses pas, les yeux rivés sur le bitume tout en marchant jusqu'au distributeur : rien. Une fois de plus, elle fouilla sacs et poches. Puis sortit son téléphone. Elle devrait faire opposition à sa carte.

— Relations-clients-bonjour-Denise-à-votre-service-puis-je-avoir-votre-numéro-de-compte-s'il-vous-plaît, débita une voix à l'autre bout du fil.

— C'est le… euh…, bredouilla Emma. Trois… Non.

Trois ou huit ? Elle connaissait ce foutu numéro par cœur. Pourquoi ne s'en souvenait-elle plus, tout à coup ?

— Je n'arrive pas à m'en rappeler pour le moment.

— Alors je ne peux pas vous aider, chantonna la voix.

— Mais je dois annuler ma carte, protesta Emma. Je crois qu'on me l'a volée.

— Il me faut le numéro.

— Je peux vous donner mon nom. Et l'adresse de mon agence à Bath.

Elle récita les renseignements.

Cliquetis dans le téléphone, puis :

— Désolée. Cette agence n'est pas répertoriée chez nous.

Emma faillit rire de cette absurdité.

— Mais elle l'est forcément. J'ai un compte là-bas depuis l'âge de quinze ans.

— Quel est le code guichet ?

— Je n'en sais rien. Écoutez, mettez-moi juste en relation avec ma banque et je verrai ça directement avec eux.

— Impossible, madame. De toute façon, nous n'avons pas trace de cette agence.

Emma écrasa la touche de fin d'appel. Espèce de conne. Elle irait dans une grosse succursale et traiterait avec un véritable humain.

À la banque, elle se rendit au comptoir du service clientèle, où une fille aux yeux exotiques détachait de l'ongle quelque chose sur la manche de son tailleur.

— Vous désirez ? demanda-t-elle en examinant une poussière entre son pouce et son index.

— Je veux faire opposition à une carte bancaire volée.

— Vous avez appelé l'assistance téléphonique ?

— Oui. Ils ne m'ont pas aidée du tout. C'est pour ça que je suis ici.

La fille poussa un long soupir. Elle s'approcha de son écran.

— Numéro de compte ?

—Je ne m'en souviens pas pour le moment, répondit Emma. Mais j'ai l'adresse de mon agence, ma propre adresse, ma date de naissance, mes codes secrets, et je peux vous déposer un échantillon de ma signature.

—Il nous faut votre numéro de compte.

Emma s'efforça de rester calme.

—Écoutez. Si j'avais *su* que ma carte allait disparaître aujourd'hui, j'aurais pris son numéro avec moi, d'accord ? Mais comme je ne le savais pas, et comme je n'ai pas envie que quelqu'un d'autre utilise ma carte, je fais mon possible pour l'annuler. Sauf que personne ne semble avoir la moindre intention de m'aider. Je-ne-connais-pas-mon-numéro-de-compte. Trouvez-le. C'est votre boulot.

Elle avait élevé la voix. Deux malabars en chemise bleue sortis de nulle part se matérialisèrent, et se plantèrent de chaque côté de la fille.

—Tout va bien ? demanda l'un.

Dans la queue, des têtes se tournaient vers eux. Ritchie commença à renifler.

Tremblant de rage, Emma fit pivoter la poussette et sortit de la banque.

Elle savait qu'elle ferait mieux de retourner chercher son numéro de compte à l'appartement, mais elle dirigea la poussette vers le fleuve, éprouvant le besoin de s'éloigner et de se calmer.

En bas du Hammersmith Bridge, des adolescents en chemise d'uniforme et cravate se bousculaient mutuellement contre le mur en riant très fort. Derrière eux, sur le sentier qui longeait l'eau, un homme marchait en direction d'Emma. Même à cette distance, elle voyait que quelque chose clochait dans son visage.

Il avait un œil plus bas que l'autre, et la peau de ce côté-là rougie, comme couverte de cicatrices.

Comme il s'approchait, les garçons se poussèrent du coude et se turent. Ce qui allait se produire crevait les yeux. L'homme atteignit le pont et un membre de la bande, un gamin avec un front bas peu flatteur, fit une remarque à ses copains, qu'Emma ne saisit pas. Ils se mirent tous à ricaner.

L'homme s'arrêta.

—Excusez-moi, dit-il plutôt aimablement. Ce n'est pas la peine de tenir ce genre de propos.

Le garçon au front bas se redressa d'un coup. Il fit un pas vers l'homme et se planta nez à nez devant lui.

—Qu'est-ce que tu dis ? Espèce de mutant. Comment t'oses me parler comme ça ?

L'homme se remit rapidement à marcher.

—Arriéré de merde ! lui cria le gamin. Les gens comme toi devraient pas sortir dans les rues.

L'homme ne montra pas qu'il avait entendu cette injure. Il poursuivit dignement son chemin et tourna à l'angle. Mais Emma éprouva un accès de rage et de haine si violent que sa mâchoire se crispa. Elle ressentait une envie quasi insurmontable de courir frapper le garçon en pleine figure. Le cogner vraiment ; lui casser les os du nez. Le pousser dans le fleuve par-dessus le muret et espérer qu'il tombe sur une pointe rouillée.

Elle s'obligea à faire demi-tour, remonta la poussette de Ritchie sur la rampe qui menait à la rue. Puis elle prit à gauche sur le pont, courant presque pour s'éloigner du quai. Arrête ça, Emma ! Qu'est-ce qui lui arrivait, putain ? Mais sa colère empira, enfla au point de lui donner la nausée. C'était dans ce genre de monde que Ritchie allait grandir ? C'étaient des gens comme ça qu'il devrait affronter ? Il pourrait même devenir l'un deux, un jour ?

Au milieu du pont, elle essaya de se calmer en posant une main sur la rambarde. Le fleuve tournoyait autour d'elle. Des tours et des réverbères vert et doré richement ornés virevoltaient dans le ciel.

— Tu ne comptes pas, prononça une voix grave. Tu n'es rien du tout.

Emma sursauta, jeta des coups d'œil de chaque côté du trottoir. Qui avait dit ça ? Le pont était désert. Elle regarda par-dessus bord. La pluie éclaboussait la Tamise. Un million de cercles minuscules glissaient en dessous d'elle, portés par une surface aussi noire et lourde que du pétrole.

Emma continua d'observer l'eau, et un étrange sentiment s'empara d'elle. Une certitude.

On va tous mourir.

Pas seulement elle, mais tout le monde. Tout le monde à Londres. Même Ritchie, le plus précieux trésor qu'abritait la ville. C'était une conscience aussi réelle que le fait qu'elle se tenait là. Cette ville magnifique, démesurée, goulue, s'écroulerait comme s'était écroulé l'Empire romain. Il y aurait des rugissements, des cris et des massacres, puis plus rien sauf du silence et de l'eau sur des kilomètres.

Une présence maléfique, très puissante, rampait vers elle au-dessus du pont. Elle l'encercla, s'épaississant comme de la fumée. Terrifiée, Emma repoussa Ritchie loin d'elle, tentant de l'éloigner du mal.

La voix grave reprit :

— Tu ne sers à rien. Tu vas le trahir.

— Qui parle ? hurla Emma. Où êtes-vous ?

— Traverse ce pont, cracha la voix.

Emma saisit la poussette et se mit à courir. Ses pieds martelaient les dalles creuses.

Loin du fleuve, l'impression maléfique s'estompa, mais la crainte demeura. Elle tremblait si fort que la poussette vibrait tandis qu'elle avançait.

Ce soir-là, Ritchie refusa de manger ses pâtes à la purée de tomates. Emma n'essaya même pas de le forcer. Elle se tenait assise sur le canapé, apathique, une assiette de haricots sur les genoux. Ritchie semblait d'excellente humeur. Il essayait sans cesse d'inciter sa mère à jouer avec sa panoplie d'outils en plastique. Il voulait qu'elle lui montre comment pousser la balle dans le trou avec le marteau. Quand la balle passait à travers, la machine faisait *ding ding*. Il adorait ça.

— Reste tranquille, lui ordonna Emma d'un ton brusque.

Son cœur battait encore si fort qu'elle avait l'impression qu'un million de doigts dans sa poitrine cherchaient à se frayer un passage au-dehors. Elle ne cessait de repenser au fleuve. Aux garçons qui s'étaient moqués de l'homme au visage brûlé. L'étrange voix sur le pont. L'impression maléfique. Les journaux regorgeaient d'articles sur les attaques terroristes, le réchauffement climatique, la grippe aviaire. Si ce genre de choses se généralisait, ceux qui survivraient seraient des gens comme ces garçons. Pas des gens comme elle ou Ritchie, mais des personnes suffisamment fortes, dures et impitoyables pour marcher sur la tête des autres.

Ritchie s'approcha d'elle. Il poussa en souriant sa panoplie d'outils sur ses genoux. L'assiette se renversa.

Les haricots roulèrent en une masse humide sur la moquette. Emma bondit sur ses pieds.

— Dégage ! cria-t-elle.

Elle le bouscula, d'un vrai geste violent. L'espace d'un instant, elle ressentit une rage féroce. Elle était justement en train de penser à *lui*, bordel. À ce qu'il deviendrait s'il lui arrivait quelque chose. Il ne pouvait pas se montrer un minimum reconnaissant ?

Ritchie tomba en arrière et atterrit sur les fesses. Bien rembourrées ; il ne s'était pas fait mal. Elle s'en assura d'un coup d'œil. Il était assis par terre, la bouche et les yeux grands ouverts, une expression de choc et de surprise sur le visage. Emma se détourna. Elle se mit à genoux et commença à ramasser les haricots en les raclant avec la fourchette sur l'assiette. Après quelques secondes, comme Ritchie n'avait émis aucun son, aucun hurlement indigné, elle reporta le regard sur lui. Sa lèvre inférieure pendait. Il pleurait. Pas fort, comme il le faisait d'habitude, mais en silence. Des larmes coulaient le long de ses joues.

Le cœur d'Emma se déchira.

— Oh, Ritchie. Viens là.

Elle lui tendit la main, mais il lui tourna le dos. Les larmes coulèrent de plus belle. Ça ne lui ressemblait pas du tout. Inquiète à présent, Emma laissa les haricots et le prit dans ses bras. Il resta tout figé, enfonçant ses poings dans ses yeux, tordant le cou pour écarter son visage du sien. Elle était affolée.

— Ritchie. Je suis désolée. Qu'est-ce qui ne va pas avec nous ? Qu'est-ce que j'ai fait ? Mais qu'est-ce que j'ai fait ?

Plus tard, quand il fut endormi, elle alla vérifier qu'il allait bien. La lumière jaune du couloir éclairait son petit lit. Elle posa les bras sur les barreaux et le contempla. Il gisait sur le dos, un bras grassouillet allongé au-dessus de la tête, et sa poitrine se soulevait de manière saccadée. Ses joues étaient mouillées. Il avait l'air malheureux.

Le cœur d'Emma lui faisait mal.

Qu'est-ce qui ne tournait pas rond chez elle ? D'où sortait cette harpie qu'elle était en train de devenir ? Elle n'avait jamais été comme ça. Elle avait eu des amis. Elle avait été normale. Et maintenant. Personne ne se préoccupait qu'elle soit morte ou vivante. Elle n'était qu'une bonne à rien, une ratée. Monstrueuse avec son petit garçon.

Elle se déshabilla et se mit au lit, mais fut incapable de rester tranquille. Peu importe la position qu'elle prenait, elle n'arrivait pas à être confortable. Elle tournait et se tordait dans tous les sens. Elle éprouvait une drôle d'impression sur tout le corps, comme si des mouches lui rampaient dessus. Elle fit courir ses mains de haut en bas, essayant de repousser la sensation, la responsabilité.

—Au secours, hurla-t-elle. Au secours.

Son cri rebondit sur les murs, résonna dans le silence. Consternée, Emma plaqua une main sur sa bouche.

Dans son petit lit, Ritchie remua, puis ne bougea plus.

Emma se rallongea, la main toujours sur la bouche, complètement paniquée.

Mercredi 27 septembre
Onzième jour

L'appartement était glacé et sentait la nourriture moisie. Emma jeta ses clefs sur la table. Elle resta là, sa veste polaire encore sur le dos, les mains pendant à ses côtés.

— Ça va aller ? demanda Rafe.

Il avait tiré une chaise de sous la table, qu'il lui avança afin qu'elle s'asseye.

— Il est mieux sans moi, dit Emma d'une voix morne. Je ne méritais pas d'être sa mère.

— Bien sûr que si. Ne soyez pas si dure envers vous-même, Emma. Les choses n'ont pas été faciles pour vous.

— Je ne méritais pas Ritchie, répéta-t-elle. Je ne voulais pas de cette responsabilité. Enfin, c'est fini, maintenant.

Elle n'avait plus de souci à se faire pour lui. À présent, Ritchie était entre de bonnes mains. Tout irait bien pour lui.

Rafe s'accroupit près d'elle.

— N'abandonnez pas. Il reste encore plein de choses à faire. Vous pouvez suivre les autres pistes.

— Quelles autres pistes ?

— Eh bien, la police n'a-t-elle pas parlé de quelqu'un à Manchester ? Un enfant qui ressemblait à Ritchie ? Ils sont toujours là-dessus, non ?

Il lui fallut plusieurs secondes pour être gagnée par cette sensation qui frappe quand on fait un pas mais qu'il n'y a rien sous notre pied, et que notre corps est traversé d'une secousse qui soulève le cœur.

Elle se redressa sur son siège.

— Vous ne croyez pas que c'est mon fils, dit-elle.

Rafe fuyait son regard.

— Vous ne me croyez pas, répéta-t-elle.

Emma était sous le choc. Complètement abasourdie. Pendant le voyage de retour, Rafe n'avait quasiment pas prononcé un mot. Elle avait supposé qu'il réagissait à ce qu'elle avait raconté au Dr Stanford. Malgré cela, elle était restée certaine qu'il était de son côté. Mais manifestement, même pour Rafe, si tolérant et peu enclin à juger, il existait une ligne à ne pas franchir, et elle avait fini par le faire.

Rafe semblait très mal à l'aise.

— Ce n'est pas que je ne vous croie pas, Emma. Je sais que vous pensez qu'il s'agit de lui. Je sais que vous en êtes convaincue. Sauf que…

Il soupira.

— Le test ADN, vous savez. Il est difficile de le discuter. Peut-être qu'il faut voir les choses en face.

Emma le fixait, incrédule. Elle l'avait cru plus intelligent que ça. Il devait quand même bien comprendre ce qui s'était passé, non ?

— Elle a faussé le test, dit-elle. Elle a fait quelque chose pour les embrouiller.

Rafe hocha la tête.

— J'en ai vu faire des tests de ce genre, répliqua-t-il. La procédure est très stricte. Les échantillons, une fois prélevés, sont scellés dans un sachet et envoyés au labo. Pour que personne ne puisse les falsifier.

Emma ne cessait de secouer la tête pendant qu'il parlait.

— Est-il possible, reprit Rafe, que ce petit garçon ressemble tout simplement à Ritchie ? Que vous ayez cru que c'était lui, parce que vous vouliez tellement que ce soit le cas ?

— Non, trancha Emma. Absolument pas.

Rafe soupira de nouveau.

— Mon avion pour La Paz décolle dans quelques jours.

— Prenez-le, lui conseilla Emma. Franchement. Ne le ratez pas à cause de moi.

— Ce n'est pas ce que je voulais dire.

Ensuite, il ajouta une chose qui la surprit.

Il demanda :

— Pourquoi ne viendriez-vous pas avec moi ?

Emma le dévisagea, interloquée.

— Pardon ?

Rafe prit un air contrit.

— Eh bien, si, comme vous le dites, c'est vraiment Ritchie que nous avons vu en France, vous savez où il se trouve, et donc qu'il est en sécurité. Vous disiez que vous pensiez ne pas le mériter, parce que la responsabilité était trop lourde pour vous. C'est l'occasion de vous changer les idées. Accompagnez-moi un moment. Et réessayez quand vous rentrerez.

— Réessayer…

Emma n'en croyait pas ses oreilles. Qu'est-ce qu'il suggérait ? Qu'elle aille en *vacances* avec lui ? Il était tombé sur la tête ? Elle l'observa de nouveau, et vit, le cœur plombé, ce qu'elle aurait dû voir depuis le début : un jeune inconnu en blouson bleu, libre et tout prêt pour son tour du monde en sac à dos. Quelle aventure ça devait représenter pour lui. Un drame passait dans sa vie, c'était comme aller voir un thriller au cinéma. Une coupure dans le train-train de sa… comment il avait dit ? Sa dérive. Un gouffre immense s'ouvrit entre eux ; il n'était plus qu'un petit point de l'autre côté et oh, c'était une telle perte, elle fut étonnée de l'éprouver quand même en plus de tout le reste, mais elle y parvenait. Et ça la rongeait, creusait une nouvelle brèche de douleur.

— Désolée, mais je ne peux partir en vacances alors que mon fils a été kidnappé, jeta-t-elle froidement. Je ne peux pas *me changer les idées*, le mettre de côté, comme ça. Je ne vais pas démarrer une nouvelle vie, une vie dont il ne ferait pas partie… Je ne vais pas faire ça… Jamais je ne…

Impossible de continuer. Elle n'arrivait pas à garder ce ton froid qu'elle avait voulu donner à sa voix. Elle ne pouvait plus cacher ce qu'elle ressentait : le profond chagrin que rien, rien n'avait marché.

Rafe hochait la tête. Il avait une expression étrange.

— D'accord, dit-il. D'accord.

Il ne chercha pas à la persuader.

Et ferma doucement la porte en partant.

15

Jeudi 28 septembre
Douzième jour

— Il y a eu un changement de programme, dit Rafe. Je pars demain.

Les yeux d'Emma étaient gonflés et douloureux. Elle lorgna sur le réveil. Six heures passées. Des voix et des bruits de circulation montaient de la rue. Alors sans doute six heures du soir, plutôt que du matin.

De quoi parlaient-ils, déjà ? D'une voix qui lui parut épaisse, encombrée, comme si elle avait un rhume, elle demanda :

— Excusez-moi, qu'est-ce que vous avez dit ?

— Je pars demain, répéta Rafe. Mon vol est à sept heures. Plus tôt que prévu, mais une occasion de travail à l'étranger s'est présentée, et je ne pouvais pas la refuser.

Emma ne répondit rien.

— Donc, reprit Rafe. Je risque de ne pas vous revoir avant mon départ.

— Non.

— Ça va aller ?

— Oui. Merci.

— Je vous appellerai, promit Rafe.

— M-mm.

Elle se traîna de nouveau dans le lit. Il ne télépho-nerait pas. Elle ne lui reprochait rien. Ritchie n'était pas son fils. Il était temps pour lui de passer à autre chose.

Lindsay questionna Emma sur son voyage en France.

— Comment avez-vous obtenu l'adresse des Hunt ?

Emma ne répondit pas.

— Vous savez que vous ne pouvez pas refaire une chose pareille, l'avertit Lindsay. Vous auriez pu vous attirer une tonne d'ennuis.

Emma l'ignora. Elle posa la nuque sur le bord du canapé et fixa le plafond. Qu'ils lui fassent ce qu'ils voulaient. Elle s'en fichait, maintenant.

Les jours suivants, de nombreuses personnes entrè-rent et sortirent de l'appartement. Une assistante sociale nommée Ziba – ou quelque chose comme ça – toute de noir vêtue, comme si elle se rendait à un enterrement. Un médecin du nom de Hughes, en costume marine à rayures. Le Dr Hughes ne cessait de lui demander comment elle se sentait. Elle expliqua qu'elle était très fatiguée mais ne parvenait pas à dormir. Le médecin lui assura qu'il essaierait de voir s'il pouvait lui donner quelque chose de léger pour l'aider.

— Qu'est-ce que vous diriez de passer quelques jours à l'hôpital ? ajouta-t-il. Juste un petit moment ? Pour vous reposer ?

—Comme vous voudrez.

Le Dr Hughes inscrivit quelques mots sur une fiche. Encore des notes. Entre les rapports des médecins et ceux des policiers, il devait maintenant y avoir de quoi remplir toute une bibliothèque sur elle.

—Nous en reparlerons, dit le docteur.

À un moment donné, on frappa à la porte de l'appartement, et quand elle l'ouvrit, une infirmière se tenait dans le couloir. Emma dormait avant que le coup ne la réveille, et durant un instant, elle fut désorientée. Elle se trouvait à l'hôpital, tout compte fait ? Mais l'infirmière se révéla être Rosina Alcarez, un Tupperware dégageant une odeur d'épices à la main.

—Excusez-moi, dit-elle. J'espère que vous ne m'en voulez pas de passer. Je pars travailler, prendre mon service de nuit, mais je vous ai apporté de quoi manger.

Elle leva le Tupperware.

—Poisson. Avec du riz et du gingembre. Très doux. Bourré d'éléments nutritifs.

—Merci, répliqua Emma. Mais je n'ai pas très faim.

Rosina prit un air inquiet.

—C'est philippin. Tout le monde n'aime pas ça. Si vous préférez, je peux vous apporter de la nourriture anglaise ?

—Non. Vraiment. Tout va bien.

Rosina hocha la tête.

—D'accord. Désolée de vous avoir dérangée.

Elle se détourna, prête à s'éloigner.

Emma ne désirait rien de plus au monde que fermer la porte et retourner se coucher. Mais le délicat signe de tête de Rosina, son retrait discret avec le repas refusé, et pourtant si gentiment préparé, lui procurèrent un curieux sentiment de culpabilité.

Au prix d'un gros effort, elle la retint :

— Comment va votre fille ?

Rosina pivota d'un coup, son visage rond tout illuminé.

— Elle va bien, répondit-elle avec enthousiasme. Elle a tellement grandi. J'ai reçu des photos l'autre jour…

Elle s'interrompit en se mordant la lèvre.

— Ça va, la rassura Emma. C'est moi qui vous ai posé la question. Ça ne me dérange pas que vous me parliez d'elle.

Mais Rosina ajusta la bandoulière de son sac sur son épaule, et baissa les yeux sur le Tupperware.

Emma demanda :

— Vous avez ces photos sur vous ?

— J'en ai une, répliqua Rosina en lui décochant un coup d'œil. Mais je comprends que vous…

Emma ouvrit plus largement la porte.

— S'il vous plaît. Ça me ferait plaisir de la voir.

Sur le canapé, Rosina fouilla dans son sac et passa une photo à Emma. Un gros plan d'un bébé souriant, âgé d'environ dix-huit mois. L'enfant avait des yeux noirs et de grosses joues rouges. Elle portait une tenue blanche – robe ou blouse, difficile à dire. On ne distinguait qu'un pan de blancheur éclatante sous son cou. On aurait dit un rouge-gorge dans la neige.

Des larmes inondèrent le visage d'Emma.

— Elle est belle. Vraiment belle.

Rosina était bouleversée.

— Je n'aurais pas dû vous la montrer.

— Si, si, protesta Emma en s'essuyant les joues. Je suis contente que vous l'ayez fait.

Mais le désarroi de Rosina augmenta. Elle se tourna vers Emma, assise au bord du canapé, et lança d'un air agité :

— Je leur ai dit. Je leur ai dit que vous devriez être à l'hôpital. Il ne faut pas que vous restiez seule ici. Les policiers ont répondu, oh, ça dépend d'Untel ou Untel, c'est toujours quelqu'un d'autre qui doit tout organiser. Ce Dr Hughes qui est venu, je le connais de l'hôpital. Je l'ai croisé dans le couloir et je lui ai dit : « S'il vous plaît, revenez la voir. Elle est tellement malheureuse. » Et il a répondu : « Ah, parce que maintenant, vous êtes médecin et vous pouvez me dicter ce que je dois faire. »

Emma écoutait, stupéfaite que Rosina se soit tant souciée d'elle. Incroyable, tout ce que sa timide voisine avait essayé de faire pour elle, sans qu'elle le sache, et sans attendre de remerciements ni de reconnaissance. Elle passa de nouveau les mains sur son visage humide.

— Vous êtes très gentille. De m'aider comme ça. Mais ça va aller. Honnêtement, ça va aller.

— Vous êtes sûre ?

— Oui.

Emma se sentait épuisée. Elle toucha le visage de la petite fille sur la photo, en remarquant :

— Je ne vous ai jamais demandé comment elle s'appelait.

— Estela.

— Estela. C'est joli.

— Ça veut dire étoile. Si vous voulez, ajouta Rosina d'un ton hésitant, je peux vous laisser la photo. Mais seulement si vous le souhaitez.

Son regard était redevenu anxieux.

Emma répondit :

— Si vous pouvez vous en passer, j'adorerais l'avoir.

Elle plaça la photo d'Estela sur la table basse de la télé, à côté de celle de Ritchie coiffé comme un homme d'affaires. Les deux enfants se souriaient mutuellement.

— Un jour, ils se rencontreront. Je le sais, dit Rosina, les yeux à présent également pleins de larmes.

Elle se rapprocha de la table. Son bras frôla celui d'Emma, qui ne recula pas.

Le ciel au-dessus du balcon était sombre. Des étoiles brillaient à l'ouest, derrière la tour. Les deux mères, assises côte à côte, coude contre coude, regardaient les photos en silence.

Ensuite, à un moment, Emma se réveilla, et l'appartement était silencieux. Pas de gens en costume. Pas de voix. Personne.

Elle demeura à flotter dans le silence, les bras et les jambes étendus aux quatre coins du lit. Elle dérivait dans le néant, dans un grand bassin de vide blanc. Son esprit ne s'ancrait nulle part. Elle avait mal au crâne après être restée allongée si longtemps. Pourtant, elle n'avait pas envie de se lever. Ni de dormir. Ni de rester là. Ni d'être seule ni d'avoir quelqu'un auprès d'elle.

Elle étira un bras et ses doigts heurtèrent un objet sur sa table de chevet. Elle fronça les sourcils. L'objet fit du bruit lorsqu'elle le bougea. Elle le prit, leva le

312

bras en l'air pour voir de quoi il s'agissait. Un petit flacon de plastique brun, fermé d'un couvercle. Le flacon de pilules que le Dr Hughes lui avait donné, afin de l'aider à dormir.

Emma se hissa sur un coude. Elle scruta l'intérieur du flacon. Les capsules avaient à peu près la taille de gros grains de riz. Une moitié rouge, l'autre verte. Emma ouvrit le flacon et en sortit une. Elle la tint entre le pouce et l'index, la tournant dans tous les sens pour l'examiner. Quelque chose était inscrit sur le côté, des chiffres. Elle fourra la capsule dans sa bouche. Insipide. Goût de plastique, plutôt. Elle l'avala. Comme sa bouche était sèche, elle s'y prit à plusieurs fois, mais parvint à la faire descendre.

Elle prit une nouvelle pilule. Cette fois, au lieu de la gober, elle sépara les deux parties colorées. La poudre blanchâtre de l'intérieur s'éparpilla sur les draps. Puis elle sortit une troisième capsule et la mordit. Le goût était si infect qu'elle la recracha aussitôt.

Elle s'apprêtait à en prendre une autre, mais il n'y en avait plus. Emma renversa le flacon. Vide. On ne lui en avait laissé que trois. La première pilule était coincée à mi-chemin dans sa gorge. Elle déglutit encore, mais en vain. Elle la sentait là, qui creusait un trou brûlant dans sa gorge.

Peu après, elle sortit du lit. Elle alla chercher dans le frigo de quoi se débarrasser de ce comprimé. Mais le frigo était vide. Quelqu'un l'avait nettoyé et avait bloqué la porte ouverte avec une brosse à vaisselle.

Emma réfléchit un instant. Puis elle enfila ses baskets, saisit son sac et partit pour le *Sainsbury's*.

Fermé.

Il devait être plus tôt qu'elle ne le pensait.

Et maintenant ? Elle resta un moment dans la rue, complètement déprimée. Elle pouvait rentrer. Mais n'y était pas obligée. Personne ne l'attendait. Personne qui attendait d'être nourri, changé, distrait. Elle pouvait aller n'importe où. Autant en profiter. C'était ce qu'elle avait voulu, après tout.

Elle marcha jusqu'au métro Hammersmith et monta dans le premier train qui s'arrêta sur le quai. Ligne Eastbound District. Elle s'assit dans le coin, près de la porte de communication. La plupart des autres sièges étaient vides. Il y avait trois personnes dans son wagon, tous en costume et lisant *Metro*. Se rendant à leur travail à la City, probablement. Et elle, où allait-elle ? Emma étudia le plan au-dessus de la fenêtre. Une des grandes gares, peut-être ? Pourquoi ne pas faire un petit voyage hors de Londres. Le métro arriverait bientôt à Victoria. Les trains qui partaient de cette gare descendaient tous vers le sud, du moins à ce qu'elle croyait savoir. Vers la côte.

Elle avait soudain envie de retourner au bord de la mer.

Auprès d'un petit garçon aux cheveux fins qui roulait le long d'une dune.

Elle trouva Brighton très pâle en sortant de la gare. Tout était peint en crème, coquille d'œuf ou pastel. La blancheur du ciel lui indiqua dans quelle direction se trouvait la mer. Tout droit en descendant la colline, à l'autre bout de la ville. Il y avait du monde partout. Des boutiques, des galeries de jeux vidéo, des jetées et des restaurants. Pas vraiment ce qu'elle attendait, pour une raison ou une autre. Pas le genre de mer qu'elle cherchait.

—Il faut que vous preniez le bus vers l'est, mon chou, lui conseilla une femme aimable qui lavait le sol d'un pub. La côte est plus calme, par là-bas. Ça ressemble plus à ce que vous cherchez.

La femme avait raison. Assise dans le bus, observant les grands immeubles couleur crème céder la place à des villes moins importantes, puis à des villages, Emma ressentit un immense soulagement. Le bus finit par atteindre son terminus, devant un pub isolé au milieu de nulle part. Deux voitures dans le parking et pas âme qui vive. Ce n'était pas la bonne période de l'année pour les touristes. Des gouttes de pluie picotèrent ses joues lorsqu'elle descendit.

Elle sentait l'odeur de la mer, provenant de derrière une ligne de monticules herbeux, comme la dune française. Un sentier – un sillon dans le sable, à vrai dire – escaladait la dune. Elle l'emprunta, courbée sous le vent.

Elle ne s'aperçut pas qu'elle grimpait et fut étonnée, arrivée au sommet, de voir de quelle hauteur elle dominait la mer. Pas de pente douce jusqu'au rivage ici, mais une descente en à-pic par-delà des falaises.

Elle avança jusqu'au bord et regarda. Les parois des falaises étaient d'un blanc aveuglant. La mer était bleue – pas un bleu ciel normal, mais un turquoise très vif, surréaliste. Hypnotisée, Emma baissa les yeux. Les couleurs étaient trop éclatantes pour être réelles. Comme celles des crayons de couleur, des couleurs qu'on trouvait dans une chambre d'enfant.

Un souvenir d'elle-même lui revint : toute petite, jouant quelque part dans une chambre blanche, avec une poupée vêtue d'une robe d'un bleu franc. Où ? elle l'ignorait ; peut-être chez une voisine, ou à la fête d'anniversaire d'un enfant. Elle chantonnait tout en jouant.

Elle avait été heureuse, là-bas.

Si elle le désirait, là, tout de suite, elle pouvait y retourner.

Ritchie s'en tirerait très bien sans elle. Il l'oublierait. Elle pouvait le laisser, abandonner sa douceur de bébé et les bras qui s'accrochaient aux siens. De toute façon, ils auraient cessé de s'accrocher à elle, un jour. Les bras se détachaient ; un bout de son cœur s'arrachait, et Ritchie était parti. Dans sa vision suivante, il courait sur une plage, derrière quelque chose, un cerf-volant ou un chien. Il était plus âgé – dix ans, peut-être –, fort, en bonne santé, et heureux. Ses cheveux étaient plus foncés, mais il avait toujours le sourire d'Oliver. Il était grand, et parlait avec assurance, dans une langue qu'elle ne comprenait pas. Le ciel s'assombrit, il la dépassa mais sans la reconnaître, et rentra en courant vers un lieu qu'elle ne connaissait pas.

Le ciel s'obscurcit encore. Le vent se leva. Elle ne distinguait plus les vagues, mais les entendait s'écraser et taper contre les rochers. Emma se sentait comme un animal avant une tempête. Comme si des électrons traversaient son corps. Son esprit était vif et aussi clair que du verre poli.

« Il y a un mur entre ta maman et le bonheur, avait un jour dit sa grand-mère. Ça fait si longtemps qu'il est là, je pense que seul quelque chose d'énorme pourrait le briser. »

Emma toucha la cicatrice sur son menton.

L'enfant impatiente, qui courait vers sa mère. Le choc quand celle-ci l'avait repoussée. La peur, plus qu'autre chose, alors qu'elle trébuchait contre la cheminée.

Sa mère, livide, qui bondissait de sa chaise.

« Emma. Emma, ça va ? »

Sa voix, si bizarre, si aiguë. Elle volait vers Emma et la ramassait. Puis, debout, la tenait dans ses bras en la serrant très fort, en la berçant.

« Je suis désolée, je suis tellement désolée, répétait-elle en boucle d'une voix sourde, le visage enfoui dans les cheveux d'Emma. Je n'aurais jamais dû faire ça. Je t'aime, mon petit cœur. Je t'aime, tu ne sauras jamais à quel point. »

Emma ne se souvenait pas des paroles exactes, mais elle savait que c'était ça, en substance. Elle se rappelait très précisément comme sa mère la tenait fort. À l'époque, ça l'avait effrayée, elle n'était pas habituée à voir sa mère si démonstrative ; mais, en même temps, elle se sentait tout euphorique, car c'était comme dans la publicité pour la lessive, où la mère soulevait l'enfant hors de son lit et le jetait en l'air. Emma avait adoré cette pub.

Sa mère se trouvait à présent avec elle, à côté d'elle, ses cheveux, de la même couleur que ceux d'Emma, fouettés par le vent.

J'avais besoin d'aide, mais j'étais trop fière. Excuse-moi, ma petite fille chérie. J'aurais dû me battre plus fort pour toi.

— C'est bon, maman. Je sais. Je l'ai toujours su.

Le vent commençait à tomber. Les vagues roulaient, plus qu'elles ne s'écrasaient, contre les falaises.

Elle se battrait pour Ritchie. Elle ignorait comment elle le récupérerait, mais elle y arriverait. Elle avait un avantage, non ? Elle savait qu'il était vivant, et avec qui il était. C'était bien plus que certains parents d'enfants disparus. Elle n'avait pas encore tenté grand-chose.

317

Il existait un moyen, et peu importe le temps que ça prendrait, elle le trouverait. Elle n'abandonnerait pas.

Minuit moins le quart. Inutile d'attendre un bus à cette heure. Emma redescendit de la dune trempée et marcha le long d'une route jusqu'à un village. Une des maisons affichait un panneau « chambres libres » sur la fenêtre.

La femme qui lui ouvrit la porte prit son temps, étudiant Emma de la tête aux pieds à la lumière du porche avant d'admettre à contrecœur que, oui, il lui restait une chambre. Emma supposa que c'étaient ses habits mouillés qui lui posaient problème. Ou son absence de bagage, ou l'heure tardive. La femme la conduisit dans une cuisine impeccable, meublée de placards en pin et d'une longue table, déjà dressée pour le petit déjeuner, avec une nappe, des bols et des tasses. Elle inscrivit les coordonnées d'Emma sur un bloc à couverture marbrée, puis prit des clefs et la mena à une chambre dans un couloir derrière la cuisine.

Emma s'assit un moment près du radiateur de la chambre, laissant la chaleur détendre ses membres. Elle ne s'était pas rendu compte combien le vent était froid sur la falaise.

Marrant, la façon dont sa mère lui était apparue, là-haut. À sa mort, Emma avait juste… continué. Elle n'avait jamais fait ce qu'on est censé faire quand on perd le membre le plus cher de sa famille. Pleurer, sentir le parfum de sa maman, aller sur sa tombe. Le genre de choses que les autres gens déclaraient faire. Elle ne savait pas pourquoi, très franchement. Cette mort était restée au fond d'elle, comme un caillou. Durant quelque temps, Oliver avait apaisé la tension, mais quand il l'avait quittée, le caillou était revenu, plus lourd qu'auparavant. Sauf que, cette fois, elle l'avait à peine remarqué puisqu'elle devait aussi porter Ritchie.

« Pourquoi n'arrête-t-elle pas d'appeler ? » avait-elle dit à Joanne, lorsqu'elle avait trouvé les messages de sa mère sur le répondeur.

Mais elle savait pourquoi, désormais. C'était parce que sa maman n'avait jamais abandonné non plus.

Le vent frappait les vitres, plus modéré à chaque rafale. La présence de sa mère était moins forte ici que sur la falaise. Mais, de là-haut, on voyait loin, jusqu'à cette maison. Et même jusqu'à la France, si on regardait par-dessus la mer.

Emma prononça à voix haute :

— Si tu peux le voir, dis-lui que j'arrive. Dis-lui de tenir bon.

Puis elle ôta tous ses vêtements et les étala sur un fauteuil pour qu'ils sèchent. Elle s'écroula dans le lit à une place. Et s'endormit dès que la couette la recouvrit, d'un sommeil sans rêve.

Quand elle se réveilla, la chambre était très claire. Elle avait laissé les rideaux de vichy rouge ouverts. Un vase empli de fleurs séchées ornait le bord de la fenêtre. Elle apercevait la branche d'un arbre, et un bout de corde à linge avec une chemise d'homme bleue et quelques serviettes. Quelqu'un, quelque part, tapait au marteau. Ce qui semblait un gros chien aboyait fort. Des voix enfantines lui parvenaient :

— T'es un…

— Non, c'est toi qui l'es…

Une fois qu'elle eut compris que les voix ne s'approchaient pas de la fenêtre, Emma se détendit et laissa ses jambes se relâcher dans le lit. Bizarre comme tout son corps était douloureux. Elle avait l'impression d'avoir les muscles épuisés et tendus, comme si elle avait couru un marathon ou soulevé des poids très lourds. Elle avait faim, aussi. Une odeur de toasts et de beurre arrivait du couloir. Quelle heure était-il ? Elle souleva la tête. Elle ne voyait de pendule nulle part. Qu'est-ce qu'elle avait fait de son sac ? Son téléphone portable lui indiquerait l'heure.

Le sac se trouvait à cinquante centimètres de là, sous une chaise. Toujours enveloppée de la couette, Emma se pencha hors du lit pour le tirer vers elle. Elle le fouilla, écartant des doigts clefs et stylos, et finit par dénicher son portable tout au fond. Elle se rallongea en levant le téléphone pour regarder l'écran.

Puis elle cligna des yeux.

Vingt-huit appels manqués.

Emma fronça les sourcils et se redressa.

Juste à ce moment-là, le téléphone sonna.

— Allô ?

— Emma ?

C'était Rafe. Il enchaîna aussitôt pour couper court à toute tentative de réplique.

— Emma, où êtes-vous passée ? J'ai essayé de vous joindre toute la nuit. Vous avez disparu. J'ai téléphoné à la police, j'ai téléphoné partout. Personne ne savait où vous étiez.

Emma était estomaquée. Il l'avait appelée toute la nuit ? Depuis le Pérou ou la Bolivie ou Dieu sait où il était parti ?

— Je suis là, dit-elle. Je suis là, tout va bien. Je n'ai rien fait qui...

Il l'interrompit une fois de plus.

— J'ai un message pour vous.

— De qui ? demanda-t-elle, abasourdie.

Rafe répondit :

— De votre fils.

320

16

Lundi 2 octobre
Seizième jour

Le train venant de Brighton entra en gare de Victoria avec deux minutes et demie d'avance. Tirée de sa transe par l'annonce du conducteur, Emma leva les yeux pour la première fois depuis une heure. Le sud de Londres avait glissé sous ses yeux sans qu'elle y prête la moindre attention. Derrière la vitre, un pigeon avec une miette dans le bec voltigea précipitamment, battant des ailes en cercle avant de se reposer un moment et de s'envoler vers le plafond de verre crasseux.

Rafe, vêtu de son blouson bleu clair, l'attendait sur le parvis. Elle le rejoignit, hébétée.

—Je n'arrive pas à y croire. Jurez-moi que je n'ai pas rêvé ce que vous m'avez dit.

—Vous n'avez pas rêvé, répondit Rafe.

Il la poussa dans le café le plus proche et la fit asseoir à une table près de la fenêtre. Avant de s'éloigner vers le comptoir, il sortit de sa poche un objet enveloppé dans un sac en plastique et le lui déposa dans le creux de la main.

Emma resta assise, contemplant le contenu du sachet, le tournant et le retournant entre ses doigts.

Rafe réapparut avec un plateau chargé de nourriture.

— Je meurs de faim, dit-il. Il n'y avait pas de service de petit déjeuner sur mon vol de retour.

Il s'installa en face d'Emma, fit glisser vers elle un gobelet de café, puis entreprit d'ôter la cellophane d'un gigantesque rouleau de printemps.

— Donnez-moi juste une minute pour avaler ça, reprit-il. Après on décidera de ce qu'on fait.

Emma essaya de le laisser manger en paix, mais c'était impossible. Des milliers et des milliers de questions se bousculaient pour sortir. Tant de vides demandaient à être comblés. Et ensuite ? Qu'est-ce qu'elle devait faire maintenant ? Mais avant de pouvoir y réfléchir, il y avait trop de choses qu'elle devait savoir.

— Comment avez-vous eu leur numéro de téléphone ? demanda-t-elle, commençant par ce qui lui vint en premier à l'esprit.

— Il était…

Rafe s'interrompit en faisant un geste de la main. Il continua de mâcher une bouchée, l'avala puis poursuivit.

— Mon copain Mike me l'avait envoyé avec l'adresse.

— Alors c'est là que vous étiez pendant tout ce temps. Pas du tout en Bolivie.

Emma n'en revenait pas.

— En fait, je n'ai jamais dit que c'était là-bas que j'allais, souligna Rafe. Tout ce que j'ai dit, c'est qu'un job à l'étranger se présentait et que je ne pouvais pas le refuser.

— Un jardin qui avait besoin d'entretien, murmura Emma. Dans une maison brusquement mise en vente.

— Précisément. Tout à fait dans mes cordes, hein ?

Il but une gorgée de café avant de reprendre :

— Je ne vous ai pas dit où je partais, parce que je ne voulais pas vous donner trop d'espoirs. Je n'avais en fait aucune idée de ce que j'allais faire. Pour autant que je sache, ç'aurait pu être une perte de temps totale.

— Comment vous y êtes-vous pris pour qu'ils vous embauchent ?

— J'ai raconté à David Hunt que j'étais un jardinier expatrié qui proposait ses services pour mettre en ordre les jardins de propriétaires anglophones cherchant à vendre.

— Et s'il vous avait demandé comment vous aviez eu son numéro ?

— Je pensais tenter le coup et dire que je connaissais l'agent immobilier. Mais par chance, il n'a pas posé la question.

En fait, comme il l'expliqua ensuite, David Hunt n'avait pas paru plus intéressé que ça par l'état de son jardin.

— Un petit rafraîchissement ne lui ferait pas de mal, avait-il admis du bout des lèvres, lorsque Rafe avait cherché à savoir si son parc était prêt pour la mise en vente.

— Ça vaudrait vraiment le coup d'y passer deux jours, avait renchéri Rafe avec assurance. Tondre, arracher les mauvaises herbes, tailler les haies, ce genre de choses. Vous verrez que les visites monteront en flèche. C'est le jardin que les gens voient en premier.

—Pas faux, avait concédé David Hunt. Mais il se trouve que nous avons notre propre jardinier.

—Ah.

Merde.

—Oui. Nous avons été absents, donc c'est resté un peu à l'abandon, mais je pense que vous avez raison. Nous devrions effectivement l'appeler.

Rafe avait essayé de trouver une autre façon de se faire inviter dans la propriété. Il ne lui était rien venu à l'esprit.

—Bon. Eh bien. Je peux vous laisser mes coordonnées quand même ? Juste au cas où ?

—Bien sûr, avait répondu David Hunt.

Rafe avait récité son numéro, et Hunt l'avait répété pour confirmation, mais impossible de savoir s'il l'avait noté.

—Je vous remercie de votre appel, avait-il conclu.

—Je vous en prie.

Clic. Fin de la communication.

Raté.

Mais une heure après, David Hunt avait rappelé.

—Vous n'allez pas le croire. Notre jardinier habituel se fait opérer de je ne sais quoi. Il sera dans l'incapacité de travailler pendant six semaines. Maintenant que vous m'avez mis cette idée en tête, autant qu'on fasse appel à vous.

—Les dieux étaient de notre côté, dit Rafe.

Il prit une nouvelle bouchée de rouleau de printemps.

—Vous aviez un plan quelconque ? demanda Emma. Une idée de ce que vous alliez faire ?

— Absolument aucune. Je ne savais qu'une chose : même s'ils me laissaient circuler partout autour de la maison, j'étais certain qu'ils ne quitteraient pas une seconde Ritchie des yeux. Je n'étais même pas sûr qu'il soit là.

Emma regarda encore le sachet dans sa main. Elle lissa le plastique transparent. Aucun diamant n'aurait été plus précieux.

— Je pensais que vous ne me croyiez pas, lâcha-t-elle. Quand je disais que c'était le mien.

Rafe se pencha avec gravité en avant.

— Je *voulais* vous croire. Je savais que vous, vous en étiez persuadée. Simplement, je ne voyais pas comment ça pouvait coller après le test ADN. Je me disais que vous vous étiez peut-être convaincue que c'était lui. Vous savez, à force de chagrin. Les choses ont été un peu…

Emma vint à sa rescousse.

— C'est bon.

— Désolé. Je ne voulais…

— C'est bon, répéta-t-elle.

Nouveau coup d'œil au sachet sur son genou. Il serait temps de penser à tout ça plus tard.

Ce fut donc bien longtemps après que Rafe lui raconta quelles pensées lui étaient venues alors qu'il attendait son avion à l'aéroport. La police l'avait mis en garde : « Vous connaissez à peine cette femme. N'enfreignez pas la loi à cause d'elle. » Dans sa poche, des billets d'avion pour deux pays.

Continuer d'essayer. Ou poursuivre son chemin. Il était encore temps de décider.

Pourquoi faisait-il ça ? Pourquoi s'impliquait-il autant

pour ces gens ? Au début, il s'était senti coupable, et navré pour Emma, qui lui avait donné l'impression d'être franchement malheureuse et digne de pitié, mais il s'était bien plus investi dans cette affaire qu'il n'en avait eu l'intention. Comment croire que ce gamin était Ritchie ? Tout indiquait le contraire. Le test ADN. Tout. Un demi-cerveau suffisait pour comprendre que c'était improbable.

Et qu'est-ce qui lui avait pris, bon sang, de demander à Emma de l'accompagner en Amérique du Sud ? Il s'était attendu à ce qu'elle l'envoie sur les roses, et ça n'avait pas raté. Pour sa défense, il avait essayé, avec sa grande gueule et sa maladresse, de lui prouver qu'elle était une bonne mère, quoi qu'elle en dise.

Parce que sa façon de parler de Ritchie ! Depuis sa naissance, elle avait été attentive à tout ce qui concernait son fils. On n'était pas face à un parent incapable, négligent, abusif. Et elle n'était pas idiote. Loin de là. Son opinion devait bien être valable, quand même ?

Il y avait ce truc qu'elle avait raconté à sa généraliste : elle lui avait dit qu'elle envisageait de tuer Ritchie. Les mots n'étaient pas équivoques, impossible de le nier. Mais des mots n'étaient pas des actes. Parler de le tuer et le faire vraiment, ce n'était pas pareil. Et sa généraliste qui avait couru ventre à terre à la police pour déclarer que, à son avis, Emma était dépassée. Espèce de conne. Si c'était ce qu'elle pensait, pourquoi n'avait-elle pas fait son boulot à ce moment-là et essayé de l'aider ? Et d'ailleurs, le serment d'Hippocrate n'interdisait-il pas aux médecins de révéler les secrets confiés par leurs patients dans leurs cabinets ? Ou il confondait avec les prêtres ?

En tout cas, les policiers avaient dû être ravis qu'on leur présente la solution de l'affaire sur un plateau d'argent. Comment les blâmer ? C'était la nature humaine. Emprunter le chemin de la facilité.

— Ian Hill est un branleur, avait dit son pote Mike. Il fait ses heures et basta. Ta copine n'a pas de chance. On dirait qu'elle n'a pas grand monde de son côté, pas vrai ?

— Non, pas grand monde, admit Rafe.

— Qu'est-ce qui t'intéresse là-dedans, cela dit ?

Mike semblait curieux. Rafe réfléchit un instant.

— Les poulets, je pense, répondit-il.

Il ne mentait pas. Il s'était toujours senti coupable au sujet de ces poulets. Il avait plaqué sa période d'essai parce que les policiers s'étaient fiés aux paperasses prétendant que les poulets étaient correctement traités – directives européennes, nombre de mètres carrés par volaille, blablabla – puis avaient embarqué les manifestants de défense des droits des animaux en refusant d'enquêter davantage. L'élevage n'avait pas été fermé, et il avait encore fallu attendre un an avant que quelqu'un entre avec une caméra et filme les employés en train de jouer au foot avec les poulets, lancer contre les murs des volatiles qui battaient frénétiquement des ailes, les projetant sans pitié à coups de pied d'un côté et de l'autre sur le sol en béton.

Il avait démissionné en signe de protestation, parce qu'il pensait que c'était la chose à faire. Alors que la chose à faire, ç'aurait peut-être été de rester pour tenter de changer les choses de l'intérieur.

Bordel. Peut-être qu'il ne s'agissait pas de Ritchie. Mais il n'aurait pas l'esprit tranquille tant qu'il n'en serait pas absolument sûr. D'autant qu'il ne se passait

327

pas grand-chose d'autre dans sa vie en ce moment. Son principal problème, ces temps-ci, était de trouver comment sortir du studio miteux au-dessus de la boutique de kebab qu'il partageait avec Neil, le poète. Poète et accro au cannabis. Il trouvait les journées très longues. C'était parce qu'il s'apprêtait à voyager que tout était calme, il le savait. Mais qu'est ce qu'on faisait en attendant ? Un tour à vélo. Des Sudoku. On retrouvait un pote pour une bière. D'une certaine façon, il avait imaginé, gamin, que sa vie d'adulte serait plus remplie que ça.

Bon. Il irait en France. Il reverrait cet enfant de ses propres yeux. Et si, finalement, ce n'était pas Ritchie, il aurait fait son possible pour aider Emma et pourrait passer à autre chose.

Aller en Amérique du Sud. Camper sous la canopée. Le désert à dos de cheval. Les chutes d'Iguazu. Du Polyfilla pour boucher ses propres trous intérieurs. Il marcherait dans les montagnes et les forêts tropicales, observerait la vie ; et, quand il en serait lassé, il irait dans les villes et sombrerait dans le vice de son choix. Ferait macérer son esprit. Le voyage d'une vie.

Il arriva en voiture à Saint-Bourdain dans l'après-midi. Il franchit les grandes grilles de fer, monta la butte en contournant les arbres, et, quand il vit la maison des Hunt, siffla pour lui-même. Quand il était venu, la première fois, il n'avait guère prêté attention à l'endroit. Cette fois… eh bien, il n'y avait pas à dire, c'était une sacrée baraque. Trois niveaux, la même pierre décolorée que les piliers du portail. Des fenêtres partout, encadrées de volets bleu pâle, les vitres opaques dans la lumière. Le toit de tuiles rouille rosé sous le soleil.

Il se gara devant la maison et coupa le moteur. Le silence tomba comme une épaisse couverture verte ; cette sorte de silence que seul l'argent peut acheter. Sans voix humaines, sans bruits de machine, uniquement brisé au passage par le zonzon d'un insecte. Rafe espérait que cela n'indiquait pas qu'il arrivait trop tard. Il descendit de voiture. Des orangers en caisse ponctuaient les trois marches de pierre qui menaient à la porte en chêne. Sur le chambranle, masqué par des feuilles, se trouvait le bouton d'une sonnette. Il le pressa, et entendit un *ding dong* assez ordinaire mourir à l'intérieur. Puis de nouveau le silence vert. Il se tint sur la marche, regardant autour de lui. La seule voiture visible était la sienne. Sur le côté de la maison, un saule pleureur ombrageait une cour dallée ainsi qu'une table et des chaises en fer forgé blanc. Il ne manquait au décor qu'une cruche de limonade et une nana avec une ombrelle à fanfreluches.

Toujours pas de réponse à son coup de sonnette. Où étaient les Hunt ? Partis faire des courses ? Se balader pour la journée ? Ils avaient déménagé en Australie avec le gosse ? Des bruits de pas finirent par résonner dans la maison, et la porte s'ouvrit sur une grande femme mince, vêtue d'un pantalon blanc et d'une chemise vert clair. Elle maintint la porte ouverte et le dévisagea.

Rafe afficha son plus beau sourire de jardinier jovial.

— Bonjour. Je suis Rafe Townsend. J'ai eu M. Hunt au téléphone l'autre jour, à propos d'un travail de jardinage.

— Mon mari m'en a parlé, dit la femme. Je suis Mme Hunt.

Mme Hunt – ou Philippa, puisque tel était son prénom, il le savait – ne faisait pas son âge, qui devait avoisiner la quarantaine. Très bien conservée. Sourcils épilés, la totale. Elle semblait aussi beaucoup plus méfiante que son mari.

— Je suis vraiment navrée, reprit-elle, mais je dois vous dire que, normalement, nous exigeons des références avant d'engager du personnel. Nous avons été très occupés dernièrement, et mon mari a hélas complètement oublié de m'informer de cet arrangement avant ce matin.

D'accord, d'accord. S'il avait été dans un cirque, ç'aurait été le moment crucial de son numéro de funambule. Juste au milieu du filin. Rafe garda son sourire.

— Je comprends, affirma-t-il. On n'est jamais trop prudent, ces temps-ci.

Il baissa les yeux sur une touffe d'orties qui poussait entre les pierres de la dernière marche, et enchaîna :

— Bien entendu, s'il vous faut des références, je serai ravi de vous les fournir.

Le regard de Mme Hunt suivit le sien. Puis se tourna en direction du portail, où était accroché le panneau de l'agent immobilier, face à la route. Durant un instant, son visage perdit toute expression.

Elle releva les yeux vers Rafe.

— Où vivez-vous ? demanda-t-elle.

— Je suis basé à Domme.

Rafe lançait un nom qu'il avait pris au hasard sur la carte. Il s'agissait d'un village suffisamment éloigné pour que, *a priori*, elle n'y connaisse personne, et qu'elle ne cherche pas à savoir quelle rue il habitait. Du moins, il l'espérait.

— Domme, répéta Mme Hunt d'un ton songeur. Ce n'est pas là qu'il y a ce merveilleux marché dans la rue en pente ?

— Tout à fait. Des légumes superbes. J'y fais mes provisions chaque samedi.

Mme Hunt parut étonnée.

— Ah bon ? Je croyais que ce marché n'avait lieu que le mardi.

— Non, ça… a changé.

— Ah. Intéressant.

Mme Hunt étudia attentivement la tenue de Rafe. Il portait ses grosses bottes marron. Elles étaient encore tachées et pleines de boue depuis son dernier emploi.

— Si je dois vous embaucher, poursuivit-elle, il me faudra ces références.

Gagné ! Elle entrait dans son jeu.

— Pas de problème, déclara-t-il.

Elle marqua une nouvelle pause, puis ouvrit la porte en grand. Dès qu'il entra, Rafe regarda partout, embrassant le plus possible les lieux de ses yeux. Le vestibule était très haut de plafond, avec un carrelage crème et bleu clair au sol. Un miroir massif à cadre doré était accroché au-dessus d'une table en marbre, sur laquelle se trouvait un vase en porcelaine, de la taille d'un enfant, vide. Un lustre en fer forgé, avec des bougies, pendait du plafond au bout d'une chaîne, presque assez bas pour le toucher. Le reste du mobilier était en bois sombre ; portemanteau, commode, et ce qui ressemblait à un banc d'église le long d'un mur.

— Je peux avoir un numéro pour vos références ?

Philippa Hunt se tenait devant lui, un stylo à la main. Rafe lui donna les coordonnées de l'agence paysagiste pour laquelle il avait travaillé en Angleterre. Il espérait qu'elle s'en contenterait et ne lui demanderait pas les coordonnées de son employeur français.

Comme il s'en doutait, la première chose que fit Philippa Hunt fut d'appeler les renseignements pour vérifier que le numéro communiqué correspondait à l'adresse qu'il avait citée. Puis elle se rendit dans une autre pièce pour téléphoner à l'agence. Rafe profita de l'occasion pour continuer son exploration. Cinq portes partaient du vestibule, y compris celle que Philippa venait de passer. Ainsi qu'un escalier de pierre polie, le long duquel montait une rampe en fer forgé. À mi-hauteur, l'escalier tournait sur la droite, l'empêchant de voir jusqu'en haut. Aucun enfant visible, ni audible. Pas de photos. Puis, juste au moment où il entendit les pas de Philippa, il jeta un coup d'œil sous la table de marbre et aperçut une paire de minuscules bottes en caoutchouc rouges, maculées de boue.

Philippa réapparut en fermant son téléphone.

—Vos références sont satisfaisantes, annonça-t-elle. Quand pouvez-vous commencer ?

—Aujourd'hui, si vous voulez ? répondit calmement Rafe.

—Parfait.

Philippa ouvrit un tiroir et en sortit un trousseau de clefs.

—Je vais vous montrer où sont rangés les outils de jardinage.

Elle le fit ressortir par la lourde porte d'entrée.

—Je vois que vous avez des enfants, dit Rafe en désignant au passage les bottes sous la table.

—Oui.

Philippa referma la porte derrière eux. Rafe la suivit sur le perron, incapable dans l'immédiat de trouver une autre question en rapport avec un enfant qui n'alerterait pas Mme Hunt.

Ils tournèrent à l'angle de la maison, passèrent devant un espace herbu séparé par une clôture, comme un enclos pour chien, et traversèrent une étendue pavée en direction d'un petit bâtiment blanc.

— C'est ici que Franck range le matériel de jardinage, expliqua Philippa, en prononçant *Frrronk*.

Elle déverrouilla deux serrures. L'intérieur du bâtiment consistait en une longue pièce peinte en blanc, avec des étagères sur tout un côté. Frronk semblait être un type très organisé. Des assortiments de cisailles pendaient par ordre de taille à des crochets, toutes propres et brillantes. Des boîtes de désherbant et de fertilisant s'alignaient sur les étagères. Les tuyaux d'arrosage étaient rangés en dessous. Rafe apercevait vaguement leurs rouleaux vert foncé.

— Par là, vous trouverez une cuisine et des toilettes, indiqua Philippa en désignant une porte. La cuisine est assez basique, mais il y a un four à micro-ondes, au cas où vous voudriez manger quelque chose.

En d'autres termes, aucune raison qu'il retourne dans la maison.

— Qu'aimeriez-vous que je fasse ? demanda Rafe.

Philippa lui montra une feuille imprimée punaisée au mur.

— Franck a l'habitude de respecter une liste. Il exécute les tâches par rotation, mais comme ça fait un moment, vous risquez de découvrir que tout a plus ou moins besoin d'être fait.

La liste était en français. Rafe hocha la tête, les bras croisés, en se mordillant la lèvre. Il était incapable d'en comprendre le moindre mot.

— Comme vous voyez, poursuivit Mme Hunt, il s'agit surtout de tondre et de désherber autour de la maison, et d'entretenir le potager à l'arrière. Après les arbres là-bas se trouve l'élevage des oies, et Franck n'y jardine pas, évidemment. Mon mari dit que, selon vous, deux jours suffiront ? ajouta-t-elle.

— Exact, répondit Rafe. Mettons que je pourrai terminer lundi ?

— Parfait.

Philippa se détourna pour partir.

— Quand avez-vous prévu de déménager ? demanda Rafe, dans l'espoir de continuer à la faire parler.

Elle marqua un temps d'arrêt.

— Dans deux semaines.

— Vous allez dans un endroit sympa ?

Mme Hunt jeta un regard furtif vers les étagères.

— Les tondeuses sont dans une remise à part, derrière le bâtiment, dit-elle. Celle qui est autotractée avait un problème, mais je crois que Franck l'a réparée. Au moindre souci, tenez-moi au courant.

Elle retourna vers la maison, les talons claquant sur les pavés.

Bien, m'dame. J'ai compris.

Rafe parcourut de nouveau la pièce des yeux. Il ne savait pas trop ce qu'il cherchait. Des affaires d'enfant, peut-être ; vieux berceau ou poussette entreposés. Des cartons de photos. Mais il ne voyait que du désherbant et des arrosoirs.

Il y avait une autre porte près de celle qui menait à la cuisine et aux toilettes. Il alla y jeter un œil. Elle donnait sur une autre pièce, vaste, avec des étagères et un comptoir le long d'un mur. Des bocaux vides et des récipients en plastique, tous poussiéreux, jonchaient les étagères. Une bâche en plastique recouvrait un objet sur le comptoir. Il souleva un coin pour regarder.

Une caisse enregistreuse. L'endroit servait visiblement de magasin à l'occasion. Certains récipients portaient des étiquettes sur le côté : « Ferme des Chasseurs : Huile de noix », « Ferme des Chasseurs : Foie Gras ».

Foie gras. Eh bien, voilà qui expliquait les oies. Pauvres bêtes. Mais une petite exploitation agricole comme ça ne devait pas rapporter aux Hunt l'argent qu'ils semblaient avoir. David avait probablement un poste quelconque à la City, et la ferme était le domaine de Philippa.

Peu importe. Le temps passait. Il ferait mieux d'avoir l'air de faire quelque chose. Il sortit la tondeuse, décidant de se concentrer ce jour-là sur la partie arrière de la maison. Après la pelouse, il y avait un verger de noyers et de pommiers, et, au-delà, des champs de maïs foncé. Rafe ne voyait aucun jouet d'enfant nulle part. Ni toboggan, ni balançoire, ni camions, ballons, voitures. Rien. Comme si aucun gosse n'habitait ici. À moins qu'ils aient déjà tout emballé.

Après avoir coupé l'herbe, Rafe emporta la binette dans le potager clos. Preuves supplémentaires des impressionnants talents d'organisation de Frronk, des carottes en rangs comme au défilé. Les tomates, en revanche, tombaient des branches et gisaient, trop mûres et pourries, sur le sol. Les citrouilles étaient en meilleure forme, mais avaient besoin de nouveaux tuteurs et d'être ramassées. Rafe ne prévoyait pas de trop s'embêter à récolter. Sa mission ne consistait pour le moment qu'à rendre les choses présentables. Il sarcla les mauvaises herbes et enleva les fruits pourris, puis emporta le tout sur le tas de compost près de la resserre à jardinage. Chaque fois qu'il poussait la brouette devant la maison, il prenait un chemin différent afin de pouvoir regarder par toutes les fenêtres possibles. Au début il jetait juste un coup d'œil, tournant la tête d'une manière désinvolte en passant. Mais ensuite, comme toutes les pièces paraissaient vides, il s'avança plus près, et examina franchement l'intérieur. Où se trouvaient-ils tous ? La maison était déserte. Philippa, au moins, devait certainement être quelque part. Soit à l'étage, soit dans une pièce sans fenêtre ; ou alors, elle était sortie sans qu'il s'en aperçoive.

Aussi tard dans la soirée qu'il le pouvait raisonnablement, il remit binette et brouette en place, puis alla sonner à la porte des Hunt pour leur annoncer qu'il partait. Pas de réponse. Bon, qu'ils soient sortis ou qu'ils se cachent, maintenant que les outils étaient rangés, il ne pouvait risquer de traîner plus longtemps dans les parages. De toute façon, il mourait de faim. Il n'avait rien mangé de la journée.

Il quitta la propriété et roula par prudence jusqu'à un village éloigné de vingt kilomètres. Il réserva une chambre d'hôte, sous les remparts d'un autre château. Dans une pizzeria située sous une arcade de pierre, il engloutit deux portions de pain à l'ail et une pizza large comme une roue, garnie de suppléments. Puis il emporta une bouteille de bière blonde à une table de la terrasse extérieure, qui donnait sur des champs. Le soleil plongeait derrière les arbres à l'horizon, colorant d'orange les murailles du château.

Bon. Qu'est-ce qu'il foutait ici ?

Même s'il apercevait ce gamin, comment saurait-il si c'était celui des Hunt ou celui d'Emma ? Il n'avait sur lui aucune photo de Ritchie, bien qu'il en ait vu une ou deux. À présent, ça lui semblait complètement idiot de ne pas en avoir apporté. Emma avait dit qu'il ressemblait à son ex, que Rafe n'avait naturellement jamais rencontré. Et, malgré ce qu'il avait naïvement pensé, il semblait peu probable qu'il soit témoin d'une conversation compromettante entre Philippa et son mari. Bon, mais qu'est-ce qu'il avait espéré ? Faire irruption chez eux et les trouver la tête rejetée en arrière, hurlant de rire : « Ha-ha-ha, on s'en est bien tirés, pour finir » ? Ce couple-là se tenait très à l'écart. Ce qui était normal, bien sûr, quand on venait de kidnapper un enfant ; mais ça pouvait aussi être l'attitude réservée des Anglais de la bonne société, qui affichaient en permanence une mine coincée, comme s'ils avaient avalé un parapluie.

Rafe prit une gorgée de bière, la fit pensivement rouler contre ses dents.

Emma. Emma Turner. Qu'est-ce que cette femme avait de particulier ? Pourquoi la croyait-il ? Et pas les Hunt, dans leur silencieuse maison de pierre. Et pas leur famille et leurs amis. Pas la police. Pas le test ADN, bordel. Emma, toujours sur la défensive et si méfiante envers tout le monde, si hostile, si irritable et coléreuse. C'était seulement maintenant qu'il lui venait à l'esprit que l'amener ici risquait de ne lui avoir rendu aucun service du tout. Il avait peut-être été prématuré de s'emballer sur le mot « Bergerac ». Elle avait peut-être mal entendu. Cette femme au café avait peut-être dit quelque chose d'entièrement différent. Il pouvait s'agir d'une toute autre femme.

La Kronenbourg coulait dans sa gorge. Rafe renversa la tête en arrière. Ses épaules lui faisaient un mal de chien, après cette journée de travail. Du coup, il regardait droit sur le ciel. Noir d'encre et orange. Pas de lune, ce soir.

La journée passée à la dune. Le soir où il l'avait ramenée à Bergerac, et qu'ils s'étaient retrouvés devant la porte de sa chambre, avec la lueur de la lune qui baignait le couloir. Ces quelques secondes durant lesquelles elle avait oublié toute son hostilité. Et pendant ce court laps de temps, il avait vu... quelque chose d'à la fois tellement vaillant et fluet, fragile et tendre qui...

Rafe redressa la tête. Il but une nouvelle gorgée de bière.

Bon. S'il continuait cette aventure, il devrait essayer d'entrer dans la maison. Fouiner un peu. Voir s'il pouvait découvrir où partaient les Hunt. Il dirait qu'il avait coupé un tuyau sans le faire exprès, et voulait vérifier que l'eau fonctionnait encore. Ou qu'il s'était électrocuté sur la tondeuse et croyait faire une attaque.

Ou bien il pouvait carrément tout laisser tomber et rentrer.

Une autre gorgée de bière. Il examina la bouteille. Où ça se fabriquait, ce truc ? Il en avait bu à Londres, mais jamais elle ne lui avait paru aussi bonne. La lumière sur les murailles du château tournait à l'écarlate.

Non. Il n'était pas encore prêt à partir. Il resterait jusqu'à ce qu'il termine ce qu'il était venu faire.

Le lendemain, il arriva à sept heures à la propriété. Il attaqua la pelouse en pente de devant avec la tondeuse autotractée, surveillant la maison de près tout en travaillant. Toujours aucune trace de personne. Encore au lit ? dans la maison ? déjà partis pour la journée ? comment savoir ?

Il ne restait qu'un jour. La frustration le gagnait. Il devenait de plus en plus probable que Ritchie – s'il s'agissait de lui – n'était pas là. À ce compte-là, il risquait de ne revoir ni Philippa ni David. Bon, il faudrait bien qu'il croise l'un des deux pour se faire payer, mais ça se réduirait vraisemblablement à une rapide remise d'enveloppe et un vague au revoir. Il devait y avoir un moyen d'engager une conversation. D'obtenir des informations sans donner l'impression d'être indiscret.

Inutile de traîner autour de la maison s'il n'y avait personne dedans. Il emporta le taille-haie vers le portail et commença à couper les plus grosses branches qui pendaient par-dessus le mur, gardant un œil attentif à travers ses lunettes de protection, au cas où une voiture entrerait ou sortirait. Son esprit carburait pendant qu'il taillait. Lequel des deux serait le plus facile à faire craquer ? Philippa ou David ? Il avait dans l'idée, d'après leur échange téléphonique, que David pouvait être du genre à se dégonfler et en révéler davantage. Mais jusqu'ici, Philippa était la seule qu'il ait effectivement rencontrée.

Il pouvait toujours entrer par effraction dans la maison. Mais qu'est-ce que ça lui apporterait ? À part être plaqué au sol par deux gendarmes ?

Il était onze heures passées. Le soleil cognait dur. De la poussière et des copeaux de branchages lui piquaient la gorge. Il coupa le moteur du taille-haie et remonta lourdement l'allée en direction de la resserre, pour boire un peu d'eau.

Au moment où il passait l'angle du bâtiment, il releva les yeux. Puis laissa retomber ses bras et bondit en arrière avec un glapissement, comme s'il avait aperçu Damien du film *La Malédiction*.

Dans l'espace d'herbe clôturé, assis sous un arbre, une tétine en plastique jaune fourrée dans la bouche, il y avait Ritchie.

— Ça a failli m'achever, avoua Rafe à Emma. Passer la matinée à penser à des bambins m'avait manifestement tellement sensibilisé qu'en voir un m'a fait un sacré choc.

— Il était comment ? murmura Emma.

Rafe décrivait si bien la scène qu'elle n'était plus dans un bistrot à côté de la gare Victoria, qui sentait l'œuf frit et le bacon, entourée du jacassement des touristes et du sifflement du lait passé à la vapeur, mais là-bas, vraiment là-bas, dans ce jardin en France.

Rafe répondit :

— Il était en pleine forme.

Il ajouta :

— Il était exactement comme vous.

Emma avait dit qu'il était le portrait de son ex, mais c'était à elle qu'il ressemblait. Une version miniature, masculine et blonde de sa mère. Les mêmes yeux bleu foncé, un peu tombants. La même bouche, avec la lèvre inférieure plus pleine que la supérieure.

La fois précédente, quand il s'était retrouvé sur cette propriété avec Emma, les bras de Philippa Hunt le masquaient, et Rafe n'avait pas pu voir l'enfant. Mais là, il était au premier rang. Il observa le petit garçon qui jouait avec quelque chose dans l'herbe, et les ultimes doutes quittèrent son esprit.

C'était bien lui. C'était l'enfant d'Emma.

Rafe toussa pour chasser la poussière de sa gorge. L'irritation le fit larmoyer. C'était étrange. De voir ce

340

gosse comme ça ici. De savoir l'énorme injustice faite à Emma, et tout ce qu'elle aurait donné pour se trouver là et le voir aussi. Il s'éclaircit de nouveau la gorge. Il lui fallut quelques instants pour se remettre.

C'est alors que le vrai dilemme commença.

Et maintenant ?

Ritchie jouait toujours avec l'herbe, sans but réel, simplement assis. Il avait les jambes étendues devant lui. Il baissait la tête, le menton contre la poitrine. Il semblait grave et pensif. Pas comme ce qu'on aurait pu attendre d'un enfant de son âge.

Est-ce qu'il devait l'enlever ? Un filet de sueur coula dans le dos de Rafe. Mais ensuite ? Comment le ramener à Londres ?

Il s'avança tout doucement. Nul signe de personne, mais la porte à l'arrière de la maison, distante de quelques mètres, était entrebâillée. Rafe ouvrit le portillon et pénétra dans l'enclos. L'enfant était toujours absorbé par ce qu'il avait devant lui, dans l'herbe. Tout en gardant un œil sur la porte de la maison, Rafe fit de grands gestes pour attirer son attention.

— Ritchie, chuchota-t-il. Ritchie.

Ritchie releva immédiatement la tête, sa frimousse froncée de perplexité. Bon Dieu, c'était vraiment le portrait craché d'Emma. Pas de doute. La façon dont un de ses sourcils s'abaissait plus que l'autre quand elle essayait de réfléchir.

— Par ici, mon gars. De ce côté.

Le visage de Ritchie s'éclaira. Il sourit. Ses joues se gonflèrent comme celles d'un écureuil autour de la tétine. Il leva le doigt et le pointa, le regard fixé au-delà de Rafe, comme s'il voyait quelque chose derrière lui. Rafe jeta un rapide coup d'œil par-dessus son

341

épaule. Rien, à part le portillon de bois. Il se retourna vers l'enfant.

— Hé. Qu'est-ce que tu regardes ?

Il s'agenouilla pour que sa figure soit à la hauteur de la sienne, essayant d'obtenir de Ritchie qu'il se concentre sur lui.

— Par ici, mon p'tit gars. Il n'y a que moi ici.

Ritchie continuait de désigner le portillon en souriant. Puis il parut changer d'avis. Il braqua les yeux sur Rafe et tendit l'autre main. Il serrait quelque chose dans son poing sale. Rafe ne voyait pas ce que c'était. Il s'approcha encore un peu, un sourire mielleux collé sur le visage, priant pour que le bambin ne le prenne pas soudain en grippe et se mette à pleurer. Puis la porte de la maison grinça, et Philippa Hunt sortit.

Rafe transforma précipitamment son pas en avant en position accroupie. Il tapota par terre – pour évaluer la densité du sol ? – et fit un aimable signe de tête à Philippa. Elle lui jeta un regard rapide et entra à grands pas dans l'enclos. Elle alla droit vers Ritchie et le prit dans ses bras, le hissant sur sa hanche.

— Viens avec moi, dit-elle.

Rafe suivit des yeux le pan de sa chemise qui flottait tandis qu'elle s'éloignait.

Deux secondes de plus. Deux secondes de plus et… et quoi ? Il aurait pu… il aurait pu dégoter un nouvel échantillon d'ADN quelconque. Un cheveu ou autre. Merde, pourquoi il n'y avait pas pensé à temps ? Aucune chance qu'une autre occasion comme celle-là se présente.

Philippa s'était arrêtée devant le portillon. Rafe l'entendit demander à Ritchie :

— Qu'est-ce que c'est que ça ? Qu'est-ce que tu tiens ?

Elle lui prit quelque chose de la main ; la chose qu'il avait tendue à Rafe. Elle émit un petit son désapprobateur.

— Sale, dit-elle à l'enfant en fronçant le nez. *Sale*.

Elle jeta l'objet en question dans l'herbe. Puis franchit le portillon avec Ritchie et le ramena à la maison. La porte claqua derrière eux. Rafe entendit le raclement métallique d'un verrou.

Il frappa l'herbe à coups de pied. Quel minable ! Qu'est-ce qu'il était, un lapin merdique pris dans les phares d'une voiture ? Il aurait dû l'embarquer tant qu'il avait une chance. Il donna un nouveau coup de pied. Et maintenant ? Il continuait de jardiner ? Il parcourut l'enclos des yeux. Il avait prévu de débroussailler le coin autour du noyer. Des fruits verts, pas encore tout à fait mûrs, pendaient des branches comme des poires sombres.

Rafe fixa les fruits.

Il adore les trucs acides.

Il s'accroupit de nouveau, fouillant dans l'herbe haute à l'endroit où Philippa avait jeté ce qu'avait tenu Ritchie dans sa main. Il trouva ce qu'il cherchait et le ramassa.

Une noix vert foncé, avec des traces de dents.

Rafe releva les yeux. La porte de derrière était toujours fermée.

Il se mit sur ses pieds, le fruit vert toujours à la main.

Dégoulinant de salive.

17

Lundi 2 octobre
Seizième jour

Les yeux d'Emma débordaient de questions. Elle en avait encore tant. Qu'est-ce qu'Antonia avait dit d'autre à Ritchie ? Elle avait eu l'air fâchée contre lui ? Il était comment quand il souriait ?

Mais elle regarda la noix dans son sachet de sandwich, avec la trace de dents étonnamment large sur le côté, et la seule chose qu'elle dit fut :

— Il faut en parler à la police.

Lindsay décrocha à la seconde sonnerie.

— Emma, s'exclama-t-elle. Où étiez-vous ? Tout le monde s'inquiétait. Vous n'étiez pas chez vous, et votre téléphone…

Emma lui coupa la parole.

— Je vais bien. J'ai quelque chose à vous dire.

— Ah oui ?

— Nous avons une preuve, annonça Emma.

— Une preuve ?

—Que Ritchie est mon enfant.

Il y eut un silence. Puis Lindsay demanda d'un ton prudent :

—Emma, qu'est-ce que vous avez fait ?

—Écoutez-moi. Écoutez et je vous expliquerai.

Elle fit de son mieux pour résumer toute l'histoire aussi clairement que possible, mais le moulin à café du comptoir s'était mis en mode « marteau-piqueur », et la femme à la table voisine s'esclaffait avec de grands gloussements stridents. Le bruit la stressait. Elle s'embrouilla, parla plus vite au lieu de parler plus fort, et les mots finirent par se bousculer dans sa bouche. Lindsay dut l'interrompre pour lui demander de ralentir.

—Emma, du calme. Je ne saisis pas tout ce que vous dites. Répétez-moi le dernier point. Vous avez un échantillon ADN de Ritchie, c'est ça ?

Emma inspira à fond.

—Oui, c'est ça. Je vous l'avais dit, hein ? Je vous avais bien dit que c'était lui. Je savais que cette femme avait faussé le test. Je le savais.

—Mais comment…

—Il faut que vous compariez ce nouvel échantillon avec mon ADN à moi. Et vous verrez que c'est mon fils. Vous verrez que c'est Ritchie.

Lindsay poursuivit :

—Et cet ADN se trouve sur un fruit ?

—Sur une noix, oui.

Lindsay marqua une pause. Puis :

—Emma…

—Ça ne coûte rien, si ? plaida Emma. Vous dites tout le temps que vous voulez m'aider. Si c'est vrai, voilà le moyen de le faire.

—Je veux vraiment vous aider, affirma Lindsay.

— Alors où est le problème ?

— Venez ici. Venez me retrouver aujourd'hui au commissariat, et on en discutera.

— Mais vous ferez le test ? insista Emma.

Lindsay hésita.

— Je vais d'abord devoir en parler à l'inspecteur. Avant de faire quoi que ce soit de ce genre.

Elle lui proposa un rendez-vous au commissariat de Fulham Palace. Emma raccrocha, très déçue. Elle n'était pas plus avancée sur la suite qu'avant de passer son coup de fil.

— Je ne suis pas sûre que l'inspecteur Hill va apprécier, dit-elle à Rafe.

Il se pencha en avant, grattouillant le fond de son café avec une cuiller.

— Je pensais bien que ça se passerait comme ça. Je n'y connais pas grand-chose en ADN, mais je sais qu'on ne peut pas prouver où j'ai ramassé la noix, ni qui a mordu dedans. Sans compter qu'elle est contaminée. Je l'ai touchée, et cette Philippa aussi. Encore que, pour être honnête, je crois qu'aucun de nous n'a touché la partie baveuse que Ritchie a mâchée. N'empêche. Ça risque d'être dur de convaincre les policiers.

— Eh bien, s'écria Emma, on ne va pas attendre qu'ils se décident. On n'a qu'à avancer et organiser notre propre test.

Rafe se rassit en arrière en faisant tourner la cuiller entre ses doigts.

— Peut-être. Je crois qu'on va avoir besoin d'appui supplémentaire sur ce coup. Je devrais peut-être rappeler Mike.

— Mike ? Votre ami qui nous a donné l'adresse ?

— Ouais. Mike est une sorte de prodige. Inspecteur en chef depuis janvier, aux Stups. Mais c'est un type réglo. Il se portera au moins garant de nous. Passera quelques coups de fil en notre faveur.

— Appelez-le, alors, le pressa Emma.

Rafe sortit son portable de la poche arrière de son jean. Il était midi, et la queue à la caisse s'étirait jusqu'à la porte d'entrée. Les clients devaient hurler leurs commandes pour se faire entendre. Rafe emporta son téléphone dehors pour parler tranquillement. Durant l'attente, Emma lissa le sachet sur ses genoux, caressant le fruit difforme et rongé qu'il contenait.

Allez, petite noix. Tout dépend de toi, maintenant. Ne nous laisse pas tomber.

Emma avait cru qu'ils ne rencontreraient que Lindsay au commissariat, mais, à sa grande surprise, lorsque Rafe et elle entrèrent dans la pièce où elle avait visionné la bande vidéo de l'aéroport, elle vit l'inspecteur Hill. Ainsi que deux autres personnes qu'elle ne connaissait pas. L'une d'elles, un type massif à l'apparence négligée et très blond, salua Rafe d'un signe de tête amical.

— Mike ! s'exclama Rafe, visiblement étonné et ravi.

L'inspecteur Hill, en revanche, n'avait pas l'air plus chaleureux que d'habitude. Il était appuyé à une table, les bras croisés, ses yeux bleus et proéminents plus froids que jamais.

— J'ai informé l'inspecteur Hill de ce qui est arrivé, expliqua Lindsay à Emma.

Cinq paires d'yeux la sondèrent. Emma ne perdit pas de temps.

—Ceci, dit-elle en agitant le sachet contenant la noix, porte un échantillon de la salive de Ritchie. Nous nous le sommes procuré en France. Si vous en comparez l'ADN avec le mien, ça prouvera une fois pour toutes que je suis sa mère.

Sa main tremblait. Le sachet fit un bruit de plastique froissé. Elle le maintint plus fermement et le leva juste devant le nez de l'inspecteur Hill. Il garda les bras croisés et lissa sa moustache.

—Très bien, répliqua-t-il. Parfait. En laissant pour l'instant de côté la manière dont vous avez obtenu cet échantillon – il jeta un coup d'œil à Rafe – ma principale question est : va-t-on devoir refaire indéfiniment des tests ADN, jusqu'à ce que vous ayez le résultat que vous désirez ?

Lindsay regardait Emma avec compassion.

—Je veux le recommencer une seule fois, rétorqua Emma. L'autre test était faux. Quel mal y a-t-il à le refaire ? Vous verrez qu'il montrera que Ritchie est mon fils.

—C'est possible, riposta Hill. Mais on a déjà effectué un test qui démontre qu'il est le fils de quelqu'un d'autre. Il faudra des motifs sérieux pour en ordonner la répétition. Et, à propos, qu'est-ce qui nous prouve que ce… cette noix… a été mordue par l'enfant en question ?

—Les noyers ne poussent pas en Angleterre, lança Rafe.

Un silence tomba.

L'autre inspecteur, un homme fluet doté d'un nez plutôt conséquent, prit la parole :

—En fait, si. Ma tante a un verger dans le…

— Je doute que Ritchie soit allé dans le verger de votre tante récemment, coupa sèchement Rafe.

Emma explosa.

— Bon, il y a des noyers en Angleterre. Et alors ? Il pourrait y avoir des noyers à Londres, qu'est-ce que ça ferait. Combien poussent près de mon appartement ? Et même si Ritchie avait ramassé une noix quelque part avant d'être kidnappé, et l'avait mâchée, pourquoi l'aurais-je gardée chez moi au lieu de la jeter ?

Elle brandit de nouveau le sachet en plastique, afin que tous discernent clairement ce qu'il y avait dedans.

— Regardez, poursuivit-elle. Vous voyez bien que le fruit commençait tout juste à mûrir. Ritchie a disparu depuis plus de deux semaines. Si cette noix avait traîné tout ce temps-là dans mon appartement, vous ne croyez pas qu'elle serait pourrie, maintenant ?

Elle attendit que M. Verger déclare que les noix ne pourrissaient jamais, ou une bêtise de ce genre. Mais il n'en fit rien. Durant une minute, personne ne parla.

L'inspecteur Hill s'adressa alors à Mike et à Rafe.

— Je peux vous dire un mot ?

— Bien sûr.

L'inspecteur Hill s'écarta de la table. Son manteau bruissa lorsqu'il quitta la pièce. Rafe capta l'œil d'Emma et fit une grimace rapide, tordant comiquement les coins de sa bouche vers le bas. Puis il suivit les deux policiers dans le couloir. Après un bref échange de regards, Lindsay et l'homme dont la tante cultivait des noyers en firent autant.

Emma fut laissée seule. Une odeur écœurante régnait dans la pièce : un mélange de chips et d'émanation âcre et chimique de marker. À côté de la table, un châssis supportait un tableau blanc recouvert d'écritures, comme si on avait donné une conférence. Un cercle entourait le titre « L'image du policier de proximité ». Des flèches partaient du cercle. À l'extrémité de l'une, un bonhomme-bâton gonflait ses biceps en brandissant un pistolet. En dessous, quelqu'un avait griffonné : « Rambo ».

Ça faisait un bout de temps qu'ils étaient sortis. De quoi parlaient-ils ? Ce n'était quand même pas compliqué ? Il s'agissait simplement de dire oui ou non. Puis Emma songea soudain que ce qu'avait fait Rafe pouvait bien être illégal. Ah, super. Franchement génial. Ils allaient l'arrêter maintenant, à cause d'elle, pour couronner le tout ?

La porte s'ouvrit, et Lindsay entra dans la pièce. Elle referma derrière elle.

— Nous avons pris notre décision, annonça-t-elle.

Emma attendit la suite.

Lindsay baissa les yeux, étalant délicatement la pointe des doigts de ses deux mains sur le bord de la table, comme si elle s'apprêtait à jouer du piano. Enfin, elle releva la tête.

— D'abord, je dois vous dire quelque chose. Il reste encore plusieurs autres pistes, que nous suivons. Cet enfant à Manchester dont je vous ai parlé, pour commencer. Nous avons un numéro d'immatriculation, un…

— Si vous suivez cette piste, coupa Emma d'une voix dure, vous perdez votre temps.

Lindsay soupira.

— Emma, nous allons faire ce test.

Merci, mon Dieu.

— L'inspecteur Hill n'est pas content, poursuivit Lindsay. Vous n'auriez pas dû retourner dans cette maison. Ou M. Townsend, du moins, n'aurait pas dû. Autre chose que vous devez savoir : l'inspecteur en a discuté avec un de nos collègues, spécialiste en ADN, selon lequel il y a peu de chances que la noix donne quoi que ce soit. L'acide du fruit aura presque à coup sûr détruit l'ADN. Et comme il a traîné pas mal de temps, et que plusieurs personnes l'ont manipulé, l'analyse sera très délicate. Ça prendra des jours. Des semaines, même.

— Mais je…

Lindsay leva une main pour qu'elle la laisse continuer.

— Néanmoins, l'inspecteur-chef Evans nous assure que votre ami Rafe n'aurait jamais fait ce qu'il a fait s'il ne pensait pas sincèrement qu'il y avait une bonne raison. Donc voici notre décision. Nous allons procéder au test.

Emma recommença à respirer.

— Merci. Merci beaucoup.

— Encore une chose, dit Lindsay. Si l'ADN de Ritchie apparaît sur la noix, ça signifiera seulement qu'on aura un motif pour recommencer le test officiel. En soi, la noix ne suffira pas pour qu'on retourne le récupérer en France. Vous le comprenez ?

— Oui.

— Parfait, alors, conclut Lindsay avec un signe de tête.

Elle ajouta :

— Vous savez, on l'a toujours recherché. Je sais que vous pensez le contraire, mais c'est la vérité.

Elle semblait plutôt émue.

— J'adorerais que le test montre qu'il s'agit de Ritchie, ajouta-t-elle.

— Moi aussi, répliqua simplement Emma.

Elle ne voulait pas perdre davantage de temps à parler. Elle voulait que les choses avancent. Passer à l'étape suivante.

— Il se passe quoi, maintenant ? demanda-t-elle.

Elle était prête à se rendre n'importe où pour le test. Dans un labo, une clinique, à l'hôpital. Où que ce soit.

Lindsay répondit :

— On va comparer la noix à un échantillon de l'ADN de Ritchie pris dans votre appartement. On va également prélever un échantillon sur vous. Ainsi que sur M. Townsend, puisqu'il a manipulé le fruit. On peut vous le faire aujourd'hui. Un spécialiste ne va pas tarder.

Celui-ci, lorsqu'il arriva, prit des renseignements sur Emma : son nom, sa date de naissance, son adresse. Il remplit un formulaire. Puis brandit un bâtonnet avec une boule de coton à un bout, semblable à un gigantesque coton-tige.

— Ouvrez la bouche, s'il vous plaît, dit-il.

C'était comme chez le dentiste. Emma s'assit sur la chaise grise et ouvrit grand la bouche. Elle sentit un chatouillis balayer tout l'intérieur de sa joue. Ça s'était passé comme ça pour Ritchie. Elle était presque certaine qu'il avait essayé de mordre le bâtonnet.

Le coton-tige disparut. Les lèvres d'Emma et l'intérieur de sa joue étaient tout secs. Elle les lécha. Le spécialiste frotta l'embout de coton sur une carte carrée. Puis replia un volet par-dessus, scellant la carte. Il la glissa dans un sachet en plastique, avec le formulaire comportant les coordonnées d'Emma.

— Voilà, déclara-t-il. Vous pouvez y aller.

Elle quitta la pièce, remplie de joie. Enfin. Pour finir, la noix de Ritchie était en route. Où était passé Rafe ? Jamais les policiers n'auraient accepté de faire ça sans lui. Elle n'aurait jamais *eu* l'échantillon d'ADN sans lui. Pourvu que ça marche. Que ce soit la preuve décisive. Elle était impatiente d'en discuter avec lui.

Devant le commissariat, Mike, le copain de Rafe, se balançait sur ses talons, les mains dans les poches, tout en observant la rue. Il était massif, aussi grand et corpulent que l'inspecteur Hill, mais l'air plus gentil, avec de petits yeux plissés. En entendant la porte s'ouvrir, il se retourna aussitôt.

— Emma, lança-t-il en s'approchant pour lui serrer la main. Mike Evans. Ravi de vous rencontrer.

— Merci d'être venu, dit Emma, soudain tout intimidée face à l'ami de Rafe.

Elle ne mentionna pas le fait qu'il leur avait donné l'adresse en France, au cas où elle n'était pas censée le savoir.

— Pas de problème, assura Mike. Je dois bien ça à votre ami Rafe. On a suivi ensemble la formation à Brixton ; il m'a sorti d'une ou deux situations difficiles. Il est doué dans la gestion des crises.

— Où est-il, maintenant ? demanda Emma.

— Il a une petite discussion avec le patron. Il se fait probablement taper sur les doigts pour ce qu'il a manigancé.

— Taper sur les doigts ?

Emma était consternée.

— Ne vous en faites pas. Ça va aller pour notre petit Townsie. Tant qu'il n'invente pas une autre excuse avant son départ pour l'Amérique du Sud, parce que là, Juliet lui en voudra vraiment.

— Juliet ?

— Sa petite amie.

Emma n'en revenait pas. Rafe avait une petite amie nommée Juliet ?

Mike se frappa le front, comme dans un mélodrame.

— Pardon. J'oublie que Rafe et vous vous connaissez à peine. En y réfléchissant, ça fait moi-même un moment que je n'ai pas vu Juliet, mais ils sortent ensemble depuis… deux ans ? Aux dernières nouvelles, elle envisageait de prendre une année sabbatique pour le rejoindre en Amérique du Sud.

— Ah, je vois.

Rafe n'avait jamais évoqué une quelconque petite amie. Mais bon, pourquoi l'aurait-il fait ?

La porte du commissariat s'ouvrit bruyamment. Rafe sortit sur les marches.

— Brrr, lança-t-il en se frottant les mains d'une manière théâtrale. Je vais te dire, je suis supercontent de ne plus avoir à me colleter tout ce bazar.

— Tu sais, mon pote, riposta Mike, tu n'aurais jamais dû quitter ce boulot.

— Si. C'était la meilleure décision de ma vie.

Mike le regarda droit dans les yeux.

— Je ne crois pas. C'est une sacrée perte pour nous.

Rafe ne réagit pas. Il se tourna vers Emma.

— On pensait aller manger quelque chose. Vous venez avec nous ? Il y a un ou deux endroits sympas près du fleuve…

Emma hocha la tête.

— Ça vous ennuie si je vais marcher de mon côté ? Je vous suis reconnaissante, sincèrement. Mais là, j'ai juste besoin de me vider l'esprit et d'être un peu seule.

Dès qu'ils l'eurent quittée, elle se rendit directement chez elle. Dans la boîte en carton rangée en haut de son armoire, elle prit sa carte de crédit de secours et son permis de conduire. Avec sa manche, elle essuya la couche de poussière sur le permis. La dernière fois qu'elle avait conduit une voiture remontait au jour où elle avait réussi l'examen, du premier coup, à Bristol, à l'âge de dix-huit ans. Son passeport se trouvait toujours dans son sac à dos, avec la carte de France achetée à Bergerac. Elle fourra quelques affaires dans le sac et quitta l'appartement sans un regard en arrière.

À la station Liverpool Street, elle tira du liquide d'un distributeur, autant que lui permettait l'appareil en une seule fois. Le prochain train pour l'aéroport de Stansted partait dans deux minutes. Elle se dépêcha de l'attraper.

Une fois installée près de la fenêtre, elle envoya un texto à Rafe : « Fatiguée. Vais me coucher tôt. N'appelez pas. »

Puis elle remit son téléphone dans son sac.

Elle se sentait coupable de mentir à Rafe après tout ce qu'il avait fait. Mais elle n'avait pas envie de gaspiller son énergie à discuter. Ou de lui attirer de nouveaux ennuis.

Elle s'adossa à son siège, écartant ses cheveux de ses yeux.

D'une certaine manière, elle en était probablement venue à considérer Rafe comme une sorte de prolongement d'elle-même et de Ritchie. Il avait débarqué dans sa vie presque au moment exact où Ritchie disparaissait. Ritchie avait été l'unique sujet dont ils aient discuté un tant soit peu en profondeur ; il était la seule chose qui occupait son esprit, et, avait-elle supposé,

356

celui de Rafe aussi. Il avait même reporté son départ en Amérique du Sud pour l'aider.

Mais Rafe avait sa propre vie, évidemment. Qu'elle avait été stupide de ne pas s'en être aperçue avant ! Avec l'entrée en scène de Mike, et maintenant de cette Juliet, Rafe possédait en fin de compte tout un univers inconnu, rempli de gens et d'intérêts dont elle ne savait rien.

Juliet. Quel joli prénom. Chic et romantique. Elle était sans doute très belle. Rafe ne se contenterait pas de moins. Eh bien, il le méritait. Marrant, quand même, qu'il n'en ait jamais parlé. Mais bon, pourquoi l'aurait-il fait ? Le sujet n'était jamais venu sur le tapis. Et ce n'était pas comme s'il avait eu une attitude déplacée à un moment quelconque. Il avait seulement agi en ami vis-à-vis d'elle et Ritchie, quand ils en avaient eu le plus besoin.

Elle regarda par la fenêtre. Londres était derrière, à présent. Des champs broussailleux s'étiraient derrière les rails. Au-delà, des arbres pointaient vers le ciel ; des traits dessinés en noir sur un fond rose. Il restait moins d'un quart d'heure avant d'arriver à l'aéroport. Dernière étape avant la France.

Emma sentit une grande détermination l'envahir.

Elle était allée là-bas, et était revenue sans lui.

Cela ne se reproduirait pas.

Lorsqu'elle arriva à l'aéroport, l'excitation l'avait gagnée.

— Le prochain vol pour Bergerac, s'il vous plaît, demanda-t-elle d'une voix essoufflée, en tendant son passeport à la fille au comptoir des réservations.

Elle attendit en trépignant, tandis que la fille tapait deux ou trois lignes sur l'ordinateur.

—Désolée, dit enfin la fille avec une petite moue de regret. Vous venez d'en rater un.

Emma hocha la tête.

—Bon. Je prendrai le suivant, alors.

—Il n'y a plus de départs pour Bergerac ce soir.

Les mains d'Emma retombèrent sur le comptoir. Après tout ça ? Qu'est-ce qu'elle était censée faire, à présent ?

La fille tapota encore sur son clavier.

—Il y a un vol demain matin, reprit-elle. À sept heures vingt. C'est trop tôt, pour vous ?

—Non. Non, pas du tout. Je prendrai celui-là. Merci.

C'était mieux que rien. Emma lui tendit sa carte de crédit et saisit le précieux billet d'avion. Elle le plia dans son passeport et les enferma soigneusement tous deux dans une pochette latérale de son sac à dos. Puis elle parcourut le hall de l'aéroport des yeux. Et maintenant ? Elle pouvait difficilement traîner sur place toute la nuit. Mais n'avait aucune envie non plus de refaire tout le trajet en sens inverse jusqu'à l'appartement.

Elle acheta un sandwich au point de vente d'un café puis s'installa au bout d'une rangée de sièges vides pour le manger. L'endroit était tranquille, et bien chaud. Elle devait être assise sous une soufflerie d'air, ou quelque chose comme ça. Le temps de terminer son sandwich et de froisser l'emballage en boule, personne n'était venu s'asseoir près d'elle, ni même passé devant les sièges. Emma se leva pour jeter l'emballage dans une poubelle. Un passager solitaire se baladait au loin, le bruit de ses pas résonnant sur le dallage. L'aéroport paraissait s'être calmé pour la nuit.

Quelqu'un avait laissé un *Evening Standard* plié en deux sur le couvercle de la poubelle. Emma l'emporta jusqu'à sa rangée de fauteuils. Elle le déploya, l'étala sur les coussins pour les protéger de ses chaussures. Puis elle s'étendit en travers de trois sièges, utilisant son sac à dos comme oreiller. Elle chercha une position confortable, tassa le sac et le retourna de façon à pouvoir appuyer sa nuque contre une partie molle.

Elle resta un moment allongée, s'attendant à ce qu'on vienne lui dire qu'elle ne pouvait pas dormir là. Mais personne n'en fit rien. Les seuls sons qu'elle entendait étaient les *ding dong* assourdis qui préludaient aux annonces susurrées par les hôtesses. C'était apaisant. Serein. Elle sentait que sa présence ici était justifiée. Plus proche, d'une certaine manière, de la France que de Londres.

Emma ferma les yeux.

Le lendemain matin, elle fut la première passagère à embarquer. Après elle, l'avion s'emplit de couples et de familles, les enfants vêtus de shorts et de sandales, avec des pulls par-dessus comme s'ils étaient encore en Angleterre. Les hublots étaient des carrés de lumière blanche et liquide. L'air qui s'engouffrait par les portes était vif et frais.

L'avion décolla avec un quart d'heure d'avance. Emma sentit un grand calme l'envahir. Elle était maîtresse d'elle-même. Cette fois, elle était assise près de l'allée. L'hôtesse lui heurta à une ou deux reprises l'épaule, plutôt douloureusement, en passant avec son chariot. Une femme se pencha à travers l'allée pour demander si elle pouvait lui emprunter le magazine du vol. Un homme dans la rangée derrière renversa une pile de papiers avec son ordinateur portable, les envoyant valdinguer de sa tablette jusqu'au sol. Emma se baissa pour l'aider à les ramasser. Quand on était assis du côté de l'allée et non du hublot, on n'avait d'autre choix que de participer à ce qui se passait autour, au lieu d'être un petit atome qui flottait tout seul entre les nuages.

Tous ces gens, réunis dans l'avion, provisoirement libérés de leurs obligations.

Et elle, parmi eux, avec son propre objectif.

Très calme.

Je sais ce que je fais.

Au comptoir de location de voitures à Bergerac, elle avait sorti son permis de conduire et préparé l'appoint avant même que l'homme ne lui réclame.

La voiture était semblable à celle que Rafe et elle avaient louée la fois précédente. Par habitude, Emma se dirigea vers la portière côté passager. En fait, il fallut qu'elle se retrouve assise sur le siège, cherchant le volant, pour se souvenir qu'il se trouvait de l'autre côté. Elle ressortit et s'assit sur le siège du conducteur, puis passa plusieurs minutes à ajuster les rétroviseurs, vérifier qu'elle savait où tout se trouvait. Elle déplia la carte à la bonne page et repéra la ligne verte et sinueuse qui représentait la route de Saint-Bourdain. Enfin, elle accrocha la ceinture de sécurité, et démarra.

— Le passager côté fossé, se répéta-t-elle nerveusement en quittant le parking, pour se souvenir de rester du bon côté de la route.

Au-delà de l'aéroport, la ville de Bergerac était aussi tranquille que la dernière fois. Bientôt, elle roula en direction de Saint-Bourdain.

La météo, en revanche, était plus changeante, les champs surplombés de nuages gris et bas. Maintenant qu'elle était si près, la maison n'apparaissait pas assez vite. Elle s'interdit de penser que les Hunt risquaient de ne plus être là. Antonia avait dit à Rafe qu'ils ne déménageraient pas avant encore une semaine, ou quelque chose comme ça, mais il y avait de fortes chances qu'elle ait menti. Même avec les résultats favorables de l'analyse ADN, le temps de la famille Hunt était compté. Ils devaient se douter qu'Emma ne lâcherait pas prise. Qu'elle reviendrait. Allez, maison, apparais. Les champs verts et jaunes défilaient à toute allure. Les pneus ronflaient et sifflaient sur le bitume. Dans le sac d'Emma, sur le siège passager, le téléphone se mit à sonner.

Sans quitter la route des yeux, Emma tâtonna d'une main dans le sac – la sonnerie diminuait à mesure que l'appareil s'enfonçait sous les divers objets qu'il contenait. Enfin, elle l'attrapa, l'ouvrit de sa main gauche, afin de pouvoir maintenir le volant avec la droite.

—Allô ?

—Emma !

C'était Rafe.

—Qu'est-ce qui se passe ? demanda Emma, soudain tendue. Les résultats de l'analyse ADN sont arrivés ?

—Si c'est le cas, je ne suis pas au courant, répliqua tranquillement Rafe. La police vous aurait appelée.

—Ah.

—Encore qu'ils n'auraient pas pu vous joindre, ajouta Rafe. J'ai essayé plus tôt. Votre téléphone répète tout le temps : « Correspondant non joignable. »

—Euh… vraiment ?

Il y eut un petit silence.

—Vous êtes là-bas, n'est-ce pas ? reprit Rafe. En France ?

—Comment avez-vous deviné ?

Emma se surprit à sourire au téléphone.

Rafe dit quelque chose, jura peut-être, elle ne saisit pas. Elle songea qu'il avait dû sourire aussi. Mais lorsqu'il parla de nouveau, son ton était grave.

— Emma, qu'est-ce que vous fabriquez ?

Emma se concentra sur un virage serré.

— Tout ce que je sais, répondit-elle quand la route se fut redressée, c'est que je dois être près de lui. Et pas à des centaines de kilomètres, dans un autre pays.

— Ne vous les mettez pas à dos, Emma. Il faut que vous attendiez le résultat du test ADN. Vos arguments seront alors bien plus solides. La police sera de votre côté. Ne leur donnez pas une excuse pour disparaître.

— Et s'ils sont déjà partis ?

La réplique le désarçonna, elle le devina.

— Ils n'avaient pas l'air très pressés, quand j'étais là-bas, objecta-t-il.

— Peut-être, mais je doute qu'ils vous aient tenu au courant de leurs projets.

Elle était arrivée. Le panneau de Saint-Bourdain penchait toujours de travers vers la même haie. Derrière, les arbres se dressaient sur la butte. On voyait tout juste le toit rouge de la maison au sommet. Emma ralentit peu avant la grille. Elle arrêta la voiture sur le bas-côté. Est-ce que les Hunt étaient encore là ? Impossible à dire, en ne regardant que le toit. Ce n'était pas comme s'ils avaient recouvert la maison d'une housse à poussière avant de partir.

— Vous êtes où, là ? demanda Rafe.

— Devant la propriété.

— Bordel.

Il jura encore.

Emma tira le frein à main. Le moteur tournait au ralenti, grondant contre le bitume. Elle tourna la clef et un grand silence plana soudain.

— Je dois le voir, dit-elle. Je ne peux pas faire autrement. J'ai besoin d'être au même endroit que lui.

— Je ne vous convaincrai pas de renoncer, n'est-ce pas ?

Emma répliqua simplement :

— Qu'est-ce que je peux faire d'autre ?

Rafe marqua une pause.

— Rien, soupira-t-il. Rien du tout, à vrai dire. Je vous comprends. Alors, bonne chance. Mais encore une fois, restez à l'abri. Ne les affrontez pas seule.

— Je sais.

Lorsqu'elle eut raccroché, elle attendit, assise dans la voiture. Des trouées s'ouvraient dans les nuages. La lumière les traversait en rayons obliques et brillants, comme des rampes descendant vers les champs.

Si les Hunt étaient là, ils finiraient bien par se montrer, à un moment. Elle patienterait le temps qu'il faudrait. Juste pour l'apercevoir encore. Ensuite, quand elle l'aurait vu, elle… eh bien… Que ferait-elle ? Elle redémarrerait la voiture et s'en irait. S'éloignerait d'ici. S'installerait dans une chambre quelconque, se tournerait les pouces, et attendrait que les policiers finissent par l'appeler.

Rafe lui avait dit de suivre les règles. Même s'il était évident que lui-même n'avait jamais rien fait de tel de toute sa vie, il avait dit qu'elle n'avait pas le choix. Donc elle avait obéi, joué leur jeu, et cela ne l'avait menée nulle part. Rafe s'était trompé.

Le soleil était haut, à présent. Il commençait à faire chaud dans la voiture. Emma transpirait sous les bras. Elle baissa la vitre et recula le siège afin d'avoir plus d'espace.

Si les Hunt étaient partis quelque part, il faudrait bien qu'ils rentrent. S'ils étaient dans la maison, il faudrait bien qu'ils sortent. S'ils la dépassaient en voiture, elle risquait d'avoir du mal à apercevoir Ritchie. Mais peut-être qu'ils l'avaient emmené faire une petite promenade à pied. Même juste dans l'allée, comme la dernière fois. Dès qu'elle entendait un bruit de moteur sur la route, elle se retournait pour voir s'il s'agissait d'eux, mais c'était toujours un bonhomme juché sur un tracteur, ou une voiture de touristes, pleine d'enfants et de tentes.

Elle attendait.

Après ce qui lui parut une éternité, quelque chose remua au sommet de la butte. Emma se redressa. Un homme passa entre deux arbres, portant quelque chose dans ses bras. Le mari d'Antonia ? Emma se pencha en avant, les yeux plissés. Trop loin pour distinguer son visage. Mais il transportait une sorte de carton. Lourd, visiblement. Il devait se servir de ses deux bras. Il se dirigea vers une voiture et tâtonna derrière, tourné de biais pour enfoncer le coude sur le bouton-poussoir. Le coffre de la voiture s'ouvrit. L'homme déposa le carton à l'intérieur.

Emma réfléchit à toute vitesse. Si l'homme était le mari d'Antonia, pourquoi chargeait-il des choses dans une voiture ? Elle l'observa tandis qu'il repassait derrière les arbres. Elle fixa son regard sur la branche derrière laquelle il avait disparu, attendant de voir si quelqu'un d'autre sortait. Rien.

Il faisait désormais très chaud dans la voiture. L'arrière des cuisses d'Emma la démangeait et collait à son jean. Elle descendit complètement la vitre. L'odeur d'herbe coupée pénétra par la fenêtre. Une colombe ou un ramier roucoula dans les champs.

L'homme revenait. Emma se raidit. Il se dirigeait vers la voiture dans l'allée. Avec une valise, cette fois.

Puis une femme surgit. Un enfant dans les bras.

Emma inspira à fond. Oui, un enfant ! Ritchie ! C'était forcément lui ! Oh, Dieu merci. Dieu merci, il était encore là. Ils ne l'avaient pas emmené ailleurs. Qu'est-ce qu'ils faisaient, maintenant ? Elle avait besoin de jumelles. Elle se pencha de nouveau en avant. L'homme hissa la valise dans le coffre, et la femme s'approcha du côté de la voiture. Elle ouvrit la portière et se courba à l'intérieur, l'enfant toujours dans les bras. Elle traficota une minute ou deux, puis se redressa. Les bras vides.

Ritchie se trouvait désormais dans cette voiture. Pas de doute.

La voiture chargée de tous ces cartons.

Elle avait un mauvais pressentiment. Des graviers crissèrent derrière elle sur la route. Un véhicule ralentissait. Emma pivota pour voir. Une Jeep noire la contourna, clignotant allumé, puis reprit de la vitesse et s'élança de l'autre côté de la butte. Bon Dieu… même si les résultats du test ADN arrivaient pile maintenant, la police mettrait des siècles avant de débarquer ici. Il faudrait des échanges téléphoniques entre l'Angleterre et la France, chacun parlant à l'autre en mauvais français et en mauvais anglais. Ça durerait des heures. Et est-ce que les policiers prendraient la chose assez au sérieux pour envoyer un nombre suffisant de personnes et de véhicules à la propriété ? Ou bien ce serait l'adjoint de gendarmerie locale, qui viendrait sans se presser poser quelques questions quand il aurait terminé son croissant matinal ?

Une autre voiture. Pas la police.

Ritchie était ici. Il était ici en ce moment même. Et si elle ne faisait pas rapidement quelque chose, il allait disparaître.

Emma ouvrit la portière. Elle sortit dans le matin aux parfums d'herbe. Rafraîchissant, après la chaleur caoutchouteuse de la voiture. L'air lui éclaircit l'esprit. Elle referma la portière sans la verrouiller puis traversa furtivement la route en direction du portail. Elle commença à grimper l'allée, d'abord silencieusement, évitant les endroits où les graviers crisseraient sous ses pieds. Et tout à coup, cela lui fut égal. Quelle importance, qu'on l'entende ? Il était temps de mettre un terme à tout ça.

Dans sa poche, son téléphone se mit à sonner. Elle pressa la touche d'arrêt, et continua d'avancer.

En haut de l'allée, Antonia se penchait de nouveau à l'intérieur de la voiture, réarrangeant quelque chose sur la banquette. Elle tournait le dos à Emma, son postérieur revêtu de fauve oscillant d'un côté à l'autre. D'autres cartons s'entassaient autour du véhicule. Son mari était invisible. Un oiseau jacassait non loin, *ack-ack-ack*, et le soleil filtrait à travers les arbres. L'ombre des branches ondulait et tachetait les murs dorés de la maison. Ritchie se trouvait dans la voiture, sur un siège en hauteur. Il était installé avec le visage à l'opposé du sens de conduite. Emma voyait le sommet de son crâne.

— Coucou, dit Emma.

Antonia essaya de pivoter et de sauter en arrière en même temps. Sa tête cogna contre le toit de la voiture. Quand elle vit qui l'avait saluée, sa bouche s'ouvrit. Elle recula, tandis que toute couleur quittait son visage.

— J'aimerais récupérer mon enfant, maintenant, poursuivit Emma.

Antonia était blanche comme un linge.

— David, appela-t-elle d'une voix stridente. David.

Elle s'adressa à Emma :

— Que faites-vous encore ici ? Tout ceci est allé trop loin. Nous allons appeler la police encore une fois.

— Faites-le, répliqua Emma.

Elle regardait derrière Antonia, tâchant d'apercevoir Ritchie. Des pas crissèrent sur le gravier. Emma fit volte-face. Un homme de haute taille, en bermuda, tournait l'angle de la maison. Elle le reconnut sur-le-champ. L'homme qui avait dit être désolé, avant de lui fermer la porte au nez.

— Pip ? héla l'homme. Pip, tout va…

Puis il vit Emma, et ralentit.

— Oh, fit-il. Oh.

Son visage resta neutre. Il s'arrêta à quelques pas de la voiture.

Emma se retourna vers Antonia.

— Je vais le reprendre, maintenant.

Elle s'avança. Antonia bougea très vite. Elle claqua la portière et se plaça juste devant.

— Attendez, s'exclama-t-elle. Attendez une minute. Laissez mon fils tranquille.

— Ce n'est pas votre fils, rétorqua Emma.

Elle ne quittait pas la voiture des yeux. L'enfant assis sur la banquette arrière leur tournait le dos. Les vitres étaient teintées. Elle ne voyait que ses cheveux. Elle mourait d'envie de l'appeler, mourait d'envie qu'il se retourne et que son visage s'illumine de son grand sourire radieux en la voyant. Mais elle ne voulait pas l'effrayer avant de pouvoir l'atteindre.

Elle devait d'abord passer devant Antonia.

Pour la première fois, Emma se força à la regarder. Il fallait reconnaître que la garce était irréprochable. Son maquillage aussi impeccable que d'habitude. Les cheveux lavés de frais et lisses, toutes les mèches bougeant ensemble comme une seule. Chemisier et pantalon bien repassés et assortis. Couleur crème, bien sûr. Le rouge à lèvres, rose nacré, appliqué à la perfection.

Emma s'obligea à parler aussi calmement que possible.

—Je peux comprendre. Je peux comprendre pourquoi vous me l'avez pris. Je ne cherche pas à vous le retirer. Vous pouvez encore le voir. On peut trouver une solution.

—Vous êtes folle, cracha Antonia. Faites-vous soigner. Pourquoi vous accrochez-vous ainsi à notre famille ? Je sais que votre fils a disparu, mais pourquoi ne le cherchez-vous pas, tout simplement ? Pourquoi faites-vous une fixation sur *notre* enfant ?

Emma n'en revenait pas.

—Comment pouvez-vous mentir à ce point ? Vous savez très bien que ce n'est pas le vôtre. Vous me l'avez enlevé dans le métro.

—Je n'ai pas mis les pieds dans le métro depuis des années, riposta Antonia d'un ton exaspéré. La seule erreur que David et moi ayons faite a été de prendre un simple vol de retour par Londres après des vacances. Et maintenant, nous voilà mêlés à toute cette histoire. Pour l'amour du ciel – sa voix tremblait –, nous avons eu beaucoup de compassion pour vous. Nous avons même réalisé ce test ADN, pour notre plus grand désagrément, ajouterais-je, mais nous l'avons fait pour vous aider. Pour *vous* aider ! Mais ça suffit, maintenant, s'il vous plaît. Ça suffit. Partez, un point c'est tout, et laissez-nous tranquilles.

Emma était abasourdie. Qu'est-ce qui se passait ici ? Antonia se comportait comme si un micro enregistrait tout ce qu'elle disait. À quoi rimait ce déni grotesque ? Elle voyait bien qu'Emma savait ce qu'elle avait fait, non ? Mentir comme ça à Emma était comme se mentir à elle-même.

Elle l'examina encore. Elle n'était pas en train d'imaginer des choses. C'était bien Antonia. N'est-ce pas ? C'était la femme qui se trouvait au *M. Bap's* ce soir-là et avait disparu avec Ritchie. Ses cheveux étaient plus blonds à ce moment-là, mais tout le reste était pareil. Quoiqu'il y ait peut-être une différence sous les yeux. En regardant bien, la peau en dessous semblait plus vieille. Gonflée et sombre. Le tour de son nez et de sa bouche avait une couleur jaunâtre.

La voix de Rafe :

J'ai vu faire ces tests ADN. Personne ne peut les falsifier.

Tout cela était dingue. Dingue. C'était Ritchie, là, dans cette voiture. Bon, d'accord, elle ne le voyait pas trop bien pour l'instant, mais elle l'avait reconnu sur la bande de l'aéroport, elle l'avait vu la dernière fois, ici même, dans l'allée. Les vitres de la voiture étaient opaques, et il lui tournait le dos. Mais c'étaient ses cheveux. Plus foncés aussi, mais Antonia les avait *teints*. C'étaient ses oreilles. Elle le connaissait par cœur. Elle n'avait qu'à pousser Antonia, ou Philippa, quel que soit son nom, s'approcher de lui et...

Nouveaux bruits de pas derrière elle. Emma pivota sur ses talons pour affronter David Hunt. Mais ce n'était pas elle qu'il regardait.

—Pippa, dit-il. Pip.

—Appelle la police, lui ordonna-t-elle avec brusquerie.

—Pip, répéta David.

Il lui tendit la main.

—Laisse tomber, Pip.

—De quoi parles-tu ? répliqua Philippa d'un ton hargneux.

—Ça n'aurait jamais marché. Ma mère m'a posé une tonne de questions depuis qu'on l'a amené ici, et elle n'est pas la seule…

—Tais-toi, lui cria Philippa. Tais-toi, pauvre imbécile. Tu veux qu'ils nous prennent Xavier ?

David baissa le front. Son visage se ratatina, comme un sac en papier froissé dans un poing.

—Xavier est mort, assena-t-il.

—Qu'est-ce que tu racontes ?

La voix de Philippa se brisa en un glapissement.

—Il est mort, hurla David.

Il serrait les dents. Tous les muscles de son cou étaient tendus.

—Tu m'entends ? Il est mort, répéta-t-il, et il ne reviendra plus.

Emma plaqua les mains contre sa bouche. Son téléphone sonnait, mais elle l'entendait à peine. De la voiture parvint un pleurnichement d'enfant.

Philippa recula.

—Tais-toi ! Tais-toi !

David regarda Emma.

—Notre fils – il avait du mal à prononcer le mot –, notre fils est mort. En Inde, il y a quatre mois.

—Non, lui cria Philippa. Non, c'est faux.

—Si, il est mort !

Le sanglot violent, désespéré, de Ritchie, tira sur Emma, la remorquant vers lui comme avec un filin. Elle fit un nouveau pas en avant, mais Philippa se trouvait toujours entre elle et la voiture.

— Elle voulait que je n'en parle à personne, poursuivit David, pâle comme un linge, en tournicotant son alliance. Elle disait que si on n'en parlait pas, c'est que ça n'était pas arrivé. J'ai joué le jeu. Elle était tellement… Je n'arrivais pas à la faire rentrer. Elle refusait de le laisser tout seul en Inde. Ensuite, quand j'ai enfin réussi à la persuader de venir à Londres, elle vous a rencontrée, elle disait que vous ne pouviez pas vous occuper correctement de votre enfant, et elle m'a supplié de l'emmener avec nous et je… que Dieu me pardonne, je…

Philippa siffla à l'attention d'Emma :

— Vous n'étiez pas capable de vous occuper de lui. Nom d'un chien, vous l'avez laissé monter tout seul dans le wagon du métro. Quand je vous ai rencontrée, vous étiez dans un état catastrophique. Des vêtements crasseux, à peine fichue de parler. Vous aviez une tête à être internée à l'hôpital. Je devais l'éloigner de vous.

— Ce n'est pas à vous d'en décider, hurla Emma.

Elle avait oublié de rester calme pour ne pas affoler Ritchie. Les pleurs provenant de la voiture s'interrompirent, aussi brutalement que si on avait pressé un commutateur. Puis Ritchie poussa un cri strident.

— Mah, s'égosilla-t-il. Mah.

Emma ne pouvait plus se retenir.

— Ritchie. Oh, Ritchie, mon petit ange, je suis là.

Elle se rua vers la voiture. Ritchie se tortillait dans tous les sens, bataillant pour se libérer de son siège.

— Reculez, cria Philippa.

Emma ne saisit pas bien ce qui arriva ensuite. Philippa tendait la main – vers une boîte, sa poche, peu importe ; mais se redressait aussitôt, le bras levé, et un objet long et pointu brillait entre ses doigts.

— Re-cu-lez, répéta-t-elle.

Emma avait eu le réflexe de se jeter en arrière, avant même qu'elle n'ait reconnu l'objet qui brillait. Puis elle comprit de quoi il s'agissait, et une horreur épouvantable l'envahit. Un couteau ! Philippa tenait un couteau, et elle le pointait droit sur elle.

— Pipa, s'affola David. Pip, qu'est-ce que tu fais ?

— Ne me touche pas, rugit-elle.

Comme il s'apprêtait justement à le faire, il se hâta de battre en retraite.

— Sinon, je te poignarde aussi, le mit-elle en garde. Ne crois pas que je ne le ferai pas. Ça fait des jours que je voulais partir d'ici, mais toi, tu voulais attendre. Qu'est-ce qui ne va pas chez toi ? N'importe qui penserait que tu *souhaites* qu'ils nous prennent Xavier… J'ai dit : *Reculez !*

Ceci à l'attention d'Emma, qui essayait à nouveau de s'approcher de la voiture. Philippa pointa encore le couteau devant elle. Ses cheveux, dans lesquels elle avait plusieurs fois passé la main, n'étaient plus aussi impeccables. À la vérité, on aurait dit qu'une centaine de chauves-souris s'y étaient nichées. Ses yeux étaient injectés de sang. Emma resta où elle était. Aucun couteau ne la ferait reculer à présent. Ni couteau, ni fusil, ni troupeau d'éléphants sauvages.

— Philippa, dit-elle, manquant l'appeler Antonia. Philippa, s'il vous plaît. On peut discuter ?

— Je ne discuterai de rien avec vous. Restez à l'écart de mon fils. Je vous préviens.

Emma voyait nettement le couteau, maintenant. Il s'agissait d'une lame de cuisine, longue et large, pour trancher la viande ou les légumes.

— Mah, braillait Ritchie, trépignant toujours furieusement.

Il fallut à Emma toute son énergie pour garder son calme.

— Vous m'avez aidée, ce jour-là. Dans le métro, vous vous souvenez ? Vous avez sauvé Ritchie. Sans vous, comment ça se serait terminé ? Je vous en prie, ne croyez pas que je ne vous en suis pas reconnaissante.

Philippa , sans cesser de brandir le couteau, contournait la voiture à reculons, vers le siège conducteur. Tant mieux. Plus elle se déplaçait dans cette direction, plus l'accès à Ritchie serait facilité. Philippa bougea encore, et Emma sauta sur l'occasion. Elle se projeta sur la voiture. En passant devant Philippa, elle sentit quelque chose frapper son bras. Le coup la cueillit au-dessus du coude, et la fit pivoter sur le côté. Bizarrement, Philippa paraissait accrochée au bras d'Emma, suivant son mouvement, comme si sa main y était collée. De son autre main, Emma agrippa le toit de la voiture et s'en servit pour se dégager d'un geste brusque. Une sensation étrange traversa son bras et descendit jusqu'à ses doigts, un grésillement, une sensation d'aiguilles et d'épingles, comme si elle avait touché les fils dénudés d'une prise électrique. Puis la sensation s'arrêta.

Au loin, David criait :

— Philippa. Philippa. Ça suffit.

Emma ne voyait que la portière de Ritchie. Elle allait s'y précipiter lorsque quelque chose l'arrêta.

Philippa. Le couteau toujours à la main. Penchée depuis l'avant de la voiture vers l'arrière. Pointant le couteau droit sur Ritchie.

Elle dit :

—Dois-je le blesser lui aussi ?

Emma recula. La pointe du couteau, si proche du petit visage rond et sans défense de Ritchie, lui donna envie de vomir, de vomir vraiment.

—Non. Ne…, bafouilla-t-elle fébrilement.

—Alors je ne le répéterai pas. Écartez-vous de la voiture.

—Oui. Tout de suite, assura Emma en faisant plusieurs pas en arrière. Je vous en prie. Mais éloignez ce couteau. Éloignez-le.

Philippa braqua les yeux sur elle.

—Vous ne me prendrez pas Xavier, articula-t-elle. Vous ne me prendrez pas mon enfant. Quoi qu'il arrive. Je vous le jure.

Elle leva le couteau. Puis fit volte-face et se jeta sur le siège conducteur. À la seconde où elle tourna le dos à Ritchie, Emma plongea vers sa portière. Elle chercha la poignée à l'aveuglette, mais pour une raison quelconque ses doigts ne lui obéirent pas. Il y avait la poignée, il y avait sa main, mais ses doigts étaient tout enroulés et refusaient de s'ouvrir. Que se passait-il ? Sa main ne fonctionnait pas, elle ne pouvait pas la redresser.

—Ritchie, hurla-t-elle.

Du côté conducteur, David criait également. Emma eut le temps d'apercevoir fugitivement une masse indistincte, la tache ronde de la frimousse terrorisée de Ritchie à la fenêtre, ensuite, le moteur rugit. La voiture bondit en avant, puis s'éloigna en trombe, projetant poussière et graviers brûlants. Vrombissant de plus belle, elle descendit l'allée sur les chapeaux de roues en direction de la route. David s'élança derrière. Véhicule et homme disparurent derrière les arbres.

Merde, merde, merde. Emma fouilla maladroitement sa poche de jean à la recherche de son téléphone. Il était dans celle de droite. Elle essaya à plusieurs reprises de le sortir. La poche semblait comme fermée par une couture. Puis elle se souvint que c'était parce que sa main ne fonctionnait pas. Ses doigts étaient tout rouges à présent. Du sang coulait, formant de petites boules de poussière sombres sur le sol. Le son de la voiture s'estompait sur la route.

— BORDEL DE MERDE, hurla Emma.

Elle allongea la main gauche, tordant son épaule et son coude pour atteindre le téléphone dans sa poche.

David revenait, hors d'haleine et en nage. Puis il vit le bras d'Emma et s'arrêta net. Ses lèvres devinrent livides.

— Bon Dieu, elle l'a fait, s'exclama-t-il. Elle vous a vraiment poignardée.

— Aidez-moi, dit Emma. Aidez-moi à attraper mon téléphone.

— Ma femme n'est pas responsable, murmura David. Elle est malade.

— Oui, eh bien, elle a enlevé mon fils.

David déposa son téléphone dans sa main valide. Elle l'ouvrit.

— C'est quoi, le numéro de la police, en France ? demanda-t-elle.

— Je… C'est…

Le téléphone sonna juste à ce moment-là, les faisant sursauter tous les deux. Le nom de Rafe s'affichait sur l'écran. Emma pressa le bouton et coinça l'appareil contre son oreille.

— Elle est partie avec lui, dit-elle.

— Que…

— Elle a un couteau. Ritchie est avec elle dans la voiture, et elle a un couteau.

— Merde.

La voix de Rafe baissa. Elle l'entendit parler à une autre personne en arrière-fond. Puis il s'adressa à elle de nouveau.

— Tenez bon, Emma. Tenez bon. La police arrive.

— Dépêchez-vous. Par pitié.

Lorsqu'elle raccrocha, David la regardait avec tristesse. Elle avait presque oublié sa présence. De profonds sillons partaient de ses yeux jusqu'aux plis de sa bouche. Les dernières semaines n'avaient pas été faciles pour lui non plus.

— Nous aurions dû nous faire aider, admit-il. Si nous l'avions fait, tout ceci ne serait jamais arrivé.

— Pourquoi me l'avez-vous enlevé ? gémit Emma. Avez-vous pris soin de lui ? Avez-vous été méchant avec lui ?

David posa les mains sur son cœur.

— Je vous le jure. Nous l'aimions comme notre propre fils. Nous nous en occupions du mieux possible, nous faisions tout ce que nous pouvions pour lui.

— Comment avez-vous pu faire ça ? Comment votre famille ne s'est-elle pas rendu compte que ce n'était pas le vôtre ?

— Ils ne l'avaient pas vu depuis des mois, expliqua David, le visage gris. Nous leur avons dit qu'il était différent parce qu'il allait mieux. C'était l'enfant qu'il aurait dû être.

Emma avait attendu si longtemps de se confronter à ces gens. Elle s'était passé des milliers de fois ce moment dans sa tête, avait préparé des millions de questions. Les questions étaient toujours là, prêtes à surgir. Mais maintenant qu'elle avait David Hunt en face d'elle, elle ne voulait plus rien lui demander. Elle allait tourner les talons, mais David n'avait pas encore fini.

— Il n'aurait manqué de rien, continua-t-il dans son dos. Rien ! Il aurait été si heureux.

Emma pivota de nouveau vers lui.

— Elle l'aurait blessé avec le couteau, dit-elle. Vous le savez, n'est-ce pas ?

— Non, elle ne l'aurait pas fait.

— Si, regardez, insista Emma en lui montrant son bras.

— Vous ne la connaissiez pas. L'ancienne Philippa n'aurait jamais… Ma Philippa… elle…

David Hunt sanglotait maintenant.

Puis il s'effondra, une main sur le visage, l'autre cherchant le mur à tâtons.

— Mon fils, mon fils, gémit-il – et Emma n'avait aucun moyen de dire quel enfant il pleurait : Ritchie, ou son propre petit garçon mort, si loin, en Inde.

Elle se détourna une nouvelle fois. En bas de la butte, au-delà de la courbe de l'allée, la route se divisait entre les champs, se ramifiait en une multitude de lignes, de plus en plus petites. Laquelle avait emprunté Philippa ? Elle voyait bien encore un nuage de poussière sur l'une des routes, soulevé par le véhicule de la fuyarde. Elle essaya de le suivre des yeux, mais le nuage devint chatoyant et se dispersa. Une brume descendait en tourbillonnant du ciel, et son sang tombait goutte à goutte dans la poussière, aussi scintillant que des grains de raisin.

18

— Inspecteur Éric Perrine, indiqua l'homme en veste de velours marron. De la police française.

Il tendit la main pour serrer celle d'Emma, avant de se rendre compte qu'elle ne pouvait la prendre. Elle était allongée sur un brancard, entourée de gens, et un homme en blouse blanche était en train de couper sa manche avec des ciseaux.

Emma essaya de soulever sa tête de l'oreiller.

— Vous les avez vus ? Vous les avez retrouvés ?

— Non, madame. Mais nous y arriverons.

— Vous savez qu'elle a un couteau ? Vous êtes à leur poursuite ? Vous avez installé des barrages routiers ?

— Nous faisons tout notre possible, répliqua l'inspecteur Perrine.

Il avait les cheveux courts et bruns, les tempes grisonnantes. Il parlait d'une voix douce et courtoise.

— Faites-moi confiance, madame. Nous avons la description de la voiture, et lancé beaucoup de monde à leur recherche. Ils seront retrouvés.

Un homme coiffé d'un calot de papier bleu surgit, et commença à tâter le bras d'Emma.

— Vous sentez là ? demanda-t-il. Ou là ?

Elle ne sentait rien du tout. Le bras était toujours accroché à son épaule, mais ce n'était pas le sien, il ne faisait plus partie d'elle. L'homme au calot parla à l'inspecteur Perrine, qui hocha la tête, puis s'adressa à Emma :

— Pour le moment, je dois laisser les médecins vous soigner. Votre bras a été très endommagé. Ce chirurgien dit que vous devez être opérée.

— Opérée ?

— Oui. Le plus vite possible.

Emma était consternée.

— Je ne peux pas. Je ne peux pas être opérée. Pas tant que Ritchie n'est pas encore là.

L'inspecteur Perrine écouta de nouveau le chirurgien et traduisit ses paroles :

— Les vaisseaux sanguins et nerveux de votre bras ont été très abîmés. Si on ne les remet pas tout de suite en état, vous perdrez votre bras.

— Ça m'est égal.

— C'est très sérieux. Pensez à votre fils. S'il vous plaît, madame Turner. Les choses sont déjà assez difficiles comme ça. Ne les rendez pas plus compliquées.

La gentillesse de son ton la réduisit au silence. Ses yeux bruns lui rappelaient quelqu'un d'autre.

Il ajouta :

— Vous avez fait ce qu'il fallait, aujourd'hui, madame Turner. Nous avons parlé à M. Hunt. Ils prenaient la route pour l'Italie cet après-midi. Sans vous, ils seraient partis.

Une infirmière enveloppa son bras d'un pansement.

— Je m'en vais, maintenant, reprit l'inspecteur Perrine. Je vais voir ce qui se passe. Dès qu'il y aura du nouveau, je vous contacterai.

— Vous ferez le maximum ? Tout ce que vous pourrez ?

La question sortit comme un sanglot.

— Oui, déclara gravement le policier. Vous avez ma parole d'honneur, madame. Je ferai tout ce que je pourrai.

Il la laissa, et l'homme au calot ainsi que les personnes en blanc s'éloignèrent aussi. Emma s'en rendit à peine compte. Les lumières étaient trop vives. Elle se tourna en tremblant sur le flanc, face au mur. Cette femme avait un *couteau*. Elle l'avait pointé sur Ritchie. Elle avait poignardé Emma, comme ça ; c'était une malade mentale. Et maintenant, Ritchie se trouvait quelque part avec elle. Emma serra un coin du drap dans son poing. Elle ne devrait pas être ici. Elle devrait être dans une voiture de police, en train de le chercher sur les routes ; être présente quand on le trouverait, être la première personne qu'il verrait. Il l'appellerait : « Mah. Mah. » Elle pressa le poing contre sa poitrine. Il avait su qu'elle était là. Il devait se demander pourquoi elle n'était pas venue vers lui, pourquoi elle était repartie et l'avait laissé.

Il fallait qu'elle lui explique.

« Je n'avais pas l'intention… Je ne… »

Elle s'assit péniblement. Pas question de rester là. Elle subirait cette opération une autre fois. Pour le moment, elle allait trouver l'inspecteur Perrine et insister pour qu'un des véhicules de police l'emmène. Elle essaya de se redresser davantage, mais son bras droit pendait en arrière, aussi flasque que l'aile cassée d'un oiseau géant ou d'une chauve-souris. Le pansement collait à sa peau, tirant sur la blessure au-dessus de son coude, et elle put voir la masse rose du muscle par l'ouverture béante de la plaie. Des traînées écarlates couraient jusqu'à son poignet. Son bras ressemblait à une carte routière blanc et rouge. Prête à s'évanouir, elle détourna les yeux.

Une infirmière apparut près de son lit.

— Ça va ? demanda-t-elle.

— Très bien, répondit Emma, cherchant des yeux une serviette ou un drap. Je voudrais juste quelque chose pour...

Puis elle regarda de nouveau son bras et s'effondra, vaincue. Elle était assez lucide pour voir dans quel état elle se trouvait. Elle ne pouvait rien faire, aller nulle part, avec un bras comme ça. L'infirmière suivit son regard et fronça les sourcils.

— Vous avez décidé ? Vous allez vous faire opérer ?

Emma réfléchit à toute allure.

— Si je le fais, quand est-ce que je pourrai sortir ? Je pourrai m'en aller tout de suite après ?

— Si l'intervention réussit, alors oui, peut-être. Le couteau a fait beaucoup de dégâts. Le sang n'arrive plus à votre main. C'est pour ça que vous ne sentez rien.

— Ça sera rapide ? J'ai peu de temps, vous voyez. Je dois rester éveillée... Je... Mon petit garçon...

— Je comprends, dit l'infirmière.

Elle posa la main sur l'épaule d'Emma.

— Bien sûr que je comprends. On essaiera de faire le plus vite possible.

Dès que l'infirmière eut informé l'équipe médicale qu'elle acceptait l'opération, le box d'Emma se remplit de monde. Elle chercha l'inspecteur Perrine parmi toute cette foule. Elle voulait l'entendre promettre que la police continuerait de chercher Ritchie pendant qu'elle se trouvait en salle d'opération.

—Excusez-moi, répétait-elle sans cesse.

Elle éleva la voix.

—Excusez-moi. Il faut que je revoie ce policier. Celui qui... Quelqu'un m'écoute ?

Le chirurgien au calot bleu était de retour, il aboyait des ordres aux membres de l'équipe.

—Tout de suite, jeta-t-il en français, d'un ton sans appel.

Emma reconnut l'expression. Cela signifiait « immédiatement ». On poussa le brancard d'Emma le long d'un couloir. Des fenêtres blanches défilaient à toute allure. Une brise soufflait sur son visage. Puis elle se retrouva dans une autre salle, pleine de machines. Une odeur chimique, vaguement familière. Du vernis à ongles ? D'autres personnes en blouse, bleue, cette fois. Chacun faisait quelque chose. Ouvrait ou fermait des placards. Accrochait des objets sur des perches. Donnait une pichenette sur l'extrémité de seringues emplies de liquide.

Une femme lui posa une série de questions, et cocha les réponses à mesure sur un bloc à pince.

—Quand avez-vous mangé la dernière fois ? Avez-vous déjà subi une anesthésie ?

Plus vite Emma coopérait, plus vite l'intervention aurait lieu. Elle répondit à tout. Le stylo de la femme volait sur le papier. Un homme portant un calot de papier et un masque noua quelque chose autour du bras valide d'Emma.

—Pour faire sortir la veine, expliqua-t-il.

Il lui tapota le dos du poignet.

—Remuez votre main, s'il vous plaît, demanda-t-il.

Emma ne comprenait pas ce qu'il lui disait. Remuer sa main ? Elle tordit son poignet d'avant en arrière. La femme avec le bloc vit qu'elle ne comprenait pas, et revint vers le brancard pour l'aider.

—Ouvrez et fermez le poing. Comme ça, dit-elle en lui montrant. Faites comme si vous vouliez attraper un objet qui est hors d'atteinte.

Alors Emma ouvrit et referma la paume gauche. Puis quelque chose piqua le dos de sa main. Quelques secondes plus tard, la pièce tournoya. Elle essaya de se cramponner au bord du brancard, mais sa main gauche était toujours entravée, et l'autre complètement inerte.

—S'il vous plaît, gémit-elle sans savoir ce qu'elle réclamait. S'il vous plaît.

Voix en arrière-fond. Antonia surgit à côté d'elle, portant un calot bleu et un masque. Emma ne voyait que ses yeux. Elle tenait un couteau en l'air et en éprouva la pointe du bout du doigt.

—Vous connaissez Salomon ? demandait-elle.

Sa voix était grave, sèche et glacée.

—Salomon est le roi qui a ordonné de couper un bébé en deux, poursuivit-elle.

Emma tenta de libérer sa main.

—Lâchez-moi, cria-t-elle. J'ai changé d'avis.

Mais le cri devait être dans sa tête, parce que les voix continuaient de murmurer, avec leur douce sonorité française.

—Tout va bien, dit une autre voix. Je suis là.

—Dormez, maintenant, ordonna le médecin.

On libéra sa main. Elle flottait à côté d'elle, comme sur l'eau. Il y avait quelque chose sur son visage, qui appuyait sur ses yeux, obscurcissant tout. Du froid pénétra dans son nez. L'odeur de vernis à ongles devint plus forte.

Au loin, une femme dit :

—Vous n'avez plus besoin d'attraper.

Emma se rendit compte qu'elle remuait de nouveau la main. Ouverte. Fermée.

Juste hors d'atteinte.

Je suis là.

Surprise, elle ouvrit les yeux. Quelque chose retenait sa main, l'empêchait de bouger. Elle le repoussa et recommença à essayer d'attraper, étendant les doigts le plus loin possible. Puis tout devint noir. Sa main retomba sur le drap. Ses doigts se plièrent, s'immobilisèrent, et lorsqu'ils se refermèrent, ce ne fut que sur eux-mêmes.

Tout tourbillonnait. Une lueur intense transperçait ses paupières. Elle avait des haut-le-cœur.

—Bonjour, dit une voix.

Emma ouvrit les yeux. Le tourbillon cessa. Une fille en blanc écartait les rideaux d'une fenêtre.

Emma battit des cils pour s'habituer à la lumière. Elle regarda autour d'elle. Ce n'était plus la salle d'opération. Elle se trouvait dans un lit, dans une chambre normale, meublée d'une penderie et d'un casier blancs, avec une télévision suspendue dans un angle près du plafond. Son bras droit, alourdi de bandages, était calé sur un coussin.

—Ça y est ? J'ai été opérée ?

Elle était déconcertée.

—Oui, répondit l'infirmière.

Emma n'en revenait pas. La dernière chose dont elle se souvenait, c'était la femme avec le bloc à pince lui montrant comment bouger la main.

—L'intervention a pris du temps, poursuivit l'infirmière. Sept heures. On ne sait pas encore si…

Sept heures ?

Emma se redressa d'un coup.

—Quelle heure est-il ? demanda-t-elle.

—Presque huit heures du matin.

—Huit heures du *matin ?*

Qu'est-ce qui lui avait échappé ? Si elle avait su que l'opération durerait si longtemps, jamais, jamais elle ne l'aurait acceptée !

—Ils l'ont trouvé ? Ils ont retrouvé Ritchie ?

L'infirmière détourna les yeux.

—Je suis désolée, madame.

—De quoi ? s'écria Emma, frappée d'horreur.

S'asseoir lui avait donné la nausée. Elle avait l'impression que son estomac voulait remonter de force dans sa gorge.

—Pourquoi ? On m'a dit qu'ils ne pouvaient pas être allés très loin. On m'a dit…

L'infirmière leva une main apaisante.

—Il y a une dame dehors, du consulat britannique. Elle a demandé à vous parler quand vous seriez réveillée.

—Oui. D'accord. Je vous en prie.

L'infirmière quitta la chambre. Un instant plus tard, elle revint accompagnée d'une femme blonde aux cheveux courts, vêtue d'une jupe qui lui descendait jusqu'aux genoux.

—Tamsin Wagstaff, se présenta la femme. Du consulat.

—Qu'est-ce qui se passe ? la pressa Emma. Pourquoi Ritchie n'a pas été retrouvé ?

— Malheureusement, cela n'a pas été si facile que ça. Saint-Bourdain se trouve dans une zone très isolée. Pas de caméras de surveillance, très peu de voitures. Même en réagissant aussi vite, il était compliqué de savoir quelle direction ils ont pu prendre. Les policiers font de leur mieux.

— Et maintenant ? Qu'est-ce qu'ils vont faire ?

— L'alerte a été étendue au territoire national, expliqua Tamsin. Ainsi qu'aux frontières. Tout le monde les recherche, à présent. Selon le mari de Philippa, pour autant qu'il sache, elle a emporté très peu d'argent. Donc, si elle a besoin d'acheter n'importe quoi, elle devra utiliser ses cartes de crédit, et cela nous indiquera où elle se trouve.

— Mais si elle n'achète rien ?

— Elle y sera obligée, tôt ou tard, répliqua Tamsin. Ne serait-ce que de l'essence, pour commencer.

De l'essence ! Combien contenait un réservoir ? Combien de temps pourrait-elle rouler s'il était plein ? Des heures ? Des jours ? Et si Philippa décidait simplement de voler une voiture ?

— La police a bon espoir, poursuivait Tamsin. On les retrouvera. J'en suis certaine. Entre-temps, si je peux faire quoi que ce soit pour vous, demandez-le-moi, je vous en prie.

Quand elle fut partie, l'infirmière essaya d'amadouer Emma pour la convaincre de prendre un petit déjeuner.

— Vous en avez besoin, après l'anesthésie. Votre tension est basse.

Emma saisit avec obéissance un morceau de beurre enveloppé de papier doré. Le beurre ramollissait sous ses doigts. Il faisait beaucoup trop chaud dans la

chambre. Le soleil bouillait à travers la vitre. Le radiateur dégageait des bouffées de chaleur. L'odeur du
beurre fondu lui soulevait l'estomac. Une guêpe se
cognait désespérément contre le rebord de la fenêtre.

Déjà toute une nuit, et Ritchie n'avait pas été
retrouvé. Qu'est-ce qui se passait, pour lui ? Où est-
ce qu'ils pouvaient bien être, bon Dieu ?

Ce couteau dirigé sur son visage.

Emma jeta le beurre sur le plateau.

Tu ne le récupéreras pas.

Rafe appela de Londres.

— On a les résultats du test ADN de la salive
prélevée sur la noix, annonça-t-il. C'est bien votre fils.
C'est bien Ritchie.

Emma ne voyait rien. Le soleil éblouissait son visage.

— Je sais, dit-elle.

Elle tourna la tête.

— J'ai cherché à vous joindre toute la journée hier,
reprit Rafe, et comme vous ne décrochiez pas, j'ai
compris qu'il s'était passé quelque chose. Je regrette
juste qu'on ne soit pas arrivés là-bas à temps.

Emma fondit en larmes.

— C'est une folle. Complètement cinglée. Et elle
tenait un couteau. Elle le pointait sur lui. Sur son visage.

— Chut. Calmez-vous.

— Et si elle l'avait frappé, si elle...

— J'arrive, coupa Rafe. Je prends le premier avion.

Emma renifla. Puis poussa un grand soupir. Elle
pressa le téléphone contre sa joue. Ce serait tellement
génial d'avoir Rafe ici. Il saurait exactement quoi faire.
Son regard chaleureux, sa force. Il donnait toujours
le sentiment qu'elle pouvait se reposer sur lui, et qu'il
arrangerait tout.

— Non, dit-elle. Vous devriez déjà être parti pour l'Amérique du Sud.

— Ça ne fait rien.

— Pourquoi faites-vous ça ? demanda Emma. Pourquoi mettez-vous votre vie en stand-by comme ça ? C'est dingue.

Cela sortit avec une telle véhémence qu'il fut réduit au silence.

Elle répondit à sa place, avec plus de gentillesse :

— Parce que vous vous sentez coupable, c'est ça ? De ne pas l'avoir sauvé plus tôt ? Mais c'est idiot. Vous avez fait tout ce qu'il était possible de faire. La police me croit, maintenant, et c'est grâce à vous.

— Emma, vous n'avez pas besoin de vivre ça toute seule. Croyez-le ou non, il y a des gens qui s'intéressent à vous.

— Parce qu'ils sont payés pour. C'est leur boulot.

Rafe répliqua :

— Ce n'est pas le *mien*.

Elle ne sut quoi répondre.

— Je veux être là, reprit-il. Je veux être avec vous.

Emma riposta froidement :

— Vous croyez que ça m'aide ? Vous trouvez que c'est le moment d'avoir une conversation pareille ?

— Je… Ce n'est pas ce que je voulais dire.

Rafe semblait décontenancé.

— Au revoir, murmura-t-elle.

Elle raccrocha. Elle se cramponna au téléphone comme si c'était la main de Rafe.

Il ne méritait pas ça. Après tout ce qu'il avait fait pour eux, il ne méritait vraiment pas qu'elle le traite comme ça. Mais il avait sa propre vie à mener. Si elle pensait un seul instant qu'il puisse quoi que ce soit de plus pour Ritchie, elle le ferait venir sur-le-champ. Mais ce n'était pas le cas. Les policiers agissaient enfin. Et quand Ritchie serait de retour, il faudrait qu'elle soit forte pour lui. Elle ne devait dépendre de personne.

Quand Ritchie serait de retour.

Quand il reviendrait, les choses seraient différentes de ce qu'elles étaient auparavant. Cela ne se reproduirait plus : cet isolement dans lequel ils vivaient, le fait de n'avoir personne pour les aider en cas de problème. Avec le recul, elle voyait bien comment la situation s'était dégradée. En ce qui la concernait, elle pouvait se débrouiller toute seule ; elle n'avait besoin de personne. Mais Ritchie avait besoin des autres. Pour lui, elle cesserait de se couper du monde. Il existait des gens bien, des gens qui seraient attentifs et gentils avec Ritchie. Des gens comme... euh. Des gens comme Rafe. Mais d'autres aussi. Rosina Alcarez. Mme Cornes. Ils étaient là, si seulement elle voulait bien les voir.

Et s'il ne revenait pas ?

Mal à l'aise, Emma s'écarta de cette sombre bande en friche à la lisière de son esprit. Elle n'était pas encore prête à l'affronter. Mais elle y retournerait, s'il le fallait. S'il ne restait plus que ça.

Tamsin Wagstaff, avec sa jupe moulante et son carré lissé en arrière, faisait très française, mais se révéla être de Taunton, dans le Somerset.

— On est presque voisines, commenta-t-elle avec un sourire, en découvrant qu'Emma était originaire de Bath.

Emma n'était pas d'humeur à papoter, Tamsin parut s'en rendre compte, et n'insista pas. Elle se rendait utile, jouait les traductrices lorsqu'une infirmière ou un médecin ne parlait pas anglais. Elle parvint même à convaincre une des infirmières d'ouvrir la fenêtre afin d'alléger l'atmosphère étouffante de la chambre. Les policiers avaient assuré à Emma qu'ils l'appelleraient s'il y avait du nouveau, mais Tamsin leur téléphonait toutes les heures pour faire le point.

On s'occupait enfin de Ritchie. Il passait à la télévision, sur une de ces chaînes d'informations continues qui diffusait vingt-quatre heures sur vingt-quatre les mêmes sujets en boucle. Il était le sujet principal. Il apparaissait à peu près toutes les vingt minutes à l'écran ; la photo où il chevauchait son camion rouge, avec son T-shirt de surfer, souriant à l'objectif.

— Il est beau, dit Tamsin, les yeux levés vers le poste de télévision. C'est vraiment un bel enfant. Il vous fait honneur.

— Merci.

Le voir faisait si mal. Elle ne pouvait pas continuer à le regarder. Et en même temps, elle ne pouvait pas en détacher les yeux.

— Moi, ce que j'aimerais savoir, lança Tamsin, c'est comment Philippa Hunt a truqué ce test ADN. Il s'avère que la personne qui l'a réalisé est leur médecin de famille. La police l'a interrogé. Il semblerait avoir bien pratiqué le prélèvement de Ritchie, mais pendant qu'il l'effectuait, Philippa s'est rendue dans la salle de bains en disant qu'elle se sentait mal, et quand elle en est sortie, elle avait prélevé et scellé son propre échantillon dans un sachet. Le Dr Ridgeway n'aurait pas dû l'accepter, mais il l'a fait quand même. Il était si convaincu de les connaître. Bien sûr, il est clair maintenant qu'elle a trafiqué son prélèvement pendant qu'elle se trouvait dans la salle de bains, mais…

Emma constata sombrement :

— Si elle s'est donné autant de mal pour Ritchie, elle refusera de renoncer à lui.

Tu ne le récupéreras pas.

Si elle ne le revoyait jamais, le dernier souvenir, ou presque, que Ritchie garderait d'elle, serait ce jour où elle lui avait crié dessus et l'avait repoussé. Il avait été un enfant tellement adorable. Un petit garçon si gentil, joyeux, affectueux. Il lui en demandait si peu, uniquement d'être avec elle et qu'elle l'aime. Et comment elle l'avait récompensé ? En l'emmenant, le lendemain même de cette scène, faire cette ignoble visite au Dr Stanford.

Mon Dieu. Emma remua dans son lit. Les horreurs qu'elle avait dites sur lui ce jour-là. Infectes. Vraiment infectes. Est-ce qu'il les avait entendues ? Est-ce qu'il les avait comprises ? Il était assis tout à côté d'elle.

« Des choses qu'on ne pense pas nous échappent parfois », avait dit Rafe.

Mais il n'y était pas, hein ? Il ne savait pas.

Il ne savait pas.

Pas tout à fait réveillée de son anesthésie, Emma était encore somnolente. La chambre d'hôpital apparaissait et disparaissait. Elle savait qu'elle se trouvait en France, mais quelquefois, en ouvrant les yeux, elle ne comprenait pas pourquoi la pièce était toute blanche, et non marron et rose comme sa chambre d'hôte. Des gens commençaient à téléphoner de tous les coins du pays, prétendant avoir vu Ritchie et Philippa Hunt. Tamsin continuait à relayer les dernières informations de la police. Emma essayait de suivre le fil des appels, mais elle oubliait tout le temps lesquels avaient été passés. Elle interrogeait sans cesse Tamsin, mais se rendait compte en les entendant qu'elle connaissait les réponses.

— Quelqu'un a repéré la voiture de Philippa Hunt, annonça Tamsin, tout excitée, après l'un de ces coups de fil. Il y a un quart d'heure. Sur l'A20, au nord de Limoges.

Mais une demi-heure plus tard, les policiers rappelèrent pour dire que la voiture, conduite par un Français d'âge moyen, avait une immatriculation différente de celle de la kidnappeuse.

Puis, plus tard dans l'après-midi :

— Une personne a vu une femme avec un tout-petit, rapporta Tamsin. Dans une voiture à une station-service, près de la frontière italienne. L'enfant avait l'air agité. Il pleurait et essayait de sortir de la voiture. Ils envoient immédiatement quelqu'un.

Tamsin pressa le combiné contre son cœur.

— Emma, cette fois, ça pourrait être la bonne. Vraiment. Je le sens.

Peu après, cependant, le téléphone sonna de nouveau.

— Je vois, dit Tamsin. Une Suissesse et sa fille. Rousse. Âgée de cinq ans. Merci quand même.

Elle reposa brutalement l'appareil.

— Je sais que les gens ne cherchent qu'à aider – du moins je le suppose – mais pourquoi ils font ça, bon sang ? Pourquoi est-ce que tous ceux qui veulent attirer l'attention dans ce pays ont l'impression qu'ils doivent appeler avec des témoignages aussi ridiculement imprécis ? C'est une telle perte de temps pour la police. Sans parler de la tension pour vous.

Dans la soirée, une équipe de médecins vint examiner le bras d'Emma. Ils firent cercle autour de son lit.

— La procédure a été compliquée, commença l'un d'eux. Il va falloir attendre de voir si le bras ne se nécrose pas. L'artère axillaire, à la sortie de la sous-clavière…

L'esprit d'Emma prit un chemin de traverse, distrait. Par-dessus l'épaule du médecin, elle regardait l'écran de télévision. Ritchie y apparaissait de nouveau, juché sur son camion, souriant. Quelqu'un toucha l'épaule du chirurgien et il se tut aussitôt. Sans un bruit, ils quittèrent tous la chambre les uns derrière les autres.

La nuit vint, et l'air se rafraîchit enfin. Toujours aucunes nouvelles. Puis il se mit à pleuvoir. L'infirmière tira les rideaux et alluma les lumières, mais le crépitement régulier sur la vitre continua au-dehors.

À trois heures du matin, incapable de dormir, Emma se traîna hors du lit avec son bras bandé, et se dirigea vers la fenêtre. Il faisait froid à présent, malgré le chauffage. La pluie avait redoublé. Sous les lampadaires du parking, des cônes de gouttes jaunes tourbillonnaient et fouettaient l'air.

La porte de la chambre s'ouvrit. Les yeux brouillés, Tamsin entra.

— Ils l'ont trouvée, annonça-t-elle. Ils ont trouvé la voiture.

Emma se retourna.

— C'est vrai, cette fois, ajouta Tamsin. Ce n'est pas une fausse alerte.

Soudain, la tête lui tourna, et elle trébucha contre la vitre. Tamsin lui saisit le bras.

— Ils…, bafouilla Emma, les lèvres sèches. Est-ce que… ?

— Désolée, Emma, mais Ritchie et Philippa ne se trouvaient pas dans la voiture. Elle a été abandonnée. Il ne restait presque plus d'essence, c'est sans doute pour ça qu'elle l'a abandonnée.

Emma agrippa le rebord de la fenêtre pour se redresser. Elle replaça son bras bandé dans l'écharpe qui le soutenait.

— Où ça ? demanda-t-elle.

— Derrière une maison inoccupée, sur une petite route d'Alsace. Près de la frontière suisse.

— Il y a combien de temps ?

— Selon les estimations de la police, au moins vingt-quatre heures.

— Vingt…

Emma fixa Tamsin, bouche bée. Elle avait cru qu'elle sous-entendait qu'ils venaient juste de laisser la voiture.

— Mais ça remonte à des siècles. Ils peuvent être n'importe où, maintenant.

— Peut-être, admit Tamsin. Mais les policiers disent que c'est peu probable. S'ils sont à pied. Ça réduit considérablement les possibilités.

— Mais quelqu'un a pu les prendre en voiture.

— Oui. Mais Ritchie aurait été reconnu. Il fait la une de tous les journaux.

— Tout le monde ne les regarde pas.

Tamsin tenta d'inciter Emma à voir les choses à sa manière.

— C'est une affaire très médiatique. La plupart des gens ont certainement au moins entendu parler de Ritchie, d'une façon ou une autre. À mon avis, Philippa Hunt est une femme trop intelligente pour prendre ce risque. Il y a de fortes chances qu'ils soient à une courte distance de marche de la voiture. Les policiers sont là-bas avec des chiens, maintenant. Ils fouillent partout.

Tamsin prenait un ton presque suppliant, s'efforçant de pousser Emma à considérer comme une *bonne* nouvelle, une *bonne* chose, qu'une femme cinglée et un enfant soient sans voiture, ni abri ni nourriture, en cavale depuis deux jours, au milieu d'une nuit pluvieuse sans nulle part où aller.

La frontière suisse ! Si le temps était mauvais ici, ça devait être pire en montagne ?

À l'extérieur, la pluie tombait plus fort. L'hôpital était un vieux bâtiment. Le cadre de la fenêtre était voilé, les carreaux, à l'ancienne, à simple vitrage. De l'air glacé filtrait autour de la vitre.

Deux jours.

Une certitude morose s'abattit sur Emma. Cela faisait trop longtemps. Il était trop petit. En fin de compte, c'était fini. On ne le retrouverait pas à temps.

Elle regarda son téléphone mobile.

— Ma batterie est dans le rouge, remarqua-t-elle. Je n'ai pas apporté de chargeur.

— Ne vous inquiétez pas, la rassura Tamsin. Si votre portable est à plat, il y a d'autres moyens de nous joindre.

Mais Emma avait peur. Elle agrippa le téléphone. Elle avait comme un pressentiment. Dans le parking, sous les réverbères, les cônes jaunes tourbillonnaient encore plus vite.

Elle implora la pluie.

— Arrête, par pitié. Arrête, par pitié. Arrête, par pitié. Arrête…

Sa voix mourut. Tamsin s'approcha de la fenêtre. Tamsin, si pleine d'espoir. Emma en avait tellement besoin, sa propre réserve s'était épuisée.

Elle s'appuya contre Tamsin. S'accrocha à elle, puis sentit l'espoir refluer en elle, et elle pleura, pleura, pleura.

À l'aube, la pluie cessa.

Tamsin dit à Emma :

— Il faut vous aérer. Je vais voir si on peut vous faire sortir un peu d'ici.

Elle alla discuter avec les infirmières, négocier une permission pour la journée.

— C'est bon, annonça-t-elle en revenant. Vous n'avez pas besoin de changer de pansement avant demain. Vous n'avez aucune raison particulière de rester dans cette chambre.

Les infirmières levaient et préparaient les autres patients pour le petit déjeuner. Six heures du matin, et elles rasaient déjà le monsieur de la chambre voisine. Elles parurent soulagées d'avoir une personne de moins à laver et nourrir. Une des infirmières aida Emma à s'habiller et remettre son bras en écharpe. Emma prit son téléphone dans le casier. La batterie était si basse désormais, que l'appareil émettait un bip toutes les deux minutes.

Ritchie passait de nouveau à la télévision, en face du bureau des infirmières dans le couloir. Des personnes en blouse blanche regardaient l'écran, rassemblées autour du poste. Lorsque Emma sortit de sa chambre, les gens se retournèrent et murmurèrent entre eux, et elle vit la sympathie sur leurs visages, ceux, frais, du personnel qui entamait la journée, et les fatigués de la nuit.

— Des amis à moi ont un vignoble, dit Tamsin tandis qu'elles traversaient le parking en direction de sa voiture. Ils sont absents en ce moment. C'est un endroit tranquille. Personne ne nous dérangera là-bas.

Emma remarqua :

— Vous faites de nombreuses heures de travail.

Il lui était venu à l'esprit que Tamsin avait passé une bonne partie de la nuit à ses côtés, et qu'elle était de nouveau là, en train de l'emmener en balade.

— Je ne travaille pas aujourd'hui, répliqua Tamsin, mais je ne voulais pas vous laisser seule.

Leur véhicule s'arrêta devant un pavillon aux volets fermés. Tout autour s'étendaient des champs emplis de rangées d'arbustes à feuilles sombres. Une brise soulevait les feuilles, découvrant des grappes de raisin luisant, pourpre ou vert. Emma et Tamsin marchè-rent entre les ceps vers un long mur de pierre. Derrière le mur s'étalait la campagne, ponctuée çà et là d'essaims de maisons jaunes ou blanches, qui se fondaient dans le paysage, avec les arbres et la terre.

Le soleil s'était levé. L'herbe humide frottait contre les chevilles d'Emma.

Ritchie, couché dans un champ quelque part. Mon Dieu, je vous en supplie.

Toutes les deux minutes, son téléphone émettait un bip.

Elle avait cette sorte de pressentiment. S'ils ne la joignaient pas à temps, si sa batterie tombait à plat et qu'il n'y ait pas de nouvelles et…

Elles continuèrent de marcher côte à côte dans l'herbe.

Puis le téléphone d'Emma sonna. Elle regarda l'écran.

— C'est un numéro français, dit-elle, et son cœur se mit à battre lourdement, *boum, boum, boum*, comme un battement de tambour venu des profondeurs de la fatalité.

Jusqu'alors, la police avait toujours appelé sur le téléphone de Tamsin. Elle avait un portable français, elle pouvait traduire ; c'était logique. Emma et Tamsin contemplèrent l'appareil, puis échangèrent un regard, et Tamsin elle-même avait pâli.

Emma se détourna. Elle s'éloigna, le portable sonnant toujours, pour s'isoler derrière un petit bouquet d'arbres. Tout paraissait d'une clarté extraordinaire, l'herbe et le ciel en jaune pâle, l'arbre devant elle en étrange gros plan, la moindre fibre mise en relief, les branches humides, les rameaux plus petits, sur lesquels tremblaient les feuilles.

Elle pressa la touche.

— Allô ?

Bip. L'alarme de la batterie s'emballa d'un coup.

— Madame Turner ?

— Oui.

— Éric Perrine à l'appareil.

Bip.

— Je vous appelle pour vous informer qu'il y a un quart d'heure, nous avons retrouvé Mme Philippa Hunt…

Bip. Bip.

— … en train d'essayer de passer la frontière à…

Emma ne pouvait pas attendre une seconde de plus.

— Ritchie, demanda-t-elle. Et Ritchie ?

On aurait dit qu'un sac noir lui était tombé sur la tête. La lumière s'était obscurcie, et elle était comme privée d'oxygène.

Bip. Bip. Bip.

La voix de l'inspecteur Perrine ne changea pas. Elle restait douce. Apaisante. Très gentille. Emma ne savait pas comment elle avait compris, si c'était ses paroles ou son ton, mais elle respirait dans le sac sans oxygène, et l'alerte de la batterie se mua en une longue note unique, et le sac creva autour de sa tête, le ciel s'ouvrit à elle, et la voix douce, malgré le téléphone à présent silencieux, continuait de résonner dans ses oreilles :

— Il est sain et sauf, madame. L'enfant est sain et sauf. Il est avec nos gendarmes.

19

Mercredi 4 octobre
Dix-huitième jour

Alors elle attendit au consulat, dans une pièce avec des fauteuils aux dossiers recouverts de dentelle le long des murs, une vitrine remplie d'assiettes, et une horloge comtoise dans un angle.

Tamsin Wagstaff entra tout en arrangeant son carré lisse et brillant derrière ses oreilles.

— Encore deux heures, grand maximum, dit-elle. Ils sont à Clermont-Ferrand.

— Comment va-t-il ? demanda Emma. Il va bien ?

Elle avait posé la question toutes les dix minutes depuis l'appel téléphonique. Elle voyait Ritchie dans le véhicule de police, sa petite bouille rouge rebondissant contre la banquette arrière.

— Il va parfaitement bien, répondit Tamsin. Il a été nourri, il est chaudement vêtu. Un petit gars drôlement courageux, d'après les policiers. Ils rêvent de le recruter.

Emma sourit.

La voix de l'inspecteur Perrine : « L'enfant est sain et sauf, madame. L'enfant. Est. Sain. Et. Sauf. » Elle était de nouveau à genoux, sous les arbres dans les vignes, criant et pleurant de façon si incohérente qu'il avait fallu plusieurs minutes à une Tamsin terrifiée pour parvenir à comprendre ce qu'elle disait. C'était un rêve, exactement comme dans un rêve. Elle refusait de croire que c'était réel tant que Ritchie ne serait pas là, juste à côté d'elle, où elle pourrait le voir et le toucher.

— Philippa Hunt est dans un triste état, comme vous pouvez l'imaginer, poursuivit Tamsin. Elle a fait un malaise quand ils l'ont retrouvée. Elle supposait que la police les rechercherait en Suisse, alors elle a essayé d'aller plus au nord, vers l'Allemagne. Elle a marché quarante-cinq kilomètres, sur des petites routes et à travers champs. Elle a porté Ritchie tout du long.

Emma se les représentait, avançant en trébuchant dans le vent et le froid. Ritchie n'avait pas eu de biberon. Rien à manger. Sa couche n'avait pas dû être changée depuis des heures. Peut-être même des jours.

— Elle a marché la plus grande partie de la nuit, continuait Tamsin. Donc il faudra sans doute attendre un moment avant qu'elle puisse être interrogée. Moi, j'aimerais quand même savoir comment elle a truqué ce test ADN. Quelqu'un a suggéré qu'elle pourrait avoir substitué un échantillon de votre ADN au sien pendant qu'elle était dans la salle de bains – mais c'est grotesque, bien sûr. Comment elle aurait eu un échantillon de vous ?

— Elle en avait un, répliqua Emma.

Elle avait largement eu le temps d'y réfléchir.

— Ah bon ?

— Elle avait un mouchoir en papier. Avec mon sang dessus.

— *Non ?*

Ce jour-là, dans le métro. Antonia, si attentionnée et prévenante. *Voilà un autre mouchouâr. Donnez-moi le sale.* Avait-elle emporté le mouchoir souillé par le sang d'Emma à dessein ? Son plan était-il déjà prêt ? Sa motivation avait-elle à un seul moment été la simple gentillesse envers une autre maman, si clairement en détresse ?

— Seigneur, disait Tamsin, je n'arrive pas à y croire. Les policiers vérifieront, évidemment. Elle sera de toute façon interrogée, ne vous en faites pas.

Emma haussa les épaules.

— Ce n'est qu'une possibilité. Elle a pu faire autrement. Ça n'a aucune importance, maintenant.

Tamsin la regardait avec curiosité.

— Vous devez la détester, remarqua-t-elle.

Antonia dans le café, détournant les yeux.

Oui. Nous avons un petit garçon.

Tout ce qu'Emma avait vécu, Philippa l'avait connu aussi. La terrible douleur de l'accouchement. La perte de sa jeunesse et de sa liberté. La perte de soi-même. Devenir la terre, désormais, et ne plus être la fleur. Un endroit sacrément sombre et isolé. Se faire du souci, et s'en faire perpétuellement. Ne jamais, jamais pouvoir retourner en arrière. Uniquement aller de l'avant, tirée par le monde. Et comme récompense, toucher le futur du doigt, s'émerveiller de ce visage contre soi.

Tamsin l'observait toujours. Emma secoua la tête.

— Je ne la déteste pas. Je comprends.

Une fille s'encadra dans la porte.

—Un appel personnel pour vous, annonça-t-elle.

Tamsin se leva et lissa sa jupe gris clair.

—Je serai dans le bureau, si vous avez besoin de moi, dit-elle à Emma.

Elle quitta la pièce, et on n'entendit plus que le tic-tac de l'horloge comtoise dans l'angle.

Soudain, les paumes d'Emma devinrent moites. Pourvu que Tamsin ne soit pas trop longue. Elle avait espéré qu'elle resterait avec elle jusqu'à l'arrivée de Ritchie. Et même qu'elle serait là *quand* il arriverait. De quoi pouvait-elle bien avoir l'air, toute maigre et pâle ? Avec ce bras bandé, si lourd et si bizarre ? Ritchie risquait d'avoir peur en la voyant.

Tic-tac. Tic-tac.

Impossible de rester assise là. Tamsin avait laissé la porte ouverte. Emma renoua l'écharpe qui soutenait son bras et se leva. Elle sortit flâner dans le couloir. Lorsque Rafe et elle étaient venus la dernière fois, il faisait nuit. À présent, le soleil tombait d'une haute fenêtre ronde percée dans le plafond comme d'un puits de lumière. De la poussière voletait en bordure du cône. Emma avait l'impression de marcher sur la pointe des pieds. Elle était suspendue en l'air, comme une de ces paillettes de poussière, elle flottait dans la griserie de ses pensées. Ses bras, son corps, sa bouche, son visage la picotaient, les nerfs aussi vibrants que s'ils s'étaient déjà touchés, mais non, pas encore, attends, tu es déjà passée par là.

Vous n'étiez pas capable de vous occuper de lui.

Et si Ritchie l'avait oubliée ? Ou ne voulait plus aller avec elle ? S'il préférait rester avec Philippa ? Philippa

404

s'était montrée bonne avec lui. Il l'avait bien aimée, à la station de métro ; elle s'en était occupée comme si elle le connaissait. Elle l'avait habillé de beaux vêtements, elle l'avait tenu dans les bras avec tant d'amour dans son jardin, elle l'avait porté toute la nuit sous la pluie.

Tandis qu'elle...

Tu n'étais pas capable.

Lorsque Emma ouvrit la porte du cabinet du Dr Stanford, la pluie de la rue entra avec elle. Le sol était trempé. La salle d'attente était bondée, et sentait la maladie et la mauvaise haleine.

—C'est une urgence, dit Emma.

La réceptionniste leva les yeux vers elle, puis les baissa. Dans sa poussette, Ritchie réclamait son déjeuner en braillant.

La réceptionniste objecta :

—Vous n'avez pas de rendez-vous. Vous pouvez voir le médecin remplaçant demain.

Emma secoua la tête.

—Non. Il faut que je parle à quelqu'un. Ça doit être aujourd'hui.

Ne pense pas à ça. Pourquoi tu y repenses maintenant ?

Le Dr Stanford fit un sourire pincé.

—Rebonjour, Emma. Qu'est-ce qui vous amène, aujourd'hui ? Je vois que nous avons rendez-vous dans quinze jours, ajouta-t-elle en consultant une fiche posée sur son bureau. Pour vérifier une dernière fois l'oreille de Ritchie ?

—Oui.

—Alors, qu'est-ce qui ne pouvait pas attendre jusque-là ?

Emma songea qu'elle avait préparé cette visite. Elle avait préparé ce qu'elle allait dire. Mais elle restait assise là, les yeux fixés sur le Dr Stanford, et pas un seul mot ne sortait de sa bouche.

Le sourire du médecin se crispa davantage.

—Vous avez dit qu'il s'agissait d'une urgence. Je pars ce soir pour une semaine. Vous avez vu comme la salle d'attente est pleine.

C'est censé être un jour merveilleux. Ne le gâche pas.

Emma se tenait dans le puits de soleil, sous la haute fenêtre ronde, et faisait de son mieux pour chasser le cabinet du Dr Stanford, mais il revenait sans cesse à la charge. L'asticoter comme un enfant têtu qui offrait un jouet.

—Vous comprenez, dit-elle au Dr Stanford, je ne peux pas laisser Ritchie.

—Bien sûr que non.

Dans la poussette, Ritchie sanglotait d'une voix enrouée, épuisée à force de pleurer.

—Les choses sont parfois difficiles, hein ? poursuivit le Dr Stanford. Un tout jeune enfant. Et le temps, affreux ces derniers jours. C'est terrible de ne pas pouvoir sortir.

Ritchie ne cessait de chouiner.

Le Dr Stanford jeta un œil à la pendule sur le mur.

— Écoutez, ce n'est pas le meilleur moment pour en discuter. Si je demandais à Alison, la puéricultrice de la PMI, de vous appeler et de passer vous voir dans les deux prochains jours ? Vous connaissez Alison ? Elle a été absente quelque temps, mais elle doit reprendre la semaine prochaine. Elle est très gentille. Très accessible. Vous pourriez avoir une grande discussion, toutes les deux. D'accord ?

Elle inscrivit quelque chose. Puis releva la tête vers Emma.

— D'accord ? répéta-t-elle avec un peu d'impatience.

Le bruit que faisait Ritchie transperçait la tête d'Emma. Il pleurait si fort qu'il n'avait presque plus de voix, et son menton tombait de fatigue, mais il persévérait quand même. Elle ne l'avait jamais vu comme ça. Elle ne pouvait pas faire le moindre geste pour le calmer, parce qu'elle sombrait aussi. Elle le laissait pleurer à sa place, parce qu'il ne lui restait plus rien.

Le Dr Stanford demanda :

— Il y avait autre chose ?

Dans le vestibule du consulat se dressait une immense statue de marbre, qu'Emma ne se rappelait pas avoir vue la fois précédente. Pourtant elle lui trouvait quelque chose de familier. Une femme pâle drapée dans une longue robe se penchait sur un enfant allongé dans son giron. Les replis de sa robe étincelaient de blancheur dans le soleil. L'enfant lui tendait des bras dodus avec un demi-sourire. La femme levait une main en l'air, caressant l'espace au-dessus de sa tête, en un geste de défense et de protection, et elle le regardait avec une expression de respect mêlé d'admiration, de tendresse et d'émerveillement.

Il fallait que ce soit rapide. Elle y avait réfléchi Dieu sait combien de fois. Une manière qui ne le fasse pas souffrir. Parce qu'elle l'aimait, plus que tout au monde ; plus qu'elle ne l'aurait jamais cru possible. De sa vie entière, elle n'avait jamais pensé qu'elle puisse aimer un être humain à ce point. Mais elle devait trouver quelque chose très vite, parce qu'elle se ratatinait, elle se ratatinait dans son enveloppe. Un asticot glacé et racorni dans le noir.

La seule chose qu'elle savait, c'était qu'elle ne voulait pas qu'il souffre.

Elle dit au Dr Stanford :

— J'ai envie de jeter Ritchie sous un train.

Lorsqu'il arriva, il était cinq heures passées.

Emma et Tamsin se trouvaient dans la pièce avec l'horloge. Quelqu'un avait apporté un plateau avec du café et des tasses.

— Un message pour vous, Tamsin, annonça une fille depuis la porte.

Tamsin se leva.

— Encore un message, lança-t-elle à Emma. J'ai un succès fou aujourd'hui, on dirait. Ne m'attendez pas ; buvez votre café avant qu'il ne refroidisse.

La cafetière était lourde, peu commode à manipuler d'une seule main. Concentrée sur sa tâche, Emma crut entendre quelque chose : un babillage doux et flûté au loin. Les sourcils froncés, elle immobilisa la cafetière et tendit l'oreille. Rien. Elle la leva de nouveau pour verser le café. Puis il y eut des bruits de pas au-dehors, *tip tap tip tap*, et voilà qu'elle reposait soudain précipitamment la cafetière avant de la laisser tomber parce que tout arrivait d'un coup : les pas, le grincement de la poignée de porte, le rectangle net et clair de lumière. La voix de Tamsin : « Emma, Emma, il est là. »

Elle se leva, troublée. Silhouettes dans le couloir, flots de lumière devant. Durant un instant, elle fut aveuglée et incapable de voir. Puis l'éblouissement s'évanouit, et elle regarda l'embrasure de la porte, et il était là.

Quelque chose craqua en elle quand elle le vit. Il portait un pull bleu, et des tennis avec de vrais lacets et des bandes sur le côté. Ses yeux étaient immenses, et trop brillants ; il se cramponnait à la main d'une femme et babillait à propos de rien, comme il faisait toujours lorsqu'il était fatigué, juste avant de devenir pénible. Puis il aperçut Emma et le babil cessa.

Il tenait toujours la main de la femme. Il fixait Emma d'un air totalement ahuri, comme s'il n'en croyait pas ses yeux. Le cœur serré, Emma prenait de longues inspirations, comme si elle émergeait juste de l'eau.

— Mah, dit Ritchie.

Il pointa le doigt sur Emma, levant un regard hésitant sur la dame à côté de lui.

La femme déclara :

— Oui, Ritchie. C'est ta maman.

Ritchie se retourna pour contempler de nouveau Emma, bouche bée. La femme décolla son petit poing de sa jupe et recula. Ritchie resta planté, la bouche toujours grande ouverte, le poing toujours en l'air.

Oh, qu'il était minuscule et comique, debout là tout seul. Tout petit et dérouté et bouleversé. Le cœur d'Emma se serra davantage. Elle se retrouva à genoux sans s'en rendre compte.

— Salut, murmura-t-elle.

Le visage de Ritchie était écarlate. Sa lèvre inférieure tremblait. Ses yeux étaient comme ceux d'un personnage de dessin animé. Elle avait peur de le toucher. Elle tendit la main, et ses doigts frôlèrent sa manche. Tout était si silencieux, si étrange, autour d'eux. Tous ces gens, où étaient-ils partis ? Ils n'étaient plus que tous les deux : elle et son bébé. La lumière du couloir pénétrait dans la pièce et les épinglait là. Elle continua à caresser sa manche, et comme il ne reculait pas, elle remonta sa main, tout doucement, vers son bras, puis vers son épaule, et ainsi de suite, pour enfin…

… pour enfin…

Ritchie se rapprocha.

— Mah, dit-il.

Il n'en revenait pas, elle le voyait bien. Il la dévisageait, et elle lisait les questions dans ses yeux trop brillants, cernés : « Maman, pourquoi tu ne me parles pas ? Pourquoi tu as ce truc blanc sur le bras ? Pourquoi tu fais cette drôle de tête ? »

Pourquoi tu trembles ?

Puis il jeta ses bras autour de ses épaules. Il se pressa contre elle, il pressa son petit corps si doux, chaud, intense, ses joues potelées, son odeur. La courbe de sa joue sous son oreille.

— Mah, répéta-t-il, le souffle contre son visage.

Elle voulait parler, mais c'était trop immense, les mots qu'elle voulait prononcer gonflaient en elle, déferlaient contre leurs poitrines qui se touchaient. *Je suis là*, dit-elle, et le message passa directement de son cœur à celui de Ritchie. *On est là tous les deux.*

Épilogue

Août
Cornouailles

Quatre heures. Emma, debout à la porte du pub *Pie and Lobster*, à Polbraith, respirait l'odeur de la bière tiède et de la mer.

—Fini pour aujourd'hui ? demanda Seema, la barmaid.

—Ouais.

—À demain alors, Emma.

—À demain, Seema.

Emma descendit la petite rue principale. La supérette avait sorti ses présentoirs chargés de seaux, de pelles et de cartes postales de Cornouailles : chevaux dans le coucher de soleil, pêcheurs en bonnet de laine remaillant des filets sur le port. À côté de la supérette, il y avait le cabinet du Dr Rudd, et sa plaque en cuivre à l'entrée. Ensuite venait une rangée de maisons mitoyennes, puis une boutique qui vendait des combinaisons de plongée et des planches de surf. Au bout de la rue se trouvait un cottage blanchi à la

chaux avec un panneau de bois près de la porte :
« Crèche des Dauphins, de 0 à 5 ans. » Sous le nom
était peint un dauphin bleu souriant qui sautait au-
dessus d'une vague.

Jess, la fille chaleureuse et menue qui dirigeait la
crèche, ouvrit la porte. Elle sourit.

— Salut, Emma. Entrez. Il est dans le jardin.

Elles traversèrent l'étroit vestibule. Jess dégageait
le passage, repoussant de minuscules chaises sur le
côté. Les murs étaient décorés de posters de Winnie
l'Ourson, et d'une affiche avec un sourire géant qui
proclamait : « Prends soin de tes dents. »

— Il a été sage ? demanda Emma.

— Il est toujours sage, lui assura Jess. Il a passé
l'après-midi à parler de fantômes. Je devais me mettre
une serviette sur la tête et crier « Hou-hou ».

Emma ne put s'empêcher de rire.

— Oh, ma pauvre. Il adore les fantômes. Il en a vu
un à la télé il y a deux semaines, et depuis, il n'arrête
pas avec ça.

Elles étaient arrivées dans la cuisine. La porte
donnant sur le jardin était ouverte.

— Bon, le voilà, dit Jess.

Emma l'avait déjà repéré, accroupi près du bac à
sable, sa tête éclatante sous le soleil. Il tirait la langue
en vidant des cubes d'un seau. À côté de lui, un autre
petit garçon recouvrait de sable un camion en plastique.
Puis Ritchie releva la tête et la vit. Il jeta le seau et
courut vers sa mère. Emma s'agenouilla pour le serrer
contre elle.

— Un bisou ? réclama-t-elle.

La bouche humide de Ritchie heurta fortement
sa joue.

412

—Mmmm-ouah !

—Qu'est-ce que tu as fait aujourd'hui ?

Il secoua la tête avec violence.

—Non.

—Allez, tu as bien fait quelque chose.

—Non. Non, répéta-t-il en secouant encore la tête, pressé de partir.

Il gagna à toutes jambes la porte d'entrée et se suspendit à la poignée.

—L'école doit être plus facile qu'à mon époque, remarqua Emma à l'attention de Jess.

Elles rirent, et se dirent au revoir.

Juliet n'est qu'une amie. C'est tout ce qu'il y a entre nous depuis longtemps. On avait effectivement prévu de se retrouver en Amérique du Sud, mais elle n'est pas encore venue. À ce stade, ça m'étonnerait qu'elle le fasse.

Ritchie était tout heureux de rentrer dans leur petite maison sur la falaise. Il se rua vers son camion rouge, garé au milieu du salon, et entreprit de le piloter en direction de la cuisine, mais Bob le bricoleur était couché sous la roue avant.

Emma l'observa essayer de rouler par-dessus Bob.

—Tu te rappelles de Rafe ? demanda-t-elle.

Ritchie avait découvert le corps mou de Bob.

—Oh-oh, fit-il.

Il descendit du camion pour le dégager.

—Rafe rentre de son année en Amérique du Sud, poursuivit Emma. Il vient nous rendre visite demain. Pour le week-end.

Ritchie releva brièvement la tête, mais Bob était bel et bien coincé sous l'essieu du camion. Le sortir de là allait être un sacré boulot. Soufflant bruyamment, il retourna à sa tâche.

Plus tard, quand Ritchie fut endormi, bordé avec Gribbit dans le petit lit du cagibi à côté de la cuisine, Emma sortit s'asseoir sur le pas de la porte pour écouter la marée. Elle étira son bras droit, ouvrant et refermant la main, comme la kinésithérapeute le lui avait enseigné. La journée avait été chargée. Avec Seema et quelques autres, ils avaient fini de débarrasser le bureau à l'arrière du pub. Ils avaient déplacé tous les meubles, ainsi que des centaines de vieux cartons, livres et piles de papier. Ils avaient récuré les sols, les fenêtres, les murs, même les plafonds. Et ils avaient bien rigolé. Ça faisait drôlement plaisir de voir la pièce auparavant miteuse transformée en espace lumineux, toute prête à être repeinte.

C'était le Dr Rudd, au centre médical, qui avait suggéré à Emma d'accepter ce travail au *Pie and Lobster*.

— Des amis à moi viennent de le reprendre, avait-elle expliqué. Ils vont agrandir et refaire la déco, monter un nouveau restaurant, tout en essayant de continuer à faire marcher le bar. Si vous cherchez quelque chose à faire durant les prochaines semaines, ils vont embaucher du monde pour donner un coup de main.

Le Dr Rudd avait été très gentille avec Emma et Ritchie depuis leur emménagement à Polbraith. Bien qu'ils ne soient là que pour l'été, ils devaient se faire inscrire chez un généraliste, à cause de Ritchie, et parce que Emma avait toujours des séances de kiné pour son bras.

Ils étaient venus à Polbraith après le procès, qui s'était tenu en mai. Emma avait témoigné devant le tribunal, et auparavant elle avait rencontré plusieurs fois Lindsay et l'inspecteur Hill, pour faire sa déposition. L'inspecteur Hill, toujours revêtu de son manteau beige, avait eu du mal à croiser son regard. Dans sa déclaration, Emma avait décrit le cauchemar qu'elle avait vécu quand Ritchie avait disparu, sa peur et sa souffrance insupportables. Elle parla de son bras blessé, qui récupérait à présent doucement, mais seulement après trois opérations et des mois de séances de kinésithérapie. Mais elle eut également l'honnêteté d'admettre que les choses allaient mal avant l'enlèvement de Ritchie. Qu'elle suivait désormais une psychothérapie pour essayer de comprendre pourquoi elle avait vécu les choses comme ça à l'époque, et, même si elle ne savait pas encore ce que l'avenir lui réservait, elle pensait ne plus jamais retomber dans cet état.

Pour finir, David Hunt écopa de trois ans de prison. Philippa en prit quatre, mais elle n'avait pas encore commencé à purger sa peine. Elle était directement retournée de la cour criminelle d'Old Bailey à l'hôpital, et, pour autant que sache Emma, elle s'y trouvait toujours.

Ce jour-là, à Old Bailey, elle avait revu les Hunt. Ils étaient assis avec d'autres personnes dans le fond de la salle ; David en costume gris, le regard fixé droit devant lui. Philippa tout en noir, la tête baissée, totalement immobile. Une femme à ses côtés lui tenait les épaules. Emma avait juste eu le temps de leur jeter un coup d'œil rapide avant que l'avocat ne commence à poser ses questions. Néanmoins, plus tard dans la journée, en sortant du bâtiment, elle avait de nouveau aperçu David Hunt dans le hall, au milieu d'un groupe d'hommes.

Le choc de le voir si proche la figea sur place. Près d'elle, Lindsay suggéra rapidement qu'elles retournent dans la salle d'attente, le temps que David Hunt s'en aille. Mais il s'était retourné. Il paraissait plus vieux, son crâne plus dégarni. Il semblait très fatigué. Il avait tout perdu. Son travail. Sa belle maison en France. Sa femme, pour ainsi dire, même s'ils finiraient sans doute par se retrouver. Et bien sûr, il avait perdu son fils.

Emma le regarda, et il en fit autant, chacun montrant à l'autre qu'il l'avait remarqué. Aucun des deux ne changea d'expression. Pas de sourire, évidemment. Mais pas de colère ni de haine non plus. Ni chez lui ni chez elle. Si elle avait pu lui parler, elle l'aurait sans doute fait, même si les mots auraient été difficiles à trouver. Puis Lindsay posa une main sur son bras, et elles étaient sorties du bâtiment.

À l'entrée du métro St Paul, Lindsay serra chaleureusement Emma dans ses bras.

— Félicitations, Emma, dit-elle.

— Félicitations à vous aussi, répliqua Emma en souriant.

Un diamant étincelait à l'annulaire de Lindsay.

— Je peux vous déposer chez vous, proposa Lindsay. Si vous m'accompagnez jusqu'à la voiture.

Emma secoua la tête.

— J'irai plus vite en métro. Ma voisine garde Ritchie, et je ne veux pas la bloquer trop longtemps.

— Alors d'accord.

Lindsay l'observa un instant. Elles se mirent à parler en même temps. Ce qui les fit éclater de rire. Elles s'étreignirent de nouveau, se souhaitèrent bonne chance. Ensuite Lindsay s'éloigna. Son manteau noir

416

et son impeccable chignon disparurent rapidement dans la foule. Emma s'engagea sur le long escalator et se laissa descendre dans le ventre de la station de métro. Elle ressentait plusieurs émotions à la fois. La principale était un immense sentiment de paix et de soulagement. Voilà. C'était fini. Elle ne reverrait plus jamais aucun de ces gens-là.

Une amie de Mme Cornes possédait deux cottages qu'elle louait pour l'été en Cornouailles.

— Tu auras besoin de te changer les idées après ce procès, dit Mme Cornes. Ta mère passait ses vacances à Polbraith quand elle était petite. Elle racontait souvent à quel point elle adorait cet endroit. La maison n'est qu'une petite villa mitoyenne de deux pièces, mais mon amie, Mme Castle, te la fera à très bon marché, aussi longtemps que tu le voudras.

Emma répondit :

— On la prendra avec plaisir. Mais uniquement si vous promettez de venir nous rendre visite.

Les gens avaient été si gentils. Rosina, rayonnante de bonheur, avait annoncé qu'elle rentrait pour trois mois aux Philippines. Elle demandait si Emma et Ritchie aimeraient venir passer un moment avec elle dans sa famille, au bord de la mer. Emma trouvait que le voyage risquait d'être trop long pour Ritchie, mais Rosina lui avait dit de ne pas s'inquiéter, parce que l'invitation tiendrait toujours quand il serait plus grand. Même des inconnus comme le Dr Rudd s'étaient donné du mal pour l'aider ; ainsi que Mary et Tom, les propriétaires du *Pie and Lobster*, qui avaient bien voulu l'embaucher. Durant des semaines, l'histoire d'Emma et de Ritchie avait été reprise dans tous les journaux, leurs photos affichées dans chaque boutique et chaque kiosque, absolument partout. À un moment, on aurait dit que tout le monde les connaissait et voulait leur montrer leur soutien. Mais ces derniers temps, cette impression avait passé. Les photos des journaux dataient ; Ritchie et elle n'étaient plus les mêmes qu'avant. Ritchie n'était plus ce minuscule enfant juché sur le camion rouge. Il était immense. Les gens croyaient qu'il avait trois ans, et non deux. Il apprenait à nager. C'était un petit garçon, à présent, pas un bébé. Et lorsque les journaux publièrent un compte rendu du procès, Emma fut surprise par la photo qu'ils utilisèrent. Elle avait été prise quelques mois avant le kidnapping. Une infirmière de la PMI l'avait photographiée avec Ritchie dans les bras, quand il avait à peu près cinq mois. Elle était toute mince, avec des cernes noirs sous les yeux. L'air en colère et hostile. Le regard froncé, la tête baissée, les cheveux écartés sans ménagement du visage. Avait-elle vraiment été comme ça ?

La vie n'était pas devenue parfaite. Emma ne savait toujours pas ce que Ritchie et elle feraient une fois l'été terminé. Est-ce qu'ils retourneraient dans leur appartement à Hammersmith ? Peut-être qu'ils en demanderaient un plus spacieux, maintenant que Ritchie avait besoin de sa propre chambre ?

Elle avait revu Joanne une fois ou deux, à Londres. Joanne et Barry avaient rompu peu après Noël. Un soir, Joanne était rentrée plus tôt du travail, et avait surpris Barry dans leur lit avec une de ses collègues.

— Bon débarras, déclara Joanne autour d'un café chez Emma. Il était si dominateur. C'était toujours ses amis à lui qu'on devait voir, jamais les miens. Je regrette tellement qu'on se soit perdues de vue, Em, ajouta-t-elle en posant une main hésitante sur le bras d'Emma. On devrait se retrouver plus souvent, maintenant. Ne plus jamais laisser ça se reproduire, d'accord ?

Mais était-ce ce qu'Emma voulait ? Continuer à habiter un logement social, même dans un appartement plus grand, où Ritchie aurait sa propre chambre ? Retrouver Joanne pour un café et faire semblant que leur amitié puisse redevenir ce qu'elle avait été ? Sans compter que l'argent restait un problème. Elle appréciait énormément l'esprit de camaraderie du travail au *Pie and Lobster*, mais ce n'était qu'un job d'été. Quand il serait fini, elle devrait recommencer à puiser dans ses économies.

La nuit, parfois, l'inquiétude la tourmentait.

Mais un jour, en rentrant de la plage avec Ritchie, après avoir nagé tous les deux dans la mer, et alors qu'elle avait tant ri devant la tête de Ritchie voyant un crabe pour la première fois – un après-midi délicieux – elle s'était surprise à chantonner un air entendu plus tôt à la radio.

Le bruit des vagues s'amplifia. Emma étira le bras, ouvrit et referma son poing.

Demain soir, Rafe serait là. Comment se passeraient les choses entre eux ? Est-ce qu'ils s'entendraient bien ? Trouveraient-ils quelque chose à se dire ? Cela faisait presque un an qu'elle ne l'avait pas vu. Il avait fait le tour de l'Amérique du Sud, depuis. Il avait envoyé des photos par e-mail : le bar où il avait travaillé à Rio de Janeiro, un camping près d'un glacier au Chili, le canot avec lequel il avait descendu un canyon : *J'ai l'impression d'être Indiana Jones.* Il trouverait sans doute sa vie et celle de Ritchie très monotones. Bon, eh bien, pourvu qu'il apprécie le week-end.

Elle aimerait lui montrer Ritchie en train de nager, les falaises, les coins où allaient les surfeurs. Ce serait bien s'ils pouvaient être amis.

Si tu penses sérieusement à réintégrer la police, tu peux faire référence à notre affaire sur ton CV, avait-elle écrit.

Trois mois. Et elle était toujours à Polbraith. Jamais elle n'avait prévu de rester si longtemps. Elle comprenait pourquoi sa mère avait tant aimé ce lieu. Ici, les gens se serraient les coudes. C'était un endroit merveilleux pour élever un enfant.

Deux soirs auparavant, Ritchie était venu à toute allure la trouver dans la cuisine.

— Mah. Mah.

Il la tirait par la manche en désignant le salon.

— Qu'est-ce qu'il y a ? Qu'est-ce qui se passe ?

— Oh. Oh.

Il haletait, essayant désespérément de lui expliquer.

Il l'entraîna vers le petit salon rustique de Mme Castle, et escalada précipitamment la banquette sous la fenêtre. La lumière déclinait au-dehors. Les fleurs sur le taillis en contrebas de la maison devenaient rose fluorescent. La ligne où la mer rejoignait l'horizon était rose aussi, et le ciel, bleu marine.

— Hou, ne cessait de répéter Ritchie. Hou.

Emma regarda avec attention.

— Des fantômes ? Où ça ?

Ritchie pointa le jardin d'un doigt vigoureux, mais il était clair qu'il ne savait pas trop où. Ses yeux cherchaient. Et soudain il se mit à genoux, le doigt de nouveau tendu, les prunelles exorbitées, suffoquant de manière théâtrale.

Emma dit :

— Ah, maintenant je vois, oui.

En effet. Un couple de chouettes hulottes blanches piquait dans le ciel semi-obscur par-dessus les fourrés. La lumière rose venant de la mer emplissait les yeux extasiés de Ritchie, qui suivaient leur vol.

— Ce sont des fantômes magnifiques, lui assura Emma.

Elle baissa le regard vers lui, vers sa bouille en forme de cœur, son grand front intelligent, et songea pour la millième fois, qu'elle avait une chance extraordinaire de l'avoir.

Les chouettes firent un nouveau piqué. Leur reflet traversa le verre d'une photo encadrée posée sur le rebord de la fenêtre. C'était la photo d'Emma avec sa mère et sa grand-mère prise lors d'un anniversaire de cette dernière. Toutes trois souriaient à l'objectif. Les deux chouettes claires descendaient et remontaient comme des flèches par-dessus leurs visages.

Ritchie désigna les formes fantomatiques dans le cadre.

— Hou, fit-il. Hou-hou.

Vendredi, au pub, Seema lança à Emma :

— Dis donc, tu t'es mise sur ton trente et un.

— Non, pas du tout.

Les poings sur les hanches, Seema contourna le bar et examina Emma de haut en bas.

— Si. Absolument. Chemisier neuf ?

— Je ne l'ai jamais porté avant ? avança Emma.

— Non.

Emma piqua une noisette sur le bar. Elle essayait d'être naturelle, mais pour une raison ou pour une autre, elle se sentait brusquement intimidée.

— Oh, bon. Un copain à moi vient nous rendre visite aujourd'hui. Après le boulot.

— Un copain ? répéta Seema avec un sourire entendu. Eh bien, tu es canon.

Après le travail, Emma alla chercher Ritchie aux Dauphins. Il arriva du jardin d'un pas cérémonieux, en tirant la langue, extrêmement concentré sur une fleur jaune tout écrasée dans son poing. Il s'avança vers Emma et lui offrit la fleur. Elle s'en empara, à grand-peine, car les pétales collaient à ses doigts.

Jess inclina la tête.

— Oh, comme c'est adorable !

— C'est magnifique, renchérit Emma. Merci.

Elle voulut l'embrasser, mais il était très occupé à s'essuyer les mains sur le devant de son T-shirt.

— Sale, dit-il.

Emma glissa la fleur écrabouillée dans son sac. Elle annonça à Ritchie :

— On va rentrer par le chemin des douaniers.

Dernière semaine ici. Mon avion décolle de Lima pour Londres mardi. En ce moment, je suis dans les Andes, pour un trekking, et on a marché depuis l'aube. On est arrivés dans ce village il y a une heure à peine. J'ai chaud, mal partout, et l'altitude me dissout les neurones.

Et voilà qu'ici, sur cette minuscule place de marché, à des kilomètres de tout, je trouve un message de toi.

C'est chouette d'avoir de tes nouvelles, Emma. J'ai vraiment hâte de vous revoir tous les deux.

Le trajet de retour depuis les Dauphins les menait sur la falaise. En haut, il ne restait que la mer, étincelante dans le lointain, d'un bleu profond près du rivage. *Shhhh-wwwou*, faisaient les vagues en avançant, et on les entendait craquer quand elles reculaient. Ils suivaient un sentier bordé d'une barrière en bois. Derrière la barrière, un escalier de pierre tortueux descendait vers la longue plage de sable. Plus loin sur la falaise, la tour d'une ancienne mine de cuivre, recouverte de plantes rampantes, s'enfonçait droit dans le ciel.

Ritchie courait devant, un gros coquillage en colimaçon à la main. Soudain il s'arrêta, le doigt tendu sur le sentier.

— Bonhomme, annonça-t-il.

Il y avait bien un homme, à mi-distance. Appuyé contre la partie de la barrière qui passait devant leur maison. Un sac à dos noir gisait à ses pieds, et son T-shirt bleu vif était assorti à la mer. L'homme les avait vus aussi. Il se redressa, abrita ses yeux de sa main. Puis il leva un bras, les doigts écartés, un grand salut franc et massif. Emma lui répondit. Elle sentit le sourire s'épanouir dans ses yeux, puis sur sa bouche, puis gagner son visage tout entier. Elle refit le signe, dressée sur la pointe des pieds, afin de s'assurer qu'il l'avait vue. L'homme se plaça au milieu du sentier pour les attendre. Le cœur d'Emma battait à toute vitesse. Mais bien sûr, ça devait être à cause de la raideur de la pente. La soirée était très chaude.

— Viens, Ritchie, dit-elle.

Ritchie devait d'abord ranger son coquillage. Il se pencha avec précaution pour le déposer dans l'herbe à côté d'un caillou. Puis il se releva et prit la main d'Emma. Ensemble, ils remontèrent le sentier.

Remerciements

Mes sincères remerciements à Marianne Gunn O Connor, Pat Lynch et Vicki Satlow, ainsi qu'à Francesca Liversidge de Transworld.

Au Groupe des écrivains de Bristol, avec toute mon affection, surtout Louise Gethin, Spencer Gillman et Kevin McGimpsey ; et au Cercle des écrivains de Richmond, en particulier Joanna Stephen-Ward et Richard Rickford, pour leur aide inestimable dans les premiers chapitres de ce roman.

Au commissaire divisionnaire Michael A. McGarry, de la division nord de Cork, Irlande, ainsi qu'à l'inspecteur principal de Londres qui a voulu garder l'anonymat : merci à tous les deux pour vos renseignements et réponses à mes nombreuses questions. Je me suis permis une liberté artistique considérable, et toutes les erreurs sont de mon fait.

À Peter Whitty, pour s'être déraciné et être venu vivre à Londres, et pour m'y avoir rendu la vie si heureuse.

Enfin et surtout, merci à Tom O Connor, pour Ritchie.

Achevé d'imprimer par GGP Media GmbH, Pößneck
en Mai 2009
pour le compte de France Loisirs,
Paris

N° d'éditeur: 55575
Dépôt légal: Février 2009

Imprimé en Allemagne